골동품 상점 1

골동품 상점 1

초판 1쇄 발행 2019년 8월 20일

지은이 찰스 디킨스
옮긴이 김옥수
펴낸이 김소연
디자인총괄 이유빈

펴낸곳 비꽃
등록 2013년 7월 18일 제2013-000013호
주소 서울 강북구 삼양로16길 12-11
이메일 rain__flower@daum.net 전화 02)6080-7287 팩스 070-4118-7287
홈페이지 www.rainflower.co.kr

ISBN 979-11-85393-81-0
979-11-85393-19-3 (세트번호)

이 도서의 국립중앙도서관 출판시도서목록(CIP)은 서지정보유통지원시스템 홈페이지(http://seoji.nl.go.kr)와 국가자료공동목록시스템(http://www.nl.go.kr/kolisnet)에서 이용할 수 있습니다.
(CIP제어번호: CIP2019031203)

값 12,000원

The Old Curiosity Shop

골동품 상점 1

찰스 디킨스 지음 · 김옥수 옮김

이 책은 Dover thrift editions와 구텐베르크 〔EBook #700〕 두 판본을 참고해서 번역했음.

목 차

골동품 상점　7

1장

나는 다 늙어서도 밤에 돌아다니는 편이다. 여름이면 이른 새벽에 나가서 들판과 오솔길을 온종일 돌아다니다, 며칠이나 몇 주일로 늘어날 때도 잦지만, 시골이 아닐 때는 어둠이 깔린 다음에 주로 나가는데, 다행히도, 환한 불빛을 받아 거리마다 화려하게 살아나는 느낌이 참으로 마음에 든다.

이런 습관에 나도 모르게 빠져드니 허약한 몸에 좋을 뿐 아니라 거리마다 가득한 사람들 성격이나 직업을 추측하는 재미가 대단했다. 환한 대낮은 모든 게 바쁘게 돌아가 나처럼 빈둥거리는 걸 좋아하는 사람에게 안 어울리니, 내가 추구하는 목적에는 환한 햇살에 훤히 드러난 얼굴보다 가로등이나 상점 불빛을 받으며 지나는 얼굴을 얼핏 바라보는 편이 바람직한 데다, 굳이 덧붙이자면, 대낮엔 공중누각을 쌓자마자 여지없이 무너지곤 하니, 이런 점도 밤이 훨씬 좋다.

끝없이 오가고, 끝없이 소란하고, 발걸음은 바닥 판석이 반들반들하도록 줄기차게 내디디고…… 사람들이 좁은 길가에서 이걸 모두 견디며 산다는 게 정말 놀랍지 않은가! 아픈 사람이 성 마틴 지역 같은 곳에서 모두 듣는다고, 고통에 시달리느라 기운이 하나 없으면서도 중요한 임무라도 수행하는 듯, 어른이 걷는 소리와 어린애가 걷는 소리, 거지가 다 떨어진 신발을 질질 끄는 소리와 멋쟁이가 고급 신발을 내딛는 소리, 어슬렁대며 걷는 소리와 바쁘게 걷는 소리, 부랑자가 뒤꿈치를 질질 끌며 빈둥대는 소리와 기쁜 일로 바삐 걷는 소리를 가만히 따져본다고 생각해 보라. 다양한 소음이 뇌리로 파고든다고, 죽었지만 의식은 또렷한 채 시끌벅적한 공동묘지에 수백 년 묻히는 저주라도 받은 듯, 이리저리 뒤척이는 꿈속으로 영원히 멈출 줄 모르는 삶이 물결처럼 밀려들고 또 밀려든다고 생각해 보라.

게다가, 통행료를 안 내는 다리마다 인파가 끊임없이 오가니, 날씨가 좋은 초저녁이면 대다수는 중간에 걸음을 멈추어 밑을 내려다보고 강물이 녹색 강둑을 따라 흐르며 점차 넓어지다 결국엔 드넓은 바다로 흘러든다는 생각을 막연히 떠올리고, 일부는 도중에 멈춰서 무거운 짐을 내려놓고 담배를 태우며 난간 너머를 바라보다, 천천히 지나는 바지선에서 방수포에 드러누워 따듯한 햇살을 즐기며 느긋하게 잠자면 더없이 좋겠다 생각하고, 일부는, 완전히 다른 유형으로, 견딜 수 없는 짐을 짊어진 채 걸음을 멈추어, 강물로 뛰어들면 가볍게 죽을 수 있다는, 가장 편하고 간단하게 죽는 방법이라는 말을 듣거나 신문에서 읽은 기억을 떠올린다.

코벤트 가든 청과물 시장 역시 봄이나 여름이면 새벽녘마다 달콤한 꽃향기가 공중에 한껏 맴돌다 간밤에 흥청망청하던 악취마저 억누르니, 거무스름한 개똥지빠귀는 다락방 창밖에 밤새 매달린 새장에서 좋아 날뛴다! 불쌍한 개똥지빠귀! 이웃이라곤 마찬가지로 새장에 갇힌 동족이 전부니, 일부는 술 취한 구매자가 지저분하게 내민 손을 피해서 바닥에 축 늘어지고, 일부는 사람들 손길에 지칠 대로 지치면서도 물을 마시고 기운을 차려서 멀쩡한 사람이 찾기만 기다리고, 사람들은 일터로 가느라 바삐 지나치다 정겨운 고향을 괜스레 떠올린다.

하지만 지금 이 글을 쓰는 목적은 내가 이리저리 돌아다닌 이야기를 늘어놓으려는 게 아니다. 지금부터 드문드문 떠올리며 풀어갈 이야기는 내가 사방을 떠돌던 와중에 겪은 터라, 말머리를 이런 식으로 풀어가는 것뿐이다.

그날도 나는 밤에 도심지를 어슬렁거리느라 평소처럼 느긋하게 걸으며 이런저런 생각에 빠져들다 누가 묻는 소리에 정신을 퍼뜩 차렸다. 묻는 내용을 알아들은 건 아니라도 나에게 물은 것 같은, 다정하고 부드러운 목소리가 마음을 상쾌하게 잡아끌었다. 재빨리 돌아서자 내 팔꿈치 높이에서 예쁜 여자애가 길을 묻는데, 구역이 완전히 다를 정도로 먼 동네였다.

"얘야, 그곳은 아주 멀단다."

내가 말하자, 여자애는 겁먹은 어투로 대답했다.

"저도 알아요, 선생님. 너무 멀어서 걱정이에요. 오늘 밤에 거기서 왔거든요."

나는 깜짝 놀라며 물었다.

"혼자?"

"네. 그건 괜찮은데, 지금은 약간 무서워요. 길을 잃었거든요."

"그런데 하필이면 왜 나한테 물었니? 내가 엉뚱하게 알려줄 수도 있잖니."

"그러지 않으실 게 분명해요. 선생님은 나이가 듬직한 신사인 데다 느긋하게 걸으시니까요."

가녀린 몸은 덜덜 떨고 맑은 눈엔 눈물을 머금은 채 올려다보며 간절하게 호소하는 목소리에 나는 마음이 얼마나 아팠는지 모른다.

"이리 오렴. 데려다주마."

여자애는 갓난아기 때부터 알기라도 한 것처럼 내 손을 덥석 잡고 터벅터벅 걷는데, 보폭을 맞추는 걸 보면 내가 자신을 돕는 게 아니라 자신이 나를 도우며 길을 안내하는 것 같았다. 내가 안 속인다는 걸 확인하려는 듯 호기심 어린 표정으로 얼굴을 가끔 훔쳐보는데, 그때마다 날카롭고 매서운 눈매에 믿음이 늘어나는 것 같았다.

나 역시 최소한 여자애만큼은 호기심이 일었다. 겉모습으로 대충 짐작한 거지만, 체구가 조그맣고 여린 걸 보면 어린애가 분명하기 때문이다. 옷차림이 완벽하고 깔끔한 건 아니지만 가난하거나 무식한 분위기도 아니었다. 그래서 물었다.

"너 혼자 멀리 심부름 보낸 사람이 누구니?"

"저한테 매우 다정하신 분이요, 선생님."

"무슨 심부름인데?"

"말할 수 없어요."

목소리가 단호했다.

뭔가 이상한 대답에 나도 모르게 깜짝 놀란 표정으로 쳐다보았다. 도대체 어떤 심부름이길래 이렇게 단호하게 대답하는지 궁금했다. 이런 마음을 여자애가 알아챘는지 내 눈을 쳐다보며 나쁜 심부름은 아니라고, 하지만 비밀이라고, 자신도 모르는 비밀이라고 덧붙였다.

교활하게 속이는 느낌은 아니었다. 사실대로 솔직하게 말하는 어투였다. 여자애는 다시 열심히 걷고, 그렇게 나아가는 동안 친밀한 느낌이 늘면서 신나게 말하는데, 집 얘기는 두 번 다시 안 했다. 이런 길은 처음 본다면서 지름길이냐고 묻는 정도였다.

이렇게 대화하며 걷는 동안 나는 수수께끼에 대한 해답을 마음속으로 다양하게 떠올리다 깨끗하게 접었다. 순진무구한 여자애가 고마워하는 마음을 이용해서 호기심이나 채우려던 게 더없이 창피했다. 나는 어린애를 사랑한다. 하지만 어린애가 어른을 사랑하는 건 쉽지 않다. 그래서 여자애가 믿어준 게 고마운 만큼 합당하게 행동하기로, 여자애가 나를 믿도록 한 특징에 어긋나지 않게 행동하기로 마음먹었다.

하지만 어린 여자애 혼자 밤에 이렇게 멀리 심부름 보낼 정도로 분별없는 작자를 만나는 것까지 억누를 이유는 없고, 여자애가 동네 근처에 온 걸 깨달으면 혼자 가겠다고 해서 내가 그 작자랑 만날 기회를 빼앗을 가능성 역시 없지 않은 터라, 나는 사람들이 자주 다니는 길을 피해서 낯선 길만 골라 다녀, 여자애는 애초에 물은 동네가 나온 다음에 비로소 어디가 어딘지 깨달았다. 그래서 너무 기쁜 나머지 손뼉 치며 달려서 어느 문 앞 계단에 멈추고 내가 다가오기만 기다리다 계단을 마저 올라서 똑똑 두드렸다.

바깥문은 일부가 유리로 덧문을 안 댔는데, 처음에는 이 사실을 몰랐다. 안쪽이 깜깜하고 조용한 데다, 여자애는 물론 나 역시 과연 사람이 나올까 걱정스러웠기 때문이다. 여자애가 두세 차례 두드리자 안에서 사람이 움직이는 듯한 소리가 일더니, 마침내 유리 사이로 불빛이 희미하게 나타나서 천천히 다가오는데, 불을 든 사람이 주변에 가득한 물건 사이를 지나와, 나는 상대가 어떤 사람인지, 그곳은 무얼 하는 곳인지 짐작할 수 있었다.

상대는 백발이 기다란 노인으로, 촛대를 머리 위로 추켜들고 다가와서 얼굴과 체구가 또렷하게 드러났다. 오랜 세월에 많이 삭긴 해도 조그맣고 홀쭉한 체구에서 여자애 모습이 그대로 보이는 것 같았다. 새파란 눈이 똑같은 건 확실한데, 얼굴은 주름이 깊이 팬 데다 근심만 가득할 뿐 닮은 곳이 없었다.

노인이 물건 사이를 지나며 느긋하게 나오는 곳은 오래된 골동품을 잔뜩 모아놓은 공간으로, 도시 한쪽 구석에 웅크리고 앉아서 케케묵은 보물을 숨겨, 수많은 사람이 질시와 불신이 가득한 눈으로 쳐다보지 못하게 하려는 것 같았다. 기사가 입던 갑옷은 무장한 상태로 여기저기에 유령처럼 일어서고, 이상한 조각품은 수도원에서 가져온 것 같고, 다양한 무기류는 녹슬고, 도자기와 나무와 쇠와 상아로 만든 작품은 뒤틀리고, 이상한 가구와 벽걸이 장식은 꿈에나 나올 것 같았다. 조그만 노인은 삐쩍 마른 모습이 주변 풍경에 딱 어울리는 게, 낡은 교회와 무덤과 폐가를 헤집고 다니며 온갖 잡동사니를 자기 손으로 직접 긁어모을 것처럼 보였다. 하지만 노인 자신만큼 낡고 곰삭은 골동품은 없는 것 같기도 했다.

노인은 자물쇠에 열쇠를 넣고 돌리면서 깜짝 놀란 눈으로 나를 살피다 옆에 있는 여자애를 보고 다시 놀랐다. 문이 열리자, 여자애는 노인을 할아버지라 부르곤 내가 온 이유를 짧게 설명했다. 그러자 노인이 여자애 머리를 쓰다듬으며 말했다.

"맙소사, 다행이구나, 얘야. 어쩌다 길을 잃었니? 너를 잃으면 나는 어떻게 살라고, 넬리!"

"제가 할아버지를 어떻게든 찾아갈 테니 걱정하지 마세요."

여자애가 대담하게 말하자, 노인은 그 뺨에 뽀뽀하더니 나를 바라보고 안으로 들어오라 초대해, 나는 그렇게 했다. 노인은 문을 닫고 자물쇠를 잠그더니, 촛대를 들고 길을 안내하며 내가 이미 본 공간을 지나서 안쪽 조그만 거실로 들어가는데, 그곳에 다른 방으로 통하는 문이 열려 있어, 요정이 잠잘 것처럼 예쁘고 조그만 침대가 보였다. 여자애가 촛대를 들고 조그만 방으로 재빨리 들어가서 거실에는 노인과 나만 남았다.

"피곤하시겠어요, 선생님. 고마운 마음을 어떻게 전해야 할까요?"

노인이 말하며 의자 하나를 벽난로 앞으로 끌어당기며 권했다.

"다음부터 손녀딸을 더 잘 보살피면 됩니다, 영감님."

내가 대답하자, 노인이 날카로운 목소리로 말했다.

"넬리를 더 잘 보살펴요! 더 잘! 맙소사, 내가 넬리를 사랑하는 만큼 어린애를 사랑하는 사람이 과연 있을까요?"

놀란 게 확실한 어투에 나는 당황해서 뭐라고 대답할지 몰랐다. 말하는 태도에 뭔가 아련한 느낌이 깃들고 얼굴엔 걱정 때문에 주름이 깊이 파이는 걸 보면 처음에 추측한 것과 달리 노망났거나 멍청한 건 아니라는 확신이 들어서 특히 더했다.

"내가 보기에 영감님은 아이를 제대로 안 보살피는……."

내가 말문을 열자, 노인이 재빨리 소리쳤다.

"내가 저 애를! 저 애를 제대로 안 보살핀다고요! 아, 선생은 어찌 된 사정인지 하나도 몰라요! 불쌍한 넬리, 불쌍한 넬리!"

노인이 이러는 이유가 무어든 단 네 마디로 이렇게 깊은 사랑을 드러낼 사람은 어디에도 없으리라. 그래서 다시 말하기만 기다리는데, 노인은 한 손을 턱에 괸 채 벽난로 불길만 쳐다보며 머리를 두세 차례 젓는 게 전부였다.

우리가 말없이 앉아있는 사이에 조그만 방문이 열리면서 여자애가 다시 나타나는데, 연한 갈색 머리칼은 목 주변으로 늘어뜨리고, 서둘러서 옷을 갈아입고 나오느라 얼굴은 빨갛게 물들었다. 그리곤 저녁 식사를 준비하느라 바쁘게 움직여, 내가 그 모습을 바라보는 사이에 노인은 나를 조금 전보다 자세히 살폈다. 나는 여자애가 집안일을 모두 한다는 사실에, 집 안에 우리 말고 다른 사람은 없는 것 같다는 사실에 깜짝 놀랐다. 여자애가 자리를 비운 틈에 용기 내서 묻자, 노인은 다 자란 어른도 넬리만큼 믿음직하거나 꼼꼼할 순 없다고 대답할 뿐이었다. 나는 노인이 정말 이기적인 것 같아서 잔뜩 흥분하며 말했다.

"엄마 품에서 응석이나 부려야 할 어린애를 현실 세상으로 너무 일찍 내모는 걸 보니, 그래서 하늘이 아이한테 선물한 천진난만한 모습과 믿음을 빼앗고 세상을 살아갈 능력이 생기기도 전에 비참한 현실에 찌들도록 하는 걸 보니 정말 슬프군요."

노인은 그런 나를 가만히 바라보며 대답했다.

"저 애는 다릅니다. 생각이 깊어요. 가난한 집 아이들은 재미나게 놀 것도 없고요. 재미를 조금만 즐기려 해도 돈이 드니까요."

"하지만…… 이리 말하는 걸 용서하세요…… 영감님은 그렇게 가난하지 않잖아요."

내가 말하자, 노인이 대답했다.

"저 애는 내가 낳은 딸이 아니랍니다, 선생. 내 딸이 낳았는데, 가난에 시달리다 먼저 떠났어요. 나는 모아놓은 돈이 땡전 한 푼 없고요, 보시다시피 이렇게 사느라."

노인이 한 손을 내 팔에 얹더니, 얼굴을 앞으로 내밀며 속삭였다.

"저 애는 나중에 부자가 될 거예요, 귀부인이. 저 애를 부려먹는다는 이유로 나를 나쁘게 보지 마세요. 선생도 보시다시피 저렇게 즐겁게 일하는데, 저 애가 가녀린 손으로 할 수 있는 일을 행여나 다른 사람한테 맡긴다면 저 애는 심장이 무너지고 말 거예요. 내가 저 애를 안 보살핀다니!"

노인이 갑자기 따지듯 소리쳤다.

"아아, 내가 오직 저 애만 생각하며 살아간다는 건 하느님도 아십니다. 그런데도 나한테 은총을 안 베푸시지요…… 단 한 번도!"

이 순간, 대화 주인공이 다시 나타나고, 노인은 나에게 식탁으로 오라고 손짓할 뿐 꽉 다문 입을 더는 안 열 것 같았다.

우리가 음식에 손을 대자마자 내가 아까 들어온 바깥문을 두드리는 소리가 일고, 넬리는 환하게 웃으며 키트가 돌아온 게 분명하다고 말하는데, 너무나 천진난만하게 기뻐하는 어투에 나도 기분이 저절로 좋아지는 것 같았다.

"멍청한 넬리! 이 애는 불쌍한 키트를 보면 늘 웃는답니다."

노인이 머리칼을 쓰다듬으며 말하자 여자애가 방금보다 환하게 다시 웃어, 나도 미소가 절로 피어났다. 조그만 노인이 일어나서 촛대를 들고 바깥문을 열러 갔다. 그래서 키트를 꼬리에 달고 돌아왔다.

키트는 봉두난발에 발을 질질 끌고 동작이 서툰 사내아이인데, 입은 유난히 크고 뺨은 유난히 빨갛고 코는 완벽한 들창코로, 그토록 우스꽝스러운 얼굴은 본 적이 없었다. 그는 낯선 사람을 보고 거실 입구에서 멈칫하더니, 챙이 떨어질 만큼 완벽하게 낡고 동그란 모자를 한 손으로 돌리면서 체중을 한쪽 발에 실다 다른 발에 옮기는 식으로 끊임없이 움직이며 장난기 가득한 표정으로 거실 내부를 살폈다. 나는 첫눈에 사내아이에게 고마운 마음이 들었다. 여자애가 즐거워했기 때문이다.

"길이 멀지, 그치, 키트?"

조그만 노인이 말하자, 키트가 대답했다.

"맙소사, 엄청나요, 주인님."

"당연히 배곯으며 돌아왔겠지?"

"맙소사, 그런 것 같아요, 주인님."

사내아이는 옆으로 서서 머리를 어깨 앞으로 쭉 내밀고 말하는 습관이 독특했다. 안 그러면 목소리가 안 나오기라도 하는 것 같았다. 키트는 어디서든 사람을 즐겁게 하겠지만, 턱없이 엉뚱한 모습을 여자애가 유난히 좋아하는 걸 보면, 너무나 엉뚱한 공간에 그나마 즐겁게 지낼 상대가 있다는 게 나는 마음이 놓였다. 키트 자신도 재미있는 분위기에 들떠서 엄숙한 척하려고 애쓰다가 입은 활짝 벌리고 두 눈은 거의 감기듯 마음껏 웃어대는 모습이 인상 깊게 다가왔다.

노인은 처음처럼 깊은 생각에 다시 빠져들어 주변 일에 관심을 안 보이지만, 여자애는 열심히 웃어대다, 조금 전까지 고생한 눈물을 맑은 눈에 머금은 채 자신이 가장 좋아하는 인물을 감개무량한 마음으로 반겼다. 키트 역시 어디서든 사람을 울릴 유형이 아니니, 커다란 빵조각 하나와 고기와 맥주잔을 들고 구석으로 가서 입에 마구 쑤셔 넣었다.

그런데 내가 무슨 말이라도 한 것처럼 노인이 갑자기 쳐다보고 한숨을 내쉬며 말했다.

"아아! 내가 저 애를 제대로 안 보살핀다는 건 선생이 몰라서 하는 말이에요."

"내가 겉모습만 보고 한 말에 너무 신경 쓰지 마세요, 영감님."

내가 말하자, 노인이 깊이 생각하는 표정으로 대답했다.

"아니에요, 아니에요. 이리 오렴, 넬리."

여자애는 급히 일어나서 다가와 노인 목을 한 팔로 감싸고, 노인은 이렇게 물었다.

"내가 너를 사랑하니, 넬리? 말해 보렴. 내가 너를 사랑하니, 안 하니, 넬리?"

여자애가 포옹으로 대답하며 노인 가슴에 얼굴을 기댔다.

"왜 우는 거니?"

노인이 물으며 여자애를 꼭 껴안더니, 나를 힐끗 쳐다보며 다시 물었다.

"내가 사랑하는 걸 너는 아는데, 내가 의심하는 것처럼 물은 게 싫어서니? 괜찮아, 괜찮아. 그렇다면 내가 너를 지극히 사랑하는 거로 하자꾸나."

그러자 여자애가 진지하게 대답했다.

"맞아요, 할아버지는 저를 정말 사랑하세요. 키트도 알아요."

키트가 빵과 고기를 잘라서 입에 칼까지 마법사처럼 넣으며 허겁지겁 먹어대다 이 말을 듣고 멈추어, "주인님이 그러시는 걸 모르는 바보는 어디에도 없어요"라고 소리치곤 입으로 빵을 잔뜩 깨물어 더는 못 말하자, 노인이 여자애 뺨을 어루만지며 말했다.

"이 애는 지금 가난하지만, 내가 다시 말하는데, 언젠가는 부자가 되는 날이 꼭 옵니다. 시간이 많이 지나야겠지만 결국엔 꼭 옵니다. 아주 오래 걸리겠지만 꼭 와요. 사치와 낭비를 일삼으며 빈둥대는 사람한테도 그런 날이 오니까요. 나는 그런 날이 언제 오려나!"

"저는 가난해도 행복해요, 할아버지."

여자애가 말하자, 노인은 "쯧쯧! 너는 몰라…… 네가 어떻게 알겠니!"라 하더니, 다시 이를 악물고 중얼댔다.

"그날은 꼭 와. 장담해. 늦으면 늦는 만큼 더 멋진 날이 올 거야."

그리곤 한숨을 내쉬며 다시 깊은 생각에 빠져드는데, 여자애를 무릎 사이에 붙잡아둔 채 모든 걸 잊어버린 것 같았다. 자정을 몇 분 앞둔 시간이라 내가 떠나려고 일어서자, 노인이 정신을 차리며 말했다.

"조금만요, 선생. 이제, 키트…… 자정이 다 됐는데도 여기에 있구나! 집에 가렴, 집에 가. 내일 아침에 제시간에 나오도록, 할 일이 있으니까. 잘 가렴! 키트한테 작별인사하고 집으로 보내, 넬리!"

"잘 가, 키트."

여자애가 말하는데, 즐겁고 다정한 느낌이 두 눈에 가득했다.

"잘 있어, 넬리."

사내아이도 인사하자, 노인이 끼어들었다.

"신사분한테도 고맙다 하고. 이 분이 아니면 오늘 밤에 우리 예쁜이를 잃을 뻔했어."

"아니에요, 아니에요, 주인님. 그런 일은 절대로 없어요, 절대요."

"무슨 말이냐?"

노인이 묻자, 키트가 대답했다.

"제가 찾아낼 테니까요, 주인님. 제가 넬리를 찾아낼 테니까요. 넬리가 살아만 있다면 제가 누구보다 빨리 찾아낼 게 분명하니까요, 주인님. 하, 하, 하!"

키트가 입을 크게 벌리고 두 눈을 감은 채 나팔처럼 웃으며 거실문으로 조금씩 뒷걸음질 치다 시끌벅적하게 나갔다. 그래서 거실을 벗어나자마자 조금도 안 느리게 움직이다 사라지고, 여자애는 식탁을 치우는 일에 열중하고, 노인은 이렇게 말했다.

"선생이 오늘 밤에 도와주신 걸 제가 감사드리지 않은 것 같은데, 정말이지 진심으로 감사합니다. 저 애도 마찬가지니, 저 애가 드리는 감사는 제가 드리는 감사보다 훨씬 좋을 겁니다. 선생이 베푸신 은혜를 내가 모른다고, 내가 저 애를 안 보살핀다고 생각하며 떠나신다면 정말 서운할 겁니다. 나는 저 애를 지극히 사랑하니까요."

나는 그런 것 같다고, 지금까지 충분히 보았다고 대답한 다음에 물었다.

"그렇지만 한 가지 물어도 괜찮겠습니까?"

"당연하지요, 선생. 무언가요?"

"여자애가 예쁘고 똑똑하고 예의도 바른데, 영감님 말고 보살필 사람은 아무도 없나요? 영감님 말고 친척이나 후견인은 없나요?"

내가 묻자, 노인이 걱정스러운 눈으로 쳐다보며 대답했다.

"없답니다. 저 애가 다른 사람을 바라지도 않고요."

"하지만 영감님이 제대로 모르는 건 아닐까요? 좋은 뜻을 품은 건 알겠는데, 저 애가 믿는 마음에 제대로 보답한다고 확신하세요? 저 역시 영감님처럼 나이를 먹은 터라, 앞길이 창창한 어린애를 보면 노파심이 든답니다. 저 어린애가 영감님과 사는 모습을 오늘 밤에 이렇게 지켜보고 내 마음이 정말 아프겠다고 생각하지 않으세요?"

노인이 잠시 침묵하다 대답했다.

"선생, 나는 선생이 한 말을 기분 나쁘게 들을 자격이 없습니다. 선생도 충분히 느끼셨겠지만 여러 측면에서 나는 어린애고 저 애는 다 큰 어른이니까요. 하지만 잠잘 때나 깨어있을 때나, 낮이나 밤이나, 아플 때나 건강할 때나 오로지 저 아이만 생각하니, 내가 정말 그런다는 사실을 아신다면 선생께서도 나를 다른 눈으로 볼 겁니다. 암요, 그렇고말고요. 아! 이리 늙으니까 사는 게 힘드네요, 정말 힘들어요. 그래도 결국에는 좋은 날이 올 거예요, 내가 죽기 전에."

노인이 흥분한 것 같아, 나는 더 말하고 싶지 않아서 그만 떠날 생각으로 거실에 들어올 때 벗어놓은 외투를 찾으려고 돌아서다, 여자애가 팔에 망토를 걸치고 한 손에 모자와 지팡이를 든 채 끈기있게 기다리는 모습을 보고 깜짝 놀랐다.

"그건 내 물건이 아니란다, 얘야."

내가 말하자, 여자애가 대답했다.

"네, 할아버지 물건이에요."

"하지만 저분은 오늘 밤에 안 나가셔."

"아니에요, 나가세요."

여자애가 말하며 빙그레 웃었다.

"그럼 너는 어떻게 하고?"

"저요? 당연히 여기에 머물죠. 늘 그런답니다."

내가 깜짝 놀란 눈으로 노인을 쳐다보니, 노인은 외출복을 입느라 바쁜 척할 뿐이었다. 그래서 홀쭉하고 가녀린 여자애를 다시 쳐다보았다. 이렇게 음산한 곳에서 끔찍하게 기나긴 밤을! 혼자!

여자애는 내가 놀란 걸 외면한 채 노인이 망토를 걸치는 걸 흥겹게 거들더니, 노인이 준비를 마치자, 촛대를 들고 길을 밝혀서 우리를 안내했다. 그러다 우리가 안 따라오는 걸 알아채고 방긋 웃는 얼굴로 돌아보며 기다렸다. 노인은 내가 망설이는 이유를 아는 기색이 또렷한데도 먼저 나가라며 고개를 끄덕일 뿐, 아무 말도 안 했다. 나로선 순순히 안 따를 명분이 없었다.

이윽고 바깥문 앞에 이르자, 여자애는 촛대를 내려놓고 잘 가라 인사하며 얼굴을 들어서 내 뺨에 뽀뽀했다. 그리곤 노인에게 달려가자, 노인은 여자애를 꼭 껴안고 하느님 축복을 빌며 나지막이 속삭였다.

"잘 자렴, 넬리. 천사들이 잠자리를 지켜줄 거야! 기도하는 거 잊지 말고, 우리 예쁜이."

여자애도 열심히 대답했다.

"당연하죠, 할아버지. 천사들이 있어서 다행이에요!"

"잘됐구나. 나도 그럴 줄 알았어. 당연히 그렇겠지. 너한테 은총이 가득하길! 새벽 일찍 돌아오마."

노인이 말하자, 여자애가 대답했다.

"초인종을 두 번 울릴 필요도 없어요. 종소리가 들리면 단숨에 깨어나거든요, 아무리 깊이 잠들어도."

이 말과 함께 두 사람이 떨어졌다. (키트가 떠나면서 덧문을 댔는지) 어느새 유리에 덧문을 씌운 바깥문을 여자애가 열더니 (내가 지금까지 수천 번은 떠올린) 더없이 맑고 다정한 목소리로 잘 가라 다시 인사하고, 우리가 나갈 때까지 문을 잡았다. 노인은 바깥문을 부드럽게 닫고 안에서 자물쇠를 잠글 때까지 기다리다, 문단속이 끝난 것에 만족하며 천천히 걸었다. 그러더니 길모퉁이에서 멈추고 걱정스러운 표정으로 쳐다보며 서로 길이 다르니 이제 헤어져야겠다고 말했다. 그리곤 내가 대답할 틈도 안 주고 노인답지 않게 빠른 걸음으로 떠났다. 그러면서 두세 차례 돌아보는 게, 내가 그대로 지켜보는지 확인하려는 것 같기도 하고 내가 멀리서 쫓아오진 않는지 확인하려는 것 같기도 했다. 그러다 깜깜한 밤에 기대며 순식간에 사라졌다.

나는 노인이랑 헤어진 자리에 그대로 머물렀다. 왜 그런지 모르면서도 떠나고 싶지 않았다. 지금 막 지나온 길을 가만히 바라보다, 그쪽으로 다가갔다. 골동품 상점 앞을 지나고 다시 지나다 걸음을 멈추고 바깥문 안에서 나는 소리를 엿듣는데 무덤처럼 깜깜하고 고요할 뿐이었다.

그런데도 여자애가 해로운 일은 안 겪을까, 불이 나거나 강도가 들거나 살인을 당하지 않을까 걱정스럽기도 하고 행여나 내가 떠나면 나쁜 일이 일어날 것만 같아서 발길을 못 돌리고 머뭇거렸다. 주변에서 문이나 창문을 닫는 소리가 들릴 때마다 그쪽으로 다가가 도로 건너편에서 물끄러미 쳐다보아, 골동품 상점에서 나는 소리는 아니라는 걸 확인했다. 그렇다, 매번 까맣고 차갑고 고요할 뿐이었다.

지나다니는 사람도 거의 없었다. 거리 전체가 쓸쓸하고 우울하며, 나 역시 마찬가지였다. 극장에서 늦게 나온 사람 서너 명이 걸음을 재촉하고, 술 취한 사람이 가끔 나타나서 집으로 가느라 비틀대며 시끌벅적하게 지날 때마다 길을 비켜주는데, 이런 일 역시 몇 번 없다 곧바로 끊겼다. 종소리가 새벽 한 시를 알렸다. 나는 골동품 상점 앞을 오르내리며, 이번이 마지막이라고 매번 다짐하다 결국엔 맹세를 깨뜨리고 또다시 다짐했다.

노인이 한 말과 표정과 태도를 떠올릴수록 내가 보고 들은 내용이 애매하게 변했다. 노인이 밤마다 자리를 비우는 데는 뭔가 나쁜 의도가 있는 게 분명했다. 여자애는 순진무구하고 노인도 가끔 그런 것 같으나, 내가 깜짝 놀라는 표정을 보고도 별다른 설명 없이 모르는 척하는 걸 보면 알 수 있다. 이런 생각은 노인의 깡마른 얼굴과 종잡을 수 없는 태도와 마냥 불안한 표정으로 또다시 이어졌다. 여자애를 사랑한다 해서 나쁜 짓을 못 하는 건 아닐 터였다. 그러면서 사랑한다는 자체도 모순이 아닐 수 없으니, 그렇지 않고서야 밤에 어떻게 여자애 홀로 둘 수 있단 말인가! 노인을 이렇게 나쁘게 생각할지언정, 나는 노인이 여자애를 사랑하는 마음만큼은 조금도 의심하지 않았다. 우리가 주고받은 말과 노인이 여자애 이름을 말하던 어투를 볼 때, 이것 하나는 인정하지 않을 수 없었다.

여자애는 내가 묻는 말에 "당연히 여기에 머물죠. 늘 그런답니다"라고 대답했다. 노인이 밤마다, 하루도 안 빠지고, 도대체 무슨 일로 밖에 나가겠는가! 나는 대도시에서 은밀하고 음산하게 일어나, 오랫동안 꼬리조차 못 밝힌 사건을 하나씩 떠올렸다. 하지만 대부분 강인한 체력이 필요한 사건이라 속 모를 노인에겐 안 맞아, 그 속을 헤아리려 할수록 애매한 느낌만 더할 뿐이었다.

이런 생각에 빠져들어 수많은 내용을 떠올려도 하나같이 애매해서 주변을 두 시간이나 오르내리는 판에 빗방울이 묵직하게 떨어지는 데다, 관심은 안 줄어도 노곤한 느낌은 온몸으로 몰려들어, 나는 지나는 마차를 잡아타고 집으로 돌아왔다. 불길은 벽난로에 활활 타오르고 등잔은 환한 빛을 내뿜고 벽시계는 평소처럼 다정하게 반기니, 모든 게 조용하고 따듯하고 아늑한 분위기가 조금 전까지 우울하고 어둡던 느낌과 또렷하게 대조됐다.

나는 안락의자에 앉아서 푹신푹신한 쿠션에 몸을 파묻었다. 그리고 침대에 혼자 있을 여자애를, (천사들 말고는) 지켜보는 사람도 없고 보살피는 사람도 없이 혼자 있는데도 평화롭게 잠잘 여자애를 떠올렸다. 그렇게 어리고 요정처럼 순수하며 가냘픈 여자애가 그렇게 불편한 공간에서 끔찍하게 기나긴 밤을 늘 홀로 보내다니! 그 모습이 머릿속에서 떠나질 않았다.

인간은 외부 사물을 보고 무언가 느끼는 습관이 있어서 나중에 그 느낌이 저절로 떠오르기도 하고 구체적인 자극이 없으면 사라지기도 하니, 내가 여자애 문제에 완전히 사로잡혔는지 아닌지는 애매하지만, 골동품 상점에 독특한 물건이 가득한 걸 보고 깊은 인상을 받은 건 확실하다. 여자애를 떠올리는 순간에 다양한 골동품이 떠오르며 주변을 에워싸, 낯선 골동품에 둘러싸인 여자애 모습만 떠오를 뿐, 어린 여자애를 불쌍히 여기는 마음은 멀찌감치 사라지니 말이다. 다양한 골동품이 나에게 부족한 상상력을 일깨우지 않았다면, 평범한 침실에서 잠자는 여자애를, 독특할 게 하나도 없이 낯설기만 한 침실에서 잠자는 여자애를 떠올렸더라면, 홀로 외롭게 살아가는 여자애에게 이렇게 깊은 인상을 받을 가능성은 줄어들 테니 말이다. 하지만 그런 상상력이 일었기에 여자애는 주변에 이상한 물건이 가득한 동화 속 인물처럼 끊임없이 떠오르며 관심을 끌어당겨 나는 그 모습을 머릿속에서 떨쳐낼 수 없었다. 그래서 실내를 끊임없이 어슬렁대다가 중얼거렸다.

"여자애가 괴상한 사람들 사이에 둘러싸인 채 홀로 젊고 순수하고 활달하게 살아가는 모습을 이야기로 꾸미면 재밌겠어."

그날 밤 내내, 잠자든 깨어나든, 똑같은 생각은 계속 떠오르고 똑같은 영상은 머릿속에 가득했다. 낡고 어둡고 음산한 공간 여기저기에서 갑옷은 유령처럼 음산하게 일어서고, 나무와 돌은 싱긋 웃으며 일그러지고, 먼지와 녹과 벌레는 나무를 파먹고, 사방에 가득한 조각은 세월을

흉하게 녹이는 가운데, 여자애 혼자서 곤하게 자며 즐겁고 달콤한 꿈을 꾸느라 환하게 웃는 모습이었다.

2장

앞에서 자세히 거론한 내용 때문에 다시 찾아가고픈 열망으로 일주일을 꼬박 앓다 결국엔 무릎을 꿇어, 이번에는 환한 대낮에 찾아가자고 마음먹고 이른 아침에 집을 나섰다.

그렇게 찾아가는 건 너무 뜻밖이라서 환영받지 못할 수 있다는 사실을 잘 아는 사람이라면 자연스레 망설이듯, 나는 상점 앞을 여러 차례 오가며 지나쳤다. 하지만 상점문이 닫힌 상태라 그 앞을 오가기만 하면 안쪽 사람이 알아볼 것 같지 않아, 망설이던 마음을 순간적으로 억누르고 골동품 상점으로 들어섰다.

노인은 다른 사람과 안쪽에 있는데, 서로 커다랗게 소리친 것 같았다. 내가 들어서는 순간에 높이 솟구치던 목소리가 갑자기 사그라들고, 노인이 급히 다가와서 떨리는 어투로 내가 찾아와서 기쁘다고 말했기 때문이다. 그러더니 조금 전까지 함께 있던 사내를 가리키며 덧붙였다.

"다급한 순간에 왔네요. 저놈이 언젠가는 나를 죽일 거예요. 용기만 있었다면 벌써 오래전에 죽였을 거예요."

그러자 젊은 사내가 나를 물끄러미 쳐다보며 눈살을 찡그리다 대꾸했다.

"체! 할아버지가 나를 죽였겠지요. 누구나 안다고요!"

노인이 몸을 힘없이 돌려서 쳐다보며 소리쳤다.

"그래, 그러고 싶은 마음이 굴뚝 같아. 맹세나 저주나 기도로 그럴 수 있다면 벌써 그랬어. 네놈이 죽으면 마주칠 필요가 없어서 참 편할 거야."

"나도 알아요. 내가 그렇게 말했잖아요. 아닌가요? 하지만 맹세도 저주도 기도도 나를 죽이질 않아서 이렇게 살아있는 거라고요, 앞으로도 마찬가지고."

젊은 사내가 말하자, 노인이 주먹을 불끈 쥐고 하늘을 올려다보며 울부짖었다.

"그런데 저놈 엄마만 데려갔으니, 하늘도 무심하지!"

젊은 사내는 의자에 한 발을 올린 채 이리저리 흔들며 경멸스러운 냉소를 머금은 눈으로 노인을 쳐다보았다. 스물한 살 정도로 보이는데, 좋은 체격에 잘생긴 얼굴이나, 호감 가는 표정은 아니고 옷차림이나 태도 역시 그래, 전체적으로 방탕하고 무례한 인상이었다.

"하늘이 무심하든 아니든 이왕 온 김에 있고 싶은 만큼 있겠어요. 할아버지가 사람을 불러서 내쫓으면 어쩔 수 없지만, 그러진 않겠지요. 다시 말하겠는데, 여동생을 만나고 싶다고요."

젊은이가 말하자, 노인이 씁쓸한 어투로 한탄했다.

"여동생!"

"흥! 할아버지가 오누이 관계를 깨뜨릴 순 없어요. 그럴 수 있다면 오래전에 그랬을 테니까요. 여동생을 만나고 싶다고요, 할아버지가 사랑하는 척하면서 은밀하게 가두어놓고 마음이 병들 정도로 죽도록 일만 시키며 푼돈을 긁어모으잖아요, 셀 수 없을 정도로 많으면서. 여동생을 만나겠어요, 무슨 일이 있더라도."

"마음이 병들게 하다니, 도덕군자가 나셨군! 돈이 얼마나 많은지, 몇 푼씩 긁어모으는 건 가볍게 깔보고!"

노인이 소리치더니, 나를 다시 쳐다보며 한탄했다.

"저놈은 난봉꾼이랍니다, 선생. 나쁜 짓을 너무 많이 해서 불행하게도 같은 피를 물려받은 혈육은 물론 시민사회마저 인간답게 살아갈 권리를 박탈한 난봉꾼!"

노인이 얼굴을 가까이 대며 조그맣게 덧붙였다.

"내가 넬리를 소중하게 여긴다는 걸 알고서 낯선 사람이 옆에 있을 때마다 나를 흉볼 궁리만 하는 사기꾼이기도 하고요."

그러자 젊은이가 그 말을 낚아채며 말했다.

"낯선 사람은 나한테 중요하지 않아요, 할아버지. 낯선 사람 역시 나한테 그러길 바라고요. 낯선 사람은 내 일에 간섭하지 말고 자기 일에나 신경 쓰는 게 좋아요. 밖에 친구가 있는데, 너무 오래 기다린 것 같으니 안으로 들어오라고 해야겠어요, 할아버지만 괜찮다면."

이렇게 말하더니, 문가로 다가가서 거리를 내다보며 안 보이는 사람에게 여러 차례 손짓하는데, 짜증까지 내는 거로 볼 때 상대는 상당히 애써야 들어올 것 같았다. 하지만 결국엔 도로 건너편에 한 사람이 어슬렁대며 나타나서 우연히 지나는 척하더니, 들어오기 싫은 듯 눈살을 수없이 찡그리고 고개를 계속 가로젓다 끝내는 도로를 건너서 상점으로 들어섰다.

"내 친구 딕 스위블러에요."

젊은이가 소개하곤 친구를 밀면서 권했다.

"의자에 앉아, 스위블러."

"영감님이 동의하신 거야?"

스위블러가 나지막한 어투로 묻더니, 젊은이가 "앉기나 해"라고 다시 말하자, 미안한 표정으로 웃고는 주변을 둘러보다 앉아, 지난주는 오리한테 좋은 한 주고 이번 주는 흙에 좋은 한 주더니, 거리 모퉁이에서 기다리는 동안 담뱃가게에서 돼지 한 마리가 짚 한 오라기를 입에 물고 나온 걸 보면 다음 주는 오리에게 좋은 한 주가 될 것 같다고, 비가 많이 올 게 분명하다고 말했다.[1] 그런 다음엔 간밤에 "햇살이 두 눈을 너무 강하게 비춰서" 차림새가 초라할 수 있다며 사과하는데, 간밤에 술을 곤드레만드레 마신 걸 예의 바르게 알리는 표현이라 여기는 것 같았다. 그러더니 한숨을 내쉬며 덧붙였다.

"연회가 끝나도 영혼의 불꽃은 타오르고 우정이란 날개에서 깃털 하나 안 빠진다면 뭐가 문제겠는가! 새빨간 포도주로 영혼을 키워서 지금 이 순간에 더없이 행복하다면 뭐가 문제겠는가!"[2]

"여기까지 와서 회장 노릇을 할 필요는 없어."

친구가 나무라는 투로 말하자, 스위블러가 자기 코를 톡톡 치며 소리쳤다.

"프레드! 지혜로운 사람한테는 한 마디면 충분하노니, 우리는 부자가 아니어도 즐겁고 행복하게 지내는도다, 프레드. 더 말하지 마. 나도 다 아니까. 머리가 팍팍 돌아가거든. 딱 한 마디만 살짝, 프레드…… 영감님은 친절하신가?"

"신경 쓰지 마."

친구 대답에 스위블러가 "그래, 그래, 알았어. 조심하는 게 좋겠지. 조심해서 나쁠 건 없으니까" 하고 대답하더니, 비밀을 가슴속에 담아두겠다는 듯 윙크하곤, 팔짱을 끼고 의자에 몸을 깊숙이 파묻은 채 진지한 표정으로 천장을 올려다보았다.

지금까지 나타난 언행으로 보건대, 스위블러는 '햇살이 너무 강력하게 비춘' 충격에서 충분히 회복한 게 아니라고 의심해도 큰 무리는 없을

1) 오리는 비가 많이 오는 걸 좋아하는데, 돼지가 짚을 입에 물고 다니면 비가 온다는 미신이 영국에 있다.
2) 당시에 유행한 유행가 가사.

것 같았다. 말투에서 행여나 그런 흔적을 못 느낀다 하더라도 헝클어진 머리칼과 퀭한 눈과 누렇게 뜬 얼굴에서 또렷하게 느낄 수 있었다. 직접 암시한 것처럼 옷차림 역시 조금도 훌륭하지 않으니, 옷을 입은 상태 그대로 잠자리에 든 게 분명하다고 여길 만큼 너저분했다. 갈색 외투는 앞에 청동 단추를 수없이 달았는데 뒤에는 하나밖에 없고, 목도리는 밝은 체크무늬고, 조끼는 한쪽 어깨만 걸치고, 하얀 바지는 진흙탕이고, 축 늘어진 모자는 챙에 구멍이 뚫린 걸 숨기려고 앞뒤를 거꾸로 썼다. 외투 가슴은 주머니를 달아서 장식했는데, 커다랗고 지저분한 손수건을 찔러넣어서 제일 깨끗한 부분만 살짝 나오게 하고, 더러운 소매 끝은 최대한 당겨서 손목 위로 보기 좋게 접고, 장갑도 없이 노란 지팡이를 들었는데, 손잡이는 까만 공 모양이고 끝에는 새끼손가락에 반지를 끼운 뼈다귀 장식이 있었다. 이런 용모에 기름기는 번지르르하고 몸에 밴 담배 냄새는 강하게 풍기며 의자 등받이에 깊숙이 기댄 채 천장만 바라보는데, 이따금 목소리를 키우려 목청을 가다듬다 친구가 나지막이 경고하는 소리에 입을 다물고 다시 깊은 침묵에 빠져들었다.

노인 역시 의자에 앉아서 두 손을 맞잡은 채 손자와 그 친구를 번갈아 쳐다보는 게 자신은 힘도 없고 재주도 없으니 두 젊은이가 마음대로 하도록 놔둘 수밖에 없다고 여기는 것 같았다. 젊은이는 친구와 멀지 않은 탁자에 기댄 채 주변에서 무슨 일이 일어나든 관심 없다는 표정이고, 나는 노인이 말과 표정으로 도움을 호소한다는 걸 알면서도 끼어들기 애매해, 판매용으로 진열한 골동품만 열심히 살필 뿐 누구에게도 관심을 안 기울이는 척하려고 애썼다.

침묵은 오래가지 않았다. 스위블러가 천장만 바라보며 노래를 흥얼대다 자신은 마음이 고지대로 달린다는, 좋은 말 한 필만 있다면 용감하게 싸워서 위대한 업적을 올리겠노라는 시를 낭송하더니, 좋은 생각이 떠

VASEY. SC.

오른 듯 갑자기 멈추고, 조금 전처럼 또렷한 목소리로 속삭인 거다.

"프레드, 영감님은 친절하신가?"

"그게 무슨 상관이야?"

친구가 짜증스럽게 반박하자, 스위블러가 다시 물었다.

"아무 상관 없나?"

"당연하지. 노인네가 친절하든 아니든 내가 무슨 상관이야?"

친구 대답에 용기가 생긴 듯, 스위블러는 훨씬 일반적인 소재를 꺼내는 게, 우리 관심을 사로잡으려 애쓰는 것 같았다. 처음에는 탄산수가 이론상으로 좋긴 해도 생강이나 브랜디를 안 섞으면 배탈이 날 수 있으며, 자신은 주머니 사정이 허락하는 한 브랜디를 섞는 걸 좋아한다는 말로 시작했다. 이 말에 아무도 반박을 않자, 머리칼은 담배 연기를 먹는 터라 웨스트민스터나 이튼에서 젊은 신사들이 동료에게 담배 냄새를 숨기려고 사과를 엄청나게 먹어대도 머리에 가득 밴 냄새 때문에 툭하면 들킨다는 말로 나아가더니, 이렇게 성가신 문제에 왕립 학술원이 관심을 기울여서 과학적으로 해결한다면 인류를 살린 은인으로 존경받을 게 분명하다고 결론 내렸다. 이 의견 역시 아무도 반박을 않자, 자메이카 럼주는 맛이 좋고 훌륭하다는 건 누구도 부정하지 않지만 다음 날까지 냄새를 풍기는 건 문제라는 주장까지 하더니, 이 말 역시 아무도 반박을 않자, 자신감이 생겨서 신나게 떠벌렸다.

"의견이 안 맞아서 인간관계가 무너진다는 건 아주 나쁜 일이랍니다, 신사 여러분. 우정이란 날개에서 깃털이 안 빠진다면 인간관계란 날개 역시 삐걱대지 않고 늘 평화롭게 나아간답니다. 모든 게 즐겁고 행복하게 어우러진다면 손자와 할아버지가 서로를 비난하며 다툴 이유가 뭐겠습니까? 손을 맞잡고 화해하지 못할 이유가 뭐겠습니까?"

"입 좀 다물어."

친구가 나무라자, 스위블러가 대답했다.

"회장 역할에 끼어들지 말게, 친구. 신사 여러분, 지금 우리가 처한 상황은 어떻습니까? 극도로 존경하며 말하노니, 한쪽엔 명랑한 노신사가 계시고 한쪽엔 철없는 손자가 있습니다. 명랑한 노신사께서 철없는 손자한테 말씀하십니다. '나는 너를 지금까지 키우고 공부시켰다, 프레드. 나는 네가 선택한 길을 가도록 지금까지 도와주었다. 그런데 너는 젊은이들이 흔히 그러듯 옆길로 살짝 벗어났으니, 이제 나는 너를 도울 수 없다, 어림 반푼어치도.' 그러자 젊은 손자가 대답합니다. '할아버지는 여느 부자처럼 돈이 많으면서도 나한테 한 푼 안 쓰고, 여동생한테 모두 물려주려고 열심히 긁어모으세요. 여동생이 세상과 담쌓고 할아버지와 단둘이 아무런 재미도 없이 은밀하게 산다는 이유 하나로. 다 자란 손자한테 돈 몇 푼 주는 게 그렇게 아까우세요?' 명랑한 노신사께서는 이 말에 잔뜩 화나, 많은 노인이 그러듯, 용돈을 기꺼이 내주는 대신 인상을 잔뜩 찌푸리고 욕설이나 퍼붓겠지요. 그렇다면 문제는 또렷하게 드러나니, 이런 상태를 계속 끌고 가는 건 정말 안타까운 반면, 노신사께서 용돈을 넉넉하게 건네서 모든 문제를 조화롭게 푼다면 얼마나 바람직하겠습니까?"

스위블러는 손을 끊임없이 화려하게 흔들며 연설하다 갑자기 지팡이 머리로 입을 누르는 게, 한마디라도 더 하면 효과가 사라질까 두려워하는 것 같고, 노인은 손자를 쳐다보며 한탄했다.

"지랄 맞게 나타나서 괴롭히는 이유가 뭐냐! 떠버리 친구까지 데려와서? 나 역시 돈이 없다는 말을, 근근이 어렵게 살아간다는 말을 도대체 몇 번이나 해야 알아듣겠니?"

그러자 손자가 차가운 눈빛으로 쳐다보며 대답했다.

"거짓말 관두라고 도대체 몇 번이나 해야 알아듣겠어요?"

"너는 네 길을 선택했어. 그 길을 가. 나는 넬리와 함께 근근이 힘들게 살아가도록 놔두고."

"이제 넬리도 금방 어른이 되는데 꼭꼭 숨겨놓으니, 내가 이렇게 안 찾아오면 오빠 얼굴조차 잊어버릴 거예요."

젊은이가 말하자, 노인이 눈빛을 번뜩이며 경고했다.

"그토록 끔찍이 생각하는 넬리가 너를 안 잊도록 조심하렴. 네가 거리를 맨발로 걸을 때 넬리가 화려한 마차를 타고 지나는 날이 안 오도록 조심하라고."

"할아버지가 넬리한테 돈을 물려주는 날을 말하는 건가요? 돈 한 푼 없다면서도 말은 참 근사하게 하는군요!"

젊은이가 투덜대자, 노인은 마음속 생각을 밖으로 꺼내듯 목소리를 낮추며 말했다.

"그래, 우리는 정말 가난해. 하루하루가 고달파! 손녀딸은 순진무구하고 순수한데, 제대로 풀리는 일은 하나도 없어! 희망을 품고 기다리는 수밖에, 희망을 품고 기다리는 수밖에!"

두 젊은이 귀까지 가기에는 너무 나지막한 말이었다. 그래서 스위블러는 자신이 강력하게 연설한 결과로 내적 갈등을 빚는다고 생각하는 것 같았다. 지팡이로 친구를 콕 찌르며 자신이 "결정타"를 날린 게 분명하다고, 떡고물을 기대해도 되겠다고 속삭였기 때문이다. 하지만 잠시 뒤에 착각한 걸 깨닫고 불만과 졸음이 잔뜩 몰려드는지, 그만 떠나는 게 좋겠다고 한두 차례 말하는데, 바로 그때 바깥문이 열리면서 여자애가 나타났다.

3장

여자애 바로 뒤에는 정말 역겹고 흉측한 중년 남자가 있었다. 키가 너무 작은 걸 보면 난쟁이가 분명하지만, 머리와 얼굴은 거인처럼 컸다. 새까만 두 눈은 비열하고 음흉하게 열심히 움직이고, 입과 턱엔 거칠게 자란 수염이 덥수룩하고, 얼굴은 깨끗하거나 온전하게 보인 적이 한 번도 없는 것 같았다. 하지만 무엇보다 역겨운 건 얼굴에 머금은 섬뜩한 미소로, 즐겁거나 행복해서 웃는 게 아니라 습관 같은데, 누런 이까지 드러내는 걸 보면 숨을 헐떡이는 똥개 모습이 그대로 떠올랐다.

머리에 쓴 모자는 높고 크며, 까만 옷은 너덜너덜하고, 신발은 턱없이 커다랗고, 목에 두른 목도리는 하얀 천에 더러운 게 잔뜩 묻은 채 구겨지고 늘어져서 뻣뻣한 목을 그대로 드러냈다. 까만 머리는 흰머리가 희끗거리는데, 관자놀이 높이로 짧게 깎아서 양쪽 귀에 지저분하게 걸쳤다. 두 손은 가마니처럼 거칠고 더러우며, 손톱은 노랗게 자라다 굽었다.

자세히 안 살펴도 모든 특징이 한눈에 보일 정도로 독특한 데다 시간마저 넉넉한 터라, 순간적으로 모두 입을 다물었다. 여자애는 오빠에게 쭈뼛쭈뼛 다가가서 손을 잡고, 난쟁이라고 해도 괜찮을 사내는 주변 사람을 자세히 살피고, 골동품 상점 주인은 당황해서 어쩔 줄 모르는 걸 보면 흉측한 사내가 찾아올 줄 모른 것 같았다. 그런데 난쟁이가 젊은이를 가만히 살피던 눈 위로 손을 쭉 올리며 감탄했다.

"아! 영감 손잔가 보군요!"

"손자가 아니라면 좋겠네."

노인이 대답하자, 난쟁이가 스위블러를 가리키며 물었다.

"그럼 저자는?"

"저놈 친구, 저놈만큼이나 달갑지 않은."

노인이 대답하자, 난쟁이가 빙글 돌아서 나를 똑바로 가리키며 물었다.

"그럼 저자는?"

"넬리가 지난밤에 자네 집에 다녀오다 길을 잃었을 때 집까지 데려다 준 마음씨 착한 신사분."

조그만 사내는 여자애를 쳐다보는 게 금방이라도 야단치거나 감탄할 것 같더니, 여자애가 오빠에게 말하는 걸 보고서 마음을 가라앉히곤 머리를 기울이며 엿듣는 가운데, 오빠가 커다랗게 말했다.

"아아, 넬리, 사람들이 나를 멀리하라고 가르치던, 엉?"

"아니에요, 아니에요. 말도 안 돼요. 아, 아니에요!"

여동생이 부인하자, 오빠가 비웃으며 다시 물었다.

"그럼 나랑 가깝게 지내라 했나?"

"그것도 아니에요. 오빠 얘기를 나한테 아무도 안 했어요. 정말이에요."

여동생이 부인하자, 오빠가 할아버지를 매섭게 노려보며 말했다.

"그럼 한번 믿어볼까? 그래, 한번 믿어보겠어, 넬리. 아! 오빠는 너를 믿어!"

"나는 오빠를 진짜 사랑해요."

"당연히 그래야지!"

오빠가 말하자, 여동생은 크게 감격한 어투로 다시 말했다.

"정말 사랑해요, 앞으로도 늘 그럴 거고요. 하지만 아! 할아버지를 안 괴롭히면 오빠를 더 많이 사랑할 거예요."

"그렇군!"

오빠가 말하더니, 허리를 조심스레 숙여서 여동생 뺨에 뽀뽀하고 앞으로 밀어내며 마무리했다.

"됐으니까 가서 볼일 봐. 울먹일 필욘 없어. 행여나 걱정할까 봐서 말하는데, 지금 우리는 좋은 사이로 헤어지는 거야."

그리곤 입을 꾹 다문 채 여동생이 조그만 방으로 들어가서 방문을 닫을 때까지 바라보다, 난쟁이를 쳐다보며 갑자기 입을 열었다.

"여보세요, 선생은……?"

"나? 나는 퀼프야. 자네도 기억할 텐데. 이름이 길지 않잖아…… 다니엘 퀼프."

난쟁이가 대답하자, 젊은이가 다시 말했다.

"그렇다면, 퀼프 선생. 선생은 우리 할아버지한테 영향력이 있겠지요?"

"당연하지."

단호한 어투였다.

"할아버지가 은밀하게 벌이는 작업에도 그렇겠지요?"

"일부는."

이번에도 대답이 단호했다.

"그러면 할아버지한테 확실히 알려주세요, 넬리를 붙잡아두는 한, 마음 내킬 때마다 찾아오겠다고. 나를 못 오게 하려면 먼저 넬리를 놓아주어야 한다고. 내가 도대체 무슨 짓을 했길래 벌레 보듯 싫어하면서 피하느냐고요? 역병이라도 옮긴답니까? 그러면 할아버지는 내가 애정이 없다고 하겠지요, 당신만큼 넬리를 보살피지도 않고 넬리한테 바람직하지도 않다고. 마음대로 말하라 하세요, 나는 아무 때나 오가며 넬리한테 오빠라는 존재를 심어줄 테니까. 마음이 내킬 때마다 넬리를 만날 테니까. 중요한 건 바로 그거에요. 그래서 오늘도 왔고, 똑같은 이유로 앞으로도 오십 번은 찾아와서 매번 성공할 겁니다. 분명히 말하지만 목적을 이룰 때까지 안 멈춰요. 오늘은 볼일을 다 봤으니 그만 떠나겠습니다. 가자, 스위블러."

"잠깐!"

스위블러가 소리치더니, 젊은이가 바깥문으로 그냥 걸어가자, 재빨리 말했다.

"선생!"

이 말을 듣고 퀼프가 응답했다.

"네, 뭐든 말씀만 하세요."

"흥겨운 축제가 한창이고 불빛은 눈부시게 화려한 곳을 떠나기 전에 선생만 허락하신다면 몇 마디 하겠습니다. 내가 오늘 방문한 건 영감님을 친절한 분으로 여겼기 때문입니다."

"계속하세요, 선생."

다니엘 퀼프가 말했다. 상대가 갑자기 입을 다문 거다.

"지금 막 떠오른 생각인데, 조르고 협박하며 괴롭히는 건 서로한테 바람직하지 않고 양측 영혼에도 안 좋은 것 같으니, 현 상황에 딱 맞는 해결법을 제가 제안하겠습니다. 귀에 대고 한 마디 속삭여도 괜찮겠습니까, 선생?"

그러더니 상대가 허락하는 걸 안 기다리고 난쟁이에게 다가가서 허리를 숙이며 어깨에 기대서 입을 귀에 대고 모든 사람에게 확실하게 들리는 목소리로 말했다.

"지금 영감님한테 가장 중요한 건…… 돈을 주는 겁니다."

"뭐라고요?"

퀼프가 묻자, 스위블러가 자기 주머니를 톡톡 치며 대답했다.

"돈을 주는 거요, 선생, 돈. 이제 아셨습니까, 선생?"

난쟁이가 고개를 끄덕이자, 스위블러는 똑같이 고개를 끄덕이며 뒤로 물러나고, 또 끄덕이며 물러나다, 마침내 바깥문에 이르자, 크게 헛기침해서 난쟁이 관심을 끌더니, 기회를 안 놓치고 열심히 손짓 발짓해서 비밀을 꼭 지킬 거로 믿는다고 알렸다. 그래서 충분히 손짓 발짓한 다음에 진지한 표정으로 친구를 쫓아가며 사라지자, 난쟁이는 언짢은 표정으로 바라보다 어깨를 으쓱하며 말했다.

"제기랄! 그거 대단한 벼슬이구먼. 나는 저런 손자가 없어서 다행이야!"

그러더니 노인을 쳐다보며 덧붙였다.

"몸도 망가지고 정신도 없어서 꼼짝을 못하지 않는 한, 영감한테도 저런 손자는 필요 없다고."

그러자 노인이 자포자기한 표정으로 무기력하게 반박했다.

"내가 어쩌겠나? 놀리는 건 쉽지. 하지만 내가 어쩌겠냐고?"

"내가 영감이라면 어떻게 하겠느냐고?"

"당연히 폭력을 쓰겠지."

노인이 말하자, 난쟁이는 "맞아요, 맞아"라고 대답하는데, 꽤 좋아하는 걸 보면 실제로 그렇게 생각한 게 분명했다. 그리곤 더러운 두 손을 마주 잡고 비비면서 사악하게 웃는 얼굴로 이어 말했다.

"우리 마누라한테 물어보라고, 어여쁜 마누라, 겁을 잔뜩 집어먹고 순종하는 사랑스러운 마누라. 그러고 보니, 집을 너무 오랫동안 비운 터라 내가 들어갈 때까지 우리 마누라가 불안해서 안절부절못하겠네. 내가 집만 비우면 늘 그러거든, 말하고 싶은 건 다 말해도 화내지 않겠다고 꼬드길 때까지 감히 아무 말도 못 하지만. 아! 제대로 훈련받은 우리 마누라."

난쟁이는 조그만 몸뚱이에 괴물 같은 머리가 흉측한데도 두 손을 천천히 비비고 또 비벼, 이렇게 사소한 동작조차 이상하게 보이는 가운데, 부숭부숭한 눈썹을 내리깔고 턱을 추켜세워서 살그머니 올려다보며 즐거워하는데, 악마가 있다면 바로 그런 모습일 것 같았다. 그리곤 한 손을 가슴에 넣고 옆걸음질로 다가가며 말했다.

“자, 행여나 문제가 생길까 걱정스러워서 내가 직접 가져왔어요. 넬리가 가방에 담아서 가져오기엔 황금이 너무 크고 무겁거든. 하지만 이 정도 심부름은 이제 넬리도 할 수 있어야 해요. 영감이 죽으면 넬리가 다 해야 하니까.”

“이제 그렇게 되겠지! 바라건대.”

노인이 말하는데, 많이 괴로운 어투였다. 그러자 난쟁이는 “바라건대!”라고 되풀이하다, 노인 귀에 대고 말했다.

“영감, 내가 건네는 건 모두 좋은 곳에 투자하길 바랍니다. 물론 영감은 입이 무거워서 비밀을 단단히 지키겠지만.”

“비밀! 그래, 자네 말이 맞아. 나는 그걸…… 그걸 단단히…… 아주 단단히 지켜.”

노인이 초췌한 표정으로 대답하고는 입을 꾹 다물었다. 하지만 돈을 들고 천천히 걸어가며 한 손으로 머리를 누르는데, 너무 힘들어서 기운이 하나도 없는 것 같았다. 조그만 거실로 들어가서 벽난로 선반 위 철제금고에 넣고 자물쇠를 채우는 동안 난쟁이는 매서운 눈으로 지켜보고, 조그만 금고에 무엇이 있을까 궁리하다, 서둘러 돌아가지 않으면 마누라가 발작할 거라 생각하고 떠날 채비를 갖추며 말했다.

“이제 나는, 영감, 집으로 갈 테니까 넬리한테 안부를 전하세요. 길을 두 번 다시 안 잃길 바란다는 말도 전하고. 덕분에 예상치 못한 영광을 누리긴 했지만.”

그러더니 나에게 고개를 숙이며 음흉한 미소를 보내고, 주변에 가득한 골동품을 아무리 조그맣고 사소한 거라도 모두 파악하려는 듯 매섭게 훑어보다 떠났다.

나도 그만 떠나려고 여러 차례 시도했으나, 노인이 매번 가지 말라고 사정하며 막았다. 단둘이 있을 때도 다시 간청하며 어린애를 집까지 데려다줘서 고맙다고 누차 말해, 나는 기꺼이 응하며 의자에 앉아서 노인이 앞에 갖다 놓은 낡은 메달 서너 개와 신기한 골동품 소품 몇 점을 살피는 척했다. 나를 붙잡아두려고 크게 애쓸 필요는 없었다. 처음 왔을 때 잔뜩 느낀 호기심을 여전히 하나도 못 풀었기 때문이다.

얼마 뒤에 넬리는 뜨개질감을 탁자로 가져와서 노인 옆에 앉았다. 실내에는 산뜻한 꽃이 있고, 녹색 가지를 넣은 새장에는 예쁜 새가 있고, 생생하고 신선한 숨결은 낡고 칙칙한 집 안을 바스락대며 지나다 여자애 주변을 맴도는 듯한 느낌이 상쾌했다. 하지만 아름답고 우아한 여자애를 바라보다 다 늙어서 몸뚱이는 빼빼 마르며 굽고 얼굴은 근심에 찌든 노인을 보는 느낌은 상쾌하기는커녕 이상하기만 했다. 노인이 저렇게 마르다 병들면 외로운 여자애는 어떻게 살까, 노인처럼 가련한 보호자가 죽는다면 여자애는 어떤 운명에 처할까?

이런 생각에 대답이라도 하듯, 노인이 여자애 손에 한 손을 올리며 커다랗게 말했다.

“나도 기운을 낼 거야, 넬리. 너한테는 행운이 가득 몰려들고. 내가 아니라 너를 위해서. 안 그러면 순진무구한 너한테 끔찍한 불행이 몰려들 테니까. 당연히 그리될 수밖에 없으니까!”

여자애는 밝은 얼굴로 가만히 쳐다볼 뿐 아무 대답도 없고, 노인은 다시 말했다.

“네가 짧은 인생을 또래 친구도 없고 어린애다운 놀이도 없이 나하고, 단조롭기만 한 늙은이하고 지금껏 살아온 걸 생각하면, 이렇게 자라도록 다른 사람 하나 없이 늙은이랑 단둘이 외롭게 살아온 걸 생각하면,

내가 너한테 너무 심한 게 아니었나 걱정스러워, 넬리."

"할아버지!"

여자애가 소리치며 깜짝 놀란 표정을 그대로 드러내고, 노인은 계속 말했다.

"일부러 그런 건 아니야, 결코 아니야. 나는 네가 예쁘고 쾌활한 친구들 사이에서 마음껏 뛰놀며 돋보이기만 학수고대했어. 그런데 지금도 학수고대만 하는구나, 넬리, 지금도 학수고대만 해. 이러다 할아버지가 떠나면 너 혼자 험한 세상을 어찌 살아갈꼬? 저 불쌍한 새는 하늘을 날 테니 오히려 좋겠지만…… 맙소사! 바깥에서 키트 소리가 들려. 나가 보렴, 넬리, 어서 나가봐."

넬리가 일어나서 급히 나가다 멈추고 돌아서서 노인 목을 두 팔로 껴안더니, 다시 서둘러 나가는데, 동작이 훨씬 빨랐다, 뚝뚝 떨어지는 눈물을 숨기려고. 그러자 노인이 나에게 급히 속삭였다.

"할 말이 있어요, 선생. 저번 밤에 선생이 한 말을 듣고 마음이 불편해서 그래도 나는 지금껏 최선을 다했다며, 설사 되돌리고 싶더라도 이제 너무 늦어서 어쩔 수 없다며, 아직은 성공을 꿈꾼다며 간신히 달랬답니다. 모든 게 넬리를 위한 거예요. 나는 찢어지게 가난한 집에서 태어났어요. 그래서 저 애만큼은 가난하게 사는 고통을 안 겪게 하고 싶어요. 저 애만큼은 저 애 엄마가, 내 딸이, 무덤에 일찍 들어간 슬픔을 안 겪게 하고 싶어요. 그래서 저 애한테 남겨줄 거예요, 순식간에 사라질 재산이 아니라 평생 부족한 것 하나 없이 살아갈 재산을. 무슨 말인지 알겠습니까, 선생? 푼돈이 아니라 큰 재산을 물려주는 거라고요. 쉿! 자세히 말할 순 없답니다, 지금도 나중에도. 넬리가 돌아오네요!"

노인이 내 팔을 꽉 움켜잡은 손은 덜덜 떨고 두 눈은 긴장해서 동그랗게 뜬 채 잔뜩 흥분한 어투로 내 귀에 대고 열심히 퍼붓는 말에 나는 깜짝 놀랐다. 당시까지 직접 보고 들은 내용과 노인이 직접 한 말에 따라, 나는 그 성격까지 제대로 이해할 순 없어도 노인을 돈 많은 부자로, 평생에 걸쳐 돈을 벌고 상당한 재물을 긁어모았으면서도 한순간에 모든 걸 잃고 끔찍한 가난에 시달리진 않을까 끊임없이 괴로워하는 지극히 불행한 사람 가운데 하나로 여겼다. 노인이 직접 내뱉은 이해할 수 없는 말을 나는 이렇게 받아들이고, 그래서 노인은 그런 불행한 유형 가운데 하나가 분명하다고 결론 내린 거다.

깊이 생각해서 내린 결론은 아니었다. 정말이지 당시에는 그럴 여유가 없었다. 여자애가 곧바로 돌아와서 키트에게 글을 가르칠 준비에 들어가니, 글공부는 일주일에 두 번 하는데 그날 초저녁이 바로 그런 시간인 것 같고, 그래서 두 아이 모두 흥겹게 떠들어댔으니 말이다. 낯선 신사 때문에 키트가 어색해서 거실 탁자에 앉는 걸 얼마나 오랫동안 망설이고, 자리에 앉은 다음에는 양쪽 소매를 걷어붙이고 어깨를 쭉 편 채 책에 얼굴을 바싹 들이밀고 글씨를 얼마나 열심히 바라보았는지, 한 손에 펜을 움켜쥐는 순간부터 얼룩을 묻히더니 결국엔 머리까지 잉크로 얼마나 뒤범벅되었는지, 행여나 글씨를 제대로 쓰기라도 하면 다른 글씨도 그렇게 쓰려다 팔꿈치로 얼마나 곧바로 뭉개버렸는지, 이렇게 실수할 때마다 여자애는 얼마나 흥겹게 웃어대고 불쌍한 키트 역시 얼마나 커다랗게 웃어댔는지, 그런데도 공부하는 내내 여자애는 얼마나 열심히 가르치고 키트는 얼마나 열심히 배웠는지 등, 모든 내용을 상세히 설명하려면 시간과 공간이 필요 이상으로 늘어날 수밖에 없다. 글공부했다는, 초저녁 시간이 그렇게 흐르다 저녁이 됐다는, 노인이 다시 초조하고 불안해했다는, 그러다가 며칠 전과 똑같은 시각에 밖으로 은밀하게 나갔다는, 여자애는 깜깜한 공간에 또다시 홀로 남았다는 정도를 말하는 거로 만족하자.

그리고 지금까지는 내가 독자 여러분에게 등장인물을 일일이 소개하며 이야기를 풀어갔다면, 이제부터는 나 없이 등장인물 각자가 중요한 내용을 스스로 말하고 행동하며 이야기를 풀어가도록 하자.

4장

퀼프 부부는 '타워 힐'에 사는데, 퀼프가 집에 있든 급히 처리할 일이 있다며 밖으로 나가든, 퀼프 부인은 '타워 힐' 침실에서 늘 불안하게 지냈다.

퀼프는 딱히 무슨 직업이 있다고 말할 순 없으나, 하는 일이 다양하고 할 일도 많았다. 강변 거리와 골목에 지저분하게 늘어선 판자촌에서 월세를 받고, 화물선을 모는 하급 관리와 뱃사람에게 돈을 미리 주고, 동인도 회사 선박에서 화물을 훔치고, 증권 거래소에 매일 가서 번뜩이는 모자에 멋진 정장을 차려입은 사람들을 툭하면 만났다. 템스 강 건너편 서리 구역에는 쥐 떼가 우글대는 '퀼프 선창'이라는 끔찍한 곳이 있는데, 여기에는 나무로 만든 건물이 하늘에서 떨어져서 처박힌 것 같은 돈놀이 사무실, 녹슨 닻 서너 개, 커다란 갈고리 여러 개, 썩어 문드러진 나뭇더미, 다 낡아서 깨지고 뒤틀리고 찌그러진 동판 두세 더미가 지저분하게 널렸다. 퀼프 선창에서 다니엘 퀼프는 폐선 해체 사업을 하는데 주변 풍경으로 판단하건대, 사업 규모가 매우 작거나 아직은 폐선을 조금만 해체한 게 분명하다. 활발히 움직이는 모습도 없으니, 사람이라곤 거친 옷차림이 양서류처럼 보이는 아이 한 명이 전부로, 하는 일이라곤 동판 더미에 앉아서 강물이 빠져나간 진흙탕에 돌을 던지다 일어나서 주머니에 두 손을 찌른 채 요란하게 일렁이는 강물을 물끄러미 바라보는 것밖에 없었다.

난쟁이가 사는 '타워 힐'에는 부부 말고도 장모가 사는데, 사위를 두려워하면서도 끊임없이 다퉜다. 실제로 흉측한 난쟁이는 화만 나면 흉한 모습이든 잔인한 행동이든 교활한 성격이든 안 가리고 동원해서 주변 사람 모두가 끔찍이도 두려워하도록 만들었다. 특히나 자기 부인을 누구보다 완벽하게 압도해, 체구는 아담하고 얼굴은 예쁘며 말투는 온화하고 두 눈은 새파란 부인으로선 정말 이상한 열정에 빠져드는 드물지 않은 사례를 겪으며 난쟁이와 결혼한 다음, 멍청한 행동을 매일같이 후회하며 살아야 했다.

앞에서 말한 대로 퀼프 부인은 침실에서 불안하게 지냈다. 하지만 혼자 있는 건 아니었다. 앞에서 말한 엄마 말고도 (자기네끼리 그러자고 한 것도 아닌데) 간식 시간에 딱 맞춰서 한둘씩 이상할 정도로 우연히 찾아온 이웃집 아낙이 여섯이었다. 잡담을 나누기에 좋은 계절인데다 실내 공간은 시원하고 분위기는 느긋하며 창문을 열어도 무성하게 자란 나무가 바깥 먼지는 물론 길거리에서 쳐다보는 시선마저 기분 좋게 막아주니 아낙들이 그곳에서 잡담을 즐기고 싶은 건 당연한데, 신선한 버터에다 갓구운 빵과 새우와 채소 샐러드까지 있으니 더할 나위 없었다.

이런 형편이라, 함께 모인 아낙들로선 대화 주제가 여성에게 갑질하는 남성으로 모이는 건, 남성의 갑질에 맞서 싸워서 여성의 인권과 존엄성을 지켜나갈 의무로 모이는 건 지극히 당연했다. 이유는 네 가지였다. 첫째, 퀼프 부인은 아직 젊은데도 남편에게 지배당하는 거로 유명하니 이제라도 반발하도록 자극해야 마땅하고, 둘째, 퀼프 장모는 남성의 권위에 맞서서 끊임없이 싸우는 거로 유명하고, 셋째, 그 집에 찾아온 아낙네 각자는 여성 인권이란 측면에서 탁월한 견해가 있다는 사실을 자랑하고 싶고, 넷째, 아낙네 각자는 단둘이 만나서 남을 흉보는 게 익숙한데 지금은 모두 한자리에 모여서 그럴 수 없으니, 공동의 적을 공격하는 것보다 좋은 방법이 없기 때문이다.

이 같은 사정을 고려해서 뚱뚱한 아낙 한 명이 안타깝고 걱정스럽단 표정으로 퀼프 선생은 어떻게 지내느냐고 물으며 말문을 여는 순간, 퀼프 장모가 날카롭게 낚아챘다.

"아! 사위는 잘 지낸답니다. 특별히 문제 될 게 없으니까요. 잡초는 나쁠수록 무성하게 자라는 법이라서요."

그러자 모든 아낙이 동시에 한숨을 내쉬고 침통한 표정으로 고개를 가로저으며 퀼프 부인을 쳐다보고, 뚱뚱한 아낙은 퀼프 장모에게 말했다.

"아! 부인께서 따님한테 조언 좀 해주시면 좋을 텐데요, 지니윈 부인. 여성이 취할 행동을 부인만큼 아는 사람도 드물잖아요."

그러자 지니윈 부인은 "당연하죠, 부인! 불쌍한 남편이, 저 아이 아버지가 살았을 때, 행여나 험한 말이라도 했다간 나한테 단번에……" 하고 대답하다, 중간에 입을 다물고 새우 머리를 단호하게 비틀어 당겨서 자신이 어떻게 할지 보여주었다.

다른 아낙은 그 의미를 또렷하게 알아채고 상대를 곧바로 추켜세우며 대답했다.

"저도 똑같은 마음이니, 부인, 저도 그러고 말겠어요."

"하지만 당신은 그럴 필요가 없잖아요. 다행히도 그런 상황을 나만큼 많이 겪진 않을 테니까."

지니윈 부인이 말하자, 뚱뚱한 여인이 다시 끼어들었다.

"어떤 여자도 그런 일을 겪을 필요는 없어요, 자신한테 솔직하면."

그러자 지니윈 부인이 경고하는 어투로 말했다.

"들었니, 베씨? 내가 너한테 똑같은 말을 얼마나 자주 했니, 네 앞에서 무릎까지 꿇다시피 하면서!"

불쌍한 퀼프 부인은 동정하는 눈으로 쳐다보는 얼굴을 차례대로 힘없이 바라보다, 빨갛게 달아오른 얼굴로 미소를 머금으며 고개를 가로저었다. 그와 동시에 나직이 웅성대던 소리가 일제히 커지며 한 마디씩 왁자지껄 뱉어냈다. 퀼프 부인은 아직 젊으니 아는 것도 많고 경험도 많은 사람들 말에 반박하는 건 옳지 않다, 하나같이 잘되길 바라는 마음으로 하는 말을 안 받아들이는 건 잘못이다, 그런 행동은 고마운 걸 모르는 거랑 똑같다, 자신을 가볍게 볼지언정 다른 여성은 존중해야 마땅한데 그걸 너무 쉽게 포기한다, 다른 여성을 존중하지 않으면 다른 여성 역시 당신을 존중하지 않을 테니 나중에 크게 후회한다는 내용이었다. 모든 아낙이 강력하게 공격하고 경고하면서 따듯한 차와 갓구운 빵과 신선한 버터와 새우와 샐러드를 마구잡이로 공략하고는, 퀼프 부인을 보면 너무 안타까워서 입맛이 싹 달아난다고 말하자, 퀼프 부인은 힘이 하나도 없는 어투로 대답했다.

"모두 좋은 말씀이지만, 제가 내일 죽는다면 남편은 아무나 마음에 드는 여자랑 결혼할 사람이에요…… 맞아요, 확실해요!"

이 말과 함께 분노하는 함성이 일어났다. 아무나 마음에 드는 여자랑 결혼한다니! 퀼프가 감히 자신이랑 결혼할 생각을 품는 건 아닌지, 그런 일이 정말로 일어날 수 있는지 모든 아낙이 확인하려고 아우성이었다. 과부로 사는 아낙네 한 명은 퀼프가 그런 뜻을 드러내면 칼로 찔러서 죽여버리겠다고 강조할 정도였다.

그러자 퀼프 부인이 고개를 끄덕이며 말했다.

"조금 전에 말했듯이, 말하는 건 쉽지만, 내가 다시 한번 분명히 말하는데, 퀼프는 무어든 마음 내키는 대로 할 방법이 있으니, 내가 죽는다면 여기에서 제일 잘 생긴 여자는 퀼프를 도저히 거부할 수 없을 거예요, 혼자 산다면, 그래서 퀼프가 사랑하겠다고 마음먹는다면. 두고 보세요!"

이 말을 듣고 모두 불끈 화내는 게 마치 '나를 말하는 거 다 알아. 퀼프한테 마음대로 해보라고 해…… 본때를 보여줄 테니까'라고 말하는 것 같으면서도, 드러낼 수 없는 이유로 하나같이 과부에게 분개하며 옆 사람 귀에 대고 과부는 자기를 말한다고 여기는 게 분명하다고, 정말 난잡한 여자라고 속삭였다.

"제 말이 옳다는 건 우리 어머니가 아세요. 우리가 결혼하기 전에 툭하면 그렇게 말씀하셨으니까요. 그렇지 않나요, 어머니?"

퀼프 부인이 묻자, 모두에게 높이 평가받던 여인은 처지가 미묘해졌다. 딸에게 퀼프와 결혼하도록 열심히 몰아붙인 건 확실하나, 아무도 결혼하지 않을 사내와 결혼하도록 밀어붙였다는 건 가문 체면에 도움이 안 되는 데다, 그렇다 해서 사위가 훌륭한 사람이라고 과장하는 건 남편과 맞서 싸워야 한다고 열심히 주장하던 명분을 훼손할 게 분명했다. 이러지도 저러지도 못할 상황에서 지니윈 부인은 딸이 한 말을 일부 인정하면서도 결혼을 밀어붙인 건 외면한 채, 뚱뚱한 여인을 재빨리 칭찬해서 옆길로 벗어난 대화를 제대로 돌려놓았다.

"아! 조지 부인이 좋은 말을 시기적절하게 했어요! 여자가 자신한테 솔직하면! 하지만 베씨는 아니에요. 창피한 것조차 모른답니다."

"퀼프가 부인한테 명령하는 식으로 어떤 남자가 나한테 명령하게 하느니, 부인이 퀼프한테 그러는 것처럼 내가 어떤 남자를 지극히 존경하느니, 차라리 자살하고 말겠어요, 그 남자가 죽였다는 글을 써놓고!"

조지 부인이 얘기하자 모두 공감하는 가운데 미노리 출신 아낙이 말했다.

“퀼프 선생도 훌륭한 사내일 수 있어요. 퀼프 부인이 그렇다 하고 지니윈 부인 역시 그렇게 여기는 걸 보면, 두 사람은 다른 사람이 모르는 걸 알 테니, 진짜 훌륭한 사내가 분명한 것 같아요. 그렇지만 퀼프는 정말이지…… 얼굴이 잘 생긴 것도 아니고 젊은 것도 아니라서 호감이 떨어지는 편인데, 부인은 젊고 잘 생기고 여자다워서 누구나 좋아하는 편이잖아요.”

마지막 말에 연민을 가득 실어서 듣는 사람이 웅성대며 공감하자, 미노리 출신 아낙은 자신 있게 입을 열어, “그런 남편이 이런 부인한테 툭하면 짜증 내고 타박한다면, 그렇다면……”이라고 말할 때 지니윈 부인이 찻잔을 내려놓고 무릎에 떨어진 빵조각을 쓸어내며 재빨리 끼어들어 엄숙하게 선언했다.

“‘그렇다면’이라뇨! 퀼프는 정말 악랄한 폭군이고 우리 딸은 완벽한 노예라고요. 퀼프가 한마디 하거나 힐끗 쳐다보기만 해도 우리 딸은 무서워서 벌벌 떨다 못해 금방이라도 죽을 것 같을 뿐, 지금껏 감히 말대꾸 한마디 못했답니다, 단 한마디도.”

이 사실은 그 자리에서 차 마시는 사람이라면 누구나 아는 터라 지난 12개월 동안 동네 아낙들이 차를 마실 때마다 쑥덕대곤 했는데도, 이렇게 공식적으로 선언하자마자 모두 일제히 입을 열며 서로 목소리 키우기 경쟁에 뛰어들었다.

조지 부인은 사람들이 쑥덕댔다고, 시먼스 부인이 무려 스무 번이나 그렇게 말했는데 자신은 “아니야, 헨리에타 시먼스, 내 눈으로 직접 보고 내 귀로 직접 들을 때까지 결코 안 믿겠어”라고 늘 대답했다고 했다. 그러자 시먼스 부인이 정말이라고 동조하며 자신이 그런 증거를 강력하게 제시했다. 미노리 출신 아낙은 자신이 남편을 길들인 방법을 자세히 설명하며, 결혼하고 한 달이 지날 때 호랑이처럼 변한 남편에게 이 방법을 사용해서 완벽하게 온순한 양처럼 만들었다고 했다. 또 다른 아낙은 자신이 친정엄마와 이모 두 분까지 부르고 6주 연속으로 밤낮없이 울어대면서 열심히 싸워 결국 승리한 이야기를 했다. 또 다른 아낙은 사람들이 제각기 말하느라 바쁠 뿐 자기 말을 안 듣자, 아직 결혼조차 않고도 그 자리에 우연히 낀 젊은 여자를 붙잡고서 이번 사례를 통해 마음이 평온하고 행복한 게 무엇보다 소중하다는 사실을 깨닫고, 툭하면 반발하는 남성을 온순하게 길들이는 데 모든 관심을 쏟아야 한다고 주장했다.

왁자지껄하는 소리가 최고조로 치솟고 아낙네 절반이 다른 목소리 절반을 억누르려고 비명까지 지를 때, 지니윈 부인은 얼굴색이 변하면서 집게손가락을 젓는 모습이 모두 조용히 하라는 것 같았다. 그때 비로소 사람들은 다니엘 퀼프가, 이토록 시끌벅적하게 만든 당사자가 실내에 조용히 들어와서 가만히 바라보며 열심히 듣는다는 걸 알아챘다.

"계속하세요, 아주머니들, 어서요. 여보, 아주머니들한테 저녁 식사를 대접하구려, 바닷가재를 비롯해 맛있는 걸 마음껏 들도록."

퀼프가 말하자, 부인이 말을 더듬으며 대답했다.

"제가……제가……부른 게 아니에요, 여보. 그냥 놀러 온 거예요."

"더욱 잘됐구려, 여보. 잔치는 우연히 여는 게 훨씬 재밌으니까."

난쟁이가 말하면서 일하다 온 듯 두 손에 묻은 먼지를 열심히 털어내는 모습이 마치 장난감 총에 총알이라도 재는 것 같았다.

"맙소사! 가지 마세요, 아주머니들, 그냥 갈 순 없잖아요!"

난쟁이가 말하는데도, 지금까지 열심히 비난하던 아낙들은 책임을 지니윈 부인에게 미룬 채 머리를 살짝 저으며 보닛 모자와 숄을 열심히 걸치니, 지니윈 부인은 혼자서 방어해야 한다는 걸 깨닫고 힘겹게 맞서며 말했다.

"저녁이나 먹을까, 퀼프, 우리 딸이 괜찮다면?"

"물론이죠. 안 될 게 뭐겠어요?"

퀼프가 대답하자, 지니윈 부인이 다시 물었다.

"저녁이나 먹자는 게 문제 될 건 없겠지?"

"당연하죠. 문제 될 게 뭐겠어요? 몸에 해로울 것도 없는데요. 바닷가재 샐러드나 참새우만 아니라면, 내가 소화를 못 시킨다는."

"자네도 부인이 공격 같은 걸 받아서 힘들어하는 게 싫을 거야, 그치?"

지니윈 부인이 묻자, 난쟁이가 씩 웃으며 대답했다.

"당연하지요. 장모님이 그러는 것도 싫은데…… 그러면 정말 멋있겠지만!"

"우리 딸은 자네 부인이라고, 퀼프. 자네가 결혼한 부인."

지니윈 부인이 말했다. 부인이란 사실을 상기시키면서 비꼬려는 거였다.

"당연하죠, 당연해."

난쟁이 말에 지니윈 부인은 화도 나고 잔인한 사위가 두렵기도 해서 덜덜 떨며 말했다.

"우리 딸도 마음이 내키는 대로 살아갈 권리가 있어, 퀼프."

"그야 물론이지요! 맙소사! 그것도 모르셨어요? 이제 아신 거예요, 장모님?"

"그렇게 살아야 한다는 건 알았지. 내가 시키는 대로 했다면 그리 살았을 거고."

장모가 말하자, 난쟁이가 몸을 돌려서 부인에게 말했다.

"여보, 당신 어머니가 시키는 대로 하지 그랬소? 당신 어머니를 쏙 빼닮지 그랬소? 당신 어머니는 최고로 훌륭한 여성이라오. 당신 아버지도 살아생전에 그렇게 말했을 거요. 그럼, 당연히 그렇고말고."

"저 애 아버지는 축복받은 분이셨네, 퀼프. 다른 사람보다 이천 배는, 아니, 이천만 배는 훌륭하게."

장모 말에 난쟁이가 대답했다.

"나도 장인어른을 만나면 좋았을 거예요. 당시에 얼마나 축복받았는지 모르겠지만, 지금은 정말 축복받은 게 확실하거든요. 다행히 풀려났으니까, 오랫동안 시달리다, 그죠?"

장모는 숨을 헉 들이마실 뿐 아무 대답도 못 하고, 퀼프는 눈빛을 사악하게 번뜩이며 정중한 혀로 다시 빈정댔다.

"안색이 안 좋네요, 장모님. 체력도 약하신 분이 너무 많이 말해서 흥분한 거예요. 그만 주무세요. 그만 주무시라고요."

"알아서 하겠네, 퀼프. 지금은 아니야."

"그래도 지금 그러세요. 지금 당장 주무시라고요."

난쟁이가 재촉하자, 지니윈 부인은 잔뜩 화난 표정으로 바라보다, 난쟁이가 다가오는 만큼 물러서고 또 물러서더니, 사위가 문을 쾅 닫는 순간에 아래층에 모여있던 아낙들 사이로 뛰어들었다. 그래서 단둘이 남자, 퀼프는 한쪽 구석에 앉아서 덜덜 떨며 바닥만 내려다보는 부인 앞으로 다가가서 팔짱을 낀 채 가만히 서서 오랫동안 쳐다보았다. 그러다 말했다.

"부인."

"네, 남편."

부인이 온순하게 대답하자, 퀼프는 가슴에 담긴 말을 꺼내는 대신 다시 팔짱 낀 채 훨씬 무섭게 노려보고, 부인은 시선을 내리깐 채 다시 바닥만 바라보았다.

"부인."

"네, 남편."

"저 여편네들이 하는 말을 또다시 들으면 내가 깨물어버리겠소."

퀼프는 단순명쾌하게 협박하고 으르렁대서 솔직한 모습을 그대로 드러낸 다음, 탁자를 청소하고 럼주를 가져오라 명령했다. 그래서 자신이 선박 창고에서 몰래 빼 온 사각형 나무틀에 든 술병[3]을 내오자, 안락의자에 앉아서 커다란 머리와 얼굴로 등받이를 누른 채 조그만 다리를 탁자에 올렸다. 그리고 말했다.

"이제, 부인, 나는 밤새도록 담배를 태우면서 술이나 마실 생각이오. 당신도 그대로 앉아서 시중들면 좋겠소."

부인은 "네, 남편"이라고 필요한 대답만 하고, 조그만 독재자는 첫 번째 시가를 빼서 물고 첫 번째 럼주를 따라서 물을 섞었다. 태양이 내려가고 별이 살며시 나오면서 '타워 힐'은 회색으로 가라앉다 까맣게 변하니, 실내는 완벽한 어둠에 잠겨서 시가 끝만 빨갛게 타오르지만, 퀼프는 똑같은 자세로 술을 마시고 담배를 태우면서 평소처럼 개같이 웃는 얼굴로 창문만 물끄러미 내다보다, 부인이 너무 힘들거나 피곤해서 자신도 모르게 움찔할 때마다 환한 미소를 머금었다.

5장

퀼프가 때때로 눈을 껌뻑이며 졸았는지 아니면 밤새도록 눈을 크게 뜨고 앉았는지 모르겠지만, 담뱃불은 한 번도 안 꺼지고, 담뱃불이 거의 타들어 갈 때마다, 촛불 대신, 그 불로 새 담배에 불을 붙인 건 확실하다.

3) 선박에서 깨지는 걸 막으려고 술병을 나무틀에 넣었다. 퀼프가 선박에서 훔쳐낸 물건이다.

VASEY

시계에서 한 시간마다 이는 종소리마저 잠자리에 들거나 그만 쉬고픈 욕구를 자극하는 게 아니라, 밤이 깊어갈수록 교활하게 숨죽여서 마음껏 웃는 듯 목구멍을 꼬르륵대며 어깨를 들썩이는 걸 보면, 정신이 바싹 들게 하는 것 같았다.

마침내 날은 밝고, 퀼프 부인은 가련하게도 부족한 잠과 피로에 찌든 채 이른 새벽의 냉기에 부르르 떨며 의자에 끈기있게 앉아있다. 가끔 두 눈을 들고 쳐다보아 독재자가 불쌍하게 여겨서 자비를 베풀기만 말없이 하소연하다, 헛기침하는 식으로 자신이 아직도 용서받지 못하고 오랫동안 벌 받는다는 사실을 가만히 알렸다. 하지만 난쟁이 남편은 아무것도 모르는 척 여전히 시가를 태우고 럼주만 들이켤 뿐, 태양이 한참 올라오고 도시가 새날을 맞아서 거리가 시끌벅적하게 변하도록 옆에 있는 부인을 눈곱만큼도 아는 척하지 않았다. 그러다 방문을 마구 때리는 소리가 들리는 순간에 비로소 누군가 주먹을 단단히 움켜쥐고 열심히 때려댄다는 사실을 깨달은 것 같았다. 그래서 사악하게 웃는 얼굴로 돌아보며 말했다.

“맙소사! 날이 밝았군. 방문을 여시오, 사랑스러운 부인!”

부인이 방문 빗장을 순순히 열자, 친정엄마가 나타났다.

지니윈 부인은 사위가 잠자리에서 아직 안 일어났다 생각하고 잔뜩 화난 표정으로 급히 들어오며 사위 성격과 행동에 불만을 마구 털어놓다, 사위는 옷 입은 상태 그대로 있는 데다 실내 분위기는 전날 저녁 모습 그대로인 걸 알아채고 깜짝 놀라며 입을 다물었다.

하지만 그 무엇도 흉측한 난쟁이의 매서운 눈초리를 벗어날 수 없으니, 사위는 장모 마음속에 가득한 불만을 완벽하게 알아채고 극히 만족스러운 듯 훨씬 흉측한 얼굴로 의기양양하게 바라보며 잘 잤느냐 인사하고, 장모는 이렇게 말했다.

"아니, 베씨, 혹시 밤새도록…… 설마 밤새도록……."

그러자 퀼프가 뒷말을 이어서 대답했다.

"안 잤느냐고요? 네, 안 잤어요!"

"밤새도록?"

지니윈 부인이 깜짝 놀라자, 퀼프는 찡그린 표정으로 웃으며 대답했다.

"네, 밤새도록. 늙어서 안 들리나요? 남편과 부인 사이가 안 좋다고 누가 흉보던가요? 하하하! 시간이 쏜살같이 흐르던데."

"짐승!"

지니윈 부인이 소리치자, 퀼프는 일부러 잘못 들은 척하며 말했다.

"맙소사, 따님한테 욕하면 안 되죠. 이제 결혼까지 했잖아요. 시간을 속여서 남편이 잠자리에 못 들게 한 건 맞지만, 사위를 아무리 아낀다 해도 따님한테 욕할 순 없지요. 어쨌든 고맙습니다. 자, 장모님 건강을 위해서 건배!"

지니윈 부인은 주먹으로 사위를 마구 때리고 싶은 욕구가 끊임없이 이는 걸 느끼며 대답했다.

"정말 고맙구먼. 아! 정말 고마워!"

"고마운 것도 아시는군! 여보."

"네, 남편."

겁먹은 아내가 소심하게 대답하자, 퀼프가 다시 말했다.

"어머니와 함께 아침 식사를 준비하시오, 부인. 아침에 선창으로 나가야 하거든. 빠를수록 좋으니, 어서 서두시오."

하지만 지니윈 부인이 방문 근처 의자에 앉아서 팔짱까지 끼는 걸 보면 그럴 순 없다고 단호하게 시위하는 것 같았다. 그러나 딸이 몇 마디 속삭이고 사위는 혹시 어지러워서 그러냐고 다정하게 물으며 옆방에 찬물이 잔뜩 있으니 단번에 해결할 수 있다는 식으로 암시하자, 결국엔 마지못한 표정으로 아침 식사를 준비할 수밖에 없었다.

두 사람이 준비하는 동안, 퀼프는 옆방으로 가서 외투 목깃을 뒤집고 극히 지저분하게 보이는 수건을 물에 적셔서 얼굴에 문질러, 얼굴색을 처음보다 지저분하게 만들었다. 하지만 얼굴을 닦을 때조차 경계심과 호기심은 어쩔 수 없으니, 옆방에서 자기 말을 하는 것 같을 때마다 동작을 멈추고 평소처럼 매섭고 교활한 얼굴로 가만히 엿들었다. 그래서 잠시 집중하다가 커다랗게 소리쳤다.

"아아! 수건으로 귀까지 덮은 건 아닌데, 그렇게 생각하는 줄 몰랐네요, 장모님. 내가 난쟁이 똥자루 꼽추 악당 괴물이라니, 정말인가요, 장모님? 아아!"

퀼프는 이 말을 엿들은 게 너무 기뻐서 늙은 개처럼 신나게 웃으며 몸을 흔들어대다 두 여자가 있는 곳으로 돌아갔다. 그리고 거울 앞에서 목도리를 두르는데, 지니윈 부인은 그 뒤를 우연히 지나다, 독재자 사위에게 주먹을 휘두르고 싶은 욕구를 억누를 수 없었다. 그래서 매섭게 노려보며 주먹을 번쩍 들다가 유리 속에서 모든 걸 살피는 눈동자랑 마주쳤다. 그 눈동자는 거울 속에서 잔뜩 찌그러지고 얼굴은 끔찍이도 험상궂게 혀를 쭉 내밀더니, 곧바로 돌아서서 완벽하게 온화하고 평화로운 표정에 애정이 가득한 어투로 물었다.

"편찮으시더니, 지금은 어떠세요, 사랑스러운 장모님?"

지극히 사소하고 생뚱맞은 사례지만, 지니윈 부인은 사위가 꼬마 악마라고, 모든 걸 아는 섬뜩한 악마가 분명하다고 여긴 나머지, 너무 무서워서 한 마디도 못 뱉고 사위가 이끄는 대로 식탁으로 공손하게 나아가는 굴욕을 감내했다. 식탁에서도 사위는 딱딱한 달걀을 껍질째 우적우적 씹고, 커다란 새우를 머리랑 꼬리까지 먹어치우고, 담배와 샐러드를 동시에 더없이 탐욕스럽게 씹어대고, 펄펄 끓는 차를 눈 한 번 안 찡그리며 마시고, 포크와 숟갈이 휠 때까지 깨무는 등, 턱없이 끔찍한 행동을 짧은 순간에 다양하게 보이며 악마다운 모습을 그대로 드러내니, 두 여인은 과연 저게 사람인지 의심스럽고 무서워서 넋이 달아날 지경이었다. 결국 퀼프는 다양한 행동으로 본색을 드러낸 다음에 두 여인을 떠나, 온순하고 겸손한 자세로 강변에 가서 자기 이름을 붙인 선창으로 가는 나룻배에 올라탔다.

퀼프가 나룻배를 타고 강을 건넌 건 밀물이 한창일 때였다. 여기저기에서 바지선이 일부는 옆으로, 일부는 머리를 들이밀며, 일부는 꼬리부터 느긋하게 올라오는데, 하나같이 엉뚱한 방향으로 고집스럽게 나아가다, 커다란 선박에 부닥치거나 증기선 뱃머리 밑을 지나거나 아무짝에도 쓸모없는 구석으로 파고들어 사방이 호두껍데기처럼 까지는 가운데, 각자 기다란 노가 물속에서 한 쌍씩 몸부림치며 물을 튕기는 모습은 묵직한 물고기가 너무나 고통스러워서 몸부림치는 것 같았다. 닻을 내린 선박들은 밧줄을 감고 돛을 펴서 말리고 화물을 내리고 올리느라 일꾼마다 바쁘고, 한적한 선박에선 타르를 잔뜩 묻힌 아이 두세 명만 보이고 개 한 마리는 갑판을 이리저리 뛰어다니며 짖어대거나 뱃전에 힘겹게 올라서 밖을 내다보며 훨씬 시끄럽게 짖어댔다. 거대한 증기선 한 척이 돛대로 가득한 사이를 헤치며 천천히 다가오는데, 동그랗고 묵직한 물갈퀴로 수면을 조급하고 짤막하게 때리는 모습은 숨 쉴 공간을 찾는 것 같고, 거대한 선체가 다가오는 모습은 템스 강 조그만 물고기 사이에 둘러싸인 바다 괴물 같았다. 석탄을 가득 실은 배는 양쪽으로 까맣고 기다랗게 늘어서고, 그 사이로 다양한 배가 돛에 햇살을 잔뜩 머금은 채 천천히 빠져나가며 삐거덕대니, 그 소리가 사방으로 퍼져나가며 메아리쳤다. 강물과 함께 다양한 물체가 둥둥 떠서 흔들리고 춤추며 바삐 움직이고, 강변에 뿌옇게 솟아오른 런던탑과 다양한 건물과 그 사이로 수없이 솟아오른 교회 첨탑이 냉랭하게 쳐다보는 광경은 이리저리 흔들리는 이웃을 경멸하는 것 같았다.

다니엘 퀼프는 우산이 없어도 된다는 것 말고는 새파란 하늘에 별다른 감흥을 못 느낀 채 선창에 발을 단단히 내디뎌, 사방에 가득한 진흙탕을 양서류처럼 헤치며 나아가는 인파에 끼어서 좁은 길을 따라 나아갔다. 목적지에 도착하자 제일 먼저 눈에 띄는 건 신발 바닥을 드러내며 공중에 들어 올린 두 발로, 괴팍한 성격에 물구나무서는 걸 좋아하는 사내아이가 머리를 바닥에 댄 채 거꾸로 서서 템스 강을 독특하게 살피는 광경이었다. 하지만 주인 목소리를 듣자마자 두 발을 재빨리 내려서 머리를 똑바로 세우는 순간, 퀼프는 "한 방 먹어"라고 짤막하게 말했다.

"건들지 마세요. 안 그러면 시키는 대로 안 할 테니까요, 분명히 말하지만."

사내아이가 소리치며 양쪽 팔꿈치를 번갈아 올려서 꿀밤을 피하자, 퀼프가 으르렁댔다.

"개자식, 쇠막대로 때리고 녹슨 못으로 긁고 눈알을 뽑아버리겠어, 그런 식으로 말하면…… 반드시."

퀼프가 협박하며 주먹을 다시 움켜쥐고 팔꿈치 사이로 재빨리 밀어서 이리저리 피하는 사내아이 머리를 움켜잡더니, 꿀밤 서너 대를 제대로 때렸다. 그래서 목적을 달성한 다음에 떠났다.

사내아이가 최악에 대비해 양쪽 팔꿈치를 들고 머리를 이리저리 움직이며 멀찌감치 물러나서 "또 때리지 마세요. 이제……"라고 소리치는데, 퀼프가 끼어들었다.

"똑바로 서, 개자식아. 더 안 때려, 원하는 만큼 때렸으니까. 자, 열쇠나 받아."

"덩치가 사장님 같은 사람이나 때리라고요."

사내아이가 말하며 천천히 다가가자, 퀼프는 "덩치가 나 같은 사람이 어디 있냐, 개자식아? 열쇠를 받아, 안 그러면 열쇠로 골통을 깨부술 테니까"라고 말하며 열쇠 손잡이로 머리를 진짜 힘껏 때렸다.

사내아이는 부루퉁한 표정으로 열쇠를 받고서 투덜대다 고개를 돌려, 퀼프가 꾸준히 쳐다보며 따라오는 걸 보고 입을 다물었다. 여기에서 말하는 게 좋을 것 같은데, 사내아이와 난쟁이 사이에는 묘하게 통하는 공통점이 있었다. 어떻게 태어나고 자랐는지, 어느 쪽에서 꿀밤을 때리며 협박하고 어느 쪽에서 꿀밤을 맞고 투덜대는지는 중요하지 않았다. 퀼프는 사내아이 말고 누구에게도 꿀밤을 안 때리고, 사내아이는 언제든 도망칠 수 있으니 퀼프 말고 누구에게도 꿀밤을 안 맞았다.

퀼프가 사과 궤짝 같은 돈놀이 사무실에 들어서며 말했다.

"선창이나 살펴. 또 물구나무서면 발모가지를 싹둑 잘라버리겠어."

사내아이는 아무런 대답도 않더니, 퀼프가 안에서 문을 닫자마자 물구나무서서 손으로 걸으며 뒤로 가다 서고, 반대편으로 가서 똑같은 동작을 되풀이했다. 돈놀이 사무실은 벽이 네 개로, 사내아이는 퀼프가 내다볼 거로 생각하고서 창문이 있는 벽을 피했다. 다행이었다. 실제로 난쟁이는 사내아이가 물구나무설 걸 아는 터라 커다란 몽둥이를 들고서 창문 바로 옆에 숨었는데, 표면이 거친 데다 부러진 못까지 곳곳에 박혀, 거기에 맞으면 다칠 수도 있었기 때문이다.

돈놀이 사무실은 상자처럼 조그맣고 더러운 간이건물로, 안에는 낡아서 삐거덕대는 책상 하나와 걸상 두 개, 모자걸이, 오래된 달력, 잉크조차 없는 잉크스탠드, 토막 난 펜, 태엽을 8일에 한 번 감는 시계가 있지만 시침은 최소한 18년 동안 안 움직이고 분침은 뜯어서 이쑤시개로 쓴

지 오래였다. 다니엘 퀼프는 모자를 깊숙이 눌러쓰고 바닥이 편편한 책상에 올라가서 짧은 다리를 쭉 뻗고 눕는 동작이 자주 그런 사람처럼 익숙했다. 낮잠이라도 충분히 자서 간밤에 못 잔 잠을 보충하려는 게 분명했다.

얼마나 곤하게 잤는지 모르겠지만 길지는 않았다. 15분밖에 안 돼서 사내아이가 문을 열고 밧줄이 뒤엉킨 것 같은 머리를 들이밀었기 때문이다. 잠귀가 밝은 퀼프는 화들짝 놀라며 깨어나고, 사내아이는 이렇게 말했다.

"사람이 찾아왔어요."

"누구?"

"몰라요."

"그럼 물어보라고, 개자식아."

퀼프가 소리치면서 나뭇조각을 움켜잡아 정확히 던졌으나, 다행히도 사내아이는 그게 날아오기 전에 사라졌다.

나뭇조각 미사일이 날아오는 곳으로 다시 들어가는 모험을 하고 싶지 않아서 사내아이는 찾아온 사람만 들어가게 하니, 문 앞에 나타난 건 여자애가 전부였다.

"맙소사, 넬리!"

퀼프가 놀라고, 여자애는 대답했다.

"네. 저예요, 아저씨."

하지만 안으로 들어갈지 물러날지 망설이는 기색이 또렷했다. 난쟁이가 잠자다 일어나, 머리칼은 잔뜩 헝클어진 채 사방으로 흘러내리고 노란 목도리는 머리에 걸친 모습이 섬뜩했기 때문이다.

그런데 퀼프는 책상에서 내려오지도 않은 채 말했다.

"들어와. 어서. 가만. 마당을 내다봐. 저놈이 물구나무를 섰는지 알려줘."

"아니에요, 아저씨. 두 발로 똑바로 섰어요."

"정말? 으음, 그렇다면 들어와서 문을 닫아. 무슨 일로 찾아왔니, 넬리?"

여자애가 편지 한 통을 건넸다. 퀼프는 몸을 살짝 틀어서 한 손으로 턱을 괴고 편지를 읽기 시작했다.

6장

어린 넬리는 편지만 열심히 읽는 퀼프 얼굴을 옆에 가만히 서서 잔뜩 겁먹은 눈으로 쳐다보는데, 의심스럽기도 하고 무섭기도 하지만 조그만 모습은 너무나 이상하고 동작은 너무나 괴팍해서 금방이라도 웃음이 터질 것 같은 표정이 그대로 드러났다. 그렇지만 난쟁이가 뭐라고 대답할지, 잔뜩 화나서 심통을 부리진 않을지 잔뜩 걱정하는 표정도 또렷하게 드러나며 균형을 이뤄, 곧 웃어버릴 것 같은 충동을 지그시 억눌렀다.

퀼프는 편지 내용에 적지 않게 당황한 표정이었다. 처음 두세 줄을 읽을 때는 두 눈을 동그랗게 뜨며 눈살을 무섭게 찡그리더니, 두세 줄을 더 읽을 때는 머리를 박박 긁고, 끝부분을 읽을 때는 휘파람을 불길하게 오랫동안 불어서 정말 짜증스럽고 어이없는 마음을 그대로 내보였다. 그러더니 편지를 접어서 옆에 내려놓고 손톱 열 개를 마구 물어뜯다, 편지를 급히 집어서 다시 읽었다. 두 번째 읽을 때도 처음 그럴 때처럼 불만스러운 내색을 잔뜩 보이다 깊은 공상에 빠져들더니, 갑자기 정신을 차려서 손톱을 맹렬하게 물어뜯으며 여자애를 빤히 쳐다보아, 여자애는 두 눈을 바닥에 깐 채 난쟁이 기분이 풀리기만 기다렸다.

"이봐, 이봐! 넬리!"

난쟁이가 갑자기 내뱉는 소리에, 여자애는 귀에 총이라도 맞은 것처럼 화들짝 놀라며 대답했다.

"네, 아저씨."

"편지 내용이 뭔지 알아, 넬리?"

"아니요, 아저씨!"

"정말이야? 확실해? 하늘에 대고 맹세해?"

"네, 아저씨."

"목숨까지 걸 수 있어?"

"정말 몰라요, 아저씨."

여자애가 대답하자, 퀼프는 순진무구한 표정을 살피며 중얼댔다.

"으음! 좋아, 네 말을 믿지. 벌써 다 쓰다니! 마흔네 시간 만에! 그 돈으로 도대체 무슨 짓을 한 건지 모르겠군!"

퀼프는 곰곰이 생각하느라 머리를 다시 긁고 손톱을 다시 물어뜯었다. 그러다 안정을 조금씩 되찾아 상쾌한 미소까지 머금지만, 다른 사람이 보기에는 너무 아파서 잔뜩 찡그린 표정이 아닐 수 없었다. 여자애가 고개를 들고 쳐다보니, 퀼프는 꽤 만족스러운 표정으로 다정하게 바라보다 말했다.

"오늘은 유난히 예뻐 보이는구나, 넬리, 정말 매혹적이야. 힘들지 않니, 넬리?"

"아니에요, 아저씨. 급히 돌아가야 해요. 내가 없으면 할아버지가 불안해하시거든요."

"서둘 필요 없어, 귀여운 넬리, 서둘 필요 조금도 없어. 둘째 마누라가 되는 건 어떻겠니, 넬리?"

"둘째 뭐요, 아저씨?"

"둘째 마누라, 넬리, 내 마누라."

여자애는 겁먹은 표정일 뿐 무슨 말인지 못 알아듣는 것 같아, 퀼프는 두 눈을 가늘게 뜨고 가만히 바라보다 집게손가락을 구부려서 가까이 오라고 손짓하며 조금 더 확실하게 설명했다.

"나한테 와서 둘째 마누라가 되는 거야, 첫째 마누라가 죽으면, 귀여운 넬리. 뺨은 체리 같고 입술은 앵두처럼 어여쁜 마누라가 되는 거야. 가령, 첫째 마누라가 오 년, 아니, 딱 사 년만 산다면 너도 나한테 시집올 나이가 되겠지. 하하하! 예쁘게 자라렴, 넬리, 예쁘게 자라. 나중에 '타워 힐'로 시집오려면."

너무나 끔찍한 말에 여자애는 잔뜩 겁먹은 채 덜덜 떨고, 퀼프는 자신 때문에 다른 사람이 겁먹는 게 기쁜지, 아니면 현재 마누라가 죽고 그 자리에 둘째 마누라가 들어앉는다고 생각한 게 기쁜지, 아니면 그 순간에 억지로 기분 좋은 표정을 하려고 작정했는지, 상대가 깜짝 놀란 것조차 모르는 척 마구 웃어대며 덧붙였다.

"나와 함께 '타워 힐'에 가서 첫째 마누라를 직접 만나보자꾸나. 널 보면 좋아할 거야, 넬리, 나만큼 좋아하진 않을지언정. 나와 함께 집으로 가자꾸나."

"이제 돌아가야 해요. 할아버지가 답장을 받고서 곧장 돌아오라고 하셨어요."

여자애가 말하자, 난쟁이가 반박했다.

"하지만 답장을 못 받았잖아, 내가 답장을 쓰려면 집으로 가야 하고. 그러니 할아버지 심부름을 하려면 같이 가야 해. 저 모자 좀 가져오렴. 곧바로 가자꾸나."

이 말과 함께 퀼프는 몸을 조금씩 굴리며 책상에서 내려와 짧은 다리가 바닥에 닫자마자 두 발로 일어나서 선창으로 나가니, 물구나무서던 사내아이가 비슷한 덩치와 뒤엉킨 채 진흙탕을 뒹굴며 싸우는 장면이 눈앞에 펼쳐졌다.

"키트에요! 나랑 온 키트요! 아, 싸움 좀 말리세요, 퀼프 아저씨!"

넬리가 소리치자, 퀼프는 "내가 해결하지"라고 말하며 조그만 돈놀이 사무실로 뛰어들어 묵직한 몽둥이를 들고 돌아왔다.

"내가 해결하지. 자, 두 놈 모두 열심히 싸워. 내가 혼쭐을 낼 테니까. 두 놈 모두 혼쭐을 내겠다고, 두 놈 모두, 두 놈 모두!"

난쟁이는 이렇게 소리치고 몽둥이를 휘휘 흔들다, 두 사내아이를 맴돌기도 하고 발로 밟기도 하고 올라타기도 하면서 몽둥이로 힘껏 때리는데, 늘 머리를 겨냥하며 사정없이 휘둘렀다. 정말 조그만 괴물이 아니고선 누구도 못 그럴 것 같았다. 생각보다 매서운 매질에 두 아이 모두 마냥 싸울 것 같던 용기가 순식간에 사라져서 엉거주춤 일어나며 용서를 빌었다.

그러자 퀼프는 두 아이에게 다가가서 한 대씩 더 때리려고 하며 소리쳤다.

"내가 두 놈 모두 늘씬하게 패주겠어. 얼굴이 새빨갛게 물들도록 패서 납작하게 뭉개버리고 말겠어."

"몽둥이는 그만 내려놓으세요, 험한 꼴 보기 전에. 이제 몽둥이는 내려놓으세요."

물구나무서던 아이가 소리치고 슬쩍 피하며 달려들 기회만 엿보자, 퀼프가 눈빛을 번뜩이며 협박했다.

"조금만 더 다가와, 해골을 깨부술 테니까, 개자식아. 가까이 오라고…… 조금만 더."

하지만 사내아이는 계속 물러나다 주인이 경계심을 약간 늦춘 순간에 달려들어 몽둥이를 잡고 빼앗으려 했다. 그러나 퀼프는 힘이 센 터라 몽둥이를 가볍게 움켜잡고 엄청난 힘으로 질질 끌다 갑자기 놓고, 사내아이는 뒤로 나뒹굴다 머리를 바닥에 세게 박았다. 계략이 멋지게 성공하자, 퀼프는 말할 수 없이 기뻐서 두 발을 구르며 웃어대고, 사내아이는 머리를 끄덕이는 동시에 손으로 문지르며 말했다.

"좋아요, 다른 사람이 사장님은 땡전 한 닢 주고 구경하는 난쟁이보다 못생겼다고 흉봐도 이제 두 번 다시 안 싸우겠어요."

"네 말은 내가 그렇게 못생긴 건 아니란 뜻이냐, 개자식아?"

"아니에요."

"그렇다면 내 선창에서 싸운 이유가 뭐냐, 나쁜 놈아?"

"사장님이 못생겨서가 아니라 저 애가 그렇게 말해서요."

사내아이가 대답하자, 키트가 받아쳤다.

"그럼 저놈은 넬리 아씨가 못생겼다는 말을, 넬리 아씨랑 우리 주인님은 자기 주인이 시키는 대로 해야 한다는 말을 왜 하지요? 왜 그렇게 말하지요?"

"저놈이 그렇게 말한 건 멍청하기 때문이고, 네놈이 그렇게 말한 건 똑똑하기 때문이야…… 조심하지 않으면 곧바로 죽을 정도로, 키트. 자, 6펜스 받아라, 키트. 늘 사실대로 말하렴. 언제나, 키트, 사실대로 말해."

퀼프가 온순하게 말하는데 두 눈과 입술에는 원한이 가득했다. 그리곤 다른 사내아이에게 고개를 돌리며 지시했다.

"개자식은 사무실 문을 잠그고 열쇠나 가져와."

사내아이가 시키는 대로 하고 열쇠를 가져오자, 퀼프는 그 열쇠로 코를 정통으로 때려서 두 눈에 눈물이 핑 도는 상을 내렸다. 그리곤 여자애와 키트를 데려가서 나룻배에 올라타고, 사내아이는 나룻배가

강을 다 건널 때까지 선창 끄트머리에 툭하면 물구나무서서 춤추는 식으로 복수했다.

집에는 퀼프 부인만 있는데, 남편이 올 거란 예상을 조금도 못한 터라 이제 막 낮잠을 자려다 남편 발소리를 듣고서 화들짝 놀랐다. 그래서 수놓는 작업에 열중하는 것처럼 꾸미는 순간, 남편이 여자애를 데리고 들어왔다. 키트는 아래층에 남겨둔 것이다.

“넬리 트렌트가 왔소, 친애하는 부인. 저 애한테 포도주랑 비스킷을 주시오, 한참 걸었으니. 내가 답장을 쓰는 동안 곁에 데리고 있어요.”

퀼프 부인은 남편이 상냥하게 구는 이유가 무언지 궁금해서 덜덜 떨며 바라보다, 손짓하는 걸 보고서 옆방으로 따라가니, 남편이 속삭였다.

“내가 하는 말 잘 들어. 저 애한테 저 애 할아버지 얘기를 캐내, 두 사람이 무슨 짓을 하고 어떻게 살고 할아버지가 무슨 말을 했는지. 알아야 할 이유가 생겼어. 여자끼리는 속 얘기를 잘 터놓으니까, 살살 달래서 속속들이 캐내라고. 알겠어?”

“네, 여보.”

“그럼 가봐. 무슨 문제 있어?”

퀼프가 묻자, 부인이 주저하며 말했다.

“여보, 나는 저 애를 좋아해요. 내가 저 애를 속일 필요 없이 당신이 직접…….”

난쟁이가 끔찍한 욕설을 퍼부으며 주변을 둘러보는 게 말 안 듣는 부인에게 매질할 무기라도 찾는 것 같았다. 조그만 부인은 기가 단숨에 꺾여서 화내지 말라고 사정하며 시키는 대로 하겠다 맹세하고, 퀼프는 부인 팔을 아프게 움켜잡으며 속삭였다.

“무슨 말인지 알겠어? 잘 달래서 비밀을 캐내. 잘할 수 있잖아. 내가 듣는다는 걸 명심해. 제대로 못 하면 내가 방문을 삐걱거릴 텐데, 너무 많이 삐걱거리면 나중에 큰 탈 날 줄 알아. 가!"

퀼프 부인이 재빨리 나가자, 사랑스러운 남편은 방문을 살짝 열고 그 뒤에 숨어서 잔뜩 긴장한 채 한쪽 귀를 바싹 대고 열심히 엿들었다.

하지만 불쌍하게도 퀼프 부인은 어떤 식으로 말하고 어떤 걸 물어야 할지 생각하느라, 방문이 급하게 삐걱대서 당장 실행하라고 경고한 다음에 비로소 목소리를 뱉어냈다.

"애야, 최근에는 우리 남편한테 심부름하러 자주 다니는구나."

"저도 할아버지한테 그렇게 말했어요, 수백 번."

넬리가 순진무구하게 대답했다.

"그러니까 할아버지가 뭐라고 하시던?"

"한숨만 내쉬고 고개를 떨구시는데, 정말 슬프고 쓸쓸해 보였어요. 직접 보셨다면 아주머니도 나처럼 눈물을 떨구었을 거예요. 문이 자꾸 삐걱거려요!"

퀼프 부인이 그쪽을 거북하게 바라보며 말했다.

"자주 그런단다. 예전에는 할아버지가 쓸쓸하지 않으셨니?"

이 말에 여자애는 자신만만하게 대답했다.

"당연하죠! 완전히 다르셨어요! 저와 지내는 걸 좋아하셨어요. 아주 쾌활하고 행복하셨거든요! 그런데 슬픈 변화가 일어났어요."

"그 말을 들으니 마음이 아프구나, 정말 아파!"

퀼프 부인이 말했다. 진심이었다.

그러자 여자애가 부인 뺨에 뽀뽀하며 대답했다.

"고맙습니다. 아주머니는 늘 다정하셔서 대화가 즐거워요. 할아버지 얘기를 누구한테도 못하거든요, 불쌍한 키트 말고는. 그래도 전 행복해요. 아니, 더 행복하게 느껴야 마땅한데, 할아버지가 변한 걸 보면 가끔 슬프기도 해요."

"좋아지실 거야, 넬리, 예전처럼."

부인이 위로하자, 여자애는 눈물을 펑펑 흘리며 대답했다.

"아, 하느님이 그러도록 도와주신다면! 하지만 정말 오래됐어요, 할아버지가 처음 그렇게…… 문이 움직인 것 같아요!"

"바람이 분 거야. 처음 그렇게……"

"그렇게 깊은 생각에 잠기며 낙남하신 거요. 그래서 초저녁 시간을 예전처럼 보내는 걸 잊어버리신 거요. 벽난로 앞에서 저는 책을 읽어 드리고, 할아버지는 가만히 앉아서 들으시다 제가 책을 내려놓으면 우리 엄마 얘기를 하셨거든요, 엄마도 어릴 적에 저랑 똑같이 말하곤 했다면서. 저를 할아버지 무릎에 앉히시곤, 엄마는 무덤에 묻힌 게 아니라 하늘 저편 아름다운 나라에서 훨훨 날아다니신다는 말씀도 하셨어요, 죽지도 않고 늙지도 않는 나라에서. 할아버지도 저도 정말 행복했어요!"

"넬리, 넬리! 너처럼 어린 애가 이토록 슬퍼하는 모습이 애처롭구나. 인제 그만 울렴."

"자주 울진 않아요. 하지만 마음속에 너무 오랫동안 담아두었어요. 눈에 눈물이 맺히면 지우기도 힘들고요. 아주머니한테 말하는 건 괜찮아요, 이런 말을 누구한테도 안 하실 테니까요."

퀼프 부인이 시선을 피할 뿐 아무 대답도 못 하자, 여자애가 다시 말했다.

"할아버지는 나를 데리고 들판과 파란 숲을 돌아다녔어요. 밤에 돌아오면 노곤한 느낌을 즐기며, 집처럼 좋은 곳은 없다고 말씀하셨어요. 날씨가 궂어도 문제 될 거 없다고 하셨어요. 지난번에 산책한 기억을 즐겁게 떠올리며 다음을 학수고대하면 된다면서요. 그런데 이제 산책하러 나가질 않아요. 집은 예전과 똑같은데 분위기는 어둡고 우울해요, 정말로!"

여자애가 여기에서 말을 멈추자 방문이 훨씬 심하게 삐걱거리는데, 퀼프 부인은 아무 말도 안 했다. 그런 가운데 여자애가 진심이 묻어나오는 목소리로 이어 말했다.

"그렇다고 해서 할아버지가 저한테 예전만큼 다정하지 않은 건 아니에요. 할아버지는 하루하루 더 많이 사랑하시고 더 많이 다정하시고 더 많이 애정을 쏟으세요. 할아버지가 저를 얼마나 좋아하는지 아주머니는 모르세요!"

"그래, 할아버지는 너를 지극히 사랑하시는 게 분명해."

"맞아요, 정말 그러세요! 제가 할아버지를 세상 무엇보다 사랑하는 만큼. 하지만 할아버지가 제일 크게 변한 건 말씀드리지 않았는데, 이건 누구한테도 말하면 안 돼요. 할아버지는 잠을 안 주무시고 쉬는 법도 없어요. 낮에 안락의자에 앉으시는 게 전부예요. 밤만 되면 밖으로 나가거든요."

"넬리!"

퀼프 부인이 깜짝 놀라자, 여자애는 손가락을 입에 대고 주변을 둘러보며 말했다.

"쉿! 할아버지가 새벽에, 대체로 동녘이 터오기 직전에 돌아오시면 제가 문을 열어드려요. 간밤에는 특히 늦으셨어요. 날이 훤히 밝았거든요. 할아버지 얼굴이 새파랗고 두 눈은 충혈되고 두 다리는 덜덜 떨렸어요. 저는 잠자리에 다시 들다, 할아버지가 아파서 끙끙대는 소리를 듣고 벌떡 일어나서 달려가, 제가 옆에 있다는 걸 아시기 전에 할아버지가 이제 더는 이렇게 못 살겠다고, 손녀딸만 아니면 당장 죽고 싶다고 말하는 소리까지 들었어요. 아아! 저는 어떻게 해야 하나요! 아아! 저는 어떻게 해야 하나요!"

여자애는 가슴속 샘물이 열렸다. 너무나 거대한 슬픔과 근심 걱정에 짓눌리다, 믿는 마음과 동정하는 마음에 처음부터 기대, 아무것도 도울 수 없는 여인 가슴에 얼굴을 그대로 파묻고 엉엉 울어댔다.

잠시 뒤에 퀼프가 나타나서 그 모습을 보고 깜짝 놀라는데, 오랫동안 연습한 터라 너무나 익숙하고 자연스럽고 자신만만해, 효과는 대단했다. 그래서 부인을 섬뜩하게 쳐다보며 맞장구치라는 표정으로 말했다.

"아이가 많이 피곤한 것 같구려, 부인. 선창까지 오는 길도 힘든데, 깡패 두 명이 싸우는 광경까지 보고서 놀란 데다 나룻배에서 덜덜 떨었으니, 저 애한테 하나같이 힘들 수밖에. 불쌍한 넬리!"

퀼프는 여자애 머리를 무심코 쓰다듬어, 여자애로 하여금 순식간에 기운을 차리게 하는 놀라운 마법을 발휘했다. 다른 사람이 그랬다면 그만한 효과는 없겠지만, 손길이 닿는 순간에 그걸 떨쳐내려고 본능적으로 움츠리다 곧바로 일어나서 그만 돌아가야겠다고 선언한 것이다.

"조금 더 머물다 우리랑 저녁을 먹고 가려무나."

난쟁이가 말하자, 넬리는 눈물을 닦으며 대답했다.

"집을 너무 비웠어요, 아저씨."

"으음, 굳이 가겠다면 가야지, 넬리. 자, 답장을 받으렴. 내일이나 그다음 날에 찾아가겠다는, 오늘 아침엔 안 된다는 내용이야. 잘 가렴, 넬리. 내 말 들려, 키트? 어서 아씨를 모시고 가."

퀼프가 커다랗게 부르는 소리에 키트는 대뜸 올라와서 퀼프 명령에 대답할 필요를 조금도 못 느끼고 잔뜩 찌푸린 얼굴로 바라보는 게, 퀼프 때문에 넬리가 운 건 아닌지 의심하는 것 같더니, 의심이 드는 만큼 복수하고픈 마음을 살짝 내비치다 돌아서서 어느새 퀼프 부인과 작별하고 밖으로 나간 아씨를 쫓아갔다.

두 사람이 떠나자, 난쟁이는 부인을 쳐다보며 말했다.

"속마음을 캐내는 솜씨가 대단하더군, 그치, 부인?"

"제가 어쩌겠어요?"

부인이 조심스럽게 대답하자, 퀼프가 비꼬았다.

"제가 어쩌겠어요! 그렇게 깊이 파고들지 않을 수도 있는 거 아니야? 내가 시키는 대로 안 할 수도 있는 거 아니야, 악어의 눈물까지 흘릴 필요 없이?"

"저 아이가 가엾어요, 퀼프. 그래요, 내가 그랬어요. 내가 저 애한테 우리만 있다 생각하고 속마음을 모두 털어놓아, 당신이 엿듣게 했어요. 아아, 하느님, 용서하소서."

"맞아, 당신이 그랬어! 정말 대단한 일을 한 거야! 방문을 여러 번 삐걱거리게 하면 어떻게 되는지 말했지? 저 애가 털어놓은 내용에서 내가 충분한 단서를 구한 걸 다행으로 여겨. 못 구했다간, 분명히 말하는데, 당신한테 그 책임을 물었을 테니까."

퀼프 부인이 충분히 공감하고 아무런 대답을 않자, 남편이 무척 좋아하며 덧붙였다.

"당신은 별자리가 좋은 걸 감사해야 해, 나랑 결혼하게 한 별자리. 영감태기 꿍꿍이를 내가 깨닫도록 한 당신 별자리에 감사해야 한다고. 그러니 앞으로 이 문제를 두 번 다시 꺼내지 말고, 저녁을 훌륭하게 차리지도 마, 나는 오늘 밤에 안 들어오니까."

퀼프는 모자를 쓰면서 떠나고, 퀼프 부인은 자신이 조금 전에 한 행동을 떠올리고 더없이 괴로워하다, 침실에 들어가서 문을 닫고 침대 시트로 머리를 뒤집어쓴 채, 덜 여린 사람이 훨씬 심한 잘못에 아파하는 이상으로 자신이 저지른 잘못에 아파하며 한탄했다. 다양한 사례를 볼 때, 양심은 탄력이 좋고 유연한 터라, 끝없이 줄거나 늘며 다양한 환경에 적응한다. 그래서 더운 날씨에 순면 조끼처럼 하나씩 조심스럽게 벗기도 하고, 때로는 너무나 고통스러워서 차라리 모두 벗어던질까 고민하는 사람도 있지만, 기분에 따라 옷을 입거나 벗어던지는 사람도 많으니, 최근에는 후자가 많이 나타나서 크게 유행하는 것 같다.

7장

"프레드, '우중충한 근심은 벗어던지라'는 유행가 가사를 생각해. 환희의 불꽃이 가라앉으면 우정이란 날개로 지피고 장밋빛 포도주를 건네라."

스위블러가 말했다. 리처드 스위블러가 사는 아파트는 그 유명한 드루어리 극장[4] 인근이라는 것도 편리하지만, 담뱃가게 위층이라서 계단만 나가도 마음껏 재채기한다는 장점도 있어 담배 사는 비용과 수고를 덜어주었다. 스위블러가 의기소침한 친구를 달래기도 하고 격려도 하려고 말한 곳은 바로 이 아파트인데, 장밋빛 포도주는 사실 싸구려 술에 물을 탄 거로 유리잔을 비울 때마다 탁자에 있는 술병과 물병을 다시 들이부어서 주고받아야 하지만, 총각 혼자 사는 집이라 잔이 하나밖에 없는 걸 창피하게 여길 필요도 없으니, 이렇게 짧은 표현조차 스위블러 특유의 시적 비유가 두드러진다는 사실을 언급하는 것도 재미가 없지는 않을 것 같다. 이와 마찬가지로, 하나밖에 없는 방을 늘 여러 개처럼

4) Drury Lane Theatre, 극작가 토머스 킬리그루가 찰스 2세에게 허락받고 1663년에 세운 영국 최고의 왕립극장. 셰익스피어 등, 가장 위대한 극작가 작품을 여기에서 공연했다.

말하는 걸 좋아하니, 빈방이 나올 때마다 담뱃가게 주인이 창문에 독신 남성용 '빈방들'이 있다고 광고하는 걸 보고서 영감을 얻어, 스위블러는 자신이 사는 방들, 자신이 자취하는 방들, 자신이 쓰는 침실들이라고 말해서 듣는 사람에게 공간이 넉넉하다고, 좋은 집에서 산다고 마음대로 상상하도록 했다.

스위블러가 상상의 나래를 펼칠 때면 가구도 새롭게 변신하니, 실제는 침대지만 겉으론 책장처럼 보이는 가구가 침실 대부분을 차지하며 보는 사람을 혼란스럽게 하기 일쑤였다. 그런데도 스위블러는 은밀한 가구를 대낮일 때는 책장이라고 단호하게 믿느라, 침대라는 사실에 두 눈을 질끈 감고 담요가 있다는 사실을 굳세게 부정하고 베개를 머릿속에서 몰아내는 게 분명했다. 진짜 용도는, 밤에 사용한다는 암시는, 진짜 기능에 대한 말은 스위블러와 친구들 사이에 단 한 마디도 오가지 않았다. 속임수를 그대로 믿는 게 무엇보다 중요한 신념이라, 스위블러하고 가깝게 지내려면 주변에 가득한 증거를, 자신이 직접 보고 겪은 걸, 모든 이성을 거부하고 책장이라는 걸 무조건 믿어야 하니, 이거야말로 스위블러가 무엇보다 아끼며 소중히 여기는 약점이 아닐 수 없었다. 그런 스위블러가 자신이 한 말에 아무런 반응이 없자, 재차 말했다.

"프레드! 장밋빛 포도주를 달라고."

프레드가 우울한 분위기를 억지로 벗겨내며 유리잔을 짜증스럽게 밀치곤 그 속으로 다시 빠져들자, 친구는 술에 탄 물을 휘저으면서 말했다.

"내가 이번 사례에 딱 맞는 소감을 밝히겠네, 프레드. 자, 그럼 술잔을 높이 들고……"

"제기랄! 끝없이 떠벌리는 소리에 도저히 못 견디겠구먼. 자네는 어떤 상황에 부닥쳐도 흥겹게 떠들어댈 거야."

"맙소사, 프레드, 흥겹게 떠들어대는 것과 지혜롭게 말하는 것에 대한 속담도 있잖은가. 흥겹게 떠드는 사람은 지혜롭게 말할 수 없고, 지혜롭게 말하는 사람은 흥겹게 떠들 수 없다. 나는 첫 번째 유형이야, 속담이 옳다면. 한쪽이라도 되는 게 아무 쪽도 아닌 것보다 낫겠지. 어떤 경우든 나는 자네처럼 이쪽도 저쪽도 아닌 것보단 지혜롭지 않더라도 흥겹게 떠드는 쪽을 택하겠어."

"흥!"

친구가 짜증스런 어투로 뱉어내자, 스위블러가 다시 말했다.

"진심이야. 점잖은 모임이라면 자기 아파트에서 신사한테 이리 말할 순 없겠지만, 우리는 아니잖아. 자네 집처럼 편히 지내면 되니까."

그래도 친구는 금방이라도 성질을 부릴 것처럼 '까탈스러운' 표정을 떠올리자, 스위블러는 장밋빛 포도주를 쭉 비우고 유리잔에 술과 물을 타서 그 맛을 느긋하게 음미하다, 손님이 주변에 가득하다 여기며 건배를 제안했다.

"신사 여러분, 여러분만 괜찮다면 제가 건배사를 하겠습니다, 전통 깊은 스위블러 가문의 성공을 기리며, 그리고 나 리처드 스위블러는 친구에게 많은 돈을 쓰고 이제 고통에 시달리니, 스위블러에게 행운이 오길 특별히 바라며. 옳소, 옳소!"

스위블러가 시끄럽게 떠들자, 친구는 실내를 두세 차례 거닐다 의자에 다시 앉으며 말했다.

"스위블러! 잠시라도 진지하게 말하겠니, 큰돈을 어렵지 않게 버는 방법을 알려준다면?"

"지금까지 수없이 말했지만, 결과는 아무것도 없잖아, 텅 빈 주머니 말고……."

"이번에는 완전히 다르다는 걸 자네도 단숨에 깨달을 거야. 내 여동생 넬리를 봤지?"

프레드가 말하며 의자를 탁자로 끌자, 스위블러가 되물었다.

"여동생이 뭐?"

"얼굴이 정말 예뻐, 그치?"

"그래, 그건 맞아. 자네랑 닮은 곳이라곤 없을 정도니까."

"예쁘다는 거야, 안 예쁘다는 거야?"

"예쁘다는 거야, 얼굴이 정말 잘생겼다는 거. 그게 뭐?"

"잘 들어. 영감태기는 죽을 때까지 나하고 사이가 나쁠 테고, 따라서 유산을 한 푼도 안 물려줄 게 분명해. 그건 자네도 느끼겠지?"

"그건 앞 못 보는 시각장애인도 확실히 알 거야."

"그렇다면 영감태기가 처음에 자신이 죽으면 나한테 주겠다던 유산까지 여동생한테 모조리 넘기는 것도 분명해, 그치?"

"그렇겠지, 내가 충고한 얘길 듣고도 별다른 인상을 못 받았다면. 하지만 깊은 인상을 받았을 거야. 강력하게 충고했잖아, 프레드. '한쪽엔 명랑한 노신사가 계시고'. 아주 강력해, 상냥하고 자연스러워. 자네는 그렇게 생각하지 않나?"

"영감태기한텐 어림 반푼어치도 없으니, 그 얘긴 그만두고 내 얘기나 잘 들어. 넬리는 이제 열네 살이 돼."

"나이치고 철이 많이 들었어, 덩치는 작지만."

스위블러가 덧붙이자, 프레드는 친구 말에 아무런 관심도 안 보이고 짜증스럽게 쏘아붙였다.

"내 말을 듣고 싶으면 잠시라도 입 좀 다물어. 본론으로 들어가니까."

"알았어."

"넬리는 정이 많은 데다 지금껏 그렇게 자랐으니 쉽게 설득할 수 있어. 내가 그 손을 잡는다면, 그래서 조금만 달래면서 협박하면 내가 시키는 대로 할 거야. 돌려 말하지 않겠어. 이게 얼마나 훌륭한 계획인지 설명하려면 일주일은 걸릴 테니까. 자네가 넬리랑 결혼해."

리처드 스위블러는 친구가 진지하게 말하는 동안 유리잔 너머로 바라보다, 소스라치게 놀라며 힘겹게 뱉어냈다.

"뭐!"

그러자 친구는 스위블러가 놀랄 수밖에 없다는 사실을 오랜 경험으로 아는 터라, 차분하게 다시 말했다.

"자네가 넬리랑 결혼하라고."

"이제 '열네 살이 되는' 여동생이랑!"

스위블러가 소리치자, 친구가 화내며 반박했다.

"당장 결혼하라는 말이 아니야. 이 년이나 삼사 년이 지난 뒤면 괜찮잖아. 영감태기가 오래 살 것 같아?"

그러자 스위블러가 고개를 저으며 대답했다.

"그리 보이진 않네만, 노인은 믿을 수 없어, 프레드. 도싯에 숙모가 한 분 사는데, 내가 여덟 살 때 죽는다더니 아직도 안 죽거든. 노인은 너무나 짓궂고 너무나 파렴치하고 너무나 짜증스러워…… 너희 집안에 중풍 환자가 없다면, 프레드, 앞으로 어떻게 될지 아무도 모르는데, 설사 중풍 환자가 있더라도 툭하면 속는다고."

프레드는 친구에게 시선을 고정한 채 여전히 차분하게 바라보며 말했다.

"그렇다면 최악의 사태를 가정하자고, 영감태기가 계속 산다고."

"바로 그것이 문제로다."

스위블러가 한탄하자, 친구가 다시 말했다.

"영감태기가 계속 산다면, 내가 넬리를 너랑 몰래 결혼하도록 설득하는 거야, 필요하다면 강제라도 하고. 그럼 어떻게 될 것 같나?"

프레드가 묻자, 스위블러는 가만히 생각하다 대답했다.

"가정이 생기겠지, 수입은 한 푼도 없고."

그러자 프레드는 훨씬 진지하게 말하고 친구 역시, 진짜든 가짜든, 훨씬 진지하게 들었다.

"내가 분명히 말하지만, 영감태기는 넬리만 생각하고 살면서 모든 에너지를 쏟으니, 내가 잘못했다고 사과해도 나를 좋아하는 마음은 다시 안 생기는 것과 마찬가지로 넬리가 몰래 결혼하는 잘못을 저질렀다해서 상속권을 박탈하진 않을 거야. 그럼, 그렇고말고. 자네든 누구든 영감태기 머릿속을 들여다보면 단번에 알 수 있어."

"정말 그럴까?"

스위블러가 대답하며 깊은 생각에 잠기자, 친구가 다시 말했다.

"당연하지. 여기에다 자네를 용서할 명분까지 준다면, 가령 자네와 내가 심하게 다퉈서 되돌릴 수 없을 정도로 멀어진다면, 당연히 겉으로만 그런 척하는 건데, 영감태기도 어쩔 수 없을 거야. 넬리 문제는 나만 믿으면 돼. 물방울이 바위를 뚫는다잖아. 그러면, 영감태기가 죽든 살든, 어떻게 되겠어? 자네는 돈 많은 영감태기 재산을 물려받는 상속자가 되고, 자네와 나는 그 돈을 함께 쓰는 거야. 자네는 젊고 아름다운 마누라까지 덤으로 얻고."

"자네 할아버지한테 돈이 많다는 건 의심할 여지가 없겠지?"

"의심할 여지! 우리가 있을 때 영감태기가 불쑥 뱉는 말을 못 들었어? 의심할 여지라니! 도대체 뭐가 의심스러운데, 스위블러?"

교활한 계획을 세우면서 대화한 내용을 쫓아가거나, 스위블러 마음이 조금씩 움직인 과정을 말하는 건 재미가 없을 테니, 허영심과 탐욕과 가난과 방탕한 생활 때문에 결국엔 친구 제안을 긍정적으로 받아들였다고, 허점이 곳곳에 가득해도, 워낙 부주의한 성격이라, 저울은 한쪽으로 기울 수밖에 없다고 말하는 거로 충분할 것 같다. 충동적으로 결정한 데는 친구에게 오랫동안 완벽하게 지배당했다는 사실도, 처음부터 자기 지갑과 기대치만 희생하면서 그다지 조심하지 않고 관계를 유지해, 사악한 성격을 유감없이 발휘한 친구에게 열에 아홉은 이리저리 휘둘리며 경솔한 도구로 분별없이 이용당하는 식으로 완벽하게 지배당했다는 사실도 크게 작용했으리라.

친구는 스위블러가 생각하거나 이해한 내용과 다른 꿍꿍이가 있으나, 이건 나중에 드러날 문제라서 당장 설명할 필요는 없겠다. 협상은 유쾌하게 끝나고, 스위블러는 재물을 많이 물려받을 여자랑 결혼 못 할 이유는 하나도 없다는 식으로, 그런 여자도 자신을 충분히 좋아할 거라는 식으로 멋지게 말하려는데 문을 두드리는 소리가 일어나, 당연히 "들어오세요"라고 소리칠 수밖에 없었다.

문은 열렸지만, 안으로 들어오는 건 강력한 담배 냄새와 비누투성이 팔이 전부였다. 담배 냄새는 아래층 담뱃가게에서 올라오고, 비누투성이 팔은 계단을 열심히 청소하다 따뜻한 물통에서 빼낸 손으로 편지를 받은 하녀 몸뚱이에서 나왔는데, 하녀는 손으로 편지를 내민 채 수취인 이름을 힐끗 보고서 '스니블러' 선생에게 온 거라고 소리쳤다.

스위블러는 수취인을 힐끗 보고 어리벙벙하면서도 창백한 얼굴로 변하더니 내용을 읽고는 더 심하게 변한 채, 인기 많은 남성이 흔히 겪는 불편 가운데 하나라고, 결혼하는 얘기를 신나게 하느라 이 여자를 까마득히 잊었다고 말했다.

"이 여자. 누구?"

프레드가 묻자, 스위블러가 대답했다.

"소피 와클스."

"그게 누군데?"

프레드가 묻는 말에, 스위블러는 친구를 침울하게 바라보며 '장밋빛 포도주'를 오랫동안 들이켜다 대답했다.

"내가 평생을 꿈꾸던 여자. 바로 그런 여자. 정말 사랑스럽고, 정말 성스러워. 자네도 아는 여자야."

"기억나. 그 여자가 뭐?"

친구가 아무렇지 않게 묻자, 스위블러가 한탄했다.

"맙소사, 친구여, 지금 자네한테 말하는 영광을 누리는 소박한 인물과 소피 와클스 양 사이에서 부드럽고 따듯한 감정이 싹텄나네, 무엇보다 영광스럽고 가슴 설레는 감정이. 분명히 말하지만, 사냥의 여신 다이애나가 사냥감을 어서 쫓으라고 커다랗게 소리쳐도 소피 와클스보다 대단하게 보일 순 없다네, 친구."

"자네 말을 내가 진짜로 믿어야 하는 건가? 설마 두 사람이 연애한다는 건 아니겠지?"

"연애는 맞지만, 결혼은 아니야. 우리 계획을 깨뜨릴 순 없으니 그건 마음 놓게. 나는 지금까지 편지를 보낸 적도 없다네, 프레드."

"그러면 그 편지는 뭔가?"

"알리는 거, 프레드, 오늘 밤에 스무 살을 맞는 조그만 파티, 신사 숙녀들이 경쾌한 발가락 200개로 가볍게 춤추면서 짝을 찾는 파티. 나도 가야 하네, 그래서 관계를 끊을 수만 있다면…… 그럴 테니까 걱정하지 말게. 소피가 편지를 직접 가져왔는지 알아봐야 하겠어. 자신의 행복을 가로막는 장애물이 있다는 것조차 모르고 그랬다면 정말 마음이 아플 거야, 프레드."

궁금증을 풀려고 스위블러는 하녀를 불러서 소피 와클스 양이 편지를 직접 주었다는 사실, 예법상 여동생과 함께 왔다는 사실, 스위블러가 집에 있으니 직접 올라가서 전달하라는 말을 듣고 깜짝 놀라면서 그러느니 차라리 죽겠다고 단호하게 말했다는 사실까지 확인했다. 스위블러는 크게 감동해서 지금 막 동의한 계획과 어긋나는 모습을 보이나, 친구는 그런 행동에 아무런 의미도 안 두는데, 언제든 필요하면 리처드 스위블러를 마음먹은 대로 조종해서 목적을 달성할 수 있다고 확신하기 때문인 것 같았다.

8장

궁금증을 해결하자, 스위블러는 저녁 시간이 다 됐다는 사실을 떠올리고, 뱃속을 한참 비워서 건강을 해칠 순 없다는 생각으로 제일 가까운 식당에다 채소를 넣고서 끓인 쇠고기 이인분을 당장 보내라는 전갈을 보냈다. 하지만 식당에선 충분히 겪은 터라 주문을 거절한 채 쇠고기를 먹고 싶으면 직접 와서 먹으라는, 하지만 쇠고기를 먹기 전에 밀린 외상값부터 갚으라는 무례한 답신을 보냈다. 이런 거절은 스위블러를 조금이라도 위축시키는 게 아니라 재치와 식욕을 자극할 뿐이니, 조금 멀리 떨어진 식당으로 똑같은 전갈을 보내면서 심부름꾼 편으로, 지금까지 음식을 시켜먹던 식당은 쇠고기가 질겨서 신사는 둘째치고 평범한 사람도 먹을 수 없어 걱정스럽던 터에 그 집 쇠고기 요리가 정말 맛있다는 소문을 듣고서 이렇게 주문하는 거란 말을 덧붙였다. 이 방법이 탁월한 효과를 발휘했다는 건 신기할 정도로 커다란 접시에 뚜껑까지 덮어서 끓인 쇠고기 요리를 밑에 놓고 거품이 가득한 맥주 단지를 올려놓은 조그만 합금 피라미드를 순식간에 배달한 사실로 나타나니, 피라미드 구조물은 음식을 마음껏 먹는 데 꼭 필요한 형태로 분리해, 스위블러는 친구와 함께 열심히 맛있게 먹었다.

"지금이 우리 인생에서 가장 나쁜 순간이길! 감자를 껍질째 보내는 방식이 마음에 들어. 이렇게 말해도 괜찮을지 모르겠지만, 부자와 권력자가 모르는 방식으로 먹는 게 매혹적이야. 아! '인간은 지상에서 많은 걸 원치 않고, 오래 살기도 원치 않도다!' 참 옳은 말이야! 저녁만 충분히 먹는다면."

스위블러가 커다란 감자를 포크로 찌르며 감탄하자, 친구가 말했다.

"식당 주인 역시 많은 걸 원치 않고 오래 살기도 원치 않기만 바라네. 자네는 음식값 치를 돈이 없을 테니 말이야!"

그러자 스위블러가 한쪽 눈을 의미심장하게 찡긋하며 대답했다.

"당장은 넘기고 나중에 찾아갈 생각이야. 웨이터도 어쩔 도리가 없겠지. 음식을 다 먹어치웠는데 인제 와서 어쩌겠어, 프레드?"

실제로 웨이터는 이 상황을 어쩔 수 없이 받아들여야 할 것 같았다. 텅 빈 접시와 그릇을 가지러 와서 스위블러가 나중에 그 옆을 지날 때 들러서 값을 치르겠다고 당당하면서도 아무렇지 않게 말하자, 웨이터는 당황한 기색을 보이며 "배달음식은 돈을 바로 받는다"거나 "외상은 안 된다" 등 불쾌한 말을 뱉어내며 투덜댔지만, 쇠고기와 채소를 비롯한 음식값을 자신이 책임져야 한다고, 자신이 그 시간에 기다리다 직접 받아야 한다고, 언제 들르겠느냐고 묻는 거로 만족할 수밖에 없었다. 스위블러는 자신이 할 일을 머릿속으로 정밀하게 계산하다, 6시 2분 전부터 7분 사이에 들를 것 같다고 대답했다. 그러자 웨이터는 마음을 억지로 달래며 사라지고, 스위블러는 손때 묻은 수첩을 꺼내서 뭔가를 적자, 프레드가 비웃으며 빈정댔다.

"찾아갈 시간을 적어서 안 잊으려는 건가?"

그러자 스위블러는 사무적으로 글씨를 적으며 태연하게 대답했다.

"아니야, 프레드. 상점이 영업하는 시간에 지나지 말아야 할 거리를 적는 거야. 오늘 저녁에 '롱 에이커'를 닫았어. 지난주에는 '그레이트 퀸 거리'에서 신발 한 켤레를 사서 큰길을 닫고. 이제 스트랜드로 가는 길이 딱 하나 남았는데, 오늘 밤에 그곳에서 장갑 한 켤레를 살 것 같아. 사방에 널린 길이 빠르게 닫히니, 숙모님이 한 달 안에 돈을 안 보내면 5~6㎞는 돌아다녀야 할 거야."

"끝까지 안 보내면 어떻게 하지?"

"맙소사, 그런 일은 없기만 바라지만, 숙모님 마음을 누그러뜨리는데 들어가는 편지가 평균 여섯 통인데, 이번에는 여덟 통을 보내도 소용이 없어. 내일 아침에 편지를 다시 쓸 거야. 후추통에 물을 넣고 뿌려서 잔뜩 얼룩지게 해, 참회의 눈물을 마냥 흘린 것처럼 꾸밀 생각이야. '저는 지금 마음이 너무 아파, 여기에 무슨 내용을 쓰는지도 모르겠어요 – 얼룩 – 지금 이 순간에 제가 잘못한 걸 후회하며 눈물 흘리는 모습을 보신다면 – 후추통 – 생각만 해도 손이 덜덜 떨리니 – 또 얼룩……' 그래도 소용이 없다면, 그땐 끝장이야."

스위블러는 이렇게 말하는 사이에 글씨를 수첩에 다 적더니, 연필을 조그만 통에 극히 엄숙하고 진지한 표정으로 내려놓고 수첩을 닫았다. 친구는 이제 스위블러가 다른 약속 장소에 갈 시간이라는 걸 깨닫고 먼저 밖으로 나가자, 스위블러는 홀로 남아서 장밋빛 포도주를 벗하며 애처로운 소피 와클스 양 생각에 빠져들었다. 그러다 지극히 지혜로운 표정으로 고개를 절레절레 흔들며 (흔히 그러던 것처럼) 산문을 급히 읽는 어투로 시 몇 구절을 읊었다.

"두려움으로 가득하던 사내 마음에 와클스 양이 나타나면서 안개가 싹 걷히다니 놀랍도다. 참으로 훌륭한 여성이니, 그 여인은 유월에 막 피어난 새빨간 장미 같으며 – 이건 누구도 부정할 수 없어 – 달콤하게 연주하는 멜로디 같도다. 정말 놀랍도다. 프레드 여동생 때문에 당장 절교할 필요는 없지만, 너무 깊이 안 들어가는 게 좋도다. 결국 절교해야 한다면 지금 당장 절교하는 게 좋으리라. 계획에 어긋날 가능성도 문제지만, 소피가 다른 남편을 구할 가능성도 문제로다. 게다가…… 아니다, 다른 가능성은 없지만 매사에 조심하는 게 좋도다."

스위블러가 자신에게 숨기려고 애쓰며 입을 다문 건 와클스 양의 매력을 못 물리치다 자신도 모르게 그 품에 영원히 빠져들 가능성, 그래서 기꺼이 뛰어든 놀라운 계획에서 자신이 떨어져나올 가능성이었다. 이런 이유로 스위블러는 와클스 양과 지금 당장 다퉈야 하겠다 생각하고, 무작정 질투할 구실이라도 찾아보기로 작정했다. 그래서 마음을 단단히 먹고 유리잔을 오른손에서 왼손으로 번갈아 옮겨서 능숙하게 돌리며 어떻게 할지 차분하게 정리한 다음, 옷차림을 살짝 가다듬고, 마음에 오랫동안 담아둔 여인이 머무는 신성한 공간으로 발걸음을 옮겼다.

이 공간은 첼시에 있는데, 여기에서 소피 와클스 양은 홀어머니랑 두 자매와 함께 살며 힘을 합쳐, 다양한 과목을 가르치는 조그만 여학교를 운영했다. 2층 앞창문 바로 위에 타원형 간판을 달고 '여학교'라는 글씨를 멋있게 적어넣어서 주변에 알리고, 오전 9시 30분과 10시 사이에 어린 여학생이 간헐적으로 나타나서 까치발을 하고 공책으로 고리쇠를 두드리려 애쓰는 모습으로 주변에 또다시 알렸다. 교과목은 네 사람이 골고루 가르쳤다. 영문법, 영작문, 지리, 아령 사용법은 멜리사 와클스 양이, 쓰기, 수학, 춤, 음악을 비롯한 예능은 소피 와클스 양이, 뜨개질, 자수공예, 검사는 제인 와클스 양이, 체벌이나 굶기 같은 고문과 협박은 와클스 부인이 담당했다. 멜리사 와클스 양이 큰딸이고, 소피 양이 둘째, 제인 양이 막내였다. 멜리사 양은 35세 정도로 중년으로 접어들기 직전이며, 소피 양은 20세로 생기발랄하고 쾌활하고 통통하며, 제인 양은 이제 막 16세를 넘겼다. 와클스 부인은 60세로 능력이 탁월하지만 성격은 깐깐했다.

스위블러는 예쁜 소피 마음을 불쾌하게 뒤흔들 생각을 품고 여학교로 바삐 들어서고, 소피는 새하얀 드레스에 장미 한 송이를 수줍게 장식한 차림으로, 화려하진 않아도 우아하게 준비한 공간에서 스위블러를 맞이했다. 조그만 화분은 바람이 심하게 부는 날만 빼고 늘 그런 것처럼 바깥 창턱에 앉아서 실내를 꾸미고, 여학생들은 잔치에 참석해도 된다고 허락받아 아름답게 차려입고, 제인 양은 전날 내내 젖은 머리칼을 종이로 똘똘 말아서 독특한 곱슬머리를 하고, 와클스 부인과 큰딸은 엄숙하고 고상하고 당당한 차림이 대단해 보이지만, 스위블러는 관심이 없었다.

이런저런 취향까지 설명할 필요는 없으나, 고집불통으로 안 보이는 차원에서 이상한 취향 하나를 굳이 거론한다면, 사실 와클스 부인도 큰딸도 스위블러가 하는 말을 그다지 좋아하지 않아서 "흥겨운 젊은이"라 가볍게 평하고 그 이름이 나올 때마다 머리를 절레절레 저으며 한숨을 내쉬기 일쑤였다. 소피에게 하는 행동을 보면 스위블러는 극히 모호하게 꾸물대는 유형으로 결혼할 마음이 확실치 않다는 징후를 보이기 일쑤라, 소피 양 자신은 이 문제를 어떤 식으로든 꺼내는 게 바람직하다고 여기던 참에, 조금만 자극해도 청혼할 게 분명한 채소농장 주인과 리처드 스위블러를 싸움 붙이는 데 마침내 동의하고 이번에 특별한 자리를 만든 터라, 스위블러가 확실히 참석하도록 직접 가서 전갈을 남긴 거였다. 그래서 와클스 부인은 큰딸에게 "그 사람한테 부인을 맞을 생각이 조금이라도 있다면 이번이 마지막 기회"라 말하고, 소피 양은 '나를 진심으로 사랑한다면 틀림없이 청혼할 거야, 오늘 밤에'라고 생각했다.

이런 말과 행동과 생각은 아무것도 모르는 스위블러에게 별다른 영향을 미칠 수 없어, 소피가 평소처럼 예쁘지 않기만, 두 자매처럼 보이기만 간절히 바라며, 질투심을 효율적으로 드러내서 제대로 절교할 방법만 곰곰이 떠올리는 판에 한 무리가 나타나고, 그 사이에 채소농장 주인이 있으니, 그 이름은 체그스[5]였다. 하지만 체그스는 혼자가 아니라 지원세력을 데려왔으며, 여동생 체그스 양은 소피 양에게 곧장 다가가서 꼭 껴안고 양쪽 뺨에 뽀뽀한 다음, 너무 일찍 온 게 아니길 바란다며 모두가 듣도록 속삭이자, 소피 양이 대답했다.

"너무 이르다니, 아니에요!"

그러자 체그스 양이 똑같은 어투로 다시 속삭였다.

"아, 사랑스러운 소피 아가씨. 지금까지 달달 볶이느라, 오후 네 시에 안 온 게 다행이랍니다. 오빠가 빨리 오려고 안달복달했거든요! 아가씨는 못 믿겠지만, 점심을 먹기도 전부터 옷을 다 차려입고 시계만 쳐다보며 끊임없이 괴롭혔답니다. 모두 다 아가씨 때문이에요, 짓궂은 아가씨."

그러자 소피 양은 얼굴을 붉히고, (여성 앞에서 늘 수줍어하는) 체그스도 얼굴을 붉히고, 소피 어머니와 두 자매는 체그스가 얼굴을 더 안 붉히도록 예의 바르게 인사하며 관심을 쏟아부으니, 리처드 스위블러만 외톨이가 되었다. 자신이 원하던 상황이, 화난 척할 이유와 근거가 또렷하게 나타났으나, 그게 전혀 예상치 않은 방식으로 나타나자, 스위블러는 진짜 화도 나고 체그스가 뻔뻔하고 사악하게 구는 이유도 궁금했다.

하지만 스위블러는 소피 양과 첫 번째 쿼드릴을 (너무 추잡해서 완벽

5) Cheggs; Cheese와 Eggs를 합친 말로, 모든 사람이 즐기는 아침 음식이란 뜻이다. 독특한 이름으로 성격을 나타내는 작가의 특징이 드러난다.

하게 금지당한 4인조 민속춤을) 추면서 앞서나가고, 경쟁자는 한쪽 구석에 힘없이 앉아서 소피 양이 미로를 뚫고 나아가듯 우아하게 춤추는 모습만 물끄러미 바라보았다. 스위블러가 채소농장 주인을 앞선 건 이게 전부가 아니었다. 자신을 하찮게 여기는 가족에게 본때를 보여주겠다 작정하고, 낮술까지 마신 터라, 빙글빙글 돌며 탁월한 춤솜씨를 그대로 보여주니 모든 사람이 깜짝 놀라는데, 특히 아주 커다란 신사는 아주 조그만 여학생과 춤추다 놀라서 그 자리에 못 박힌 채 경이롭단 눈으로 바라볼 정도였다. 와클스 부인조차 여학생 세 명이 재미있게 놀려는 걸 야단치는 것까지 순간적으로 잊어버린 채, 저리 대단한 춤꾼을 사위로 삼는다면 가문의 영광이겠다는 생각이 절로 떠오르는 걸 억누를 수 없었다.

커다란 위기가 몰려오는 순간에 체그스 양은 강하고 유익한 지원군임을 증명하니, 스위블러의 놀라운 춤솜씨를 차갑게 비웃는 정도로 끝나지 않고 기회가 날 때마다 소피 양 귀에 대고 어리석은 사내 때문에 걱정이 많겠다고 동정하며 위로하는 말을 속삭이다, 오빠가 분노에 휩싸이며 달려들어 저 사내를 마구 때릴까 겁난다 선언하곤, 사랑과 분노로 두 눈이 이글거리는 오빠를 보라고 소피 양에게 간청했다. 뜨거운 열정이 두 눈에 가득하다 못해 코까지 내려와서 새빨갛게 이글거렸기 때문이다.

소피 양은 체그스와 두 차례 춤춰서 기분을 꽤 부추긴 다음에 스위블러에게 말했다.

"당신도 체그스 양과 춤추세요. 훌륭한 여성이랍니다…… 오빠도 유쾌하고요."

"유쾌해요, 저자가? 하기야 이쪽을 쳐다보는 표정을 보면 유쾌하기도 하겠군요."

스위블러가 투덜대자, 제인 양이 (사전에 지시받은 대로) 곱슬머리를 들이밀며 체그스 선생이 잔뜩 질투하는 눈으로 쳐다본다고 언니에게 속삭이고, 스위블러는 대뜸 말했다.

"질투해! 뻔뻔하군!"

그러자 제인 양이 머리를 홱 치켜들며 반박했다.

"뻔뻔하다니요, 스위블러 선생! 저분 귀에 안 들어가도록 조심하세요, 큰 탈 나기 싫으면."

"아, 제발, 제인……"

소피 양이 나무라는데, 제인 양이 반발했다.

"말도 안 돼! 체그스 선생이 좋아한다면 질투할 수도 있는 거 아니야? 나는 마음에 들거든, 상당히. 체그스 선생 역시 다른 분과 마찬가지로 질투할 권리가 충분하다고. 그 권리는 앞으로 더 많이 생길 수도 있고. 언니가 나보다 잘 알잖아!"

이건 제인 양이 스위블러를 자극해서 청혼을 부추기려는 고상한 의도로 언니와 미리 짜고 한 말이지만, 효과는 없었다. 제인 양이 너무 일찍 흥분해서 날카롭게 소리치며 자신이 맡은 역할에 지나치게 몰두한 나머지, 스위블러가 잔뜩 화나서 여자친구를 체그스에게 미룬 채 물러나서 무례한 표정으로 노려보고, 체그스 역시 똑같이 노려보았기 때문이다. 그러더니 체그스가 구석으로 스위블러를 쫓아오며 물었다.

"나한테 뭐라고 하셨소, 선생? 웃는 얼굴 좀 하시겠소, 선생, 의심하는 사람이 없도록? 나한테 뭐라고 하셨소, 선생?"

스위블러는 깔보듯 웃으며 체그스 발가락을 바라보고 발목을 바라보고 정강이를 바라보고 무릎을 바라보는 식으로 오른쪽 다리를 타고 조금씩 올라오다 조끼에 이르자, 단추를 하나씩 올라가다 턱이 나오니, 콧잔등을 지나고 그러다 마침내 두 눈이 나올 때, 통명스럽게 대답했다.

"아니요, 선생, 아무 말 안 했소."

그러자 체그스가 뒤를 힐끗 돌아보며 말했다.

"에헴! 웃는 얼굴 좀 하시오, 선생. 그렇다면 나한테 하고 싶은 말이 있었던 거군요, 선생."

"아니요, 선생, 그런 것도 없소."

"그렇다면 지금 당장은 나한테 할 말이 없겠군요, 선생."

체그스가 사납게 말하자, 스위블러는 그 얼굴에서 두 눈을 내려 콧잔등을 내려가고 조끼를 내려가고 오른쪽 다리를 내려가서 발가락을 다시 자세히 살피고, 왼쪽 다리로 시선을 옮겨서 발가락부터 조끼까지 똑같이 올라오다 두 눈이 나올 때, 퉁명스럽게 대답했다.

"그렇소, 선생, 없소."

"아, 그렇군요, 선생! 그 말을 들으니 기분이 좋구려. 나중에 나한테 할 말이 있다면 어디로 찾아와야 하는지 아시오?"[6]

"필요하다면 쉽게 알아볼 수 있소, 선생."

"이제 할 말은 다 했겠지요, 선생?"

"그렇소, 선생."

이 말과 함께 두 사람은 서로에게 눈살을 찡그리며 무시무시한 대화를 끝냈다. 체그스는 소피 양에게 급히 다가가서 한 손을 내밀고, 스위블러는 극히 우울한 기분으로 구석 자리에 앉았다.

구석 자리 바로 옆에는 와클스 부인과 큰딸이 앉아서 춤추는 걸 구경해, 체그스 양은 파트너가 다른 사람과 춤출 때마다 다가와서 이러쿵저러쿵 얘기하니, 그 소리가 귓속으로 파고들며 스위블러를 괴롭혔다. 옆에는 여학생 두 명이 딱딱한 걸상에 몸을 똑바로 펴고 불편하게 앉아서 와클스 부인과 큰딸 눈치만 살피다, 큰딸이 웃고 와클스 부인이 웃을

---

6) 결투할 생각이 있으면 언제든지 찾아오라는 표현이다.

때 똑같이 웃으면서 호감을 사려고 애쓰니, 와클스 부인은 그 사실을 우아하게 알아채고 찡그린 눈으로 쳐다보며 그런 식으로 무례하게 굴면 사람을 시켜서 집으로 당장 돌려보내겠다고 경고했다. 무서운 협박에 여학생 한 명이 약한 몸으로 덜덜 떨다 눈물을 터트려서 옆에 있던 여학생과 함께 단번에 쫓겨나자 모든 여학생이 벌벌 떨었다. 그런데도 체그스 양이 또다시 다가오며 말했다.

"좋은 소식이 있어요. 오빠가 소피 양이랑 계속 얘기한답니다. 제가 장담하는데, 하나같이 진지하고 솔직한 내용이 분명해요."

"어떤 내용인데요?"

와클스 부인이 묻자, 체그스 양이 대답했다.

"이런저런 내용이요. 어찌나 다정하게 말하는지 모르겠어요!"

스위블러는 그만 듣는 게 바람직하겠다 생각하고, 춤이 잠시 멈춘 데다 체그스까지 와클스 부인에게 호감을 사러 다가오는 걸 보고서 관심이 없는 척하려고 무진장 애쓰며 출구 쪽으로 뚜벅뚜벅 걸어, 제인 양이 거실에 붙박인 연약한 노신사에게 재잘대면서 (이런 기회는 또 없다는 듯) 곱슬머리를 잔뜩 뽐내는 광경을 지나쳤다.

출구 주변에는 소피 양이 체그스가 보이는 관심에 마음이 쏠리기도 하고 혼란스럽기도 한 표정으로 앉아있어, 스위블러는 그쪽으로 다가가서 잠시 머뭇대다 작별인사를 꺼냈다.

"내 배는 강변에서 바다로 나가니, 이 문을 나서기 전에 그대에게 작별인사를 고하겠소."

스위블러가 말하며 우울한 표정으로 바라보니, 소피 양은 계획대로 안 풀려서 마음이 무너지는데도 겉으로는 아무렇지 않은 척하며 물었다.

"지금 떠나시려고요?"

"내가 지금 떠나는가! 그렇소. 왜요?"

"아무것도 아니에요, 너무 일찍 떠나시는 것만 빼면. 하지만 당신 주인은 당연히 당신이니까요."

"나도 내 주인이 난 줄 알았습니다, 당신 생각을 가슴에 품기 전까지는. 소피 양, 나는 당신의 진심을 믿고, 그래서 누구보다 행복했지만, 지금은 아름다운 여인도 이렇게 속인다는 사실을 깨달아 누구보다 슬프답니다."

스위블러가 말하더니, 소피 양이 입을 꽉 다문 채 멀리서 레모네이드를 꿀꺽꿀꺽 들이켜는 체그스만 바라보며 관심이 있는 척하자, 자신이 여기까지 온 진짜 목적을 까마득히 잊고서 다시 말했다.

"찾아올 때는 가슴이 부풀고 심장이 쿵쾅거리고 마음이 하늘로 치솟았지만, 지금은 차마 입 밖에 낼 수 없는 기분으로, 진심은 무너지고 뜨거운 애정은 숨 막혀 죽는 기분으로 떠나는군요!"

그러자 소피 양이 시선을 내리깔고 말했다.

"무슨 뜻으로 하시는 말씀인지 모르겠어요, 스위블러 선생. 정말 미안해요, 행여나……"

"미안하다고요, 소피 양! 체그스를 선택해서 미안하다고요! 하지만 나는 그대가 잘 살길 바라며, 나한테 딱 맞는 여인이 지금 이 순간에도 열심히 자란다는 사실을, 매력이 대단할 뿐 아니라 재산도 대단하고, 제일 가까운 가족을 통해 한 가족이 되길 바란다며 나한테 손을 내밀고 나도 기꺼이 동의했다는 사실을 살짝 알리는 거로 끝내겠소. 젊고 사랑스러운 여인이 나한테 맞는 여인으로 자라고 있다는 사실은, 그래서 나를 위해 돈을 열심히 모은다는 사실은 당신이 들어도 기뻐할 만큼 좋은 일이겠지요. 미리 얘기하려고 했소. 어쨌든 시간을 너무 빼앗아서 미안하군요. 그럼, 잘 지내시길."

리처드 스위블러는 집으로 돌아온 다음, 촛불 끄개를 움켜잡아 촛불을 덮으며 혼자 중얼거렸다.

"모든 게 나쁜 건 아니야. 어린 넬리를 둘러싼 계획에 몸과 마음을 다해서 전력으로 동참하고, 그러면 프레드가 크게 좋아할 테니까. 사정은 내일 모두 알려주고, 당장은 너무 늦었으니까 기분 좋은 잠이나 늘어지게 자자."

'기분 좋은 잠'은 순식간에 찾아왔다. 몇 분도 안 돼서 깊은 잠에 빠져들어 자신이 넬리와 결혼하고 부자가 되어, 체그스 채소농장부터 싹 갈아엎어 벽돌공장으로 만드는 꿈을 꾸었다.

9장

여자애는 퀼프 부인을 믿으면서도 자신이 느끼는 슬픔과 아픔은 물론 집 안을 무겁게 억누르는 먹구름이나 벽난로에 드리운 어두운 그늘은 아주 조금만 설명했다. 자신이 살아가는 모습을 충분히 모르는 사람에게 외롭고 우울한 분위기를 제대로 전달하기도 쉽지 않은 판에, 지극히 사랑하는 할아버지에게 해가 될 수 있다는 두려움이 끊임없이 일어, 가슴에선 슬픔이 마냥 복받치는데도 자제력을 발휘해, 자신이 걱정하며 힘들어하는 제일 커다란 이유를 숨기려고 애썼다.

넬리가 그렇게 울어댄 건, 변할 것도 없고 재미있게 지낼 친구도 없이 마냥 단조롭기만 한 나날 때문도 아니고, 어둡고 음산한 초저녁이나 혼자 보내는 기나긴 밤 때문도 아니고, 어린 심장을 들뜨게 하는 놀이는 하나 없이 연약한 영혼에 상처만 받는 어린 시절 때문도 아니었다. 할아버지는 드러낼 수 없는 슬픔에 짓눌린 채 끊임없이 불안하게 흔들리다 갑자기 끔찍한 두려움에 휩싸이며 이상하게 말하니, 이런 모습을 매일 보고 듣고 걱정하다 보면 앞으로 어떤 일이 일어날지 뻔할 것 같은데, 도와줄 사람도 조언할 사람도 걱정해줄 사람도 없다면, 세상에 할아버지와 자신밖에 없다면, 경험이 풍부한 어른이라도 무겁게 억눌려서 불안하고 우울할 텐데, 어린애가 이런 분위기에 끊임없이 억눌리며 깊은 걱정에 휩싸인다면 그 마음은 얼마나 무겁고 불안하겠는가!

그런데도 노인이 보는 넬리는 여전히 똑같았다. 가슴에 가득 들어차서 끊임없이 괴롭히는 망상을 잠시 벗어날 때마다 어린 손녀딸은 늘 똑같이 웃으며 바라보고 늘 똑같이 다정하게 말하고 늘 똑같이 웃고 늘 똑같이 사랑하며 관심을 기울이는 모습이 영혼 깊숙이 파고들어, 언제나 그런 모습만 가득한 것 같았다. 그래서 자신 앞에 드러난 모습만 읽는 데 만족할 뿐, 가슴속에 숨긴 이야기는 상상조차 못 한 채, 그나마 손녀딸이라도 행복해서 다행이라고 중얼거렸다.

물론 여자애도 예전엔 행복했다. 어두운 공간을 돌아다니며 노래하고, 먼지 가득한 보물 사이를 흥겹고 쾌활하게 거닐어, 새롭게 돋아나는 생명력은 골동품을 한층 더 낡고, 쾌활하고 흥겨운 모습은 골동품을 한층 더 엄숙하고 모질게 보이도록 했다. 하지만 이제 실내 공간은 차갑고 울적하며, 여자애는 너무나 지루해서 조그만 침실을 나와도 울적한 공간에 앉아서 주변에 가득한 골동품처럼 꼼짝을 않고, 오랜 침묵에 잠긴 메아리를 쾌활한 목소리로 뒤흔들 기분도 아니었다.

골동품 상점에는 거리가 보이는 창문이 있어, 여자애는 거기에 앉아서 기나긴 초저녁을 홀로 수없이 보내느라, 깊은 밤까지 오랜 생각에 잠길 때도 잦았다. 하염없이 바라보며 기다리는 것만큼 불안한 건 없으니, 이럴 때면 구슬픈 망상이 마구 몰려들기 일쑤였다.

땅거미가 질 때면 여기에 앉아서 거리를 오가는 사람이나 맞은편 건물 창가에 나타나는 사람을 바라보았다. 그래서 밖을 내다보던 사람이 안으로 사라질 때면 저 집도 자신이 앉은 공간처럼 쓸쓸할까, 저 사람은 여기에 앉은 자신을 보고서 동질감을 느낄까 궁금했다. 지붕에는 굴뚝이 울퉁불퉁 늘어서, 가만히 바라보면 못생긴 얼굴이 눈살을 찡그린 채 훔쳐보는 것 같아, 여자애는 사방이 깜깜하게 변해서 그 모습을 가리는 게 기쁘다, 일꾼이 나타나서 거리에 가로등을 쭉 밝힐 때는 안타까운 마음마저 들었다. 밤은 더디고 실내는 훨씬 깜깜하기 때문이다. 고개를 들어서 실내를 쭉 돌아보아 모든 게 꼼짝 않고 제자리에 그대로 있다는 사실을 확인하고 거리를 다시 내다보면, 한 사내가 등에 관을 메고 두세 사람은 뒤에서 말없이 좇으며 누군가 죽어서 누워있는 집으로 가는 모습이 보이기도 해, 여자애는 부르르 떨며 가만히 생각하다, 더욱 늙어 보이는 할아버지 얼굴과 행동을 새롭게 떠올리고, 마구 몰려드는 근심 걱정에 새롭게 시달린다. 할아버지가 죽는다면…… 갑자기 아프다면, 그래서 집으로 못 돌아온다면, 살아서……. 새벽에 돌아와서 평소처럼 칭찬하며 뽀뽀하고, 그래서 자신이 입가에 미소를 머금고 침실로 들어가서 깊이 잠들어 달콤한 꿈을 즐길 때, 할아버지가 자살해서 새빨간 피가 바닥을 기고 또 기며 침실 문으로 흘러든다면! 이런 생각이 너무 끔찍해서 재빨리 떨쳐내고 거리를 다시 내다보면, 사람이 지나는 흔적은 거의 사라지고 훨씬 깊은 어둠과 침묵이 몰려든다. 곳곳에 널린 상점은 문을 하나씩 닫고, 사람들이 침실로 들어가면서 위층 창문에 불빛이 들어온다. 그러다가 이런 불빛조차 줄어들다 사라지거나, 여기저기에서 희미하게 빛나며 밤새도록 타는 골풀 양초 불빛으로 바뀐다. 그래도 멀지 않은 상점 하나가 늦도록 문을 열어 인도에 새빨간 불빛을 다정하게 밝힌다. 하지만 잠시 뒤엔 이곳마저 문을 닫아 불빛이 사라지면서 모든 게 깜깜하고 조용하게 변하니, 발자국이 내디디며 인도를 흔드는 소리나 평소보다 늦게 돌아온 이웃이 잠자는 식구를 깨우려고 대문을 힘껏 두드리는 소리만 가끔 일어난다.

밤이 훨씬 깊어가면 여자애는 창문을 닫고 아래층에서 섬뜩한 얼굴이, 툭하면 꿈속에 나타나던 얼굴이, 이상한 빛을 내뿜으며 나타나면 얼마나 무서울까 생각하며 계단을 살금살금 조심스럽게 내려간다. 하지만 두려움은 낯익은 침실에서 심지를 잘 다듬은 등잔 앞으로 다가가는 순간에 사라진다. 그러면 할아버지가 평화로운 마음을 되찾아 예전처럼 행복하게 지내기를 바라며 열심히 기도하다 눈물을 수없이 흘리고, 머리를 베개에 누인 채 흐느끼다 잠들어, 동녘이 밝기도 전에 초인종 소리가 언뜻 들린 것 같아서 흠칫 놀라며 귀 기울이기 일쑤다.

넬리가 퀼프 부인을 만나고 사흘이 지난 밤에 노인은 온종일 앓느라 힘이 하나도 없어, 오늘 밤은 밖에 안 나가야겠다고 말했다. 이 말을 듣고서 여자애는 눈빛을 반짝였지만 잔뜩 지치고 병약한 얼굴을 보는 순간에 우울하게 변하고, 노인은 다시 말했다.

"이틀이, 얘야, 이틀이 꼬박 지나도록 찾아오질 않는구나. 그 사람이 너한테 뭐라고 했지, 넬리?"

"제가 말씀드린 그대로예요, 할아버지."

여자애가 대답하자, 노인이 힘없이 말했다.

"그래, 맞아. 그래도 다시 말해 보렴, 넬리. 기억이 깜빡깜빡해. 그 사람이 너한테 말한 게 뭐지? 내일이나 그다음 날에 찾아온다고 말한 게 전부니? 그건 쪽지에 있거든."

"네, 그게 전부예요. 제가 내일 다시 찾아갈까요, 할아버지? 아주 일찍? 그럼 아침 식사 전에 돌아올 거예요."

노인은 머리를 젓다 구슬픈 한숨을 내쉬며 손녀딸을 끌어당겼다.

"그래도 소용없을 거야, 조금도. 하지만 지금 이 순간에 그 사람이 외면한다면, 넬리…… 그 사람한테 도움받아, 지금까지 잃은 돈과 시간을, 그동안 나를 망가뜨린, 소중한 너까지 망가뜨린 고통을 모두 보상받아야 하는 순간에 그 사람이 외면한다면. 그래서 우리가 거리에서 구걸해야 한다면……!"

"그러면 어때요? 거리에서 구걸하며 행복하게 살아요."

"구걸하면서 행복하게! 불쌍한 놈!"

노인이 한탄하자, 여자애는 얼굴이 빨갛게 달아오른 채 덜덜 떨리는 목소리로 강하게 소리쳤다.

"할아버지, 저는 어린애가 아니지만, 행여나 어리다 해도, 아, 제발 간청하는데, 이런 식으로 사느니 차라리 길가나 들판에서 일하거나 구걸하며 살아요."

"넬리!"

노인이 깜짝 놀라자, 여자애가 다시 말하는데 훨씬 진지한 어투였다.

"네, 맞아요, 지금처럼 사느니 차라리 그렇게 살아요. 할아버지가 슬프면 저한테 말해서 함께 슬퍼하고, 하루하루 기운이 떨어져서 핼쑥하면 제가 간호하며 위로할게요. 할아버지가 가난하면 저와 함께 가난하게 살아요. 제 곁을 떠나지만 마시고 늘 함께 다녀요. 할아버지가 힘든데도 말씀을 안 하시면 저는 마음이 아파서 죽을 거예요. 아, 할아버지, 슬픔만 가득한 집을 내일 당장 벗어나, 집마다 돌아다니며 구걸해서 살아요."

노인은 두 손으로 얼굴을 감싸더니, 자신이 누운 소파 베개에 얼굴을 파묻고, 여자애는 그 목을 한 팔로 껴안으며 계속 말했다.

"그래요, 구걸하며 살아요. 저는 두렵지 않아요. 그래도 충분히 잘 살 거예요, 분명해요. 농촌을 돌아다니다 들판이나 나무 밑에서 자요. 돈 같은 건, 할아버지를 슬프게 하는 건 무어든 두 번 다시 생각하지 말고 밤이면 충분히 쉬고 낮이면 햇살과 바람을 맘껏 쐬며, 둘이서 함께 지내는 걸 하느님께 감사해요! 깜깜한 공간이나 우울한 집 안에 두 번 다시 발을 들이지 말고 어디든 마음 내키는 대로 돌아다녀요. 그러다 힘들면 눈에 띄는 제일 편한 곳에서 쉬세요. 저 혼자 가서 할아버지 먹을 것까지 얻어올 테니까요."

여자애는 이렇게 말하다 할아버지 목에 얼굴을 파묻으며 흐느끼니, 할아버지도 흐느끼는 건 똑같았다.

다른 귀가 들으라는 말도 아니고, 다른 눈이 보라는 장면도 아니었다. 그러나 다른 귀와 눈이 옆에서 열심히 듣고 바라보는데, 그 귀와 눈을 바쁘게 움직이는 사람은 바로 다니엘 퀼프로, 여자애가 노인 옆으로 다가갈 때 미묘한 욕구를 충족하려고 살그머니 들어와서 대화를 방해하지 않고 가만히 서서 묘하게 웃으며 지켜보았다. 하지만 오랫동안 걸어서 지친 상태라 계속 서 있는 게 힘들 수밖에 없는 데다, 난쟁이는 어디든 자기 집처럼 편하게 지내는 성격이라, 의자를 보자마자 날래게 뛰어올라, 두 발을 의자에 쭉 뻗고 등받이에 기대서 편안하게 보고 들으며 원숭이처럼 얍삽한 취향을 마음껏 즐길 수 있었다. 그러다 한쪽 다리를 다른 쪽 다리에 대충 얹고, 손바닥으로 턱을 괴어서 머리를 한쪽으로 살짝 비틀어, 못생긴 얼굴을 찡그리는 표정이 극히 만족스러워 보였다. 바로 그때 노인이 우연히 고개를 돌리다 퀼프를 발견하고 엄청나게 놀랐다.

여자애는 너무나 유쾌한 인물을 보는 순간에 숨죽인 비명을 내지르고, 노인과 마찬가지로 깜짝 놀란 나머지 처음에는 무슨 말을 할지 모르기도 하고 현실이 아닌 것 같기도 해서 잔뜩 움츠린 표정으로 쳐다보았다. 그래도 다니엘 퀼프는 조금도 당황하지 않고 똑같은 자세를 유지하니, 고개를 두세 차례 지극히 정중하게 끄덕인 게 전부였다. 마침내

E.LANDELLS.

노인은 상대 이름을 부르면서 어떻게 들어왔느냐고 물었다.

그러자 퀼프는 엄지손가락으로 뒤를 가리키며 대답했다.

"바깥문으로. 열쇠 구멍으로 들어올 만큼 몸뚱이가 조그만 건 아니라서. 그러면 좋을 텐데. 영감한테 할 말이 있소. 단둘이서, 영감. 잘 가도록, 귀여운 넬리."

넬리가 쳐다보니, 노인은 그러라며 고개를 끄덕이곤 그 뺨에 뽀뽀하고, 난쟁이는 입맛을 쩝쩝 다시며 말했다.

"아! 정말 멋진 뽀뽀야, 저렇게 불그레한 뺨에다. 정말 멋져!"

이 말에 넬리는 재빨리 물러나고, 퀼프는 짓궂은 눈으로 바라보다 넬리가 방문을 닫자, 짧은 다리를 쓰다듬고 눈빛을 번뜩이며 찬사를 늘어놓았다.

"어여쁜 꽃송이가 활짝 펴서 수줍어하네요, 영감. 통통하고 포근하고 아담하고 귀여운 넬리!"

노인은 날카롭게 치미는 분노를 억누르려 애쓰면서 억지 미소로 대답하지만, 퀼프는 아랑곳하지 않고 노인이든 누구든 최대한 고문하는 재미를 만끽하며 천천히 말했다.

"여자애가 조그맣고 아담하고 예뻐요. 살은 파란 정맥이 보일 정도로 투명하고 발은 귀여운 게 매혹적이고…… 맙소사, 덜덜 떠는군요! 왜요, 영감, 무슨 일 있어요?"

난쟁이는 민첩하게 뛰어오를 때와 달리 의자 앞으로 천천히 나와서 극히 조심스럽게 앉으며 말을 이어나갔다.

"늙은 피가 그리도 뜨겁고 급하게 흐를 줄은 꿈에도 몰랐어요. 차갑게, 아주 차갑게 천천히 흐를 줄 알았거든요. 다른 노인은 누구나 그러니까요. 영감이 대단한 거예요."

노인은 두 손으로 머리를 움켜잡으며 힘겹게 말했다.

"그럴 거야. 여기서 뜨거운 게, 말하는 것조차 두려운 게 이따금 활활 타오르거든."

난쟁이가 아무 말 않고 물끄러미 쳐다보기만 하자, 노인은 이리저리 서성이다 원래 자리로 돌아와서 머리를 가슴으로 숙인 채 가만히 있더니, 갑자기 고개를 치켜들며 부탁했다.

"한 번만, 딱 한 번만, 돈을 빌려주겠나?"

"싫소!"

퀼프가 거절하자, 노인은 두 손을 절망적으로 움켜쥐곤 공중을 쳐다보며 사정했다.

"그러면 손녀딸과 나는 모든 걸 잃어!"

퀼프는 가만히 바라보다 탁자를 두세 번 내려쳐서 방황하는 상대편 관심을 끌어모으며 말했다.

"영감, 단도직입적으로 말하겠소. 영감 혼자 카드를 다 쥐고 나한테 뒷면만 보여주는 장난은 그만두시오. 이제 영감은 나한테 비밀이 하나도 없으니 말이오."

노인은 고개를 들고 쳐다보며 덜덜 떨고, 퀼프는 계속 말했다.

"깜짝 놀랐군. 그래, 당연히 그렇겠지. 맞소, 이제 영감은 나한테 비밀이 하나도 없소. 단 하나도. 모든 돈이, 나한테 지불받고 당겨쓰고 빌린 돈 전부가 한쪽으로 사라졌으니 말이오. 그게 어딘지도 말하리까?"

"그래, 말하고 싶으면."

"도박장, 영감이 밤마다 가는 곳. 영감이 큰돈을 벌겠다는 게 바로 그거였어. 나한테 떼돈을 벌 수 있다면서 돈을 잔뜩 처박게 한 게 바로 그거였어. 나를 바보 멍청이로 안 거야. 바로 그게 영감이 말한 엘도라도, 황금이 무진장 나온다는 광산이었어. 아니요?"

노인이 눈빛을 번뜩이며 대답했다.

"그래, 맞아. 그거야. 예전에도 지금도 앞으로도, 내가 죽을 때까지."

"아무것도 모르는 도박꾼한테 깨끗하게 속았어!"

퀼프는 경멸하는 눈으로 쳐다보고, 노인은 날카롭게 받아쳤다.

"나는 도박꾼이 아니야. 나 때문에 돈을 따려고 도박하거나 도박 자체를 좋아한 적은 한 번도 없다는 걸 하늘이 알아. 나는 돈을 걸 때마다 불쌍한 아이 이름을 속삭이며 하늘에 대고 도와달라 빌었어…… 하늘은 외면하고. 그 돈을 어떤 사람이 땄지? 내가 어떤 사람들과 도박했지? 도적질해서 흥청망청하며 방탕하게 사는 놈들이야. 나쁜 짓에 황금을 펑펑 써서 주변을 사악하게 물들이는 놈들이야. 나는 그런 놈들한테 돈을 따려고 했어, 그래서 모은 돈을 순결한 손녀딸한테 주어서 상쾌하고 행복하게 살아가도록 해주려 했어. 그놈들 돈이 줄어든다는 건 가엽게 고생하는 사람들 역시 그만큼 줄어든다는 거야. 그걸 안 바랄 사람이 누구겠나? 말해 보라고! 그걸 나처럼 안 바랄 사람이 어디에 있겠나?"

"미친 짓을 시작한 건 언제요?"

퀼프가 물었다. 노인이 슬퍼하고 괴로워하는 모습을 보고서 누그러진 목소리였다.

노인은 한 손으로 이마에 성호를 그으며 대답했다.

"언제 시작했냐고? 시작한 게 언제냐고? 그게 무슨 상관이겠냐만, 내가 모아놓은 돈이 없다는 걸, 많은 돈을 모으려면 정말 많은 세월이 필요하다는 걸, 그런데 앞으로 살날이 많지 않다는 걸, 어린 손녀딸이 거친 세상에 홀로 남아 가난에 시달리며 힘겹게 살아갈 수밖에 없다는 걸 어느 날 갑자기 깨닫게 되더군. 도박 생각을 그때 처음 떠올렸을 거야."

"사랑스러운 손자를 바다로 보내려고 나를 처음 찾아온 다음?"

"그러고 나서 바로. 오랫동안 생각했어, 잠잘 때도, 몇 달 동안. 그러다 시작했어. 재미는 없더군, 애초에 기대도 안 했지만. 지금까지 겪은 건 낮이면 불안에 떨고 밤이면 한숨을 못 자는 거야. 평화로운 마음과 건강과 기운을 모두 잃고 슬픔만 가득해!"

"영감은 모아놓은 돈을 모두 잃고 나를 찾아온 거야. 나는 영감이 (직접 말한 대로) 큰돈을 번다고 생각했는데, 사실은 거지였어, 그치? 제기랄! 그래서 나는 영감이 긁어모은 담보물과 매도증서를, 주식과 자산을 모조리 넘긴다는 증서를 확보해야겠다고 생각했지."

퀼프가 말하다 일어나서 주변을 둘러보는 게 마치 그동안 빼돌린 건 하나도 없는지 확인하는 것 같더니, 이렇게 물었다.

"돈은 한 번도 못 딴 거야?"

"한 번도. 잃은 돈을 단 한 번도!"

노인이 한탄하자, 난쟁이가 비웃었다.

"도박도 오래 하다 보면 딸 때도 있을 거라고, 최소한 잃지는 않을 거라고 생각했는데……"

이 말을 하는 순간, 의기소침하던 노인이 갑자기 일어나서 힘차게 내뱉었다.

"맞아, 정말이야. 그 말이 맞아. 나도 처음부터 느꼈어, 늘 그걸 생각했어, 내 눈으로 직접 보았어, 이렇게 확신이 가득한 건 처음이야. 퀼프, 엄청난 돈을 따는 꿈도 꾸었어, 사흘 밤 연속으로. 예전에도 이런 꿈을 꾸고 싶었지만 안 됐어. 나를 외면하지 말게, 이제 기회가 찾아왔네. 내가 기댈 사람은 자네밖에 없어. 그러니 돈을 빌려주게, 드디어 찾아온 운을 펼쳐보도록."

난쟁이는 어깨를 으쓱하며 고개를 젓고, 노인은 덜덜 떠는 손으로 종잇조각 몇 개를 주머니에서 꺼내 난쟁이 팔을 잡으며 말했다.

"보게, 퀼프, 인정도 많고 착한 퀼프, 이걸 봐. 이건 내가 오랫동안

고심하며 계산해서 나온 숫자야. 이제 딸 수밖에 없어. 딱 한 번만 더 도와주면 돼. 수십 파운드도 아니고 딱 몇 파운드만, 친애하는 퀼프."

"지난번에 땅겨간 돈이 70파운드였는데, 하룻밤에 몽땅 잃었어."

"나도 알아. 하지만 당시에는 운이 정말 안 따랐어. 이제 두 번 다시 안 그래."

노인이 소리치며 몸을 심하게 떨자 한 손에 들린 종잇조각이 바람을 맞은 것처럼 퍼덕거렸다.

"어미 없이 자란 아이를 생각하게, 퀼프! 나 혼자라면 기꺼이 죽을 수 있어. 모든 사람이 갈망할 정도로 불편하고 부족한 것 하나 없이 행복하고 자랑스럽게 살다, 불공평한 숙명이 몰려들더라도 기꺼이 받아들이겠어. 하지만 내가 그런 건 오로지 손녀딸을 위해서야. 우리 손녀딸을 생각하고 이번 한 번만 도와주게, 나를 위해서가 아니라 우리 손녀딸을 위해서!"

하지만 퀼프는 손목시계를 쳐다보며 냉랭하게 말했다.

"도심지에 약속이 있어서 미안하군요. 그것만 아니라면 영감이 진정하도록 삼십 분은 기꺼이 머물 텐데, 기꺼이."

노인이 깜짝 놀라서 옷자락을 붙잡으며 애원했다.

"안 돼, 퀼프, 착한 퀼프. 자네와 나는 불쌍한 아이 어미 얘기까지 했잖아. 아이가 가난하게 살아갈 거라는 두려움 때문에 내가 그런 생각을 가슴에 품었을 거야. 나한테 가혹하게 굴지 말고 깊이 생각해 보게. 자네는 나 때문에 돈을 많이 벌었어. 아, 드디어 찾아온 천운을 펼치도록 돈 좀 빌려주게!"

하지만 퀼프는 여느 때와 달리 정중하게 거절할 뿐이었다.

"그럴 순 없소. 이런 상황에서 마음에 담아두면 좋을 말을 한마디 하겠는데, 나는 노인이 넬리와 단둘이 궁핍하게 사는 모습을 보고서 깜빡 속았소."

"그것 역시 돈을 많이 모아서 손녀딸이 바람직하게 살도록 하려는 거였어."

"그래요, 그래, 이제 나도 알지만, 내가 하려던 말은, 내가 깜빡 속은 건 당신을 부자로 알던 사람들 사이에서 당신이 수전노라는 소문이 도는데다 내가 돈을 당겨 주면 당신이 이자를 서너 배로 주겠다고 다짐했기 때문이오. 영감 비밀을 우연히 못 들었더라면 이번에도 영감이 원하는 만큼 돈을 당겨 주었을 거란 사실이오."

퀼프가 말하자, 노인이 필사적으로 물었다.

"그게 누구야, 내가 그렇게 조심했는데도 자네한테 말한 놈이? 그놈 이름을 말해."

교활한 난쟁이는 자신이 꾸민 속임수에 여자애가 넘어가서 이야길 털어놓았다고 말하려다, 그래서 이로울 건 하나도 없으니 숨기는 게 좋겠다 생각하고, 입을 다문 채 되물었다.

"노인이 보기엔 누구 같소?"

"키트야, 그놈이 분명해. 자네가 매수해서 나를 염탐시켰나?"

노인이 단언하자, 난쟁이는 정말 불쌍하다는 어투로 말했다.

"왜 그놈이라고 생각하시오? 그렇소, 키트요. 불쌍한 키트!"

퀼프는 이렇게 말하곤 다정하게 고개를 끄덕이며 자리를 뜨더니, 바깥문을 나가다 멈춰서 환하게 웃으며 중얼댔다.

"불쌍한 키트! 땡전 한 닢 주고 구경하는 난쟁이보다 못생겼다고 흉본 놈이 바로 키트였어. 하하하! 불쌍한 키트!"

그리고 나서 갈 길을 재촉하는데, 낄낄대며 웃는 소리가 오랫동안 맴돌았다.

10장

다니엘 퀼프는 아무도 모르게 골동품 상점에 들어가고 나왔다. 땅거미가 지기 시작할 즈음, 큰길에서 갈라지는 많은 길 가운데 하나로 나아가는 길 맞은편 아치길 그늘로 한 사람이 숨어들어 조금도 안 지치고 지금까지 자리를 지키는데, 벽에 등을 기대는 걸 보면 앞으로도 오랫동안 그러려는 것 같고, 몇 시간 째 꿈쩍도 안 하는 걸 보면 꽤 익숙한 것 같았다.

지나다니는 사람 누구도 관심을 안 보이고, 이 사람 역시 누구에게도 관심을 안 보이는데, 두 눈은 한 곳만, 여자애가 앉곤 하던 창문만 바라보았다. 행여나 눈길을 잠시나마 거둔다면, 그건 옆에 있는 상점 시계를 보려는 것일 뿐, 창문 쪽으로 곧바로 돌린 눈빛은 훨씬 뜨겁고 진지하기만 했다.

이 사람은 그렇게 숨어서 피곤한 기색을 조금도 안 드러낸다고 했는데, 실제로 피곤한 느낌이 조금도 없었다. 하지만 시간이 흐르다 보니, 놀랍기도 하고 걱정스럽기도 한 기색마저 드러나며 시계를 쳐다보는 횟수는 늘고 창문을 쳐다보는 시선엔 희망이 줄었다. 잔뜩 질투하던 덧문은 마침내 시계를 가리고, 다음엔 교회 첨탑이 저녁 열한 시를 알리고, 다음엔 15분이 지난 걸 알리고, 다음엔 사내 마음속에 더 기다려도 소용없다는 확신이 들어차는 것 같았다.

이런 확신이 반갑지도 않고, 이런 확신에 꺾이고 싶은 마음도 없다는 건 사내가 그 자리를 떠나길 꺼리는 모습으로, 두 발을 느릿느릿 내디디며 창문을 계속 뒤돌아보는 모습으로, 엉뚱한 소리가 들리거나 불빛이 애매하게 변할 때마다 창문을 여는 소리로 여기고 황급히 돌아가는 모습으로 또렷이 드러났다. 그러다 마침내 그날 밤엔 아무 소용도 없다는 결론을 내리고 억지로 떼어내려는 듯 갑자기 달리기 시작해 최고 속도로 끌어올릴 뿐, 행여나 또 돌아설까 두려워서 두 번 다시 돌아보지 않았다.

신비로운 사내는 숨을 쉬려고 속도를 줄이거나 멈추는 것 없이 이런 저런 샛길과 골목을 빠르게 달리다, 판석이 깔린 광장에 들어서서 속도를 줄이며 걸어, 창문에 불빛이 반짝이는 조그만 집으로 다가가서 대문 빗장을 올리고 안으로 들어섰다. 그러자 여인 한 명이 재빨리 돌아보면서 소리쳤다.

"맙소사! 누구야? 아! 너구나, 키트!"

"네, 어머니, 저예요."

"어이쿠, 힘들어 보이는구나, 얘야!"

"주인 영감님이 오늘 밤엔 안 나가셔서 넬리도 창문에 안 나왔어요."

키트가 말하곤 벽난로 앞에 앉는데, 무척 슬프고 불만스러운 표정이었다.

키트가 그런 마음으로 자리에 앉은 공간은 누추하고 가난하지만, 초라할 수밖에 없는 실내를 깔끔하게 정돈한 느낌이 아늑하게 다가왔다. 네덜란드 시계는 시간이 늦었다는 걸 보여주어도 가난한 여인은 다림질 작업대에서 여전히 열심히 일하고, 갓난아기는 벽난로 근처 조그만 요람에서 곤히 자고, 두세 살 정도로 보이는 통통한 아이는 머리에 꽉 끼는 수면 모자와 몸뚱이에 꽉 끼는 잠옷 차림으로 깨어나, 빨래광주리 안에서 똑바로 일어나 앉은 채 크고 동그란 눈으로 테두리 너머를 쳐다보는 게, 앞으로 두 번 다시 안 자겠다고 단단히 마음먹기라도 한 것 같았다. 그래서 어차피 잠자는 걸 거부하고 잠자리에서 일어난 김에 쾌활한 표정으로 가족을 열심히 바라보았다. 키트와 어머니와 두 아이 모두 얼굴이 똑같은, 독특한 가족이었다.

키트는 좋은 사람이 흔히 그러듯 곤하게 자는 막내를 쳐다보며 감정을 누르다, 빨래광주리에 있는 동생을 쳐다보고, 새벽부터 불평 한 번 않고 늦은 밤까지 열심히 일하는 어머니를 쳐다보더니, 기분을 푸는 게 바람직하다 생각했다. 그래서 한 발로 요람을 흔들고, 빨래광주리에서 안 자고 버티는 동생에게 재미난 표정을 지어서 동생 기분을 좋게 하고, 수다를 떨어서 상쾌한 분위기를 만들겠다고 단단히 마음먹더니, 커다란 접칼을 꺼내서 어머니가 큰아들 몫으로 몇 시간 전에 만들어놓은 빵과 고기로 달려들며 감탄했다.

"아, 어머니는 대단해요! 어머니 같은 분은 어디에도 없을 거예요."

그러자 누블스 부인이 대답했다.

"무슨 소리니, 난 아주 많으면 좋겠는데. 목사님이 예배 때 강론하신 말씀에 따르면 나 같은 사람은 정말 많아. 많아야 하기도 하고."

"목사님은 모르는 게 없네요. 홀아비가 돼서 어머니처럼 일하고, 죽도록 일해도 돈벌이는 쥐꼬리밖에 안 돼도 똑같이 말할지 나중에 알아봐야겠어요."

키트가 깔보는 어투로 대답하자, 누블스 부인이 화제를 돌리며 말했다.

"그래, 벽난로 울타리 옆에 맥주가 있단다, 키트."

그러자 아들이 맥주 단지를 집어 들며 대답했다.

"네, 어머니, 고마워요. 어머니가 원하신다면 목사님 건강을 위해서 건배하겠어요. 목사님한테 나쁜 감정은 없거든요, 조금도!"

"그런데 너희 주인 영감님이 오늘 밤엔 안 나가셨니?"

"네, 운이 없었어요!"

"운이 좋았다고 해야지, 넬리 혼자 안 남아도 되니까."

"아! 깜빡했네요. 운이 없었다고 말한 건 여덟 시부터 지켜보았는데 넬리를 한 번도 못 봤기 때문이에요."

키트가 말하자, 어머니는 일손을 멈추고 뒤를 돌아보며 말했다.

"가련한 것이 창문에 혼자 있을 때 행여나 나쁜 일이 일어날까 두려워서 네가 밤마다 하루도 안 빼고 지켜본다는 걸, 네가 아무리 피곤해도 아무 일 없단 확신이 들 때까지 그곳을 떠나지도 집으로 와서 잠자리에 들지도 않는다는 걸 알면 뭐라고 할지 궁금해."

키트가 야릇한 얼굴을 빨갛게 물들이며 대답했다.

"넬리가 뭐라고 하든 상관없어요. 아무것도 모를 테고, 따라서 아무 말도 안 할 테니까요."

누블스 부인이 입을 꾹 다문 채 다림질하다 다른 다리미를 가지러 벽난로로 오더니, 판자에 문질러서 먼지를 털어내며 키트를 몰래 훔쳐볼 뿐, 아무 말도 않고 작업대로 돌아가 다리미를 뺨에 위험할 정도로 가까이 대서 열기를 확인한 다음, 웃는 얼굴로 돌아보며 "사람들이 쑥덕댈 게 분명하니까 키트……"라고 말하자, 키트는 잇따라 나올 말을 완벽하게 깨닫고 재빨리 가로막았다.

"말도 안 돼요."

"아니야, 사람들이 쑥덕댈 거야. 네가 넬리를 사랑한다고 말하는 사람이 나올 게 분명해."

이 말에 키트는 수줍은 표정으로 어머니에게 "그만 하세요"라고 대답한 다음, 두 다리와 두 팔을 이상한 모양으로 비비 꼬고 얼굴도 비슷하게 뒤틀었다. 그래도 당황한 마음을 못 달래자, 빵과 고기를 한입 가득 깨물고 맥주 단지를 들이켜서 숨이 막혀 캑캑대는 식으로 그 문제에서 벗어나려 했다. 하지만 어머니는 잠시 뒤에 이 문제를 새롭게 꺼냈다.

"조금 전엔 농담으로 한 말이지만, 솔직히 말해서, 키트, 아무도 모르게 하는 건 정말 너답게 착하고 다정한 행동인데, 그래도 나는 언젠가 넬리가 알면 좋겠구나. 그럼 너한테 고마워할 테니까. 그렇게 소중한 여자애를 거기에 가두는 건 잔인한 짓이야. 주인 영감이 그 사실을 너한테 숨기려는 것도 당연해."

"영감님은 잔인하다고 생각하지 않으세요, 어머니. 잔인하게 굴 생각도 없고요. 영감님은 세상에 있는 보물을 모두 준다고 해도 안 그러실 분이에요. 절대, 절대로 안 그러실 분이요. 영감님은 제가 잘 안다고요."

"그렇다면 주인 영감이 왜 그러시는 거니, 너한테 숨기는 이유는 또 뭐고?"

"그건 모르겠어요. 영감님이 까마득하게 숨기려고 애쓰지 않았다면, 저도 이유를 결코 몰랐을 거예요. 처음에 이상하게 여긴 건 영감님이 저를 툭하면 평소보다 일찍 내보내려고 했기 때문이거든요. 가만! 저게 뭐죠?"

"누가 지나가는 소리야."

어머니 말에, 키트는 벌떡 일어나서 귀를 기울이다 말했다.

"누가 길을 건너서 여기로 오는 소리예요, 아주 빠르게. 주인 영감님이 밖에 안 나가셨으니, 내가 떠난 다음에 집에서 불이 난 거예요, 어머니!"

키트는 갑작스러운 상황에 넋이 나가서 순간적으로 꼼짝을 못하고 얼어붙는데, 발소리는 계속 다가오고 문을 급히 여는 소리가 일더니 여자애가 옷을 아무렇게나 껴입은 채 숨을 몰아쉬며 창백한 얼굴로 황급히 들어오자, 어머니와 아들이 동시에 소리쳤다.

"넬리! 무슨 일이야?"

"오래 머물 순 없어. 할아버지가 크게 아파. 바닥에 쓰러지신 걸 발견하고……"

넬리는 황급히 말하고, 키트는 챙 없는 모자를 움켜쥐며 소리쳤다.

"내가 의사를 데리고 곧장 갈게, 내가……"

"아니야, 아니야. 그러면 안 돼, 너는 오면 안 돼, 너는……너는……앞으로 우리 집에 절대로 오지 마!"

"뭐!"

키트가 소리치고, 여자애는 다시 말했다.

"두 번 다시. 이유는 묻지 마, 나도 모르니까. 나한테 이유도 묻지 말고, 나를 안타깝게 여기지도 곤란하게 만들지도 마! 이러고 싶어서 이러는 게 아니니까!"

키트는 두 눈을 크게 뜬 채 입을 열었다 닫을 뿐 한 마디도 못 뱉어내고, 여자애는 다시 말했다.

"할아버지가 너한테 잔뜩 화나셨어. 네가 무슨 짓을 했는지 모르겠지만, 나로선 크게 나쁜 일이 아니길 바랄 뿐이야."

"내가 나쁜 짓을!"

키트가 깜짝 놀라자, 여자애는 눈물을 뚝뚝 떨구며 대답했다.

"할아버지가 너 때문에 다 망쳤다고 소리치셔. 계속 소리치며 너를 찾으셔. 사람들이 너는 절대 오지 말아야 한다고, 할아버지가 죽일 거라고 걱정해. 우리를 두 번 다시 찾아오지 마. 그걸 알리러 온 거야. 직접 말하는 게 좋을 것 같아서. 아, 키트, 도대체 무슨 짓을 한 거니? 너를 얼마나 믿었는데! 친구도 너밖에 없었는데!"

불쌍한 키트는 두 눈이 계속 커지면서 어린 아씨를 뚫어지라 쳐다볼 뿐 꼼짝도 할 수 없고, 여자애는 키트 어머니를 쳐다보고 작업대에 봉투 하나를 내려놓으며 말했다.

"일주일 임금을 가져왔어요…… 조금 더 넣었어요, 저한테 늘 친절하고 다정해서. 키트가 안타까운 마음을 접고 다른 데서 잘 지내길 바라요, 이번 일을 너무 아프게 여기지 말고. 키트랑 이런 식으로 헤어지는 게 더없이 슬프지만 어쩔 수 없어요. 이게 최선이에요. 안녕히 계세요!"

여자애는 할아버지가 쓰러진 광경과 자신이 받은 충격, 지금 막 전달한 해고 통보, 옛정이 고통스럽게 몰려들어 눈물을 마구 흘리고 가냘픈 몸을 덜덜 떨면서 문을 박차고 나가, 나타날 때만큼 빠르게 사라졌다.

가련한 여인은 그동안 아들을 의심할 이유가 조금도 없이 모든 점에서 정직하고 진실하다고 여겼는데, 변명 한마디 제대로 못 했다는 사실에 마음이 심하게 흔들렸다. 속임수, 사기, 도적질하는 광경이, 밤마다 밖에 나가서 이상한 짓을, 불법을 저지르는 광경이 마구 떠올라서 아들에게 묻는 것조차 두려웠다. 그래서 의자에 앉아 몸을 흔들고 두 손을 비틀며 구슬프게 우는데, 키트는 어머니를 달랠 생각조차 못 하고 어리둥절한 표정으로 멍하니 있었다. 요람에서 잠자던 아기는 깨어나서 울어대고, 빨래광주리에 있던 아이는 그대로 쓰러져 눈앞에서 사라지고, 어머니는 몸을 더 심하게 흔들며 커다랗게 울지만, 키트는 이런 사실을 조금도 모르는 듯 망연자실한 상태로 가만히 있을 뿐이었다.

11장

고요함과 고독함은 여자애가 깃든 지붕 밑을 마냥 지배할 수 없었다. 다음 날 아침, 노인은 심한 열에 시달리며 헛소리를 뱉어내더니, 자리에 그대로 누워서 몇 주일 동안 사경을 헤맸다. 그래서 찾아오는 사람은 많으나 대체로 탐욕스러운 눈빛을 번뜩이고 역겨운 우정을 내세우며 환자를 살피다, 마구 먹고 마시며 흥겹게 떠들어대는 수준이었다. 질병과 죽음은 이들에게 일상사였다.

사람이 붐비고 번잡해도 여자애는 완벽하게 혼자였다. 마음도 혼자고, 열이 펄펄 끓는 할아버지를 옆에서 간호하는 것도 혼자고, 가득한 슬픔도 엄청난 연민도 혼자였다. 낮이면 낮마다 밤이면 밤마다 의식 없는 할아버지 곁을 지키며 열심히 간호하고, 열병에 시달리면서도 손녀딸 이름을 계속 뱉어내며 근심하고 걱정하는 말을 열심히 들었다.

골동품 상점은 이제 그들 소유가 아니었다. 환자가 누운 방조차 퀼프가 호의를 베푸는 만큼만 쓸 수 있을 것 같았다. 노인이 병에 걸리고 며칠 안 돼서 퀼프가 건물이랑 여기에 딸린 물건을 법적으로 점유했지만, 상황을 제대로 파악하려는 사람도 없고 문제로 삼으려는 사람도 없었다. 난쟁이는 변호사 한 명을 데려와서 법적인 절차를 모두 마무리하고 다른 채권자를 깔끔하게 물리치더니, 자신이 묵는 공간을 자기 마음대로 편안하게 결정했다.

퀼프는 안쪽 거실에 진을 치고 바깥문을 닫아서 상점 영업부터 중단시켰다. 골동품 가구를 뒤져서 자신이 쓸 용도로 제일 멋있고 편안한 의자를 찾아내고, 변호사에게 줄 용도로 제일 끔찍하고 불편한 의자를 찾아내, 안쪽 거실로 옮기게 해서 제일 멋진 자리를 우아하게 차지했다. 노인이 앓는 방은 제일 먼 구석방이지만, 퀼프는 열병에 안 걸리도록 조심하는 게 좋다 판단하고 완벽하게 훈증 소독하는 차원에서 담배를 끊임없이 태우는 건 물론 변호사도 똑같이 하도록 강요했다. 게다가 선창으로 사람을 보내서 물구나무서는 사내아이가 오자마자 커다란 파이프를 주어 바깥문 바로 안쪽 의자에 앉아서 담배를 계속 태우게 하여, 사내아이는 무얼 하든 파이프를 입에 물고 담배를 열심히 태우는 척할 수밖에 없었다. 그래서 모든 조치가 끝나자, 퀼프는 만족스럽게 웃으며 아늑하지 않으냐고 물었다.

변호사는, 브라스[7]라는 음악적인 이름에 걸맞게, 아늑하긴 해도 두 가지 문제가 있다고, 하나는 의자가 너무 각지고 딱딱하고 비탈져서 미끄러워 제대로 앉을 수 없다는 것, 또 하나는 담배 연기 때문에 머리가 어지럽고 속이 메스껍다는 것이라고 대답하고픈 마음이 굴뚝 같지만, 퀼프에게 딱 달라붙어서 환심을 사야 할 이유가 수천 개라, 억지로 웃고는 최대한 우아하게 고개를 끄덕이며 공감했다.

브라스는 런던 도심지 법조인 거리 베비스 마크스에서 평판이 변변찮은 변호사로, 키는 크고 몸매는 깡마르며 코는 조그맣고 이마는 튀어나오고 두 눈은 움푹 들어가고 머리칼은 새빨갰다. 몸에 걸친 까만 프록코트는 발목까지 내려올 정도로 기다랗고, 까만 바지는 짧고, 면 스타킹은 회색 바탕에 파란빛이 감돌았다. 행동은 비굴하지만 목소리는 거칠고 비굴하게 웃는 모습은 역겨워, 편안한 분위기에서 만나는 사람조차 차라리 브라스가 잔뜩 화내면서 얼굴을 찡그리길 바랄 정도였다.

퀼프는 고개를 돌려서 브라스가 파이프 연기에 시달리며 눈을 심하게 끔뻑이고 어쩌다 연기를 가득 들이켤 때는 온몸을 부르르 떨기도 하고 손으로 끊임없이 부채질해서 연기를 몰아내려 애쓰는 걸 보고 크게 좋아하며 두 손을 비비더니, 사내아이를 쳐다보며 소리쳤다.

"연기 좀 계속 피워대, 개자식아. 파이프에 담배를 다시 재워서 마지막 연기까지 피워대라고. 그러지 않으면 파이프를 불에 달궈서 네놈 혓바닥을 지져버릴 테니까."

다행히도 사내아이는 담배 연기에 단련이 된 터라 조그만 가마에서 석회를 굽는 연기라도 마실 것 같았다. 그래서 살짝 투덜대면서도 주인 명령에 따랐다.

---

7) 여기에서는 변호사 이름이나, 브라스(Brass)는 청동, 금관 악기란 뜻이 있다.

"맛이 정말 좋아, 브라스. 정말 대단해, 향기도 훌륭하고. 터키 황제라도 된 것 같지 않나?"

퀼프가 말하자, 브라스는 터키 황제가 이렇게 산다면 조금도 안 부럽겠다고 생각하면서도 정말 대단하다고, 황제가 된 듯한 기분이라고 대답하니, 퀼프가 다시 말했다.

"열병에 안 걸리는 방법은 이거뿐이야. 바로 이게 모든 재난을 물리치는 방법이니까. 우리는 여기에 틀어박혀야 하거든. 결코 떠날 수 없어. 담배를 열심히 태워, 개자식아, 안 그러면 파이프를 목구멍에 쑤셔 넣겠어!"

난쟁이가 사내아이에게 부드럽게 충고하자, 브라스가 물었다.

"여기에 오래 틀어박혀야 할까요, 퀼프 선생?"

"당연히 그래야지, 위층 영감이 죽을 때까지."

퀼프가 대답하자, 브라스가 웃었다.

"헤헤헤! 다행이네요!"

"열심히 태워! 잠시도 멈추지 마! 말할 때도 담배를 태울 수 있잖아. 시간을 낭비하지 말라고."

퀼프가 소리치자, 브라스는 끔찍한 파이프를 입으로 재빨리 가져가며 가느다랗게 웃었다.

"헤헤헤! 하지만 영감이 병을 이겨내면요, 퀼프 선생?"

"그러면 그럴 때까지 틀어박혀야 하겠지."

난쟁이가 대답하자, 브라스가 신나게 아부했다.

"친절하세요, 선생, 그때까지 기다린다니! 어떤 사람은, 선생, 법적인 절차가 끝나는 순간에 물건을 몽땅 팔거나 빼간답니다. 어떤 사람은, 선생, 단번에 인정사정없이 해치운답니다. 어떤 사람은, 선생……"

"어떤 사람은 앵무새마냥 재잘대지 않기도 하지."

난쟁이가 말을 막자, 브라스가 웃었다.

"헤헤헤! 정말 대단하십니다!"

바로 이때, 바깥문 안쪽에서 담배를 태우던 보초가 입에 파이프를 문 채 소리쳤다.

"여자애가 내려옵니다."

"뭐, 개자식아?"

퀼프가 묻자, 사내아이가 대답했다.

"안 들리세요? 여자애요."

퀼프는 수프라도 마시듯 침을 맛나게 꼴깍 들이켰다.

"아! 한번 날 잡아서 본때를 보여주고 말겠어. 여기엔 네놈을 물씬 팰 수 있는 게 대단히 많거든, 어리디어린 놈아! 아하! 넬리! 영감님은 어떠신가, 우리 귀여운 보물 아가씨?"

"많이 안 좋으세요."

여자애가 흐느끼며 대답하자, 퀼프가 감탄했다.

"아아, 어여쁘고 귀여운 넬리!"

"아, 아름다워요, 선생, 정말 아름다워요. 매혹적이에요."

브라스가 맞장구치자, 난쟁이가 나름대로 달래는 어투로 물었다.

"저 애가 내 무릎에 앉으러 오는 걸까, 저 조그만 침실로 들어가려는 걸까? 가련한 넬리가 하려는 게 어느 쪽일까?"

그러자 브라스는 천장에 대고 은밀하게 말하듯 중얼거렸다.

"저분은 어린애랑 지내는 걸 좋아하시는구나! 저런 말을 듣는 것도 대단한 영광이야."

하지만 여자애는 덜덜 떨며 이렇게 말했다.

"저는 아래에 안 있을 거예요. 저 방에서 몇 가지 꺼내러 온 거예요. 그러고 나면…… 여기에…… 여기에 다신 안 내려올 거예요."

여자애가 침실로 들어가자 난쟁이는 그 안을 들여다보며 감탄했다.

"조그만 방이 꽤 훌륭하군! 멋진 방이야! 앞으로 여길 안 쓰겠다는 게 정말이야, 다신 안 내려오는 게 확실해, 넬리?"

여자애는 가져가려던 옷가지 몇 점을 들고 황급히 도망치며 대답했다.

"네, 두 번 다시, 두 번 다시는!"

그러자 퀼프가 뒷모습을 바라보며 말했다.

"정말 예민해. 너무 민감해. 안타까워. 침대가 나한테 딱 맞겠어. 앞으로 여기에 묵으면 좋을 것 같아."

브라스는 늘 그렇듯 이 생각 역시 열심히 지지하고, 난쟁이는 어떤지 보려고 안으로 들어갔다. 그러더니 파이프를 입에 문 채 몸을 던져서 침대에 누워, 두 발을 내차며 담배를 열심히 빨았다. 브라스는 박수갈채를 열심히 보내고 침대는 아늑하고 푹신해, 퀼프는 밤이면 잠자는 용도로 낮이면 소파 대용으로 사용하겠다 마음먹고, 당장 소파 대용으로 사용하는 차원에서 그대로 머물러 파이프를 피워댔다. 변호사는 이즈음에 (담배 연기가 신경계를 뒤흔드는 바람에) 머릿속이 뒤엉키고 어지러워서 기회를 안 놓치고 살그머니 빠져나가 바깥 공기를 쐬며 충분히 회복한 다음, 안정을 되찾은 얼굴로 돌아왔다. 하지만 끈질긴 재촉에 시달리며 담배를 열심히 태우는 바람에 머릿속이 다시 어지러운 나머지 기다란 의자로 비틀비틀 걸어가서 아침까지 그대로 뻗었다.

지금까지 설명한 내용이 퀼프가 새 소유물로 들어온 직후에 일어난 일이다. 퀼프는 브라스에게 도움받으며 상점 물품 목록을 작성하고 바깥에 일이 생기면 몇 시간씩 기분 좋게 나갔다 오느라 정신없이 바빠서 못된 장난질을 할 틈조차 없었다. 하지만 탐욕이 잔뜩 일어서 상점을 하룻밤도 비울 수 없고, 노인이 아픈 상황도 좋은 쪽이든 나쁜 쪽이든 한시바삐 끝나기를 바라는 마음만 급하다 보니, 노골적으로 투덜대고 짜증 내며 한탄하기 시작했다.

넬리는 난쟁이가 대화라도 하려고 다가오면 잔뜩 겁나서 움츠리고 그 목소리만 들려도 도망쳤다. 하지만 변호사가 웃는 얼굴도 퀼프가 찡그린 얼굴처럼 끔찍한 건 똑같았다. 그래서 할아버지 침실을 벗어나면 계단이나 통로에서 두 사람 가운데 한 명을 만날까 끔찍하게 불안하고 걱정스러워 단 한 순간도 못 나가다, 늦은 밤에 주변이 조용할 때 비로소 용기를 끌어모아 아무도 없는 널찍한 공간으로 나가서 신선한 공기를 마셨다.

하루는 늦은 밤에 자주 찾던 창문으로 살금살금 다가가서 (할아버지 병세가 그날 유난히 안 좋아) 슬픈 표정으로 앉아있는데, 거리에서 이름을 부르는 목소리가 들린 것 같았다. 그래서 밖을 내다보니, 슬픈 생각에 빠져든 자신에게 관심을 끌려고 애쓰는 키트가 보였다.

"넬리!"

키트는 나지막이 부르고, 여자애는 할아버지에게 나쁜 짓을 한 아이와 말을 주고받아도 괜찮을까 의심스러운 어투로 물었다.

"왜? 무슨 일로 찾아왔니?"

"너한테 할 말이 있어서 전부터 찾아왔는데, 아래층 사람들이 너를 못 만나게 했어. 설마 내가 이렇게 쫓겨날 짓을 했다고 믿는 건 아니겠지, 그치?"

"나로선 그렇게 믿을 수밖에 없어. 아니면 할아버지가 무엇 때문에 화내시겠니?"

"나도 모르지. 나는 주인 영감님한테든 너한테든 그럴만한 짓을 한 적이 결코 없거든. 온 마음을 다해서 진심으로 장담해. 그런데도 문 앞에서 쫓겨난 거야, 주인 영감님이 어떤지 궁금해서 찾아온 것뿐인데……!"

"사람들이 아무 말 안 해서 몰랐어. 내가 그러라고 한 건 결코 아니야."

"고마워, 넬리. 그런 말을 들으니까 마음이 놓여. 나도 네가 그러라고 한 건 아닐 거로 생각했어."

"그래, 잘했어!"

여자애가 간절한 어투로 말하자, 키트는 창문 밑으로 다가와서 나지막이 말했다.

"넬리, 아래층을 새 주인이 차지했어. 상황이 바뀐 거야."

"그래, 맞아."

"주인 영감님이 쾌차하셔도 상황은 똑같을 거야."

키트가 말하며 병실을 가리키자, 여자애는 눈물을 못 참으며 공감했다.

"……정말 쾌차하신다면……."

"맙소사, 당연히 쾌차하실 거야, 당연히 쾌차하신다고. 내가 장담해. 그러니 기운을 잃지 마, 넬리. 절대로, 제발!"

아무렇게나 격려하고 위로하는 말이지만, 여자애는 크게 영향받아 순간적으로 더 커다랗게 훌쩍거리고, 키트는 걱정스러운 어투로 말했다.

"할아버지는 금방 쾌차하실 거야. 중요한 건 네가 그렇게 낙담해서 몸까지 상하지 않는 거야. 아니면 할아버지도 회복하시자마자 다시 쓰러지신다고. 할아버지가 회복하시면 좋은 말만 해…… 나 대신 안부도 전하고, 넬리."

"사람들이 할아버지한테 네 이름을 오랫동안, 아주 오랫동안 말하지 말아야 한대. 그러니 안 전하는 게 좋겠어. 게다가 내가 전한다 해서 너한테 좋을 게 뭐겠니, 키트? 우리는 이제 정말 가난해. 먹을 빵조차 구할 수 없어."

"내가 너한테 안부를 전하라고 한 건 돌아가고 싶어서가 아니야. 내가 너를 만나려고 오랫동안 기다린 건 돈벌이 때문이 아니라고. 힘든 시기에 그런 거나 부탁하러 온 사람으로 여기지 마."

키트 말에 여자애는 고마운 마음으로 다정하게 바라보며 다시 말하기만 기다리니, 키트가 주저하다 말했다.

"나는 그런 사람이 아니야. 내가 찾아온 건 다른 것 때문이야. 내가 그동안 멍청하게 굴었다는 건 나도 잘 알지만, 그래도 충직하게 일했다는 걸, 최선을 다해서 일했다는 걸, 해를 끼칠 의도는 조금도 없었다는 걸 주인 영감님이 믿을 수 있으시다면, 어쩌면……."

여기에서 키트가 오랫동안 망설이자, 여자애가 어서 말하라고, 많이 늦었다고, 이제 창문을 닫아야 할 시간이라고 간절하게 말해, 키트는 갑자기 대담하게 덧붙였다.

"어쩌면 내가 이렇게 말하는 걸 주인 영감님이 어이없다고 생각하지 않으실 수도 있어. 이 집은 이제 너랑 주인 영감님 손에서 벗어났어. 어머니와 내가 사는 집은 훨씬 초라해도, 저런 사람들로 가득한 집보단 좋아. 그러니 우리 집에서 지내, 주인 영감님이 주변을 둘러보시고 좋은 집을 찾을 때까지!"

여자애는 아무 말 않고, 키트는 마음속 생각을 털어놓았다는 안도감에 말문이 풀리면서 멋진 말을 마구 뱉어냈다.

"우리 집은 조그맣고 불편하다는 생각이 들 거야. 맞아, 정말 그래. 하지만 깨끗해. 시끄럽다는 생각도 들겠지만 우리 동네에서 우리 집보다 조용한 곳은 없어. 꼬맹이들은 걱정하지 마. 갓난아기는 거의 안 울고, 둘째는 착해…… 게다가 내가 특별히 조심시킬 거고. 두 애가 귀찮게 하는 일은 없어. 그러니, 넬리, 그렇게 해. 2층 앞쪽 방이 정말 좋아. 굴뚝 사이로 교회 시계도 조금 보여서 시간도 알 수 있어. 그래서 우리 어머니도 너한테 딱 맞을 거래, 주인 영감님이랑 네 시중까지 들어주시겠다면서. 그럼 나는 열심히 심부름할게. 돈 걱정은 하지 마, 제발, 돈 같은 건 생각할 필요 없어! 주인 영감님한테 말씀드릴래, 넬리? 그런

다고 약속해. 주인 영감님을 모시고 우리 집으로 와, 내가 무슨 잘못을 했느냐고 물어도 보고. 나한테 약속할 수 있니, 넬리?"

너무나 진솔한 권유에 여자애가 미처 대답도 하기 전에 바깥문이 열리면서 브라스가 수면 모자를 눌러쓴 머리를 쑥 내밀고 "누구야!"라고 소리치자, 키트는 재빨리 사라지고 넬리는 창문을 가만히 닫고 구석으로 물러났다.

브라스가 몇 차례 소리치자, 퀼프 역시 수면 모자를 쓴 채 바깥문에서 나와 거리 이쪽저쪽은 물론 도로 맞은편으로 가서 상점 건물 창문까지 모조리 살폈다. 그래도 아무것도 안 보이자, 변호사 친구와 함께 건물로 곧장 들어가서 (여자애가 계단에 숨어서 듣는 것도 모르고) 자신에게 해를 끼치려는 집단이 있다고, 나쁜 놈들이 시도 때도 없이 상점에 몰래 들어와서 물건을 훔치려 한다고, 더는 망설이지 말고 자산을 당장 처분한 다음에 아늑한 집으로 돌아가야 하겠다고 떠들어댔다. 그러면서 다른 위협까지 험상궂게 늘어놓다 여자애 조그만 침대에 눕고, 넬리는 계단을 살금살금 올라갔다.

키트와 못 끝낸 대화는 여자애 마음에 강한 인상을 남겨 그날 밤 꿈에 나타나고 이후에도 오랫동안 떠오르는 건 지극히 당연했다. 자신은 근심과 슬픔이 가득하고 주변에는 냉혹한 채권자와 돈 때문에 병자를 돌보는 사람과 아무런 관심이나 동정심조차 없는 동네 아줌마만 가득한 상태에서 다정하고 자애로운 영혼을 만나니, 그 영혼이 아무리 가난한 성전에 깃들었을지언정, 인정 많고 사랑스러운 여자애 마음에 깊은 감동으로 다가온 건 조금도 놀랍지 않다. 이런 영혼이 깃든 성전은 인간의 손으로 만든 게 아니니, 이런 성전에는 보라색 비단과 고급 천[8]보다 군데군데 꿰맨 누더기 천이 훨씬 바람직하게 보인다는 사실이

8) '보라색 비단'은 고위성직자를, '고급 천'은 부자를 상징한다.

다행스럽다.

12장

마침내 노인은 위기를 넘기고 조금씩 좋아졌다. 의식이 천천히 돌아오긴 해도 정신은 약하고 기능은 불안했다. 끈기는 있어도 말이 없고, 오랫동안 가만히 앉아서 곰곰이 생각하지만 의기소침하진 않고, 벽이나 천장에 햇살만 비쳐도 좋아하나, 해가 길다거나 밤이 지겹다고 불평하진 않는 걸 보면 시간 흐름은 물론 근심 걱정까지 잃어버린 것 같았다. 몇 시간이고 앉아서 조그만 넬리 손을 잡고 손가락을 만지작대다 이따금 멈춰서 머리칼을 쓰다듬거나 이마에 뽀뽀하고, 두 눈에 반짝이는 눈물이 보이면 왜 그런지 의아한 표정으로 쳐다보다 곧바로 까먹곤 했다.

여자애는 노인과 함께 마차를 타고 밖에 나갔다. 노인은 등에 베개를 여러 개 받치고, 여자애는 바로 옆에 앉았다. 두 사람은 평소처럼 손을 맞잡았다. 거리마다 가득한 소음과 인파가 처음에는 노인 머리를 지치게 했으나, 놀라지도 궁금해하지도 좋아하지도 흥분하지도 않았다. 이것저것 가리키며 기억나느냐 물으면 노인은 “당연하지, 잘 기억나…… 왜 물어?” 하고 되물었다. 인파 사이에서 낯선 사람을 쫓아 고개를 쑥 내밀고 그 사람이 사라질 때까지 진지하게 바라볼 때도 잦았다. 하지만 왜 그러느냐는 질문엔 대답을 안 했다.

하루는 안락의자에 앉아있고 넬리는 바로 옆 걸상에 앉아있을 때, 방문 바깥에서 어떤 사내가 들어가도 되느냐고 물었다. 노인은 아무런 느낌 없이 "그래. 퀼프야. 퀼프는 이곳 주인이야. 당연히 들어와도 되겠지"라고 말했다. 그래서 퀼프가 안으로 들어왔다.

"드디어 좋아져서 다행이에요, 영감. 이제 기운을 많이 차렸나요?"

난쟁이가 물으며 맞은편에 앉자, 노인이 힘없이 대답했다.

"그래, 그래."

그러자 난쟁이는 목소리를 키우며 말했다. 노인 청각이 예전보다 많이 떨어진다는 사실을 알기 때문이다.

"급하게 서둘고 싶진 않지만, 영감, 앞으로 어떻게 살아갈지 빨리 결정하는 게 좋겠소."

"그게 양측 모두한테 당연히 좋겠지."

노인이 인정하자, 난쟁이는 잠시 머뭇거리다 말했다.

"영감도 알다시피, 물건을 모두 빼내면 이 집은 너무 불편해서 사람이 못 살 거요."

"맞아. 불쌍한 넬리도. 넬리는 어떻게 해야 할까?"

노인 말에 난쟁이는 머리를 끄덕이며 소리쳤다.

"제대로 보았소. 그럼 어떻게 할지 생각해 보겠소, 영감?"

"그래, 그래야지. 여기에 머물 순 없으니까."

"내 생각도 그렇소. 물건을 모두 팔았소. 제값에 훨씬 못 미치지만, 그런대로 괜찮게 챙겼소, 꽤 괜찮게. 오늘은 화요일이요. 물건을 언제 빼낼까요? 서둘 필욘 없는데…… 오늘 오후가 어떻겠소?"

"금요일 아침으로 하지."

노인이 대답하자, 난쟁이가 말했다.

"좋소, 그럽시다. 어떤 일이 있어도 그날을 넘길 순 없다는 사실을 명심하시오, 영감."

"알았네. 명심하겠네."

퀼프는 얼빠진 상태로 말하는 모습이 못 미더우나, 노인이 머리를 끄덕이며 "금요일 아침. 명심하겠네"라고 말하니, 그 문제를 다시 꺼낼 명분이 없어서 몸이 괜찮아 보인다면서 좋은 말을 숱하게 내뱉다, 아래층으로 내려가서 브라스에게 진행 상황을 알렸다.

그날도 다음 날도 노인은 온종일 똑같은 상태였다. 집 안을 돌아다니면서 이 방 저 방에 들어가고 나오는 모습이 애매하나마 작별을 고하는 것 같지만, 금요일 아침 얘기나 다른 숙소를 찾아야 한다는 말은 조금도 없었다. 툭하면 손녀딸을 끌어안고 기운을 북돋아 주면서 무슨 일이 있어도 헤어지지 말자고 다짐하는 걸 보면 손녀딸이 힘들어해서 어떤 식으로든 도와야 한다는 건 애매하게 느끼지만, 몸과 마음이 고통스러울 정도로 따로 놀며 모든 열정을 지워버려, 자신들이 놓인 처지를 또렷하게 떠올릴 순 없는 것 같았다.

이걸 우리는 어린애 같은 상태라고 하지만, 이 말은 죽음을 깊은 잠이라고 하는 말처럼 허울만 그럴싸한 사기다. 노망든 노인의 흐리멍덩한 눈빛 어디에 어린 시절의 상쾌한 웃음과 생명력이, 억누를 수 없는 흥겨움이, 무서운 줄 모르는 솔직함이, 절대로 시들지 않는 희망이, 환하게 꽃피우는 즐거움이 있단 말인가? 그대로 죽으면 꼴사나울 정도로 딱딱하고 날카로운 얼굴 어디에 예쁘게 새근새근 잠자는 아기 얼굴이, 바쁘게 움직이다 차분하게 쉬는 모습이, 앞으로 태어날 아기를 기대하는 사랑스러운 모습이 있단 말인가? 죽어서 누운 모습과 누워서 잠자는 모습을 나란히 놓고서 정말 똑같다고 느낄 사람이 어디에 있겠는가? 노인을 어린애 같다고 여기며 자존심을 깎아내리는 건, 우리 자신이 행복하게 보낼 노년을 깔보면서 추악하게 일그러진 모습을 강조하는 것에 불과할 뿐이다.

목요일이 되었지만 노인은 변한 게 없었다. 하지만 변화는 초저녁에 손녀딸과 조용히 앉아있을 때 찾아왔다.

창문 밑으로 조그맣고 우중충한 마당에 나무 한 그루가, 그나마 녹색을 화려하게 뽐내는 나무가 있는데, 나뭇잎 사이로 바람이 불어서 하얀 벽에 드리운 그림자를 펄럭였다. 노인은 그림자가 흔들리는 모습을 해가 떨어질 때까지 가만히 앉아서 지켜보고, 밤이 되고 달이 천천히 떠오를 때도 똑같은 자리에 그대로 앉아있었다.

병상에서 오랫동안 뒤척인 터라 사소한 녹색 잎사귀랑 차분한 그림자가 지붕 꼭대기와 굴뚝 사이에 파묻힌 모습조차 상쾌하게 보였다. 그러다 보면 아주 멀리 떨어진, 쾌적하고 평화롭고 한가로운 숲이 보이는 것 같았다. 여자애는 할아버지가 감동했다는, 그래서 말하지 않는 거라는 생각마저 들었다. 그런데 할아버지가 갑자기 눈물을, 아픈 마음을 달래는 눈물을 뚝뚝 떨구면서 무릎이라도 꿇을 것 같은 자세로 용서를 비는 게 아닌가!

넬리는 할아버지가 못 꿇게 막으면서 물었다.

"용서하다니…… 뭘요? 아, 할아버지, 제가 용서할 게 뭔가요?"

"지난 일 모두, 지금까지 닥친 일 모두, 넬리, 뒤숭숭한 꿈속에서 일어난 일 모두."

"그만 말씀하세요, 제발. 다른 얘길 해요."

"그래, 그래, 그러자꾸나. 그럼 우리가 전에 하던 이야기를 할까? 그런데, 그게 언제였지, 넬리? 몇 달 전인가, 몇 주 전인가, 며칠 전인가?"

"무슨 말씀인지 모르겠어요."

"오늘 문뜩 떠올랐어, 여기에 가만히 있을 때 모두 떠올랐어. 고맙구나, 넬리!"

"뭐가요, 할아버지?"

"우리가 거지로 되었을 때 네가 한 말, 넬리. 쉿! 조그맣게 말하자꾸

나. 아래층에서 들으면 내가 미쳤다면서 너를 빼앗아갈 테니까. 이제 여기에 단 하루도 머물지 말자꾸나. 너랑 나랑 멀리 떠나는 거야."

할아버지 말에 손녀딸은 열심히 공감했다.

"네, 멀리 떠나요. 벗어나서 두 번 다시 떠올리지도 돌아오지도 말아요. 여기에 머무느니 차라리 맨발로 온 세상을 돌아다녀요."

"그래, 들판과 숲과 강변을 마냥 돌아다니면서 하느님이 거하시는 공간에 우리 자신을 맡기자꾸나. 밤이면 저기 광활한 하늘 밑에 - 일마나 환한지 보렴 - 드러눕는 편이 근심 걱정만 가득해서 답답한 방에 머무는 편보다 훨씬 좋아. 너랑 나랑 단둘이, 넬리, 즐겁고 행복하게 지내면서 지난 일은 모두 잊는 거야, 아예 없었던 것처럼."

"그래요, 그렇게 행복하게 지내요. 여기에 머물 필요는 조금도 없어요."

"그래, 그럴 필요는 조금도 없어…… 딱 맞는 말이야. 들키지도 않고 들리지도 않도록, 내일 새벽 일찍 몰래 나가자꾸나, 사람들이 좇아올 흔적은 조금도 남기지 말고. 불쌍한 넬리! 뺨은 창백하고 두 눈은 할아버지를 바라보느라 축축하게 젖는구나. 그래, 나도 알아. 하지만 멀리 떠나면 모든 문제가 바람직하게 풀릴 거야. 슬픔만 가득한 곳을 내일 새벽에 벗어나, 새처럼 자유롭고 행복하게 살아가는 거야."

노인이 말하고는 손녀딸 머리 위로 두 손을 꼭 움켜잡더니, 뚝뚝 끊어지는 어투로, 이제 둘이서 온 세상을 돌아다니자고, 죽음이 갈라놓을 때까지 절대로 헤어지지 말자고 다짐했다.

여자애는 자신감과 희망이 솟구쳐서 심장이 쿵쾅거렸다. 굶주림이나 추위나 목마름이나 온갖 고생 같은 건 전혀 안 떠올렸다. 최근에 시련을 겪으면서 주변을 에워싼 무정한 사람들에게 도망치는 것만, 지금까지 우울하고 외롭게 살던 삶에서 벗어나는 것만, 할아버지가 건강과 평화를 되찾아 평화롭고 행복하게 사는 것만, 그래서 예전처럼 소박하고 즐겁게 지내는 것만 떠올렸다. 태양과 개울과 초원과 화려한 여름날만 눈앞에 가득할 뿐, 어두운 그림자는 어디에도 없었다.

노인이 침대에 누워서 몇 시간째 곤하게 자는 동안, 여자애는 도망칠 준비를 하느라 바쁘게 움직였다. 자신이 입을 옷 몇 점과 할아버지가 입을 옷 몇 점을 싸고, 너덜너덜한 운명처럼 바닥에 나뒹구는 옷을 바로 입도록 펼쳐놓고, 할아버지가 연약한 걸음을 지탱할 지팡이도 준비했다. 하지만 이게 전부는 아니었다. 이제 정겨운 공간을 찾아다니며 마지막 작별을 고할 차례였다.

정겨운 공간과 작별하는 심정은 지금까지 예상하던 것과 - 머릿속으로 툭하면 떠올리던 것과 - 너무나 달랐다. 그곳을 오가던 시절을 떠올릴 때마다 슬픔이 가득하다 못해 끔찍한 느낌마저 들었는데, 한없이 슬프고 외로웠는데, 한곳 한곳과 실제로 작별하는 마음이 그렇게 기쁠 거라는 사실을 어찌 상상이나 했겠는가! 훨씬 어두운 저녁에 많이도 찾아가던 창문에 앉을 때는 오랫동안 품던 희망과 기대감이 하나씩 생생하게 떠오르며 슬프고 우울한 마음을 깨끗하게 몰아낼 정도였다.

아담한 침실을 마지막으로 둘러볼 수 없다는 게, 다정하게 둘러보며 고마운 눈물조차 못 흘리고 떠나야 한다는 게 정말 힘들었다. 밤마다 그곳에서 얼마나 무릎 꿇고 기도했던가! 그러고 나서 평화롭게 잠들어, 이제 비로소 이루어질 것 같은 꿈을 얼마나 자주 꾸었던가! 그곳엔, 특별한 쓸모는 없지만, 그래도 가져가고 싶은 물건도 몇 개 있으나, 안으로 들어갈 순 없었다.

그러다 불쌍한 새가, 아직도 새집에 들어있는 새가 문뜩 떠올랐다. 귀여운 새를 놓고 가야 한다는 사실이 슬퍼서 눈물을 흘리다, 키트가 자기 대신 어떤 식으로든 데려가서 잘 돌볼 거라는 생각이 근거도 없고 이유도 없이 떠오르더니, 키트가 데려갈 테니 그냥 남겨두어도 된다는 확신으로 나아가, 고마운 마음마저 들었다. 그래서 편안하고 차분한 느낌이 깃들어, 가벼운 마음으로 잠자리에 들었다.

여자애는 햇살이 빠르게 가르며 환하게 밝아오는 꿈을 숱하게 꾸다 막연한 불안감에 시달리며 깨어나서 아직은 밤이라는 걸, 하늘에 별이 총총하다는 걸 깨달았다. 하지만 마침내 동녘은 희미하게 터오고 별은 희미하게 변했다. 이 사실을 확인하자마자 여자애는 벌떡 일어나서 옷을 입고 먼 길에 나설 채비를 갖췄다.

노인은 여전히 곤하게 자고 여자애는 방해하고 싶지 않아서 그대로 두다 마침내 태양이 솟구칠 때 비로소 깨웠다. 노인은 지체하지 말고 당장 떠나야 한다고 걱정하며 곧바로 준비했다.

여자애는 할아버지 손을 잡고 계단을 살금살금 내려가다 판자가 삐걱거릴 때마다 멈칫하며 귀를 기울였다. 노인이 가벼운 물건을 넣은 일종의 지갑 같은 걸 깜빡 잊어, 그걸 가져오려고 돌아가는 몇 걸음은 더없이 기다랗게 느껴졌다.

마침내 일층 통로에 내려서니, 퀼프와 변호사가 코를 골아대는 소리가 두 사람 귀에 사자가 포효하는 소리보다 끔찍하게 달려들었다. 바깥문 빗장이 녹슬어, 조용히 내려놓는 게 쉽지 않았다. 하지만 빗장을 다 내려놓은 다음에 비로소 거기에 채운 자물쇠를 발견했는데, 그보다 끔찍한 건 열쇠가 없다는 사실이었다. 여자애는 퀼프가 밤이면 바깥문에 자물쇠를 채우고 열쇠를 침실 탁자에 올려놓는다고 요양사가 말한 사실을 그때 비로소 떠올렸다.

어린 넬리는 엄청난 걱정과 불안에 휩싸이며 신발을 벗고 오래된 골동품이 가득한 공간을, 브라스가 무엇보다 추악한 골동품처럼 매트리스에 누워서 곤하게 자는 공간을 살그머니 지나서 조그만 침실로 들어섰다.

퀼프가 보이는 순간에는 공포에 찌들며 멈칫하기도 했다. 침대 끄트머리에 몸뚱이를 걸친 모습이 머리를 바닥에 박고 물구나무서길 하는 것 같은데, 자세가 불편한지 평소 습관 때문인지 입을 쩍 벌린 채 숨을 헐떡이며 으르렁대고, 두 눈에선 더러운 노른자라는 게 어울릴 흰자위가 또렷하게 드러났다. 하지만 어디 아프냐고 물어볼 처지는 아니니 침실을 재빨리 훑어봐서 열쇠를 손에 넣고, 엎드려 자는 브라스를 다시 지나서 노인 곁으로 무사히 다가갔다. 두 사람은 바깥문을 조용히 열고 거리로 나가자마자, 그대로 멈췄다.

"어느 쪽으로 가나요?"

여자애가 묻자, 노인은 무기력하게 망설이며 처음에는 손녀딸을, 다음에는 오른쪽과 왼쪽을, 그러다 다시 손녀딸을 쳐다보며 고개를 절레절레 저었다. 길을 선택하는 건 여자애 몫이 분명했다. 여자애도 느꼈다. 그래서 의구심이나 불안한 느낌 없이 할아버지 손을 잡고 길을 인도하며 가만히 나아갔다.

유월 새벽이었다. 짙푸른 하늘엔 구름 한 점 없이 화려한 빛만 가득했다. 거리엔 사람이 안 보이고 주택과 상점은 문을 닫고, 새벽 공기는 잠자는 마을에 천사가 불어대는 숨결처럼 건강하게 다가왔다.

노인과 여자애는 희망과 기쁨으로 가슴이 부푼 채 즐거운 마음으로 침묵하며 계속 나아갔다. 이제 다시 두 사람만 남고, 세상은 화려하고 생생했다. 좁은 공간에 갇혀서 지루하기만 하던 느낌은 조금도 없었다. 정반대였다. 교회 탑과 뾰족탑이 예전에는 잔뜩 찡그려서 어두웠으나, 지금은 햇살을 받아 환하게 반짝였다. 초라한 모서리와 구석도 하나같이 햇살을 반짝이고, 하늘도 엄청 멀리서 어스레할 뿐 세상 만물에 잔잔한 미소를 흩뿌렸다.

도시 전체가 곤하게 잠잘 때, 가난한 방랑자 두 명은 어디로 가는지도

모른 채 앞으로 뚜벅뚜벅 나아갔다.

13장

'타워 힐'의 다니엘 퀼프, 런던 도심지 베비스 마크스의 형사 고등법원 법무관이자 민사 고등법원 변호사로 일하는 샘슨 브라스는 아무것도 모른 채 곤하게 자느라, 바깥문을 두드리는 소리가 처음에는 가볍게 일어나다 마구 때리는 소리로 커지더니, 대포 소리로 급하게 변하는 걸 그대로 들었다. 결국엔 다니엘 퀼프가 거꾸로 처박힌 몸뚱이를 바로 하려 애쓰며 잔뜩 졸린 눈으로 천장을 무심코 바라보며 열심히 두드리는 소리를 궁금하게 여기는데, 의식이 또렷한 건 아니었다.

하지만 두드리는 소리는 퀼프가 게으름 부리는 걸 돕기는커녕, 잠드는 걸 노골적으로 방해하려는 듯 더욱 강하게 일어나서 귀찮게 하니, 퀼프는 어차피 눈을 뜬 김에 누군가 찾아올 가능성을 조금씩 떠올리기 시작했다. 그러다 금요일 아침이란 사실을, 부인에게 아침 일찍 찾아와서 자신을 깨우라 지시한 사실을 조금씩 떠올렸다.

브라스는 엄청 이상한 자세로 온몸을 비틀고 안 익어서 엄청 신 딸기를 먹을 때 흔히 떠올리는 표정으로 얼굴과 두 눈을 찡그리다, 잠에서 서서히 깨어났다. 그래서 퀼프가 일상복을 입는 걸 보고서 자신도 황급히 그러느라, 스타킹보다 신발부터 신고 두 다리를 상의 소매에 집어넣는 등, 옷을 급하게 입는 사람이 흔히 하는 실수를 다양하게 저지르며 잠에서 갑자기 깨어난 짜증에 시달렸다.

변호사가 이러는 동안, 난쟁이는 탁자 밑을 더듬으며 인간 일반은 물론 온갖 무생물과 신발까지 열심히 저주해, 브라스가 물었다.

"뭐가 잘못됐나요?"

난쟁이가 험악하게 바라보며 말했다.

"열쇠. 바깥문 열쇠…… 그게 잘못됐어. 아는 거 없어?"

"내가 어떻게 알겠어요, 선생?"

브라스가 반문하자, 퀼프가 조롱했다.

"어떻게 알겠어? 당신은 훌륭한 변호사잖아, 아니야? 어휴, 멍청이!"

브라스는 다른 사람이 열쇠를 잃은 건 자신의 법률 지식과 아무런 상관이 없다고 주장하고픈 마음을 꾹 참으며, 지난밤에 잊은 게 분명하다고, 열쇠 구멍에 꽂아놓고 잊은 걸지도 모른다고 겸손하게 제안했다. 퀼프는 어젯밤에 신경 써서 뺀 기억이 확실한 터라 절대 그렇지 않다는 확신이 강하긴 해도 어쩌면 그럴 수 있겠다고 인정하지 않을 수 없어, 바깥문으로 투덜대며 다가가니, 열쇠는 정말로 거기에 있었다.

그런데 자물쇠에 손을 얹다 잠금장치가 풀린 걸 보고 깜짝 놀라는 순간, 두드리는 소리가 짜증스러울 정도로 커다랗게 일더니, 열쇠 구멍 사이로 반짝이던 햇살을 바깥쪽에서 눈알 하나가 가로막았다. 난쟁이는 짜증이 치밀대로 치밀어서 분풀이할 상대가 필요한 상태라, 끔찍한 소리를 내지르며 갑자기 튀어나가는 식으로 퀼프 부인에게 다정한 관심을 보이기로 작정했다.

그래서 자물쇠를 조용히 돌려서 갑자기 문을 열고 튀어나가, 맞은편에서 문을 다시 두드리려고 문 고리쇠를 들어 올리던 인물에게 머리를 들이밀고 달려들며 두 손과 두 발을 내뻗고 허공을 힘껏 깨물었다.

하지만 자기 부인이라 생각하고 달려든 상대는 엄청나게 아픈 주먹 두 대를 머리에 맞고 가슴에 두 대를 더 맞는 인사를 받고서 용서를 빌기는커녕, 육탄전으로 맞서며 소나기 같은 주먹세례를 퍼부어 주먹

실력이 대단하다는 사실을 증명했다. 이런 환영에도 굴하지 않고 퀼프는 상대에게 단단히 달라붙어 마구 깨물고 주먹을 날리는 호의를 베풀다, 최소한 2분이 지난 다음에 떨어져나왔다. 그런 다음에 비로소 정신을 차리니, 퀼프 자신은 잔뜩 얻어터져 봉두난발 상태로 거리 한가운데에 쓰러지고 리처드 스위블러는 폴짝폴짝 뛰면서 달려들다 물러나는 식으로 위협하며 주변을 맴돌다 물었다.

"더 맞고 싶소? 보여줄 건 많소. 이 주먹엔 온갖 기술이 깃들었다오. 주문만 하면 신속하게 배달해 드리리다. 조금 더 맛보시겠소, 선생? 사양하기 싫으면 사양하지 마시오."

그러자 퀼프는 양쪽 어깨를 문지르며 대답했다.

"다른 사람인 줄 알았소. 당신이라고 말하지 그랬소?"

"당신이라고 말하지 그랬소? 안에서 미치광이처럼 튀어나온 게 누구요?"

스위블러가 똑같이 말하자, 난쟁이는 짧은 신음을 뱉어내며 일어나다 말했다.

"당신이었소…… 두드린 사람이?"

"그렇소, 나요. 내가 올 때 저 숙녀분이 먼저 두드렸지만, 소리가 너무 작아서 대신 두드렸소."

스위블러는 이렇게 대답하며 손으로 가리키니, 퀼프 부인이 약간 떨어진 거리에 우두커니 서서 덜덜 떨었다.

난쟁이는 부인을 잔뜩 화난 표정으로 쳐다보며 투덜댔다.

"흥! 당신 짓인 줄 알았잖아! 그런데 선생…… 당신은 이 집에 환자가 있다는 사실을 몰라서 문짝을 쓰러뜨릴 것처럼 두드려 댄 것이오?"

"제기랄! 아니까 그런 것 아니요! 안에서 누가 죽어 나간 줄 알았단 말이오!"

"목적이 있어서 오신 것 같군. 용건이 뭡니까?"

퀼프가 묻자, 스위블러가 대답했다.

"넬리를 만나 노신사께서 어떠신지 물어본 다음에 말 몇 마디 나누고 싶소. 나는 이 집안이랑 친구라오, 선생…… 최소한 이 집안사람 한 명하고 친구니, 그런 셈이라오."

"안으로 들어오시오. 어서, 선생, 어서. 부인도 들어오시오."

퀼프가 말하는데도 부인이 망설였다. 서로 예의를 차리려고 경쟁하는 건 아니고, 절차상의 문제는 더더욱 아니었다. 남편이 뒤따라 들어오다 팔을 몇 차례 꼬집으려 한다는 사실을 너무나 잘 알기 때문이다. 툭하면 당하는 터라, 실제로, 부인 팔엔 남편에게 꼬집힌 파랗고 까만 멍 자국이 가실 날이 없었다. 스위블러는 이런 비밀을 모르는 터라, 숨죽인 비명을 듣고 살짝 놀라며 고개를 돌려서 뒤를 따라오던 퀼프 부인이 갑자기 움찔하는 걸 보았지만 아무 말 않다 금방 잊고, 난쟁이는 안으로 들어선 다음에 말했다.

"부인, 괜찮다면 2층 넬리 방으로 가서 손님이 왔다고 알려주구려."

그러자 스위블러가 불쑥 말했다. 퀼프가 주인이란 사실을 몰랐던 거다.

"자기 집이라도 되는 것처럼 행세하는구려."

"우리 집이니까요, 젊은 신사분."

난쟁이가 대답하자, 스위블러는 이 말이 무슨 뜻인지, 게다가 변호사가 곁에 있는 이유는 또 무언지 몰라서 곰곰이 생각하는데, 퀼프 부인이 계단을 급히 내려오며 2층에 아무도 없다고 선언했다.

"아무도 없다니, 멍청이!"

난쟁이가 소리치고, 부인은 덜덜 떨며 대답했다.

"정말이에요, 여보, 방마다 들어가서 살폈는데, 두 사람 다 없어요."

그러자 브라스가 손뼉 치며 소리쳤다.

“열쇠가 그리된 게 바로 그래서였어!”

퀼프는 브라스를 쳐다보며 눈살을 찌푸리고 자기 부인에게도 눈살을 찌푸리고 리처드 스위블러에게도 눈살을 찌푸리지만, 누구도 해명하질 않자, 계단을 급히 뛰어오르곤 곧바로 내려와서 부인 말이 맞는다는 걸 인정하더니 스위블러를 힐끗 쳐다보면서 말했다.

“이렇게 떠나다니 정말 이상해. 절친한 사이로 가깝게 지내던 나한테 아무 말도 안 하고 떠나다니, 정말 이상해! 아! 나중에 편지를 보내겠군, 넬리한테 편지를 쓰라고 하거나. 그래, 맞아, 그럴 거야. 넬리는 나를 많이 좋아하거든. 귀여운 넬리!”

스위블러는 너무 놀라서 입을 쩍 벌린 채 쳐다보고, 퀼프는 그런 스위블러를 몰래 훔쳐보다가 이런 일 때문에 물품 옮기는 걸 미룰 순 없다고 브라스에게 아무렇지 않은 척 말하더니, 이렇게 덧붙였다.

“어차피 두 사람은 오늘 나갈 예정이었잖아. 일찍 조용히 나간 걸 몰랐을 뿐이라고. 하지만 나름대로 이유가 있겠지, 나름대로 이유가 있어.”

그러자 스위블러가 궁금한 표정으로 물었다.

“두 사람이 도대체 어디로 간 겁니까?”

퀼프는 두 사람이 간 곳을 알지만 자신은 말할 권리가 없다는 표정으로 머리를 저으며 입술을 꽉 다물고, 스위블러는 주변이 어지러운 걸 바라보며 물었다.

“물품을 옮긴다는 건 또 무슨 말입니까?”

“내가 샀다는 뜻이지, 또 뭐가 있겠소, 선생?”

“노인이 교활한 방법으로 큰돈을 챙긴 다음에 바다가 보이는 멋진 집에서 아늑하게 살려고 멀리 떠났단 말이오?”

스위블러가 어리둥절한 표정으로 묻자, 난쟁이는 두 손을 열심히 비비면서 대답했다.

"은퇴 생활을 즐길 곳을 노인이 비밀로 한 이유는 사랑하는 손자와 헌신적인 친구가 너무 자주 찾아오는 게 싫어서냐? 이게 당신이 묻고픈 말 아니요, 내가 말하고 싶은 게 아니라?"

리처드 스위블러는 어이가 없었다. 상황이 한순간에 변하면서 자신이 확실하게 참여한 사업을 완전히 무너뜨려, 시작도 하기 전에 모든 기대감이 처참하게 무너지는 것 같았다. 노인이 아프다는 소식을 전날 밤에 프레드에게 처음 듣고 넬리를 찾아와서 위로하며 그 가슴에 뜨거운 불을 지피려고 잔뜩 준비했는데, 우아하게 속삭이며 접근해서 넬리를 사로잡아 소피 와클스에게 나중에 천천히 복수하겠다는 궁리까지 잔뜩 했는데, 넬리와 노인은 계획을 처음부터 파악하고 상대가 접근도 하기 전에 처음부터 뿌리를 뽑겠다는 듯, 돈을 모조리 챙겨 들고 어딘지 모를 곳으로 도망친 게 아닌가!

다니엘 퀼프는 두 사람이 도망친 걸 깨닫고 속으로 놀랍기도 하고 당혹스럽기도 했다. 꼭 필요한 옷도 몇 벌 사라진 걸 매서운 눈으로 확인했는데, 노인네 정신이 오락가락하는 걸 아는 터라, 도대체 어떻게 했기에 여자애가 가볍게 찬성했는지 놀라울 뿐이었다. 하지만 사소한 문제로 힘들어할 순 없었다. 천하의 퀼프가 그런다는 건 말도 안 됐다. 다만 자신마저 모르게 노인이 돈을 몰래 숨겨둔 건 아닌가 하는 의심이 일고 자신의 손아귀를 벗어났다는 생각마저 일어, 억울한 느낌과 동시에 자책감까지 몰려들었다.

퀼프는 이런 마음 상태에서, 리처드 스위블러가 이유는 완전히 달라도 똑같은 문제 때문에 좌절하며 안달하는 모습을 보고 상당한 위안을 받았다. 퀼프가 볼 때 스위블러는 노인에게 돈이 상당히 많다 여기고,

친구를 대신해서 노인을 달래거나 협박하는 식으로 일부나마 빼내려고 찾아온 게 분명했다. 그래서 노인은 돈이 정말 많은데, 그걸 아무도 못 노리도록 모조리 교묘하게 빼돌렸다고 설명해서 스위블러 심장이 바싹 타들어 가는 걸 보며 마음을 달래니, 스위블러가 멍한 표정으로 말했다.

"아아, 그러면 내가 여기에 있어도 소용이 없겠군요."

"당연히 그렇겠지요."

"찾아왔더라고 전해주겠소, 나중에라도?"

스위블러가 묻는 말에 퀼프는 고개를 끄덕이며 두 사람을 만나면 제일 먼저 전하겠다고 대답해, 스위블러는 이렇게 덧붙였다.

"내가 화합의 날개에 힘입어 여기로 깃들었다는, 내가 우정이란 갈퀴로 상호 갈등과 원한이라는 씨앗을 걷어내고 그 자리에 사회적 화합이라는 싹을 뿌리러 왔다는 말도 전하면 좋겠는데, 그 역할도 기꺼이 맡아주시겠소, 선생?"

"당연하지요!"

퀼프가 장담하자, 스위블러는 축 늘어진 조그만 명함을 꺼내며 말했다.

"여기에 주소가 있으니, 오전 시간에 찾아오면 어느 때든 만날 수 있다는 말도 함께 전달하는 친절까지 베풀어 주시겠소, 선생? 또렷하게 두 번만 두드리면, 선생, 하인이 단번에 문을 열어드린다고, 가까운 친구는 헛기침만 하고서 들어오기도 한다고, 두 분은 나와 가까운 분이니 언제든 꺼리지 말고 찾아오시라고 말이오. 미안하지만, 내가 준 명함을 한번 봐도 괜찮겠소?"

"아! 물론이죠."

퀼프가 명함을 내밀자, 스위블러는 그걸 받고 다른 걸 대신 내밀며 말했다.

"내가 가벼운 실수를 이상하게 저질렀군요, 선생. 아까 건넨 건 '화려한 미남자들'이라고 내가 영구 회장으로 영광스럽게 활동하는 상류층 모임 출입증이랍니다. 이게 진짜 명함이고요, 선생. 그럼 안녕히 계시길."

퀼프가 잘 가라 인사하자, '화려한 미남자들' 영구 회장은 모자를 살짝 올려서 퀼프 부인에게 인사하더니, 다시 비스듬히 아무렇게나 눌러쓰고 화려하게 사라졌다.

어느덧 시간이 흘러, 화물 마차가 여러 대 도착하고 건장한 일꾼들은 모자를 눌러쓴 채 서랍과 장롱 등 다양한 물품을 머리에 이고 균형을 잡으며 힘겹게 운반하느라 하나같이 얼굴이 빨갛게 달아올랐다. 퀼프 역시 뒷짐만 진 채 구경하는 대신, 일꾼을 인정사정없이 거칠게 몰아붙이고, 퀼프 부인에게 도저히 못 할 것처럼 힘든 일을 마구 시키고, 엄청나게 무거운 물건을 아무렇지 않게 들고 내리며 운반하고, 선창에서 온 사내아이 곁을 지나칠 때마다 발로 차고, 브라스가 자기 일이라 여기고 문가에 서서 이웃이 구경하다 궁금한 걸 물어볼 때마다 설명하는 동안, 무거운 짐으로 그 어깨를 교묘하게 때리며 놀라울 정도로 열심히 일했다. 그래서 어느 일꾼보다 바쁘게 움직인 결과, 불과 서너 시간 사이에 물건은 전부 사라지고 집 안에 남은 건 매트 몇 장이랑 텅 빈 그릇 몇 개랑 곳곳에 흩어진 지푸라기가 전부였다.

난쟁이는 객실에서 이런 매트 가운데 한 장에 아프리카 추장처럼 앉아서 빵과 치즈와 맥주를 맛있게 먹다, 한 사내아이가 바깥문 틈새로 몰래 엿보는 걸 모르는 척 쳐다보았다. 그래서 코만 살짝 비추는데도 키트가 분명하다 여기고 그 이름을 커다랗게 부르자, 키트가 들어와서 왜 부르느냐 묻고, 난쟁이는 이렇게 말했다.

"이리 오게. 으흠, 너희 주인 영감과 어린 아가씨가 멀리 떠났니?"

"어디로요?"

키트가 반문하며 주변을 둘러보자, 컬프가 날카롭게 되물었다.

"너도 어딘지 모른다는 거야? 두 사람이 어디로 갔어, 엉?"

"몰라요."

"제기랄, 모르는 척 말하지 말라고! 오늘 아침이 밝자마자 두 사람이 몰래 사라진 걸 네가 모른다는 거야?"

"네."

키트가 대답했다. 놀란 게 분명했다.

"모른다고? 네가 밤마다 이 집 주변을 도적놈처럼 맴돌던 걸 내가 모르는 줄 알아? 그런데도 아무 말 못 들었다는 거야?"

"네."

"못 들었다고? 그러면 무슨 말을 들은 거야? 무슨 말을 주고받은 거냐고?"

키트는 굳이 비밀로 할 이유가 없다는 사실을 깨닫고 그날 자신이 찾아온 목적과 자신이 제안한 내용을 털어놓자, 난쟁이가 잠시 생각하다 말했다.

"아! 두 사람이 너한테 갈 수도 있겠군."

"정말 그럴까요?"

키트가 간절한 어투로 묻자, 난쟁이가 살살 달랬다.

"그럼, 당연히 그러겠지. 두 사람이 찾아오면 나한테 알려주렴. 알겠어? 그러면 좋은 걸 줄게. 나 역시 두 사람을 돕고 싶은데, 두 사람이 있는 곳을 모르면 도울 수 없잖아. 무슨 말인지 알지?"

키트는 성질 급한 난쟁이가 싫어할 대답을 하려는데, 선창에서 온 사내아이가 실수로 빼먹은 물건이 없나 온 방을 돌아다니며 살피다 "새가 있어요! 어떻게 하지요?" 하고 커다랗게 묻는 소리를 들었다.

"모가지를 비틀어버려."

퀼프가 대답하자, 키트가 앞으로 나서며 사정했다.

"아, 제발, 제발 그러지 마세요. 나한테 주세요."

그러자 선창 아이가 소리쳤다.

"좋아, 이리 와! 너는 새장을 갖고 나는 이놈 목을 비트는 거야, 어때? 주인이 나한테 그러라고 시켰잖아. 그러니 너는 새장만 가져, 알겠니?"

그러자 퀼프가 소리쳤다.

"이리 가져와, 나한테 가져오라고, 개자식아. 이걸 걸고 싸워, 두 놈 모두, 안 그러면 이놈 모가지를 내가 비틀어버릴 테니까!"

더 말할 필요도 없이, 두 사내아이는 서로에게 달려들어 물어뜯고 할퀴는 동안, 퀼프는 신나서 새장을 한 손에 든 채 칼로 바닥을 쿡쿡 내리찍으며 더 모질게 싸우라 소리치고 놀리면서 싸움을 부추겼다. 두 아이가 호적수로 뒤엉킨 채 주먹을 날리는 모습은 아이들 장난이 결코 아닌데, 마침내 키트가 상대 가슴에 주먹을 제대로 꽂아서 쓰러뜨리고 재빨리 일어나, 퀼프 손에서 새장을 상으로 낚아냈다. 그래서 집으로 단숨에 달려가니, 피가 질질 흐르는 얼굴에 어머니는 깜짝 놀라고 어린 동생은 무서워서 마구 울어댔다.

"밥소사, 키트, 도대체 무슨 일이니, 도대체 무슨 짓을 한 거니?"

누블스 부인이 소리치자, 아들은 문 뒤에 걸린 두루마리 수건으로 얼굴을 닦으며 대답했다.

"괜찮아요, 어머니. 안 다쳤으니까 걱정하지 마세요. 이 새를 걸고 싸워서 이긴 게 전부예요. 그만 좀 울어, 제이콥. 너처럼 지독하게 울어대는 놈은 처음 본다!"

"새를 걸고 싸우다니!"

어머니가 한탄하자, 키트가 대답했다.

"네! 새를 걸고 싸워서 가져왔어요. 넬리가 키우던 새인데, 어머니, 그 사람들이 모가지를 비틀어버리려고 했어요! 하지만 제가 막았어요……하하하! 내가 있는 한 이 새 모가지를 절대로 비틀 수 없어요, 절대로, 절대로. 결코 못 그래요, 어머니, 절대로. 하하하!"

키트가 여기저기 까지고 부은 얼굴을 수건 사이로 내밀며 마음껏 웃어서 어린 제이콥마저 웃게 만들자, 어머니도 웃고, 그러자 갓난아기도 신나서 까르륵대며 두 발을 내차고, 그래서 모두 열심히 웃었다. 키트가 이겼기 때문이기도 하고, 모든 가족이 서로를 지극히 사랑하기 때문이기도 했다. 한바탕 웃음이 끝나자, 키트는 두 동생에게 불쌍한 홍방울새를 훌륭하고 진귀한 보물처럼 보여주고 벽에 안 쓰는 못이 있나 둘러보다, 몹시 기뻐하며 탁자와 의자로 발판을 만들어서 그걸 이리저리 비틀며 빼낸 다음에 말했다.

"가만있자. 계단에 거는 게 좋겠어, 햇빛이 잘 들고 쾌적하니까, 하늘도 볼 수 있고, 고개를 많이 쳐든다면. 내가 분명히 말하는데, 이 새는 노랫소리가 정말 아름다워!"

발판을 다시 만들고, 키트는 망치 대용으로 부지깽이를 들고 올라가서 못을 박고 새장을 걸자, 모든 가족이 더없이 좋아했다. 키트는 새장을 좋은 자리에 걸려고 벽난로까지 물러나서 살피며 수없이 조정하다, 완벽하다고 선언하고서 이렇게 말했다.

"그럼, 어머니, 더 쉬기 전에 밖에 나가서 말고삐 잡아주는 일이라도 있나 찾아볼게요. 새 모이도 사고 우리가 먹을 것도 사야 하니까요."

14장

키트는 어디를 가든 골동품 상점을 어차피 지날 수밖에 없다고, 자신이 보고 싶어서 그런 건 조금도 아니라고, 이건 어쩔 수 없는 거라고, 마음은 아프지만 지나는 길에 불가피하게 보는 거라고 자신을 가볍게 설득했다. 키트보다 잘 먹고 많은 걸 배운 사람도 무얼 제대로 판단할 수 없을 때 자신이 하고 싶은 걸 할 수밖에 없다고 합리화하는 현상은 흔하지 않은가!

이제는 조심할 필요도 없고, 물구나무 사내아이와 다시 대결할 염려도 없었다. 폐가로 완전히 돌변한 채 먼지만 가득 쌓인 모습이 몇 달은 내버려 둔 것처럼 보였다. 바깥문에는 맹꽁이자물쇠가 걸린 채 녹슬고, 반쯤 열어둔 2층 창문마다 블라인드와 커튼 끝자락이 색바랜 채 음산하게 펄럭이고, 꽉 닫힌 덧문 밑으로 삐뚤삐뚤 파놓은 구멍은 어두운 내부를 까맣게 내보일 뿐이었다. 자신이 그렇게 자주 바라보던 창문은 유리창 일부가 그날 아침에 물품을 급하게 옮기느라 깨져나가, 다른 공간 어디보다 황량하고 우중충하게 보였다. 할 일 없는 개구쟁이들이 현관 계단을 차지해, 일부는 고리쇠를 두드려 황폐한 실내에서 공허한 소리가 끔찍하게 울려 퍼지는 걸 들으며 좋아하고, 다른 일부는 열쇠 구멍 주변에 옹기종기 모여서 절반은 장난으로 절반은 진심으로 "유령"을 찾으려 애썼다. 마지막으로 살다 떠난 두 사람이 미스터리에 쌓이다 못해, 깜깜한 시간이면 유령으로 돌아다닌다는 소문까지 생겨난 것이다.

시끄럽게 장사하는 거리 한복판에 홀로 황폐하게 우뚝 선 건물이 황량한 겨울 풍경 사진처럼 보여, 키트는 겨울밤이면 그 집에서 기분 좋게 타오르던 불길과 조그만 공간에 울려 퍼지던 웃음소리를 떠올리다 쓸쓸하게 발길을 돌렸다.

불쌍한 키트는 감상적인 성격이 아니고, 지금까지 살면서 그런 평가를 들은 적도 없다는 사실을, 점잖거나 정중한 모습은 없지만 고마운 걸 알고 정이 많은 성격이란 사실을 여기에서 특별히 언급해야 하겠다. 그래서 (성격이 아무리 좋은 사람이라도 기분이 나쁘면 주변 사람은 그만큼 불편할 수밖에 없으니) 슬픔에 잠긴 채 집으로 돌아가서 동생들을 때리고 어머니를 힘들게 하는 대신, 생각을 돌려서 마음을 편하게 바꾸려고 애썼다.

아아, 말을 타고 오가는 신사는 정말 많은데, 그 말을 잡아달라는 신사는 얼마나 적던가! 도시 분석가나 국회의원은 사방에서 말 타고 다니는 사람을 보고서 말고삐 잡는 일 하나로도 해마다 런던 전역에서 얼마나 많은 돈을 벌 수 있는지 통계를 내면서, 말구종 없이 다니는 신사 스무 명 가운데 한 명만 말에서 내리는 걸 돕는다 해도 정말 많은 돈이 될 게 분명하다고 말하겠지만, 현실에서 이런 일은 거의 없으니, 엉뚱한 판단으로 세상을 망치는 사례는 너무나 많구나!

키트는 때로는 빨리 때로는 느리게 걸어 다니다, 말 탄 신사가 속도를 늦추면서 주변을 둘러보면 가만히 기다리기도 하고, 멀리서 말 탄 신사가 어느 집 앞에 금방 멈추기라도 할 것처럼 그늘로 들어서서 느긋하게 가는 모습을 보면 옆길로 전속력으로 달려서 다가가기도 했다. 하지만 하나같이 그대로 지나치기만 하니, 땡전 한 푼 안 나왔다. '어떤 신사분이든 우리 집 찬장에 먹을 게 하나도 없다는 걸 알면 일부러 멈추어 어느 집 앞에 내릴 것처럼 해서 내가 푼돈이라도 벌도록 도와주지 않을까?' 하는 생각이 절로 일어날 정도였다.

키트가 거리를 걷는 동안 수없이 실망한 건 물론, 엄청나게 힘들어 계단에 앉아서 잠시 쉴 때 조그만 사륜마차가 딸랑딸랑 소리 내며 덜커덩덜커덩 다가오는데, 털이 거칠고 고집은 억세 보이는 조그만 당나귀가 앞에서 끌고, 덩치는 작고 뚱뚱하며 얼굴은 차분한 노신사가 뒤에서 고삐를 잡았다. 조그만 노신사 옆에는 조그만 노부인 역시 통통한 몸에 차분한 얼굴로 앉았는데, 당나귀는 기분 내키는 대로 왔다 갔다 하며 느긋하게 걸었다. 행여나 노신사가 고삐를 흔들어서 나무라기라도 하면 당나귀는 머리를 흔드는 식으로 응수했다. 당나귀는 노신사가 가자는 거리로 가는 건 동의하지만 자신이 내키는 방식으로 가야 한다는 걸, 그렇지 않으면 꼼짝도 안 한다는 걸 양쪽 모두 인정한 게 분명했다.

마차가 지나갈 때 키트는 가만히 앉아서 잔뜩 기대하는 눈초리로 바라보고, 노신사는 그런 키트를 바라보았다. 키트는 재빨리 일어나서 한 손을 모자에 대며 인사하고, 노신사는 당나귀에게 멈추고 싶다는 의도를 넌지시 알리고, 멈추자는 신호를 거부한 적이 없던 당나귀는 우아하게 받아들였다.

"죄송합니다, 선생님. 멈추게 해서 죄송합니다, 선생님. 말고삐를 잡아드리길 바라시는지 알고 싶었을 뿐입니다."

키트가 말하자, 노신사가 대답했다.

"다음 거리에서 내릴 예정인데, 우리를 쫓아온다면 그 일을 할 수도 있겠지."

키트는 고맙다 말하고 기꺼이 따라갔다. 당나귀는 도로 맞은편 가로등을 구경하려고 날카로운 각도로 꺾으며 달린 다음, 반대편 가로등으로 다시 날카롭게 꺾으며 달렸다. 그래서 하나같이 똑같은 가로등이라는 사실을 확인하고 갑자기 멈춰서 깊은 생각에 빠져들었다.

"계속 갈 겁니까, 아니면 약속에 많이 늦어도 선생이 움직일 때까지 기다려야 할까요?"

노신사가 진지하게 물어도 당나귀는 꼼짝을 안 하자, 노부인이 나무랐다.

"아, 못된 당나귀! 정말 나빠! 창피한 줄 알라고!"

당나귀는 이 말에 감정이 상한 것 같았다. 잔뜩 토라진 자세로 다시 열심히 걸어서 '위써던[9]-공증'이라는 글씨가 새겨진 청동판이 걸린 문까지 한 번도 안 서고 다가갔기 때문이다. 그러자 노신사가 내려서 노부인이 내리도록 거든 다음에 좌석 밑에서 꽃다발을 꺼내는데, 모양과 크기가 손잡이를 짧게 자른 다리미 같았다. 노부인은 그걸 근엄하고 당당하게 들고서 건물 안으로 들어가고, 노신사는 발가락이 안쪽으로 휜 것처럼 걸으며 노부인을 바싹 좇아갔다.

두 사람이 사무실 같은 곳으로 들어선 건 안에서 일어나는 소리로 쉽게 파악할 수 있었다. 날은 무덥고 거리는 조용해서 창문마다 활짝 열어놓아, 안에서 오가는 소리가 얇은 블라인드 사이로 그대로 흘러나왔기 때문이다.

처음에는 이리저리 움직이며 악수하는 소리가 일더니, 꽃다발을 건네는 소리로 이어졌다. 그러자 공증인 위써던이 "아, 향기롭군요!", "아, 정말 향기로워요!" 하며 감탄사를 연발하는 소리와 함께 코로 향기를 가득 들이키며 엄청나게 좋아하는 소리까지 흘러나왔다.

"이번 일을 축하하려고 가져왔답니다, 선생."

노부인이 말하자, 공증인 위써던이 대답했다.

"아! 정말 좋은 일이지요, 마담, 이번 일은 저한테 커다란 영광이랍니다, 마담, 커다란 영광이요. 저는 도제 계약을 맺은 신사가 정말 많답니다, 마담, 정말 많아요. 상당수는 커다란 부자가 돼서 예전 동료나 친구

9) 위써던(Witherden)에서 wither는 '시들어간다'는 뜻이다. 인물 특징을 그대로 암시하는 작가 특유의 작명 기법이 잘 드러난다.

한테 관심이 없지만, 마담, 그래도 일부는 여전히 찾아와서 '위써던 선생님, 여기에서 일하며 보낸 시절이 가장 즐거웠답니다, 바로 이 걸상에서 보낸 시절이, 선생님' 하고 말한답니다. 하지만 내 밑에서 도제로 일한 수많은 젊은이 가운데 두 분께 하나밖에 없는 아들만큼 전망이 밝은 친구는 한 명도 없었답니다."

"아! 선생께서 그리 말씀하시니 정말 기쁘네요, 정말로!"

노부인이 말하자, 위써던이 다시 말했다.

"제가 분명히 말씀드리지만, 마담, 시인이 노래한 것처럼, 정직한 사내는 하느님이 만드신 가장 고귀한 작품입니다. 시인이 노래한 내용에 저는 모든 점에서 동의합니다. 알프스 산맥도 벌새도 정직한 사내나 여자에 비하면 많이 떨어지니까요."

"위써던 선생님이 뭐라고 말씀하시든, 저는 열심히 듣는답니다, 정말로."

차분한 목소리가 조그맣게 말하고, 공증인이 이어갔다.

"28세 생일에 이런 일까지 맞다니 잘됐습니다, 참 잘됐어요. 고마운 마음을 어떻게 표현해야 좋을지 모르겠어요. 좋은 일이 생긴 걸 우리 모두 축하해야 한다고 저는 믿습니다, 친애하는 갈랜드 선생님."

이 말에 노신사는 정말 맞는 말이라 대답했다. 그러더니 다시 악수하는 소리가 일다 노신사가 다시 입을 열어, 이렇게 말하면 안 되겠지만, 아벨 갈랜드보다 부모를 편하게 하는 아들은 어디에도 없을 거라면서 덧붙였다.

"아이 어머니와 나는 충분히 살 만할 때까지 미루다 늦게 결혼해서 더는 젊지 않은 나이로 함께 살았는데, 이렇게 사랑스럽고 효성스러운 아들이 태어나는 은총을 누리네요. 정말이지, 우리한테는 이 아이가 행복의 원천이랍니다, 선생님."

그러자 공증인이 공감하는 목소리로 맞장구쳤다.

“물론이지요, 당연히 그러실 겁니다. 이런 모습을 볼 때마다 저는 독신으로 살아온 운명을 한탄하니까요. 예전에 젊은 숙녀를 만났는데, 선생님, 최고급 의복 도매점을 하는 집안 따님이라는 게 약점이었답니다. 척스터, 아벨 선생 계약서를 가져오게.”

그러자 이번에는 갈랜드[10] 노부인이 말했다.

“잘 아시겠지만, 위써던 선생, 아벨은 여느 젊은이랑 다르답니다. 부모랑 어울리는 걸 좋아해서 늘 함께 지내지요. 우리 곁을 떠난 적이 단 하루도 없으니까요. 그치요, 여보?”

노신사가 대답했다.

“그럼, 여보, 아벨이 다니던 학교 교사 톰킨리 선생과 토요일에 마게이트에 가서 월요일에 돌아온 것만 빼면. 하지만 그러고 나서 크게 앓은 걸 당신도 또렷이 기억할 거예요, 여보. 너무 힘들어서요.”

그러자 노부인이 받아냈다.

“여행길이 익숙하지 않아서 견딜 수 없었던 거지요. 우리도 없고, 말할 사람도 즐겁게 지낼 상대도 없어서 힘들기도 했고요.”

조금 전에 조그맣고 차분하게 말한 목소리가 끼어들었다.

“정말 그랬답니다. 너무 낯설고 너무 외로운 데다, 부모님과 저 사이에 바다가 가로막혔다는 걸 생각하면…… 아, 부모님과 저 사이에 바다가 가로막혔다는 생각을 처음 할 때 몰려들던 느낌을 평생 못 잊을 거예요!”

이번에는 공증인이 말했다.

“그런 상황에선 당연히 그럴 수밖에요. 그런 느낌이 드는 건 아벨

10) Garland는 꽃다발이란 뜻이다. 노신사와 노부인은 갈랜드 부부로, 노부인이 어디를 갈 때마다 꽃다발을 들고 다니는 게 재미있다.

선생 본성이 훌륭하고, 어머니 본성이 훌륭하고, 마담, 아버지 본성과 인간성이 훌륭하다는 증거랍니다. 지금도 아벨 선생이 일을 차분하고 겸손하게 처리하는 모습에서 그런 성향이 그대로 보인답니다…… 이제 척스터 선생이 지켜보는 앞에서 제가 계약서 하단에 서명하고 모서리가 톱니 모양인 파란 종이에 손가락을 올려놓고 '훗날의 증거로 이걸 기록합니다'라고 또렷한 목소리로 말할 텐데, 놀라지 마십시오, 마담, 법 절차에 불과하니까요. 그러면 아벨 선생이 다른 종이에 성함을 기재하고 똑같이 선언하면 모든 게 끝납니다. 하하하! 과정이 정말 간편하지요!"

짧은 침묵이 흐르는 걸 보면 아벨 선생이 계약서 내용을 훑어보는 것 같더니, 이윽고 발을 끄는 소리와 악수하는 소리가 다시 일고, 잠시 뒤에는 포도주잔을 부닥치는 소리와 함께 모든 사람이 수다를 늘어놓았다. 그렇게 15분 정도가 지나자, 척스터가 귀에 펜을 꽂고 포도주 때문에 빨갛게 달아오른 얼굴로 나와서 키트를 "꼬맹이 속물"이라고 우스꽝스럽게 부르며, 손님이 금방 나올 거라고 통보했다.

이윽고 사람들이 나오는데, 위써던 선생은 조그맣고 통통한 키에 새빨간 얼굴로 잘난 척하며 빠르게 움직여서 노부인을 정중하게 인도하고, 아버지와 아들은 서로 팔짱을 끼고 잇따라 나왔다. 아벨 선생은 고풍스러운 분위기가 가득한 게 자기 아버지와 비슷한 나이처럼 보이고, 얼굴과 몸매는 놀라울 정도로 똑같으나, 뚱뚱하고 동그랗고 쾌활한 모습만 없어서 그 자리를 소심한 느낌이 차지했다. 이것 말고는 말끔한 옷차림새는 물론 발가락이 안쪽으로 휜 것까지 노신사를 쏙 빼닮았다.

아벨은 노부인이 마차에 무사히 올라타도록 부축하고 노부인 소지품을 넣은 조그만 바구니를 건네고 옷자락까지 제대로 가다듬도록 거들다, 임시로 만든 게 분명한 뒷좌석에 올라타더니, 자기 어머니로 시작해서 당나귀로 끝날 때까지 그 자리에 있는 모두에게 미소를 차례대로 보냈다. 그런 다음에는 당나귀 머리를 들어서 고삐를 매려고 야단법석을 떨고, 그것마저 끝내자, 노신사가 자리에 앉아 고삐를 넘겨잡은 다음, 키트에게 줄 6펜스 동전을 찾으려고 주머니에 한 손을 넣었다.

그런데 노신사는 6펜스 동전이 없고, 노부인도 그렇고, 아벨도 그렇고, 공증인도 그렇고, 척스터도 그랬다. 노신사는 1실링 동전이 너무 많다고 생각했지만, 주변엔 돈을 바꿀 상점마저 없어, 키트에게 그냥 주며 농담조로 말했다.

"자, 받으렴. 다음 월요일 똑같은 시간에 다시 오니까 너도 와서, 얘야, 나머지 돈값을 하렴."

"고맙습니다, 선생님. 꼭 오겠습니다."

키트는 진심으로 말했지만, 이 말을 듣고 모든 사람이 크게 웃는데, 척스터가 특히 심하게 폭소를 터트리며 깔보는 것 같았다. 당나귀는 이제 집으로 갈 때가 됐다고 느끼거나 다른 곳으론 절대로 안 가겠다고 다짐이라도 한 듯 (어차피 둘 다 똑같은 건데) 빠르게 나아가고, 키트는 제대로 해명할 틈도 없이 자기 길로 갔다. 그래서 소중한 돈으로 집에서 가장 좋아할 물품을 사고 멋진 새가 먹을 모이도 안 잊은 다음에 최대한 빨리 돌아가는데, 너무나 엄청난 행운에 마음이 잔뜩 부푼 나머지, 집에 가면 넬리와 주인 영감님이 왔을지 모르겠다는 기대감조차 일었다.

15장

여자애는 할아버지와 함께 새벽에 조용한 거리를 걷다, 멀리서 사람이 애매하게 보일 때마다 혹시 착하디착한 키트는 아닐까 하는 생각에 희망과 두려움이 이는 걸 느끼며 부르르 떨었다. 진짜 키트라면 손을 기꺼이 내밀어, 지난번에 한 말을 정말 고맙게 여기겠다 마음먹지만, 거리가 많이 줄어서 상대는 키트가 아니라 낯선 사람이란 사실을 깨달을 때마다 다행스러운 마음이 몰려들기도 했다. 키트를 보면 할아버지가 흥분할 것 같아서 두렵기도 한 데다, 다른 사람도 아닌 키트하고, 그렇게 성실하고 진실한 키트하고 헤어지는 자체를 못 견딜 것 같았기 때문이다. 사랑과 슬픔을 못 느끼는 사람들을 뒤로하고, 모든 걸 뒤로하고 떠나는 건 아무렇지 않지만, 무작정 떠나는 길목에서 하나밖에 없는 친구랑 헤어지는 건 마음이 너무 아플 것 같았다.

우리 인간이 육체적으로 헤어지는 것보다 영적으로 헤어지는 걸 잘 견디는 이유는 무얼까? 헤어지는 건 의연하게 견디면서도 작별을 말할 용기는 왜 그리도 없는 걸까? 먼 길을 떠나거나 오랫동안 헤어지기 직전에 그토록 가깝게 지내던 친구들은 내일 다시 만날 것처럼 평소와 똑같은 표정으로 손을 꼭 잡다 헤어지지만, 그건 작별하는 고통을 줄이려는 처사일 뿐, 내일 다시 만날 순 없다는 건 서로 너무나 잘 알지 않는가! 그렇다면 애매한 것보다 확실한 게 더 견디기 힘든 건가? 우리는 친구가 죽어가는 걸 피하지 않는다. 하지만 친구를 확실하게 보내는 대신 다정한 마음과 애정을 모두 드러내다, 남은 삶을 사는 동안 가만히 떠올리며 슬퍼하지 않는가!

주변은 아침 햇살을 환하게 받아들이고, 밤이 계속되는 동안 추악하고 의심스럽게 보이던 것들은 마침내 미소를 머금었다. 창문마다 햇살이 춤추며 반짝이고, 블라인드와 커튼 사이를 지나서 잠자는 사람 얼굴을 반짝반짝 비추며 그 꿈속까지 햇살을 들이밀어 간밤에 깔린 그늘을 말끔하게 몰아냈다. 따듯한 방에서 어둠에 갇혀있던 새들은 아침이 온 걸 알고 조그만 새장에서 깃털을 비비며 활기를 되찾고, 생쥐는 눈알을 반짝이며 자기네 조그만 집으로 살금살금 돌아가서 가족끼리 수줍게 둥지를 틀고, 털이 보드라운 고양이는 쥐 잡는 걸 까마득히 잊은 채 멀뚱히 앉아서 문틈과 열쇠 구멍 사이로 들어오는 햇살에 눈을 껌벅이며, 밖으로 살그머니 뛰어나가 햇살을 마음껏 즐길 기회만 엿본다. 우리에 갇힌 고상한 맹수는 쇠창살 안에 가만히 서서 조그만 창문 사이로 살며시 들어오는 햇살과 펄럭이는 나뭇가지를 예전에 숲에서 번뜩이던 눈으로 바라보고 성급하게 어슬렁대다, 다시 가만히 서서 물끄러미 바라본다. 지하감옥에 갇힌 사람은 차갑게 굳은 사지를 쭉 펴다, 환한 하늘조차 따듯하게 못 데우는 돌덩이를 저주한다. 밤새 잠자던 꽃들은 눈을 조용히 떠서 태양을 바라보고, 햇살은 창조주의 전지전능한 마음처럼 사방을 비추며 만물을 포용한다.

두 순례자는 서로 손을 꼭 잡기도 하고 행복한 표정이나 미소도 주고받으면서 말없이 걸었다. 그 자체는 즐겁고 행복하나, 황량한 거리는 영혼을 잃은 육신처럼 활력과 생기를 잃은 듯 하나같이 똑같아 보였다. 너무 이른 시각이라 거리는 고요하고, 도중에 얼마 안 되는 사람과 마주쳤으나 하얗게 질린 얼굴은 주변 분위기에 너무나 안 맞는 것 같고, 여기저기에서 창백하게 타오르는 가로등은 화려하게 떠오르는 태양 앞에 무기력하게 나뒹굴었다.

수많은 건물이 미로처럼 늘어선 곳을 지나서 도시 외곽으로 빠져나가기도 전에 이런 현상은 조금씩 줄어들다 인파와 소음이 북적대며 들어찼다. 처음에는 짐마차와 4륜 마차가 덜거덕대며 나타나서 마법을 깨뜨리더니, 다른 마차가 나타나고 또 나타나서 바삐 움직이다, 결국엔 곳곳에서 북적거렸다. 놀랍게도 처음에는 한 상점이 문을 열더니, 이윽고 다른 상점도 일제히 문을 열고, 굴뚝마다 연기가 천천히 피어오르고, 창문을 열어서 신선한 공기를 끌어들이고, 대문이 열리더니 하녀들이 나와서 느릿느릿 움직이며 빗자루만 바삐 휘둘러서 지나는 사람이 갈색 먼지구름 세례에 눈살을 찡그리게 하거나, 우유 배달부가 박람회에 갔더니 짐마차가 기다랗게 늘어섰는데 치장도 훌륭하고 짐칸도 훌륭한 게 하나같이 완벽했다고 떠벌리는 소리를 부러운 표정으로 듣는데, 이런 풍경이 먼 길을 가는 두 사람 앞에 한 시간이나 이어졌다.

이 구역을 지나자, 상업과 교통 중심지가 나타나서 사람이 가득하고 장사는 벌써 무르익었다. 노인은 깜짝 놀라면서 어리둥절한 시선으로 둘러보며 어서 벗어나기만 갈망했다. 그래서 손가락을 입술에 댄 다음 손녀딸을 데리고 좁은 마당과 좁은 골목으로 들어서는데, 멀찌감치 벗어날 때까지 편안한 기색은 조금도 없이 툭하면 뒤를 돌아보며 거리마다 파멸과 죽음이 가득하다고, 빨리 안 벗어나면 냄새를 맡고 자신들에게 달라붙을 거라고 중얼거렸다.

마침내 이런 구역마저 벗어나자 초라한 동네가 이어지는데, 판잣집은 다닥다닥 달라붙고 창문은 누더기와 종이를 더덕더덕 붙인 풍경이 곳곳에 눌어붙은 가난을 그대로 보여주었다. 상점에선 가난한 사람만 살 것 같은 물건을 파는데, 장사꾼이든 손님이든 얼굴이 초췌하고 옹색한 건 똑같았다. 몰락한 가문이 비좁은 공간에서 이리저리 깨지며 간신히 버티기도 하지만, 세금 징수원과 빚쟁이는 여지없이 나타나니, 오래전에 모든 걸 포기하고 굴복한 삶도 가난과 힘겹게 싸우는 삶도 비참한 건 똑같았다.

재물을 소박하게 뒤쫓는 사람들이 판잣집을 사방에 가득 세운 터라 빈민촌은 가도 가도 끝이 없고, 그 풍경은 하나같이 똑같았다. 건물마다 금방 무너질 것 같은데, 세를 놓기도 하고, 이제 막 짓기도 하고, 반쯤 올리거나 반쯤 무너지기도 하고……세를 놓은 사람이나 세를 든 사람이나 어느 쪽이 더 불쌍하다 말할 수 없고……아이들은 먹은 것도 적고 옷차림도 허술한 모습으로 거리에 몰려다니고……엄마들은 누추한 발을 무섭게 구르며 아이들을 나무라고……초라한 아빠들은 기운이 하나도 없는 표정으로 '일용할 양식'을 구할 일자리를 찾아 바삐 돌아다니고……다림질하는 여편네, 세탁 전문 여편네, 구두 수선공, 재단사, 양초 만드는 사람 등은 상점과 주방과 뒷방과 다락방에서 일하거나 모두 한자리에 모여서 일하고……벽돌공장은 새까맣게 불탄 집이나 술통에서 뜯어낸 판자로 울타리를 치고……쐐기풀 등 거친 잡초와 조개껍데기는 사방에 혼란스럽게 쌓이고……조그만 이교도 예배당은 '지상'의 고통을 그대로 드러내고 새 교회는 곳곳에 허술하게 일어나서 '하늘'로 오르는 길을 보여주었다.

하지만 이런 빈민촌도 이리저리 흩어지며 서서히 줄어들다 조그만 채소밭과 초라한 집들이 도로변에 나타났다. 선박에서 뜯어낸 판자나 낡은 목재로 지어서 페인트조차 안 칠한 상태로 사람들이 여름철에만 사는 집이었다. 주변에는 양배추 줄기가 거칠게 자라며 녹색을 이루고, 판자 이음매마다 독버섯과 달팽이가 찰싹 달라붙었다. 그다음엔 통나무집이 나타나서 도로를 사이로 두 채씩 마주하는데, 모서리마다 딱딱한 상자로 경계선을 만든 화단이 있고 그 사이로 좁은 길을 내서 깔아둔 자갈이 정갈했다. 그다음엔 선술집이 나오는데, 녹색과 흰색 페인트칠이 깨끗하고 옆에는 차나무밭과 잔디 볼링장이 있어, 마차 앞에 쭉 늘어선 말구유를 비웃었다. 그다음엔 들판이, 그다음엔 잔디밭 역시 크고 훌륭한 주택이 띄엄띄엄 나타나는데, 관리인이 가족과 사는 집까지 딸린 곳도 있었다. 그다음엔 유료도로가 나타나고, 그다음엔 나무와 건초더미 들판이 나타나고, 그다음엔 언덕이 나타나, 그 길을 지나던 여행객이 꼭대기에 올라서면 걸음을 멈추고 돌아서서 안개가 자욱한 사이로 희미한 세인트폴 대성당을 찾다 (맑은 날이면) 공중으로 비집고 올라와서 햇살에 반짝이는 십자가를 바라보고, 바벨탑으로 눈길을 돌려서 벽돌과 회반죽 군단이 침탈해 자신이 두 발을 디딘 바닥 근처까지 전초부대가 파고든 광경을 바라보곤, 이제 비로소 런던을 완전히 벗어났다고 느낄 것 같았다.

이런 곳 근처에서, 상쾌한 들판에서, 노인은 (어디로 가야 할지 모르는 여자애도 안내인일 수 있다면) 어린 안내인과 쉬려고 바닥에 앉았다. 여자애는 빵이랑 고기를 잘라서 바구니에 넣어오는 대책을 세운 터라 두 사람은 아침을 소박하게 먹었다.

날씨는 상쾌하고, 새들은 사방에서 노래하고, 풀은 아름답게 흔들리고, 나뭇잎은 녹색이 진하고, 야생화를 비롯해 수천 가지 기묘한 향기와 소리는 공중에 가득해서 – 하나같이 우리 마음을 즐겁게 하나, 우리 대부분은 우물 양동이처럼 인간이 버글대는 대도시에서 인파에 파묻힌 채 평생을 외롭게 살아가는데 – 가만히 파고드는 게 두 사람은 너무나 좋았다. 여자애는 그날 새벽에 소박한 기도를 어느 때보다 진지하게 올렸으나, 자연이 사방에서 몰려드는 순간에 기도가 다시 저절로 일었다. 노인 역시 모두 잊어버린 기도문이 너무나 좋아서 모자를 벗고 "아멘"을 읊조렸다.

집에는 이상한 접시들과 함께 '천로역정'이란 책이 선반에 있어, 여자애는 초저녁마다 흠뻑 빠져들며 거기에 담긴 내용이 모두 사실인지, 이름조차 생소하고 머나먼 나라는 모두 어디에 있는지 궁금하게 여기곤 했다. 그런데 자신들이 떠나온 곳을 돌아보니 책 내용 일부가 이상하게

LANDELLS Sc

떠올라서 이렇게 말했다.

"사랑하는 할아버지, 이곳이 지금보다 조금만 더 예쁘고 웅장하다면, 그 책에서 말한 나라와 비슷하다면, 할아버지랑 제가 기독교인이 되어서 근심 걱정을 풀밭에 모두 내려놓고 다시는 저런 곳에서 안 살 것 같은 느낌이 들어요."

그러자 노인은 도시 쪽으로 한 손을 저으며 대답했다.

"그래, 절대로 돌아가지 말자…… 절대로 돌아가지 마. 이제 도시에서 풀려났어, 넬리. 저곳으로 절대 돌아가지 않는 거야."

"힘드세요? 오랫동안 걸었는데 안 아픈 게 확실한가요?"

"이제 두 번 다시 안 아플 거야, 이렇게 벗어났으니. 이제 움직이자꾸나, 넬리. 더 멀리 벗어나야 해, 멀리, 아주 멀리. 멈춰서 쉬기엔 너무 가까워. 자, 가자꾸나!"

들판 웅덩이에 맑은 물이 고여서 여자애는 두 손과 얼굴을 닦고, 다시 걷기 전에 두 발을 담가서 피로를 씻어냈다. 할아버지도 활력을 되찾도록 하려고 잔디에 앉으라 한 다음에 두 손으로 물을 뿌리고 자기 옷으로 물기를 닦아주자, 할아버지가 말했다.

"얘야, 나 혼자 할 수 있는 게 없구나. 예전에 어떻게 그랬는지 모르겠다만, 그 시절은 다 갔어. 내 곁을 떠나지 말렴, 넬리. 내 곁을 안 떠나겠다고 약속해. 나는 너를 늘 사랑했어, 정말로. 너마저 잃는다면, 얘야, 나는 죽을 수밖에 없구나!"

노인은 손녀딸 어깨에 머리를 누이고 가련하게 울었다. 예전이라면, 불과 며칠 전만 하더라도, 여자애는 눈물을 못 참고 함께 울었을 게 분명하다. 하지만 지금은 할아버지를 다정하고 부드럽게 달래고, 자신이 할아버지 곁을 어떻게 떠나겠냐며 웃고, 재밌는 농담으로 활력을 불어넣었다. 그러자 노인은 나지막이 노래하다 금방 차분해지면서 어린

애처럼 깊은 잠에 빠져들었다.

잠에서 깨어난 노인은 활력을 되찾고, 두 사람은 다시 걸었다. 양옆으로 목초지와 옥수수밭이 아름답게 뻗어 나가고, 새파란 하늘 높은 곳에선 종달새가 아름다운 목소리로 즐겁게 노래했다. 주변에는 싱그러운 향기가 가득해서 벌떼가 냄새를 맡고 윙윙대며 한가로이 날아다녔다.

그러더니 탁 트인 들판이 나오면서 주택이 대폭 줄어들어 몇 km 간격으로 띄엄띄엄 나오기 일쑤였다. 초라한 판잣집이 옹기종기 모인 곳도 가끔 나오는데, 일부는 대문을 열어놓고 의자 하나나 나지막한 판자로 막아서 기어 다니는 아기들이 도로로 못 나가도록 막고, 일부는 가족이 들판으로 모두 일하러 나가서 꽉 닫힌 상태였다. 이런 곳을 지나다 보면 조그만 마을이 나타나고 조금 더 가다 보면 수레바퀴 고치는 헛간이나 대장간이 나타나고, 이윽고 커다란 목장이 나타나서 젖소는 졸린 눈으로 곳곳에 엎드리고, 말은 낮은 울타리 너머를 바라보다 마구를 가득 채운 말이 도로를 지날 때면 자신들이 누리는 자유를 자랑하려는 듯 재빨리 도망치기 일쑤였다. 그러다 보면 둔한 돼지도 맛난 먹이를 찾아서 땅을 파거나 서로 뒤엉키며 꿀꿀꿀 끊임없이 투덜대고, 통통한 비둘기는 지붕을 스치듯 날거나 처마 밑을 뽐내며 걷고, 오리와 거위는 자기네가 우아하다고 생각하는지 연못 모서리를 뒤뚱뒤뚱 걷거나 수면을 미끄러지듯 나아갔다. 그러다 목장도 지나면 조그만 여인숙, 초라한 맥줏집, 잡화점이 나오고, 그 이름만 들어도 맥줏집에서 덜덜 떠는 교회 사택과 변호사 사무실이 나오고, 그다음엔 교회 건물이 짙은 나무 사이로 살짝 내다보고, 그다음엔 아담한 시골집이 서너 채 나오다 가축우리가 나오고, 길가에 오래전에 파놓은 먼지투성이 우물도 툭하면 나온다. 그다음엔 한쪽에 세운 산울타리가 나오고 다시 드넓은 들판으로 이어진다.

두 사람은 온종일 걷다가 여행객에게 잠자리를 제공하는 조그만 시골집에서 밤을 보냈다. 다음 날 아침엔 다시 길을 나서, 처음엔 정말 힘들었으나 얼마 안 가서 기운을 차리고 힘차게 나아갔다.

중간중간에 잠깐씩 걸음을 멈추고 쉬기도 하면서 계속 나아가나, 아침 이후에 먹은 게 거의 없었다. 그러다 오후 다섯 시 즈음에 농사꾼 오두막이 옹기종기 나타나, 여자애는 한 채 한 채를 갈망하는 눈으로 바라보았다. 잠시 쉬면서 우유 한 모금 구하고 싶은 마음으로 간절했다.

하지만 쉽지 않았다. 거절당할까 두렵기도 하고 수줍기도 했다. 이 집에선 아이가 울고, 저 집에선 아주머니가 시끄러웠다. 이 집은 너무 가난해 보이고, 저 집은 사람이 너무 많은 것 같았다. 그러다 온 가족이 식탁에 동그랗게 둘러앉은 집으로 다가갔다. 벽난로 옆 푹신한 의자에 노인 한 분이 앉아있는 걸 보고, 그분이라면 자기 할아버지를 동정할 것 같았기 때문이다.

그 집에는 할아버지 말고도 가난한 농사꾼 부부와 햇볕에 까맣게 타서 건강해 보이는 아이 세 명이 있었다. 여자애는 용건을 말하자마자 허락받고, 제일 큰 사내아이는 우유를 가져오려 단숨에 뛰어가고, 둘째는 걸상 두 개를 끌어오고, 막내는 어머니 치맛자락으로 기어가서 햇볕에 그을린 손으로 빛을 가리며 낯선 사람을 쳐다보았다.

"하느님 은총이 가득하시길, 영감. 멀리 가는 중이오?"

그 집 할아버지가 가느다란 목소리로 묻자, 여자애가 대답했다. 할아버지가 그러라고 했기 때문이다.

"네, 할아버지, 아주 멀리."

"런던에서?"

노인이 묻고, 여자애는 그렇다고 대답했다.

아! 노인은 예전에 런던을 수없이 오갔다…… 툭하면 짐마차를 끌고서. 마지막으로 다녀온 게 벌써 32년 전인데, 그 뒤로 엄청나게 변했다고 들었다. 자신 역시 그 뒤로 엄청나게 변했다. 32년은 정말 기나긴 세월이고 84세는 정말 많은 나이지만, 백 살까지 건강하게 사는 노인이 있다고 해도 자신처럼 식욕이 왕성하진 않다, 절대로. 노인은 이렇게 말하고는 벽돌이 깔린 바닥을 지팡이로 매섭게 때리려 애쓰며 권했다.

"그리 앉으시오, 영감, 팔걸이의자에. 그 상자에 있는 코담배를 조금 꺼내서 즐기시구려. 나는 많이 안 한답니다, 너무 비싸서. 하지만 가끔 하면 정신이 맑아지는데, 영감은 나보다 젊구려. 아직 살았다면 나이가 당신과 비슷할 아들이 하나 있었는데, 오래전에 전쟁터로 끌려갔다 돌아왔지만, 다리 하나를 잃었다오. 아들은 자신이 어릴 적에 자주 올라가던 해시계 근처에 묻어달라 늘 말하더니, 결국에 소원을 이뤘다오. 저기, 영감 눈에 보일 거요. 우리가 뗏장을 잘 관리한다오, 줄곧."

노인은 머리를 젓다가 물기 축축한 눈으로 딸을 바라보며 그 얘기는 그만할 테니 걱정하지 말라더니, 자신은 누구도 힘들게 하고 싶지 않다, 행여나 자신이 한 말 때문에 누구든 힘들었다면 용서하라 덧붙이고 입을 꾹 다물었다.

우유가 오자, 여자애는 조그만 바구니에 남은 음식 가운데 그나마 먹을만한 걸 골라서 할아버지에게 건네며 함께 맛있게 먹었다. 실내 가구는 당연히 초라했다. 거칠게 만든 의자 서너 개에 식탁 하나, 모서리 찬장에는 얼마 안 되는 그릇이 있고, 번지르르한 찻잔 쟁반에는 새빨간 여성이 새파란 양산을 들고 걸어가는 그림이 있고, 벽과 굴뚝에는 성서 내용을 담은 유채색 평범한 그림 서너 점이 걸리고, 낡은 앉은뱅이 옷장, 8일 간격으로 태엽을 감는 시계, 반짝이는 냄비 서너 개와 주전자 하나가 전부였다. 하지만 모든 걸 깨끗하게 정돈해, 여자애는 주변을 둘러보면서 편안하고 차분한 분위기를 느꼈다. 오랫동안 잊고 지내던 분위기였다.

"마을이 나오려면 얼마나 가야 하나요?"

여자애가 묻자, 농사꾼이 대답했다.

"8㎞는 족히 가야 하는데, 설마 오늘 밤에 가겠다는 건 아니지?"

"아니야, 아니야, 넬리. 계속, 계속 가야 해. 자정까지 걸어서라도 멀리 가야 해."

노인이 황급히 끼어들면서 손녀딸을 재촉하자, 젊은 농사꾼이 제안했다.

"근처에 꽤 괜찮은 헛간도 있고 '플로우 하러'에 제가 아는 여인숙도 있습니다. 실례합니다만, 영감님이 약간 힘들어하시는 것 같으니, 급하지 않으시다면……"

그러자 노인이 초조하게 대답했다.

"아닙니다, 아니에요. 급합니다. 멀리 가자, 넬리, 제발 멀리 가자."

여자애 역시 할아버지가 끊임없이 재촉하는 말에 굴복하며 대답했다.

"저희는 계속 가야 해요, 정말로. 매우 감사합니다만, 이른 시간에 멈출 순 없답니다. 인제 그만 나가요, 할아버지."

하지만 아주머니는 여자애가 걷는 모습을 보곤 조그만 발바닥에 물집이 잡혀서 아프다는 사실을 깨닫고, 같은 여성이자 어머니로서 발을 닦은 다음에 간단한 약이나마 발라주지 않고 보낼 수 없어, 곳곳에 옹이가 박혀서 거칠고 단단한 손으로, 하지만 부드러우면서도 세심하게 도와주니, 여자애로선 너무나 감동한 나머지 "하느님 은총이 가득하길!"이란 말이 절로 나오지 않을 수 없고, 오두막에서 멀찌감치 떨어질 때까지 자신 입에서 무슨 말이 나올지 몰라 감히 뒤를 돌아볼 수도 없었다. 그러다 마침내 돌아보니, 온 가족이, 심지어 연로한 노인까지 길가에 서서 두 사람이 떠나는 모습을 지켜보고 손을 마냥 흔들며 고개를 끄덕여, 최소한 한쪽은 눈물을 억누를 수 없는 분위기로 헤어졌다.

그래서 어느 때보다 힘겹고 느리게 터벅터벅 걸으며 2km를 나아갈 때, 뒤에서 일어나는 바퀴 소리에 고개를 돌리니, 텅 빈 짐마차 한 대가 빠르게 다가오는 게 보였다. 마부는 두 사람에게 다가와서 말을 세우고 넬리를 바라보며 물었다.

"저쪽 오두막에서 잠시 쉬다 나오는 거 아니니?"

"네, 맞아요, 아저씨."

"아! 그 집 사람들이 부탁하더구나. 나도 가는 길이 같아. 이리 올라오렴. 어르신도 올라오시고요."

정말 고마웠다. 완전히 지칠 대로 지쳐서 기어갈 수도 없을 지경이었다. 덜컹대는 짐마차는 두 사람에게 세상에서 가장 호화로운 마차며, 그렇게 타고 가는 기분은 더없이 달콤했다. 넬리는 한쪽 구석에 쌓아놓은 지푸라기 더미에 앉자마자 그날 처음으로 깊은 잠에 빠져들었다.

그러다 짐마차가 설 때 깨어났다. 이제 마차는 옆길로 빠져야 했다. 마부는 친절하게 일어나서 여자애를 내려주더니, 바로 앞에 있는 숲을 가리키며 마을은 그쪽이라고, 교회 공동묘지를 지나는 길로 가는 게 좋을 거라고 말했다. 그래서 두 사람은 지친 발걸음을 그쪽으로 내디뎠다.

16장

오솔길로 이어지는 쪽문이 나타난 건 해가 떨어질 즈음이었다. 빗물이 모든 사람에게 똑같이 떨어지듯 햇살 역시 죽은 자가 묻힌 무덤까지 따사로운 색조를 흩뿌리며 나중에 부활할 희망을 알렸다. 교회는 낡은 회색으로 벽마다 담쟁이덩굴이 매달려서 입구를 빙글 돌더니, 비석을 피해서 무덤 주변으로, 밑에서 소박하게 잠든 가련한 인간 주변으로 살금살금 기어가 무덤 주인이 생전에 한 번도 못 쓴 화관을 선물했다. 시들지 않아서 어떤 화관보다 오래가는, 돌과 대리석에 깊이 새긴 글씨보다, 오랫동안 안 드러난 미덕을 과장해서 기록하고 슬퍼하는 상속인과 유언집행인 눈에만 보이는 글씨보다 오래가는 화관이었다.

성직자가 타는 말은 무덤 사이를 느긋하게 거닐며 풀을 뜯어 먹어서 죽은 교구민에게 가장 바람직한 위안을 단숨에 끌어내, 모든 육신은 풀에서 나왔다는 지난 주일 성서 구절을 몸소 실천하고, 깡마른 당나귀는 아무런 자격도 없고 권위도 없이 똑같은 구절을 설명하려고 귀를 곧추세운 채 공허하게 떠들어대다, 성직자 같은 이웃을 시샘하는 눈으로 쳐다보았다.

노인과 여자애는 자갈길에서 벗어나 무덤 사이를 걸었다. 발이 너무 힘들어서 부드러운 땅이 편했다. 교회 건물을 돌아갈 때는 근처에서 말하는 소리가 들리더니, 곧이어 두 사람이 보였다.

두 사람은 풀밭에 편하게 앉아서 바삐 일하느라 처음에는 침입자가 나타난 사실조차 몰랐다. 사방을 떠돌며 공연하는 사람이란 걸, 인형극 '펀치'[11]를 주로 공연한다는 걸 어렵지 않게 파악할 수 있었다. 뒤편 비석에 책상다리로 앉은 인형이 주인공 펀치로, 코와 턱은 잔뜩

11) 당시에 크게 유행하던 인형극으로 정식 명칭은 'Punch-and-Judy show'다.

굽고 얼굴은 환하게 웃기 때문이다. 그런데 늘 태연한 성격이 그렇게 적나라하게 드러날 순 없을 것 같았다. 몸뚱이는 볼품없이 축 늘어져서 불편하게 흔들리고 뾰족한 모자는 가느다란 다리에 불안하게 걸린 채 금방이라도 떨어질 것 같은데도 평소처럼 한결같은 미소를 머금으니 말이다.

인형극에 나오는 또 다른 인형이 두 사람 발치에 흩어지기도 하고 기다랗고 편편한 상자에 뒤섞이기도 했다. 주인공 부인과 아들, 흔들목마, 의사, 영어를 몰라서 '샬라샬라샬라'라는 말만 하는 외국 신사, 양철 종을 오르간이라고 절대로 인정하지 않는 과격한 이웃, 사형 집행인, 악마가 모두 있었다. 두 사람은 그들 주인으로 연극을 공연하기 전에 수선하는 중이 분명했다. 한 사람은 조그만 교수대를 실로 묶는 작업에 열중하고, 또 한 사람은 하도 때려서 대머리로 변한 과격한 이웃 머리에 씌울 까만 가발을 새로 만드느라 압정을 찔러서 조그만 망치로 때리는 작업에 열중했다.

그러더니 노인과 여자애가 가까이 다가오는 걸 보고는 작업을 멈추고 고개를 들어서 그들 역시 호기심 어린 표정으로 쳐다보았다. 두 사람 가운데 한 명은 인형극을 공연하는 사람이 분명한데, 조그만 키에 한쪽 눈을 반짝이고 빨간 코가 흥겨워 보이는 게, 자신이 공연하는 인형극 주인공 성격을 자신도 모르게 닮아가는 것 같았다. 다른 한 명은 돈을 관리하는 것처럼 보이는데, 조심스럽게 경계하는 표정을 보면 자신이 맡은 역할에 많은 영향을 받은 건 마찬가지 같았다.

흥겨운 사내가 먼저 고개를 끄덕여서 낯선 사람에게 아는 척하며 노인 시선을 따라가니, 노인은 무대 밑에 있는 펀치를 생전 처음 보는 표정이고, 펀치 자신은 가장 화려한 비석을 모자 끝으로 가리키며 실컷 웃어대는 것 같았다.

"왜 여기까지 나와서 이런 걸 하시오?"

노인이 두 사람 옆에 앉아서 인형을 신기한 눈으로 바라보며 묻자, 조그만 사내가 대답했다.

"저쪽 여인숙에서 오늘 밤에 공연하는데, 수선하는 모습을 구경꾼한테 보여주면 안 되기 때문입니다."

"안 된다니! 왜요? 왜 안 돼요?"

노인이 소리치며 넬리에게 잘 들으라 신호하고, 조그만 사내는 다시 대답했다.

"이걸 보면 환상이 몽땅 깨져서 흥미가 사라지지 않겠습니까? 가발조차 안 쓴 대법관을 본 사람이라면 굳이 돈까지 내고 법정에 들어가서 대법관을 보려고 하겠습니까?[12] 당연히 안 그러겠지요."

노인이 용기 내서 인형 하나를 만지다 손을 재빨리 거두고 신나게 웃으며 말했다.

"정말 멋있어! 오늘 밤에 공연하나요? 정말요?"

그러자 조그만 사내가 대답했다.

"그럴 생각인데, 어르신, 내가 착각한 게 아니라면 저 친구 토미 코들린은 지금 이 순간에도 두 분이 나타나서 우리가 잃는 수입을 계산하고 있을 겁니다. 기운 내, 친구, 큰돈은 아니니까."

조그만 사내가 마지막 말을 하면서 동료에게 윙크하는 게, 먼 길에 나선 사람들 주머니 사정은 뻔할 수밖에 없다고 말하는 것 같았다.

그러자 토미 코들린은 비석에서 펀치를 집어 들어 상자로 던지며 불만스러운 표정으로 무뚝뚝하게 대답했다.

"우리가 땡전 한 푼 안 잃는다면 나도 상관하지 않겠지만, 자네는 너무 물러터졌어. 나처럼 커튼 앞에서 관객들 표정을 본다면 자네도

12) 큰 사건이 생기면 구경꾼에게 돈을 받고 재판정에 들여보내는 관습이 영국에 있었다.

그렇게 쉽게 말하진 않을 거야."

"아! 그런 일을 하다 보니 성격이 변한 거로군, 친구. 박람회 정식 연극에서 유령 역할을 할 때는 모든 걸 믿더니…… 유령까지. 그런데 지금은 모든 걸 안 믿는 사람으로 변했어. 이렇게 완전히 변한 사람은 처음 봐."

조그만 사내가 말하자, 코들린은 모든 걸 귀찮게 여기는 철학자처럼 대답했다.

"신경 쓰지 마. 안타깝게도 더 많은 걸 아는 거니까."

그러더니 인형을 너무나 잘 알아서 깔볼 수밖에 없다는 듯 상자 속을 뒤적이다 하나를 꺼내서 친구에게 보여주며 다시 말했다.

"여길 보라고. 주디 옷이 또 여기저기 뜯어졌어. 자네한테 바늘이랑 실 같은 건 없겠지?"

조그만 사내는 주연배우 의상이 엉망으로 망가진 걸 보고 안타까운 표정으로 머리를 끄덕이고, 여자애는 두 사람이 어쩔 줄 몰라 하는 걸 보고 수줍게 말했다.

"제 바구니에 바늘이 있어요, 아저씨, 실이랑. 제가 고쳐드릴까요? 두 분보다 깔끔하게 고칠 수 있을 거예요."

아무리 코들린이라도 너무나 시기적절한 제안을 거부할 수 없어서 넬리는 상자 옆에 무릎을 꿇고 곧바로 열중해, 기적처럼 훌륭하게 고쳐 나갔다.

조그만 키에 흥겨운 사내는 여자애가 열중하는 모습을 흥미진진한 표정으로 바라보고, 옆에 가만히 있는 노인도 똑같은 표정으로 바라보더니, 여자애가 작업을 마치자, 고맙다면서 길을 계속 갈 거냐고 물었다.

"아니…… 아닐 거예요, 오늘 밤엔."

여자애가 대답하면서 할아버지를 쳐다보자, 조그만 사내가 다시 말했다.

"하룻밤 묵을 곳이 필요하다면 우리가 묵는 여인숙을 권하고 싶어. 저기야. 저기, 기다랗고 나지막하고 하얀 건물. 가격이 싸거든."

노인은 정말 피곤하지만 방금 만난 두 사람이 공동묘지에 밤새도록 있겠다면 자신도 그러겠다고 마음먹던 판에 이 말을 듣고 좋아서 재빨리 그러겠다고 하니, 모두 일어나서 함께 걸었다. 노인은 좋아하는 인형으로 가득한 상자에 흠뻑 빠져든 채 바싹 달라붙으며 따라가고, 흥겨운 사내는 상자에 매단 밧줄을 어깨에 걸친 채 나아가고, 넬리는 할아버지 손을 꼭 잡은 채 나아가고, 코들린은 마을에서 공연할 때 이익이 최대한 많이 나올만한 무대와 객석을 찾던 표정으로 교회 종탑과 나무를 바라보며 뒤에서 느긋하게 쫓아왔다.

여인숙은 주인 부부가 운영하는데 새 손님이 생기는 걸 반대하기는커녕 단번에 호감을 품고서 넬리가 정말 예쁘다고 칭찬했다. 주방에는 인형극을 하는 두 사람 말고 아무도 없어서 여자애는 좋은 곳에 묵는 걸 고맙게 여겼다. 여주인은 두 사람이 런던에서 먼 길을 왔다는 말을 듣고 깜짝 놀라더니 더 멀리 간다는 사실에 호기심이 잔뜩 이는 것 같았다. 하지만 그런 질문에 여자애는 최대한 가볍게 얼버무리고, 여주인은 여자애가 힘들어하는 것 같아서 그만 물었다. 그리고 여자애를 식당으로 데려가며 말했다.

"두 신사분은 한 시간 뒤에 저녁을 먹는다고 했으니까 너도 그때 먹는 게 좋아. 하지만 온종일 걷느라 힘들었을 테니 우선 간식이라도 먹으렴. 할아버지를 바라볼 필욘 없어, 네가 먼저 먹으면 할아버지도 드실 테니까."

하지만 할아버지를 놔둔 채 여자애 혼자 먹도록 할 순 없는 건 물론 무어든 할아버지가 먼저 손대지 않은 건 안 먹으려 해서 여주인은 할아버지부터 먹도록 할 수밖에 없었다. 그래서 두 사람이 간단하게 요기하고 기운을 차리자, 집에 있는 사람 모두 인형극 무대를 차린 마구간으로 몰려갔다. 천장에 밧줄을 달아서 동그란 고리를 내리고 거기에 양초 세 개를 놓아서 환하게 밝힌 모습이 공연을 금방 시작할 것 같았다.

사람을 싫어하는 코들린은 팬파이프를 비참할 정도로 불어 제낀 다음, 인형 움식이는 사람을 숨기려고 쳐놓은 체크무늬 커튼 한쪽 옆에 자리를 잡아, 자신은 펀치랑 제일 가까운 친구인 척, 펀치를 무한정 믿는 척, 펀치가 낮이든 밤이든 성스러운 무대에서 즐겁고 화려하게 살아가는 걸, 어떤 상황이든 관객이 바라보는 모습 그대로 언제나 지적으로 기쁘게 살아가는 걸 잘 아는 척, 두 손을 주머니에 찌른 채 펀치에 대한 모든 질문과 평판에 대답할 준비를 마쳤다. 그래서 최악에 대비하다 완전히 체념한 표정으로 온갖 질문에 재치있게 열심히 대답하는 도중에도 한 눈으로 관객이 보이는 반응을, 특히 여인숙 주인 부부가 떠올리는 표정을 자세히 살폈다. 그 표정에 따라 저녁 식사로 나올 음식이 결정되기 때문이다.

하지만 코들린은 이런 걸 걱정할 필요가 조금도 없었다. 공연 내내 박수갈채를 받은 건 물론 관객이 내던진 동전이 소나기 같았다는 사실은 크게 성공했다는 강력한 증거기 때문이다. 마음껏 웃으며 즐기는 관객 가운데 노인보다 커다랗게 웃어댄 사람은 없었다. 하지만 넬리는 아무것도 못 들었다. 불쌍하게도 할아버지 어깨에 머리를 기댄 채 곤하게 잠들어서 할아버지가 재밌는 장면을 보라며 아무리 깨워도 소용이 없었기 때문이다.

저녁 음식은 정말 좋았지만 넬리는 너무 졸려서 못 먹고, 그런데도 할아버지를 침대에 누이고 이마에 뽀뽀할 때까지 곁을 지키려 했다.

노인은 걱정과 근심이 하나도 없이 마냥 즐거운 표정으로 가만히 앉아서 멍한 미소를 머금은 채, 새 친구가 하는 말을 열심히 들으며 숭배하는 얼굴로 쳐다보았다. 그래서 두 친구가 하품하면서 잠자러 간 다음에 비로소 노인 역시 손녀딸을 따라 2층으로 올라갔다.

칸막이를 대서 둘로 나눈 다락방이지만 두 사람은 숙소가 마음에 들었다. 이보다 좋은 곳을 기대할 순 없었다. 노인은 침대에 누워도 마음이 뒤숭숭한 나머지 밤마다 그런 것처럼 침대 곁에 앉아서 잠을 재워달라 사정하니, 넬리는 급히 달려가서 노인이 잠들 때까지 곁을 지켰다.

넬리 방에는 벽에 손바닥만 한 창문이 있어, 넬리는 할아버지 곁을 떠나자마자 창문을 여는데 모든 게 조용한 느낌이 너무나 이상했다. 낡은 교회 건물과 주변에 늘어선 무덤을 달빛이 비추고 그 사이에서 나무들이 어둠에 묻힌 채 속삭이니 어느 때보다 많은 생각이 떠올랐다. 넬리는 창문을 닫고 침대에 앉아서 앞으로 어떻게 살아갈지 생각했다.

돈은 조금 있지만 정말 조금이라, 그게 다 떨어지면 구걸해야 한다. 금화 한 닢이 있지만 그건 정말 위급한 순간에 백 배 이상 소중하게 써야 한다. 그렇다면 금화를 당장 숨겨서 완벽하게 절박한 순간이 올 때까지 아예 안 꺼내는 편이 좋을 테니, 그렇다면 그 돈은 없는 거나 마찬가지다.

넬리는 마음을 단단히 먹고서 금화를 옷자락에 넣고 바늘로 꿰맨 다음, 훨씬 가벼운 마음으로 침대에 올라서 깊은 잠에 빠져들었다.

17장

밝은 햇살은 조그만 창문으로 다시금 환하게 밀려들어 여자애 눈을 다정하게 비추며 잠에서 깨웠다. 여자애는 이상한 공간과 낯선 사물이 보이는 순간에 깜짝 놀라며 일어났다. 자신이 지난밤에 잠든 낯익은 침실은 어디로 갔는지, 여기가 어디인지 궁금했다. 그래서 주변을 다시 둘러보다 최근에 일어난 사건을 떠올리고 새로운 희망을 품으며 침대에서 벌떡 일어났다.

이른 시각이라 노인은 여전히 곤하게 잠자, 여자애는 교회 공동묘지로 나와서 무덤을 안 밟도록 길게 자란 풀을 일부러 골라서 풀에 맺힌 이슬을 두 발로 떨구듯 스치며 걸었다. 사람이 영원히 잠든 집 사이를 거니는 게 왠지 모르게 즐거운 데다 비석에 새긴 글씨마저 읽어서 좋은 사람이 많이 묻힌 걸 깨달으니, 이 비석에서 저 비석으로 넘어갈수록 관심이 늘었다.

이런 곳은 당연히 그렇듯, 사방이 고요했다. 높은 나뭇가지에 까마귀들이 둥지를 틀고 높은 공중에서 깍깍대며 서로를 부르는 소리가 전부였다. 처음에는 매끄러운 까마귀 한 마리가 바람에 흔들려서 위태로운 누더기 둥지를 맴돌며 거친 소리를 뱉어냈다. 혼자서 그냥 우연히 뱉어낸 것 같은데 다른 까마귀가 대답하니, 그 까마귀가 이번에는 훨씬 커다랗게 소리쳤다. 그러자 다른 까마귀가 소리치고 또 다른 까마귀가 소리치며 반박해, 첫 번째 까마귀는 그럴 때마다 성질부리며 자기주장을 훨씬 강하게 펼쳤다. 그러자 지금까지 조용하던 소리까지 낮은 나뭇가지와 높은 나뭇가지와 중간 나뭇가지에서, 왼쪽과 오른쪽에서, 나무꼭대기에서 시끄럽게 일어나고, 회색 교회 탑에서도 낡은 종탑 창문에서도 다른 까마귀가 급히 날아오며 끼어들어 시끄럽게 소리치다 가라앉고 한껏 솟구치다 떨어지는 식으로 이리저리 날아다니며 떠들썩하게 논쟁하다 다른 나뭇가지에 내려앉는 식으로 툭하면 자리를 바꾸는 모습은 이끼와 뗏장 밑에 가만히 누운 사람들이 살아생전에 자기 목숨을 갉아먹으며 싸우던 광경을 풍자하는 것 같았다.

여자애는 시끄러운 소리가 이는 나무를 툭하면 올려다보고 주변에 완벽하게 깔린 침묵이 까마귀 때문에 한층 더 완벽한 것 같다고 느끼며 이 무덤 저 무덤을 거닐다, 녹색 흙무덤에서 나온 딸기나무를 두 손으로 조심스레 만져서 제대로 세워주고, 나지막한 격자 창문 사이로 교회 내부를 들여다보니, 책상에 있는 책은 벌레가 좀먹고 신자들이 앉는 의자 옆구리는 하얗게 까져서 속살을 드러냈다. 다 늙어 가난한 사람들이 앉다 보니 똑같이 누리끼리하게 변한 의자도 있는데, 누더기 제단은 그들이 처음 태어나서 세례명을 받은 곳이고, 누추한 제대 앞은 그들이 살아생전에 무릎을 꿇은 곳이고, 새까만 받침대는 그들이 그늘진 교회에 마지막으로 찾아온 몸뚱이를 올려놓은 곳이었다. 모든 것이 오랜 세월에 걸쳐 천천히 무너져가는 모습을 그대로 보여주니, 현관에서 종을 당기는 밧줄마저 삭아서 올이 풀린 채 하얗게 바랬다.

어느 초라한 비석에서 55년 전에 23세란 젊은 나이로 사망한 사내라는 글씨를 읽는데, 비틀거리며 걷는 소리가 들려서 고개를 돌리니, 힘없는 노파가 세월에 눌려서 굽은 허리로 힘겹게 다가와서 비석에 적힌 글씨를 읽어달라고 요청했다. 그래서 다 읽어주자, 노파는 고맙다 하면서 오랜 세월 동안, 정말 오랜 세월 동안 글자 하나하나를 가슴에 담았으나, 이제 더는 볼 수 없다고 한탄했다. 그래서 여자애가 물었다.

"이 사람 어머니세요?"

"부인이란다."

노파가 23세 젊은 사내 부인이라니! 아, 맞아! 55년이 흘렀지.

"놀라는구나. 너만 그런 건 아니야. 나이가 훨씬 많은 사람도 똑같이 놀란단다. 그래, 나는 이 사람 부인이야. 산 사람은 죽은 사람보다 빨리 변하거든."

노파가 말하며 머리를 젓자, 여자애가 물었다.

"자주 오세요?"

"여름철에는 자주 오지. 예전엔 여기에 앉아서 슬피 울곤 했지만 오래 전에 지쳐서 그만두었단다. 아, 하느님!"

노파가 잠시 침묵하다 다시 말했다.

"지금은 여기서 자라는 국화를 꺾어다 집에 꽂아놓는단다. 이 꽃보다 좋아한 꽃은 어디에도 없어, 55년 동안. 기나긴 세월을 보내느라 나도 많이 늙었어."

말문이 열린 노파는 어린애에게 수다를 마음껏 늘어놓으며, 남편이 죽을 때 자신도 슬프게 울부짖으며 함께 데려가라 기도했다고, 여기에 처음 올 때만 해도 젊은 나이에 사랑과 슬픔에 빠져들어, 심장이 산산이 깨져나가기만 갈망했다고, 하지만 그런 시절도 지나면서 여기에 오면 슬프긴 해도 견딜 만하더니, 이제 고통은 사라지고 엄숙한 즐거움과 의무감을 느낀다고, 벌써 55년이란 세월이 흐르니, 나이를 먹어서 잔뜩 늙고 힘도 떨어진 자신과 달리 남편은 체력과 힘이 한창인 나이에 안타깝게 죽은 아들이나 손자 같기도 하다고 했다. 그렇지만 남편인 건 어쩔 수 없으니, 지금 이렇게 늙은 모습이 아니라 예전 모습으로, 남편이 바로 어제 죽어, 자신 역시 그만큼 젊고 행복한 모습으로 저 세상에서 다시 만나기만 학수고대한다고 말했다.

여자애는 무덤에서 자라는 꽃을 노파가 꺾는 동안 깊은 생각에 잠긴 채 여인숙으로 돌아왔다.

노인은 어느덧 일어나서 옷까지 입고, 코들린은 가혹한 현실에 깊이 빠져들 운명처럼, 간밤에 공연하고 남은 양초 꽁다리를 모아서 천으로 싸고, 조그만 동료는 마구간 마당에서 사람들이 펀치를 조종하는 사람 역시 흉겨운 무법자 펀치만큼이나 중요하고 사랑스러운 인물이라며 높이 칭찬하는 말을 즐겼다. 그래서 높은 인기를 충분히 확인한 다음에 아침을 들러 들어와, 식탁에 모두 둘러앉았다.

"그래, 오늘은 어디로 갈 거니?"

조그만 사내가 쳐다보며 묻자, 여자애가 대답했다.

"모르겠어요. 아직 못 정했어요."

"우리는 경마장 도시로 갈 거야. 길이 같다면 동행하자꾸나. 따로 가는 게 좋다면 말하고. 우리가 귀찮게 하진 않을 테니."

노인이 끼어들었다.

"함께 가겠소. 넬리⋯⋯ 함께 가자, 함께 가자."

여자애는 잠시 생각하다, 얼마 뒤면 구걸해야 하는데, 돈 많은 신사 숙녀가 모여서 즐겁게 노는 데보다 좋은 곳은 없을 것 같아 함께 가기로 마음먹었다. 그래서 조그만 사내에게 그렇게 제안해서 고맙다 하고, 그 친구 쪽을 살며시 쳐다보면서 경마장 도시까지 함께 가는 걸 반대하지 않는지 물었다.

"반대라니! 어서 자비를 베풀어, 코들린, 함께 가는 편이 좋다고 대답하라고. 자네도 좋아하잖아. 자비를 베풀라고, 코들린."

조그만 사내가 대뜸 말하자, 코들린은 모든 걸 귀찮게 여기는 철학자가 흔히 그러듯 극히 탐욕스럽게 천천히 먹으며 대답했다.

"자네는 너무 제멋대로야."

"그래서 해로운 게 뭔데?"

"당장은 해로운 게 없겠지만 원칙이 흔들리잖아, 너무 제멋대로 해서."

"그래서 함께 가자는 거야, 말자는 거야?"

"그래, 함께 가. 자네가 이미 결정했잖아, 아니야?"

조그만 사내는 진짜 이름이 '해리스'지만 '족발Trotters'이라는 귀에 거슬리는 이름으로 조금씩 변하더니, 다리가 짧다는 이유로 '쇼트short'라는 형용사까지 붙었다. 하지만 '짧은 족발 쇼트 트로터스'는 이름이 길어서 편하게 대화하며 부르기엔 불편해, 친구들 사이에선 '쇼트'나 '트로터스'라는 이름으로 불릴 뿐, 공적인 대화나 행사가 아닌 한 '쇼트 트로터스'라는 이름을 다 부르진 않았다.

그래서 쇼트라고도 하고 트로터스라고도 하는 사내는 친구가 충고하는 말에 익살맞게 대답해서 불만을 풀어주고 차갑게 식힌 쇠고기 찜, 차, 버터 바른 빵을 엄청 맛있게 먹어서 주변 사람에게 똑같이 먹어야 한다는 인상을 강하게 풍겼다. 하지만 코들린은 이미 배불리 먹은 터라 그런 유혹에 안 넘어간 채 진한 맥주를 따라서 아무에게도 안 권하고 혼자 말없이 맛있게 오랫동안 쭉 마셔서 사람이 싫은 성향을 또 한 번 또렷하게 드러냈다.

마침내 아침 식사가 끝나자, 코들린은 계산서를 받아 맥줏값까지 포함한 금액을 둘로 똑같이 나눠서 (사람이 싫은 성향을 또다시 드러내며) 절반은 자신과 친구 몫으로 내고, 절반은 넬리와 넬리 할아버지 몫으로 돌렸다. 그래서 계산을 끝내고 길떠날 채비를 마치자, 네 사람은 여인숙 주인 부부와 작별인사를 나누고 먼 길에 나섰다.

여기에서 코들린은 인간관계가 바람직하지 않고, 그래서 상처받은 영혼을 드러냈다. 간밤에 펀치를 '영웅'이라 불러서 관객에게 펀치를 정말 좋아한다는 인상을 주더니, 지금은 뜨겁게 내리쬐는 햇살을 등으로 견디며 성스러운 펀치 무대를 짊어진 채 먼지가 풀풀 날리는 길을 힘겹게 걷고, 펀치는 가족과 친구 머리에 짧은 막대기를 열심히 휘두르고 넘치는 활력으로 재치를 끊임없이 발휘해서 관객을 즐겁게 하는 대신 모든 개성을 잃어, 온몸이 흐물흐물하게 변하고 두 다리가 겹쳐서 목을 휘감을 정도로 축 늘어진 채 까만 상자에 처박혔으니 말이다.

코들린은 쇼트와 한두 마디 주고받기도 하고 잠시 멈춰서 투덜대기도 하면서 터벅터벅 힘겹게 걸었다. 쇼트는 개인용 물품을 넣은 조그만 보따리와 편편한 상자와 놋쇠 트럼펫을 어깨에 걸친 채 제일 앞에서 나아갔다. 넬리와 할아버지는 쇼트 양옆에서 걷고, 코들린은 제일 뒤에서 쫓아왔다.

조그만 마을이나 꽤 좋아 보이는 외딴집이 나타날 때마다 쇼트는 놋쇠 트럼펫을 커다랗게 불어 재끼고 펀치 인형극 특유의 쾌활한 어투로 노래했다. 사람들이 창문을 황급히 내다보면, 코들린은 신성한 무대를 재빨리 세우고 커튼을 펼쳐서 쇼트를 안에 넣고 가린 다음, 팬파이프를 미친 듯이 불면서 열심히 춤추었다. 그러고 나서 최대한 빠르게 공연하고, 코들린은 동전이 많이 모일지 적게 모일지 판단한 결과에 따라 공연 길이를 정해서 주인공이 인류의 적과 싸워서 마침내 승리하는 시간을 늘리거나 줄였다. 그래서 마지막 한 푼까지 긁어모은 다음에 짐을 싸고 다시 걸었다.

다리를 넘거나 나룻배를 탈 때 돈 받는 곳 앞에서도 공연하고, 한번은 유료도로 통행료 수납창구 앞에서 돈 받는 직원이 너무 외로운 나머지 자신에게 공연을 보여주면 1실링을 주겠다고 독특하게 제안해, 그 앞에서도 공연했다. 그나마 목돈을 만질 기회였으나 희망은 여지없이 무너졌다. 인형 하나가 외투에 금박레이스를 달고서 간섭하길 좋아하는 멍청한 역할로 교구 하급 관리를 놀리는 장면이 있는데, 직원이 그걸 보고서 당장 중단시켰기 때문이다. 하지만 대체로 좋은 대접을 받았으며, 마을을 떠날 때는 아이들이 누더기 차림으로 열심히 쫓아오며 소리치기 일쑤였다.

네 사람은 이렇게 공연하면서 온종일 걷고, 달이 하늘에 환하게 떠오를 때도 여전히 걸었다. 쇼트는 노래와 농담으로 지루한 걸 달래며 모든 걸 즐겁게 받아들이려고 애썼다. 하지만 코들린은 등에 무대를 짊어지는 누구보다 비통한 제물로 운명을 비롯해 지상에 존재하는 모든 걸(특히 펀치를) 저주하며 절뚝절뚝 걸었다.

네 사람은 사거리 도로 표지판 밑에서 잠시 쉬려고 멈추고, 코들린은 인간이 정말 싫은 표정으로 무대를 내려놓고 그 밑에 앉아서 다른 세 사람이 경멸하는 시선을 피하는데, 자신들이 막 지나온 모퉁이에서 괴물 같은 그림자 두 개가 성큼성큼 다가오는 게 보였다. 여자애는 나무 그늘 밑에서 끔찍한 거인이 거만하게 다가오는 모습이 무서우나, 쇼트는 겁낼 것 하나 없다 말하곤, 트럼펫을 힘차게 불더니 그쪽에서 쾌활하게 대답하는 소리를 듣고서 커다랗게 물었다.

"그라인더 패거린가?"

"그래."

날카로운 목소리 두 개가 대답하자, 쇼트가 소리쳤다.

"이쪽으로 오게. 얼굴이나 보자고. 자네들인 줄 알았어."

그라인더 패거리는 이렇게 초대받고 속도를 두 배로 올리며 성큼성큼 걸어서 금방 다가왔다.

패거리라고 친숙하게 부른 그라인더 일행은 죽마에 올라탄 젊은 신사 한 명과 젊은 숙녀 한 명, 그리고 그라인더 자신은 등에 드럼을 짊어진 채 보통사람처럼 두 다리로 걸었다. 젊은 두 사람은 스코틀랜드 북부 고산지대 복장이지만, 춥고 눅눅한 밤이라, 젊은 신사는 짧은 치마 위에 두터운 모직 상의를 덮어서 발목까지 내린 상태로 유약을 발라서 광택이 번뜩이는 모자를 쓰고, 젊은 숙녀 역시 여성용 기다란 외투로 감싸고 머리에 손수건을 둘렀다. 두 젊은이가 쓸 스코틀랜드식 보닛 모자는

새까만 깃털을 꽂아서 장식한 채 그라인더가 드럼에 걸치고 운반했다.

"경마장 도시로 가는가 보군. 우리도 그렇네. 잘 지냈나, 쇼트?"

그라인더가 숨을 헐떡이며 다가와서 말하곤, 쇼트와 손을 다정하게 맞잡고 흔들었다. 젊은 두 사람은 너무 높은 나머지 악수할 수 없어서 자기네 방식으로 쇼트에게 인사했다. 젊은 신사는 오른쪽 죽마를 옆으로 들어서 쇼트 어깨를 톡톡 치고, 젊은 숙녀는 탬버린을 흔드는 식이었다.

"연습하는 건가?"

쇼트가 물으며 죽마를 가리키자, 그라인더가 설명했다.

"아니야. 어차피 타고 가든지 들고 가든지 해야 하는데 두 사람이 타고 가는 게 좋대. 전망이 끝내주거든. 자네는 어떤 길로 가나? 우리는 지름길로 가네."

"맙소사, 사실 우리는 먼 길로 돌아가는 중이네. 2km만 더 가면 하룻밤을 묵을 수 있거든. 하지만 오늘 밤에 5~6km를 더 가면 내일 그만큼 적게 걸을 테니, 자네가 그러겠다면 우리도 같이 가는 게 좋을 것 같아."

쇼트가 말하자, 그라인더가 물었다.

"자네 동업자는 어디에 있나?"

그러자 코들린이 무대 앞으로 머리와 얼굴을 내밀어 그 자리에서 흔히 볼 수 없는 표정으로 말했다.

"그 사람은 여기에 있는데, 오늘 밤에 계속 가겠다면 그 사람 동업자를 펄펄 끓는 물에 산 채로 집어넣고 말겠다는군. 그 사람이 한 말이네."

"아, 너무 날카롭게 말하지 말게, 좋게 할 수 있는 말을. 같이 어울리면 좋은 거 아닌가, 코들린, 아무리 힘들더라도."

쇼트가 말하자, 코들린이 조그만 발판을 손으로 내리치며 소리치는데, 펀치가 비단 스타킹을 신은 두 다리로 갑자기 내리쳐서 관객을 감탄

시키곤 하던 발판이었다.

"힘들던 안 힘들던 나는 오늘 밤에 2km 이상 안 가. '명랑한 여인숙'에 묵을 거라고, 다른 곳이 아니라. 가고 싶으면 자네 혼자 가. 나 없이 혼자서 잘 해보라고."

코들린은 이 말과 함께 무대 너머로 사라지자마자 무대를 빠져나오더니, 그걸 들어서 등에 메고 순식간에 사라졌다.

반박하는 건 이제 아무런 소용도 없어, 쇼트는 그라인더 패거리와 헤어져서 까다로운 동업자를 쫓아갈 수밖에 없었다. 그러다 사거리 도로 표지판 앞에 잠시 멈춰서 죽마가 달빛을 받으며 성큼성큼 멀어지고 드럼을 등에 멘 사람은 그 뒤를 힘겹게 쫓아가는 모습을 바라보더니, 트럼펫을 서너 차례 불어서 작별인사하곤 코들린을 따라잡으려고 최대한 빠르게 걸었다. 그러면서 넬리에게 한 손을 내밀어, 조금만 참으면 오늘 밤에 여인숙에서 편히 쉴 수 있다면서 기운을 북돋아 주고, 노인에게도 똑같이 말해서 기운을 북돋우며 목적지를 향해 엄청 빠르게 나아갔다. 차라리 잘됐다는 생각도 들었다. 구름이 달을 가리는 걸 보면 금방이라도 폭우를 퍼부을 것 같았기 때문이다.

18장

'명랑한 여인숙'은 도로변에 조그맣게 지은 낡은 건물로, 도로 맞은편 기둥에 달린 간판에서 명랑한 사내아이 세 명이 맥주 단지와 황금 자루를 가득 들고서 기뻐하는 모습으로 이리 흔들대고 저리 삐걱거렸다. 경마장 도시가 다가오는 증거를 온종일 목격한 가운데, 집시 무리나,

도박판과 관련 물품을 실은 짐마차나, 다양한 순회 공연단이나, 온갖 떠돌이와 거지들이 같은 방향으로 가는 모습을 보고서 코들린은 빈방이 없는 건 아닌가 걱정스러운 나머지, 거리를 한시바삐 줄이려고 등에 짐이 가득한데도 열심히 걸어서 여인숙 입구에 도착했다. 그런 다음에 비로소 자신이 쓸데없이 걱정했다는 사실을 깨닫고 마음을 놓았다. 여인숙 주인은 문설주에 등을 기댄 채 서서히 굵어지는 빗방울을 느긋하게 바라볼 뿐, 종 치는 소리도 거칠게 외치는 소리도 시끄럽게 합창하는 소리도 없는 걸 보면 안에 손님이 하나도 없는 게 분명했다.

"손님이 없나?"

코들린이 물으며 짐을 내려놓고 이마를 훔치자, 여인숙 주인이 하늘을 힐끔 쳐다보며 대답했다.

"아직은. 오늘 밤에 많이 올 것 같아. 나중에 자네들 가운데 한 팀이 헛간에서 공연하면 좋겠어. 축축한 옷을 어서 말리게, 코들린. 비가 오는 걸 보고서 불을 지피라 했으니, 주방으로 들어가면 불길이 활활 타오를 거야."

코들린은 그 말에 기꺼이 따라서 여인숙 주인이 헛말 한 게 아니란 사실을 곧바로 깨달았다. 벽난로에서 불길이 활활 타올라 널찍한 굴뚝으로 치솟는 소리가 기분 좋게 일고, 커다란 가마솥은 부글부글 끓어오르며 향긋한 냄새를 뿜어댔다. 실내는 불빛을 받아서 빨갛게 달아오른 느낌이고, 주인은 불을 들썩여서 불길이 활활 춤추며 치솟게 한 다음에 가마솥 뚜껑을 여는 순간, 향긋한 냄새가 가득 몰려나오며 부글부글 끓는 소리와 함께 기름기 번지르르한 수증기가 일어나서 얼굴 주변에 맛있는 안개를 드리우자, 코들린은 깊이 감동해서 굴뚝 모서리에 앉으며 빙그레 웃었다.

코들린은 굴뚝 모서리에서 빙그레 웃는 얼굴로, 손님이 요리를 맛있게 먹게 하려면 맛난 수증기로 그 코끝을 간질여야 한다는 듯 짓궂은 표정으로 솥뚜껑을 추켜든 주인을 바라보았다. 새빨간 불빛이 주인 대머리에 맺히고, 반짝이는 주인 눈동자에 맺히고, 입맛을 다시는 주인 입술에 맺히고, 여드름 난 주인 얼굴에 맺히고, 뚱뚱하고 동그란 몸뚱이에 맺혔다.

"그게 무언가?"

코들린이 묻고는 소매로 입술을 훔치자, 여인숙 주인은 입맛을 다시더니 "고깃국인데, 소 곱창과 사골을 넣고……"라며 입맛을 또 다시고, "베이컨을 넣고……"라며 입맛을 또 다시고, "스테이크를 넣고……"라며 입맛을 네 번째로 다시고, "완두콩, 양배추, 햇감자, 아스파라거스를 넣고 푹푹 끓여서 맛이 정말 좋다네"라며 절정으로 치달아, 입맛을 수없이 다시면서 주변에 맴도는 향내를 오랫동안 들이켜다, 이 세상에 힘든 일은 이제 모두 마쳤다는 분위기로 솥뚜껑을 닫자, 코들린이 힘없이 물었다.

"먹으려면 얼마나 기다려야 하는가?"

주인이 시계를 쳐다보며 대답했다. 뚱뚱하고 하얀 시계, '명랑한 여인숙'에 제대로 어울리는 시계였다.

"알맞게 익어야 해. 11시 22분 정도면 제대로 익을 거야."

"그렇다면 따듯한 맥주 한 잔 주고, 그 시간까지 비스킷이든 뭐든 간식 같은 걸 조금도 가져오지 말게."

주인은 사내답게 단호한 주문에 고개를 끄덕이고 물러나더니, 곧바로 맥주를 들고 돌아와, 깔때기처럼 생긴 조그만 양철 맥주잔을 먹기 좋게 데우려고 벽난로 밑에 내려놓고 불길이 센 곳으로 밀었다. 그래서 금방 따듯하게 데워, 맥주 거품이 가득한 상태로 건넸다. 맥주를 맛있게 마시는 방법 가운데 하나였다.

코들린은 맥주를 마셔서 마음이 노곤하게 풀린 다음에 비로소 동료를 떠올리고, 일행이 금방 도착할 거라고 주인에게 말했다. 비가 억수로 쏟아지며 유리창을 힘껏 때릴 때, 코들린이 따듯한 마음을 제일 강하게 드러낸 건 일행이 멍청하게 굴다 흠뻑 젖지 않으면 좋겠다고 한두 차례 말한 게 전부였다.

마침내 일행이 나타나니, 쇼트는 자기 외투로 여자애를 덮어주긴 했어도 하나같이 빗물에 흠뻑 젖은 모습이 비참한 데다 급히 걷느라 숨까지 가빴다. 하지만 현관 입구에서 초조하게 기다리던 주인은 일행이 걸어오는 소리를 듣자마자 주방으로 달려가서 솥뚜껑을 여니, 그 효과는 대단했다. 옷에서 빗물이 뚝뚝 떨어지는데도 하나같이 환하게 웃는 얼굴로 들어오고, 쇼트는 "냄새가 정말 좋군!"이란 말부터 뱉어냈으니 말이다.

실내는 환하고 벽난로는 불이 활활 타오르니만치 억수로 퍼붓는 빗물과 진흙탕을 잊는 건 조금도 어렵지 않았다. 여인숙 주인이 건네거나 자기네 보따리에서 꺼낸 옷으로 갈아입고 마른 슬리퍼로 갈아신은 다음에 코들린이 벌써 그런 것처럼 따듯한 벽난로 옆에 편히 앉으니, 조금 전까지 고생하던 건 순식간에 잊고 즐거운 현재만 가득했다. 너무나 고생하던 참에 따듯하고 편안한 느낌이 몰려들어 넬리와 노인은 자리에 앉자마자 그대로 곯아떨어졌다.

"저 사람들은 누군가?"

주인이 묻자, 쇼트는 자기도 궁금하다면서 머리를 저었다. 그러자 주인이 코들린을 쳐다보며 물었다.

"자네도 모르나?"

"나도 모르네. 좋은 사람은 아닌 것 같아."

코들린 말에 쇼트가 반박했다.

"나쁜 사람도 아니야. 확실해. 내가 장담하는데, 노인은 제정신이 아닌 게 분명하니……"

코들린이 중간에 끼어들어 시계를 흘낏 쳐다보며 투덜댔다.

"새로운 내용이 없다면 신경 좀 끊고 우리가 먹을 저녁에나 집중하자고."

그러자 친구가 반박했다.

"끝까지 들어, 알겠어? 두 사람은 저런 식으로 살던 사람이 아닌 게 분명해. 저렇게 예쁜 여자애가 지난 2~3일 그런 것처럼 평생을 돌아다니며 살았다고 볼 순 없어. 내가 장담해."

코들린이 시계와 가마솥을 차례대로 바라보며 투덜댔다.

"맙소사, 누가 그렇다고 했어? 우리랑 상관도 없는 얘기 그만두고 현 상황에 딱 들어맞는 걸 생각할 순 없나?"

"자네가 저녁을 어서 먹으면 좋겠군. 배를 채우기 전까지 불만만 가득할 테니까. 노인이 멀리, 더 멀리 벗어나려고 애쓰는 모습을 보았나? 그러는 걸 봤어?"

쇼트가 묻자, 코들린이 되물었다.

"맙소사! 그게 어때서?"

"그건 노인이 다른 사람한테서 달아나는 중이란 뜻이야. 내 말 잘 들어. 노인은 다른 사람한테서 도망치는 거라고, 어린애가 따르는 걸 알고서 길을 알려달라고 유혹한 다음에. 그래서 아무도 모르는 곳으로 도망치는 거라고. 이제 나도 구경만 하진 않겠어."

쇼트가 말하자, 코들린은 시계를 다시 보고 잔뜩 화난 것처럼 두 손으로 머리칼을 잡아 뜯으며 "구경만 하지 않으면! 제발 정신 좀 차려!" 하고 소리치는데, 동료가 한 말 때문에 화난 건지 시간이 너무 느리게 가서 화난 건지 모호했다.

그러자 쇼트가 다시 강조하며 천천히 말했다.

"이제 나도 구경만 하진 않겠어. 저렇게 예쁜 여자애가 나쁜 사람 손에 빠져드는 걸, 천사들이랑 어울려야 할 아이가 맞지도 않는 사람이랑 어울리는 걸 더는 구경만 하지 않겠다고. 따라서 저 사람들이 우리랑 헤어질 생각을 하면 나는 두 사람을 붙잡아서 뒤를 쫓는 사람한테 넘기겠어. 장담하는데, 그 사람들은 지금쯤 잔뜩 화나서 런던 전역에 벽보를 붙였을 거야."

코들린은 두 손으로 머리칼을 움켜잡고 팔꿈치를 무릎에 댄 채 짜증스러운 표정으로 머리를 절레절레 흔들면서 두 발로 바닥을 쿵쿵 내려치다, 이 말을 듣는 순간에 고개를 들고 간절한 눈으로 쳐다보며 말했다.

"쇼트, 자네 말이 맞는 것 같아. 그러면 포상금도 있을 테니, 쇼트, 우리는 모든 걸 나누는 동업자란 사실을 명심하게!"

쇼트가 고개를 끄덕이며 공감하는 순간에 여자애가 깨어나자, 두 사람은 몸을 바싹 붙인 채 은밀하게 속삭이다 황급히 떨어지면서 아무렇지 않은 어투로 편안하게 말하는 척하려고 어설프게 애쓰는데, 밖에서 이상하게 걷는 소리가 들리더니, 새 손님이 들어섰다.

빗물에 흠뻑 젖어 초라해 보이는 개 네 마리가 한 마리씩 또닥또닥 걸으며 들어오는데, 제일 앞에서 유난히 슬픈 표정으로 들어오던 안짱다리 늙은 개가 마지막 개까지 들어오는 걸 확인한 다음에 뒷다리로 벌떡 일어서서 동료를 둘러보자, 한 줄로 엄숙하고 우울하게 늘어선 동료들 역시 뒷다리로 대뜸 일어섰다. 개 네 마리가 놀라운 건 이게 전부가 아니었다. 얼룩진 금속조각을 정갈하게 붙여서 반짝거리는 옷 같은 걸 하나씩 입고, 한 마리는 머리에 모자까지 써서 끈을 턱밑에 조심스럽게 묶었는데, 그게 코로 흘러내려서 한쪽 눈을 완벽하게 가렸다. 게다가 반짝이는 옷은 하나같이 흠뻑 젖어서 지저분하고 그걸 입은 개 역시 하나같이 빗물을 더럽게 튀기니, '명랑한 여인숙'으로 막 들어선 독특한 개 네 마리를 보는 순간, 누구라도 이상한 생각을 떠올리지 않을 수 없었다.

하지만 쇼트도 주인도 코들린도 놀라는 기색은 전혀 없이 제리네 개라고, 제리가 금방 들어오겠다고 말할 뿐이었다. 개 네 마리는 뒷다리로 일어서서 눈을 껌뻑이고 입을 쩍 벌린 채 펄펄 끓는 무쇠솥만 열심히 바라보다 마침내 제리가 들어서는 순간, 동시에 앞발을 내려서 실내를 자연스럽게 돌아다녔다. 그 모습 역시, 여기에서 고백하는데 – 진짜 꼬리와 옷자락 꼬리가 안 어울려서 – 그다지 멋있게 보이지 않았다.

춤추는 개를 관리하는 주인 제리는 비로드 외투 차림에 새까만 구레나룻이 기다란 사내로, 여인숙 주인과 두 손님을 잘 아는 듯 서로 반갑게 인사했다. 그리곤 손풍금을 풀어서 의자에 내려놓고, 주변 사람들 눈에 다소 무섭게 보이는 조그만 채찍을 손에 그대로 든 채 불가로 다가가서 몸을 말리며 대화에 참여했다.

"자네 개는 평소에 공연하는 차림으로 여행하지 않잖아, 그치? 그러면 비용이 많이 들 테니까."

쇼트가 물으며 개들이 입은 복장을 가리키자, 제리가 대답했다.

"당연하지. 우리 역시 그런 전통은 없어. 다만 오늘은 도중에 살짝 공연했는데, 경마장 도시에서 새 의상을 입을 거라 일부러 멈춰서 복장을 벗길 필요까진 없을 것 같았거든. 내려, 페드로!"

마지막 말은 모자를 쓴 개에게 한 말인데, 최근에 합류한 터라 자신이 어떻게 해야 하는지 몰라, 잘 보이는 눈으로 주인을 걱정스럽게 바라보며 그럴 이유가 없는데도 뒷다리로 일어서다 내리길 반복할 뿐이었다.

그리고 제리는 외투에 달린 넉넉한 주머니에 한 손을 넣어서 조그만 오렌지나 사과 같은 걸 찾는 것처럼 모서리를 더듬으며 말했다.

"여기에 동물이 있어. 어떤 놈인지 자네도 알 거야, 쇼트."

"아! 우리 눈으로 직접 보자고."

쇼트가 감탄하며 말하자, 제리가 주머니에서 조그만 테리어를 꺼내며 대답했다.

"자, 여기 있네. 그래, 자네가 예전에 데리고 다니던 토비야!"

위대한 인형극 펀치 내용 중에 펀치가 데리고 다니는 - 놀라운 기술 혁신으로 만들어낸 - 조그만 강아지가 있는데, 그 이름은 언제나 토비였다. 토비는 다른 주인이 있는데 어릴 적에 도적이 훔쳐서 주인공에게 팔아넘긴 개로, 펀치는 남을 쉽게 믿는 터라 개 주인이 따로 있다고 의심하지 않지만 토비는 옛날 주인을 자주 떠올려서 새 주인이 나타날 때마다 경멸하니, 펀치가 파이프 담배를 태우라 해도 거절하는 건 물론, 그 코를 힘껏 물어뜯는 식으로 옛 주인에게 충성하는 마음을 강하게 드러내고, 그럴 때마다 관객은 깊이 감동했다. 문제의 조그만 테리어도 예전에 이 역할을 담당했으니, 행여나 의심스럽더라도 그 행동을 보는 순간에 의심은 곧바로 사라질 수밖에 없었다. 쇼트를 한눈에 알아볼 뿐 아니라 편편한 상자를 보는 순간, 두꺼운 종이로 만든 코가 안에 있다 확신하고 무섭게 짖어댄 나머지, 사람들이 불편하지 않도록 주인이 대뜸 집어서 주머니에 다시 넣었기 때문이다.

여인숙 주인이 식탁보를 깔기 시작하자, 코들린은 자신이 사용할 나이프와 포크를 제일 편한 자리에 놓고 그 앞에 앉는 식으로 거들었다. 모두 준비를 마치고, 여인숙 주인은 솥뚜껑을 마지막으로 들어서 훌륭한 저녁 음식을 보장하는 냄새를 사방에 퍼트리니, 행여나 저녁을 미루거나 조금 더 기다리라는 암시라도 하다간 사람들이 그 몸뚱이를 당장 들어서 무쇠솥으로 집어넣고 말 터였다.

하지만 주인은 그렇게 말하는 대신 튼튼한 하녀를 부리며 무쇠솥에 든 고깃국을 커다란 수프 그릇에 차례대로 담고, 개 네 마리는 뜨거운 고깃국물이 코로 떨어지는데도 아랑곳하지 않고 간절한 눈으로 열심히 쳐다보았다. 마침내 고깃국을 식탁에 옮기고 맥주잔까지 돌리자, 어린 넬리는 용기 내서 식전 기도를 하고, 모두 저녁을 먹기 시작했다.

이렇게 엄청난 순간에 개 네 마리는 뒷다리로 놀라울 정도로 똑바로 서서 가련하게 쳐다보았다. 여자애는 자신 역시 배가 고픈데도 먼저 먹을 수 없어서 고기조각을 던져주려 하니, 개 주인이 재빨리 막으며 말했다.

"얘야, 안 돼. 나 말고 누구도 먹을 걸 주면 안 돼."

그러더니 제일 늙은 우두머리 개를 가리키며 무서운 목소리로 덧붙였다.

"저놈은 오늘 6페니나 잃었어. 저녁을 굶어야 한다고."

이 말과 동시에 불쌍한 개는 앞발을 내린 채 꼬리를 흔들며 애원하는 눈초리로 쳐다보지만, 제리는 손풍금을 내려놓은 의자로 냉정하게 걸어가서 손풍금 손잡이를 풀며 말했다.

"자네는 조금 더 조심했어야 마땅해, 선생. 이리와. 우리가 저녁을 먹는 동안에 너는 이거나 연주해. 도중에 멈추면 혼날 줄 알라고, 선생."

그 개는 즉시 손잡이를 돌려서 너무나 구슬픈 곡조를 연주하기 시작했다. 주인이 채찍을 보여준 다음에 자리로 돌아와서 나머지를 부르자, 세 마리는 명령에 따라 군인처럼 한 줄로 똑바로 서고, 제리는 한 마리씩 쳐다보며 말했다.

"자, 신사 여러분. 이름을 부른 개는 먹도록. 이름을 안 부른 개는 가만히 있고. 카르로!"

운 좋게 이름 불린 개는 주인이 던진 고깃덩이를 날름 받아먹지만, 나머지 개는 꿈쩍도 안 했다. 세 마리 개는 이런 식으로 주인이 정한 대로 고기를 받아먹는 동안, 우두머리 개는 손풍금 손잡이를 때로는 천천히 때로는 빠르게 돌리며 연주할 뿐 자리를 안 벗어났다. 나이프와 포크 소리가 시끄럽게 일어도, 다른 개가 꽤 커다란 고깃덩이를 물어도, 이 개는 선율에 맞춰서 한 차례 울다가 주인이 재빨리 돌아보는 눈초리에 '친송가 100번'[13]을 더 열심히 연주했다.

19장

저녁 식사를 계속할 때 목적지가 똑같은 사람 두 명이 '명랑한 여인숙'에 새로 들어서는데, 빗속을 오랫동안 걸어서 흠뻑 젖은 몸이 반짝거렸다. 한 명은 거인 한 명과 팔다리 없는 조그만 여자[14]를 소유한 주인으로, 여자는 지금 마차를 타고 열심히 달리는 중이었다. 다른 한 명은 조용한 사내로, 카드 속임수를 보여주며 돈벌이하는데, 납으로 만든 조그만 카드를 눈에 넣어서 입으로 빼내는 공연을 제일 잘하다 보니 얼굴이 뒤틀린 것 같았다. 앞사람은 이름이 버핀이고, 또 한 사람은 못생긴 얼굴을 재미있게 풍자했는지 이름을 '수염패랭이꽃'이라 했다. 두 사람을 편하게 하려고 주인이 바삐 움직여, 얼마 뒤에 두 남자는 완벽하게 편히 쉴 수 있었다. 그래서 벽난로 앞에 모두 둘러앉아 담배를

13) '지상에 있는 모든 사람이 행복하리라'는 내용이다.
14) Sarah Biffin(1784-1850)을 암시한다. 찰스 디킨스는 다른 작품에서도 여러 번 언급했다. 팔 없이 태어나서 키는 94cm밖에 안 되는 여인이나, 역경을 이겨내고 입에 붓을 물고서 그림을 그리는 화가로 성공하는데, 비핀을 버핀이라 부르기도 했다.

태울 때 쇼트가 물었다.

"거인은 어떤가?"

"다리가 약해. 무릎 힘이 빠지는 것 같아서 걱정이야."

버핀이 대답하자, 쇼트가 말했다.

"안됐군."

그러자 버핀이 불길만 바라보며 한숨을 내쉬었다.

"그래! 안됐어. 사람들은 다리를 비틀거리는 거인한테 축 늘어진 양배추 줄기만 한 관심조차 안 보이거든."

"그럼 거인이 늙으면 어떻게 되나?"

쇼트가 다시 물었다. 잠시 생각한 다음이었다.

"거인이 늙으면 공연단 마차에서 난쟁이들 시중을 들어."

"거인이 공연을 못 하면 먹여 살리는 게 장난이 아닐 텐데?"

쇼트가 물으며 의심스러운 눈초리로 쳐다보았다.

"그래도 구빈원이나 거리로 내몰리는 것보단 좋아. 거인은 평범하면 관객을 못 끌거든. 의족을 봐. 거인이 한쪽 다리에 의족을 하면 무슨 가치가 있겠어!"

"그래! 맞는 말이야."

여인숙 주인과 쇼트가 동시에 대답하자, 버핀이 다시 말했다.

"의족을 한 거인이 셰익스피어를 공연한다고 광고한다면 땡전 한 푼 안 모일 거야."

"그래, 그렇겠지."

쇼트가 말하고 여인숙 주인도 똑같이 말하자, 버핀이 논쟁하는 분위기로 파이프 담배를 흔들며 말했다.

"쓸모없는 거인을 공연단 마차에 태워서 그대로 데리고 다니며 죽을 때까지 먹여주고 재워주니, 그네들 역시 그리 사는 걸 대체로 좋아할 수밖에. 한번은 검둥이 거인이 오래전에 공연단을 떠나, 런던 인근에서 거리 청소부처럼 비참하게 살다 죽었어. 누굴 빗대서 말하는 건 아니네만……"

버핀이 주변을 엄숙하게 둘러보며 덧붙였다.

"그놈은 우리 업계 전체를 욕보였어…… 그러다 죽었지."

여인숙 주인이 무거운 한숨을 내쉬며 쳐다보니, 개 주인 역시 고개를 끄덕이다 자신도 기억난다며 퉁명스럽게 말하고, 그러자 버핀이 의미심장한 어투로 계속 말했다.

"그래, 자네도 기억할 텐데, 제리. 그놈은 그렇게 될 수밖에 없다는 게 일반적인 의견이야. 아아, 먼더스 영감이 공연단 마차를 스물세 대나 굴릴 때가 떠올라, 먼더스 영감이 겨울철에 시즌을 끝내고 휴양지 별장에서 지낼 때 남녀 난쟁이 여덟 명이 식탁에 앉으면 늙은 거인 여덟 명이 녹색 외투에 빨간 반바지에 파란 스타킹에 발목 부츠 차림으로 시중들던 모습이. 유난히 늙고 성질 나쁜 난쟁이가 한 놈 있었는데, 거인이 흡족하게 시중을 못 들 때마다 바늘로 다리를 찔렀지. 팔이 그 높이밖에 안 올라갔거든. 정말이야, 먼더스 영감이 나한테 직접 말했으니까."

"그럼 난쟁이가 늙으면 어떻게 되나?"

여인숙 주인이 묻자, 버핀이 대답했다.

"난쟁이는 늙을수록 가치가 올라가. 머리가 하얗고 주름살이 많은 난쟁이는 정말 대단하지. 하지만 다리에 힘이 떨어져서 똑바로 못 서는 거인은…… 공연단에 남긴 해도 공연은 못 해, 절대로. 설득력이 너무 없거든."

버핀이 두 친구와 파이프 담배를 태우며 대화하는 동안, 조용한 신사는 따듯한 모서리에 앉아서 동전을 삼키고, 아니, 삼키는 척하고 코에

C. GRAY

깃털을 세우는 등, 다양한 기술을 정교하게 연습할 뿐 대화에 끼어들지 않아, 사람들 역시 차례대로 관심을 끊었다. 여자애는 온몸이 노곤한 나머지 할아버지를 설득한 다음, 사람들이 불가에 둘러앉고 개 네 마리는 약간 떨어진 곳에서 깊이 잠자는 걸 보면서 먼저 일어섰다.

넬리가 할아버지에게 안녕히 주무시라 인사한 뒤에 초라한 다락방 구석으로 물러나서 문을 닫자마자 방문을 조그맣게 두드리는 소리가 일었다. 넬리는 방문을 바로 열어, 조금 전까지만 해도 아래층에서 곤히 잠자던 코들린을 보고 살짝 놀라며 물었다.

"무슨 문제라도 있나요?"

"아무 문제 없단다, 얘야. 나는 네 친구야. 너는 그렇게 생각하지 않겠지만, 네 친구는 나란다, 그가 아니라."

"그가 누군데요?"

"쇼트. 내가 장담하는데, 쇼트는 평소에 다정하게 굴어서 네가 좋아할 수 있는데, 진짜 다정한 사람은 바로 나란다. 겉으론 그렇게 안 보여도 속으론 정말이야."

여자애는 코들린이 맥주를 마셔서 이러는 거라 여기면서도 어리둥절한 건 어쩔 수 없고, 사람을 싫어하는 사내는 다시 말했다.

"쇼트는 착하고 다정한 것 같긴 한데, 너무 심하지. 그렇지만 나는 아니야."

코들린 행동에 문제가 있다면 그건 주변 사람에게 너무 심하게 다정한 게 아니라 너무 심하게 불친절한 거였다. 하지만 여자애는 어리둥절해서 뭐라 대답할 수 없고, 코들린은 계속 말했다.

"내가 하는 말 잘 들어. 이유는 묻지 말고 그냥 들어. 우리랑 가는 동안 내 곁에 최대한 가까이 머물렴. 우리를 떠날 생각은 하지 말고, 무슨 일이 있어도 내 곁에 머물면서 네 친구는 나라고 말해. 내 말을 꼭 명심하고, 언제든 네 친구는 나라고 말하겠니, 얘야?"

"언제…… 어디에서 말해요?"

여자애가 순진하게 묻자, 코들린은 약간 당황한 어투로 대답했다.

"아, 어디라고 특별히 말할 순 없어. 내가 바라는 건 네가 나를 친구로 여기고 행동하는 거야. 너는 내가 너한테 관심이 얼마나 큰지 모를 거야. 네가 살아온 역사를, 네가 가련한 노인과 살아온 역사를 알려주지 않겠니? 그러면 내가 좋은 말을 해줄 수 있잖아. 나는 너한테 관심이 정말 크거든…… 쇼트는 상대도 안 될 만큼. 사람들이 흩어지는 것 같으니, 잘 알겠지만, 우리가 이런 대화를 나눴다는 걸 쇼트한테 말할 필요는 없어. 하느님 은총이 가득하길. 친구가 있다는 걸 명심하렴. 네 친구는 코들린이야, 쇼트가 아니라. 겉으로 보기에 쇼트도 무난하지만, 진짜 친구는 코들린이야…… 쇼트가 아니라."

코들린은 이렇게 선언하고 무슨 일이 있더라도 지켜주겠다는 듯 다정하게 바라본 다음에 발끝으로 살금살금 물러나, 여자애는 어리둥절할 수밖에 없었다. 그래서 상대가 이러는 이유를 곰곰이 생각하는 동안, 다른 사람 역시 각자 잠자리를 찾아가느라 계단과 층계참을 밟는 소리가 시끄럽게 일어났다. 이윽고 잠자리를 모두 찾으면서 계단을 밟는 소리가 끝나자, 그런 소리 하나가 다시 일어나, 복도에서 잠시 망설이며 버스럭대는 게 어떤 방문을 두드려야 좋을지 모르는 것 같더니 마침내 여자애 방문을 두드렸다.

"누구세요?"

여자애가 묻자, 열쇠 구멍 사이로 목소리가 파고들었다.

"나야, 쇼트. 내일 아침 일찍 떠나야 한다는 걸 알려주려고. 마법사랑 저 개들보다 일찍 나서지 않으면 마을 사람들이 우리한테 땡전 한 푼 안 던질 테니까. 우리랑 가려면 일찍 일어나야 한다는 걸 명심하렴.

내가 깨워줄게."

여자애는 알겠다 대답하고 "잘 자라"는 말에 똑같이 대답한 다음, 쇼트가 살금살금 멀어지는 소리를 들었다. 두 사람이 의심스러웠다. 두 사람이 귀에 대고 속닥거리다 자신이 깨어나는 걸 보고 살짝 당황하던 모습이 떠올랐다. 먼 길을 함께 갈 만큼 좋은 사람은 아니라는 생각마저 떠올랐다. 하지만 근거는 없고 피로감은 묵직하게 몰려들어, 순식간에 모든 걸 잊고 깊은 잠에 빠져들었다.

다음 날 이른 새벽에 쇼트는 약속한 대로 방문을 조그맣게 두드리면서 빨리 일어나라고, 개 주인은 여전히 코를 골아대고 마법사는 잠자면서 말하는데, 가만히 들어보니 꿈속에서 고끝에 당나귀를 세우는 것 같다고, 빨리 서둘면 누구보다 일찍 가서 많은 돈을 벌 수 있다고 속삭였다. 여자애는 잠자리에서 재빨리 일어나고 노인을 깨우며 떠날 준비를 제때 마치려고 서둘러, 쇼트는 말할 수 없이 고맙기도 하고 다행스럽기도 했다.

이들은 베이컨과 빵과 맥주로 아침을 대충 먹고 주인과 작별한 다음에 '명랑한 여인숙' 대문을 나섰다. 아침 날씨는 맑고 따듯하며 비가 온 다음이라 땅바닥은 시원하고 산울타리는 녹색이 상쾌하고 공기는 맑아, 모든 게 깨끗하고 상쾌했다. 그래서 모두 상쾌한 마음으로 나아갔다.

태도가 완전히 바뀐 코들린은 예전처럼 혼자 토라진 표정으로 안 걷고 여자애 옆에 바싹 달라붙다, 얼마 안 가서 동료가 안 보는 틈을 이용해, 찌푸린 얼굴로 고개를 저으면서 쇼트를 믿지 말고 자신만 믿으라고 경고했다. 코들린은 이런 표정과 몸짓에 국한하지 않고, 여자애가 할아버지와 함께 쇼트 바로 옆에서 걸을 때 쇼트가 평소처럼 다양한 이야기를 명랑하게 쏟아내는 걸 보고 바로 뒤에서 쫓아오며 무대 다리로 여자애 발목을 갑자기 아프게 건드는 식으로 불신감과 질투심을 드러냈다.

그럴 때마다 여자애는 더욱 의심하며 경계해, 마을 인근 맥줏집 같은 곳에 잠시 멈춰서 공연할 때는 코들린이 역할에 열중하면서도 자신과 노인을 끊임없이 지켜보고 노인에게 다가가서 팔에 기대게 하는 친절마저 베푸는 등, 공연이 끝날 때까지 단단히 붙잡아놓다가 다시 먼 길에 나선다는 사실마저 알아챘다. 이런 변화는 쇼트도 비슷하니 착한 마음은 여전해도 두 사람을 안전하게 붙잡아두려는 욕망이 엿보이는 것 같아서, 여자애는 불안한 느낌이 마냥 늘어날 수밖에 없었다.

그러는 동안에도 경마를 다음 날 시작하는 도시는 계속 다가왔다. 옆길이나 큰길이 나타날 때마다 집시를 비롯한 떠돌이 집단이 새롭게 모여들며 숫자를 마냥 부풀려, 일부는 포장마차 옆에서 걷고, 일부는 말을 끌며 일부는 당나귀를 끌며 걷고, 일부는 등에 무거운 짐을 지고 힘겹게 걷는데, 방향만큼은 모두 똑같았다. 도로변 선술집은 외져서 평소에 손님이 없어 조용하던 곳까지 떠들썩한 소리와 연기를 내뿜고, 희미한 유리창마다 새빨간 얼굴이 잔뜩 모여서 도로를 내다보았다. 쓰레기더미나 공터에는 도박사들이 판을 펼쳐서 느긋하게 지나는 사람들에게 잠시 들러서 행운을 시험하라 소리치고, 인파는 끊임없이 늘어서 시끌벅적하고, 담요를 깐 노점에선 샛노란 생강 쿠키가 먼지 속에서 영광을 드러내고, 사두마차는 툭하면 먼지구름을 일으키며 쏜살처럼 달려서 어리벙벙한 사람을 뒤로 한 채 달아났다.

경마장 도시를 몇 km 남겨두고 날이 저물었다. 여기부터는 모든 게 시끄럽고 복잡했다. 거리마다 인파로 가득한데 이리저리 둘러보는 걸 보면 대부분 처음 오는 사람 같고, 교회 종소리는 시끄럽게 울어대고, 창문과 지붕 꼭대기마다 깃발이 펄럭였다. 커다란 여인숙 마당마다 웨이터들이 서로 부닥치며 바삐 오가고, 말은 울퉁불퉁한 판석 바닥을 딸그락딸그락 대고, 마차는 발판을 덜커덩 내리고, 사람들이 묵직하게 내뿜는 숨결에는 다양한 음식 냄새가 역겹게 흘러나왔다. 조그만 여인숙에서는 주저하는 발길을 잡아끌려고 애쓰며 바이올린을 힘껏 켜대고, 술 취한 사람들은 노랫가락을 잊어버린 채 무조건 고함을 질러대서 조그만 종소리를 파묻어 술을 새로 주문하는 사람을 화나게 하고, 부랑자 집단은 입구 모서리에 모여들어 무희가 춤추는 광경을 구경하다 귀청이 떨어질 것 같은 드럼 소리와 날카로운 피리 소리에 환호성을 더했다.

여자애는 잔뜩 겁에 질린 채, 미쳐 날뛰는 사람들을 안 보려 애쓰며, 당황해서 어쩔 줄 모르는 할아버지를 꼭 잡고 행여나 인파에 밀려서 놓치지나 않을까 덜덜 떨며 앞으로 나아갔다. 그래서 사람들이 술을 마시며 떠들어대는 곳을 벗어나려 발길을 재촉해, 마침내 도시를 완전히 지나서 경마장으로 나아갔다. 드넓은 들판 언덕에 자리 잡아, 제일 먼 경계선이 2km 거리에 달했다.

여기에도 사람은 많지만 배불리 먹거나 좋은 옷을 입은 사람은 없고 여기저기에 천막을 세우거나 땅바닥에 말뚝을 박느라 바쁘고, 더러운 발로 급히 오가면서 투덜대는 사람은 가득하고, 짐마차 바퀴 사이에 밀짚을 쌓고 눕혀서 지친 아이들은 혼자 울다 잠들고, 깡마른 말과 당나귀는 고삐에서 막 풀려나, 사람과 냄비와 솥과 반쯤 타오르는 모닥불과 활활 타오르며 공기를 오염시키는 초 동강 사이에서 풀을 뜯어 먹으니, 여자애는 이 모든 걸 통해 런던에서 멀찌감치 벗어났다는 걸 느끼고 숨을 훨씬 자유롭게 들이마셨다. 부족한 저녁을 먹느라 얼마 안 되는 돈을 쓴 다음, 내일 아침을 사 먹을 푼돈만 남긴 채 할아버지와 함께 천막 모서리에 누워서 쉬다 잠자지만, 주변에선 사람들이 밤새도록 움직이며 이런저런 준비를 하느라 바빴다.

그러다 두 사람이 끼니를 구걸해야 할 때가 드디어 찾아왔다. 여자애는 해가 뜨자마자 천막을 살그머니 빠져나가서 근처 들판을 돌아다니며 야생 장미를 비롯해 다양한 꽃을 꺾었다. 향기가 좋은 꽃다발을 만들어서 마차에 탄 숙녀가 나타나면 팔 생각이었다. 그래서 꽃을 꺾으며 이런저런 생각을 열심히 하다, 돌아와서 할아버지가 있는 천막 모서리에 앉아 꽃을 다발로 묶다, 두 사내가 다른 모서리에 누워서 계속 자는 걸 힐끗 쳐다보고 할아버지 소매를 잡아당기면서 나지막이 말했다.

"할아버지, 제가 말하는 사람을 보지 말고 내가 꽃 얘기를 하는 척하면서 들으세요. 우리가 옛날 집을 떠나기 직전에 할아버지가 저한테 말씀하신 게 있죠? 사람들이 우리 계획을 안다면 할아버지가 미쳤다면서 우리를 갈라놓을 거라 하신 거요?"

노인이 두려운 얼굴로 쳐다보니 여자애는 표정으로 할아버지를 달랜 다음, 자신이 붙잡을 테니 꽃을 묶으라 해서 입술을 할아버지 귀에 자연스럽게 갖다 대며 덧붙였다.

"그때 할아버지가 무슨 뜻으로 하신 말씀인지 저도 알아요. 말씀하시지 마세요, 할아버지. 또렷이 떠오르니까요. 앞으로도 절대 못 잊을 테니까요. 할아버지, 두 사람은 우리가 몰래 도망친다고 의심해요. 그래서 우리를 경찰에 데려다줘서 강제로 돌려보내려 해요. 손을 이렇게 덜덜 떤다면 우리는 저 사람들한테서 도망칠 수 없지만, 할아버지만 마음을 차분하게 달래신다면 어떤 식으로든 도망칠 수 있을 거예요, 가볍게."

"어떻게? 넬리, 어떻게? 저들이 나를 어둡고 차가운 감옥에 가둬서 벽에 달린 사슬로 묶을 텐데, 넬리…… 채찍으로 때리고, 너를 두 번 다시 못 보게 할 텐데!"

"또 덜덜 떠시네요. 온종일 제 곁에 바싹 달라붙으세요. 두 사람은 신경 쓰지도 쳐다보지도 말고 저만 보세요. 몰래 도망칠 기회를 찾아낼 게요. 그래서 멀리 떠나는 거예요, 아무 말 없이 단숨에. 쉿! 이게 전부예요."

"안녕! 뭘 하니, 얘야?"

코들린이 머리를 들어서 하품하며 물었다. 그러다 동료가 곤하게 자는 걸 보고 진지한 목소리로 속삭였다.

"코들린이 친구야, 명심해…… 쇼트가 아니라."

"꽃다발을 만들어요. 경마가 열리는 사흘 동안 팔려고요. 아저씨도 하나 드릴까요…… 선물로?"

여자애가 묻더니 코들린이 받으려고 일어나는 순간에 재빨리 다가가서 한 송이를 건네자, 코들린은 염세주의자답지 않게 단춧구멍에 찔러 넣은 다음, 여전히 잠자는 쇼트를 힐끗 쳐다보며 환하게 웃고는 바닥에 누우며 "코들린이 친구라고, 맹세코……!"라고 중얼거렸다.

태양이 떠오르면서 천막 주변에 활기가 맴돌고, 마차 대열은 잔디밭을 부드럽게 구르며 끊임없이 나타났다. 작업복에 가죽 각반 차림으로 밤새도록 돌아다니던 사내들은, 마법사나 돌팔이 약장수는, 비단 조끼와 모자에 깃털까지 꽂은 차림으로 나타나고, 화려한 제복을 차려입은 사람은 불법 도박장에서 부드럽게 꼬드기고, 지주처럼 착실하게 차려입은 사람은 곁에서 바람을 잡았다. 눈동자가 까만 집시 아가씨들은 화려한 손수건을 머리에 두른 채 점칠 사람을 찾아다니고, 폐병에 걸린 듯 빼빼 마른 몸에 얼굴이 창백한 여자들은 복화술사와 마법사 주변을 어슬렁거리다 따지도 않은 돈을 딴 것처럼 6펜스 동전을 계산했다. 턱없이 많은 아이는 가난하고 더러운 모습으로 당나귀와 마차와 말 사이에 처박히고, 처박히지 않은 아이는 복잡한 공간을 이리저리 뛰어다니며 사람들 다리와 마차 바퀴 사이를 기고 말굽 밑에서 아무렇지 않게 나왔다. 춤추는 개, 죽마, 조그만 여자와 커다란 남자, 수많은 파이프 오르간과 수많은 밴드 등, 온갖 사람 온갖 물건이 사방에서 흘러들어 화려한 모습을 환한 대낮에 대담하게 드러냈다.

쇼트는 앞장서서 놋쇠 트럼펫을 불고 펀치 목소리를 커다랗게 내지르며 복잡한 길을 나아가고, 바로 뒤에서는 코들린이 평소처럼 무대를 짊어지고 따라가며 넬리와 노인을 살피고, 두 사람은 그 뒤에서 쫓아갔다. 여자애는 꽃이 가득한 바구니를 한쪽 팔에 끼우고 가다 멋진 마차가 나올 때마다 멈춰서 수줍은 표정으로 꽃을 내밀지만, 아아! 그곳에는 대담한 거지나 노련한 집시가 너무나 많으니, 몇몇 숙녀는 고개를 저으며 다정하게 웃고 몇몇 숙녀는 옆에 있는 신사에게 "저길 봐, 얼굴이 정말 예뻐!"라고 감탄하지만, 하나같이 그냥 지나칠 뿐 예쁜 얼굴이 힘들거나 배고파 보인다는 생각은 조금도 안 했다.

여자애를 이해하는 듯한 숙녀는 딱 한 명이니, 그 숙녀는 멋진 마차에 혼자 앉아있고 젊은 신사 두 명은 화려한 옷차림으로 마차에서 막 내려 약간 떨어진 거리에서 대화하며 커다랗게 웃는 모습이 숙녀를 완전히 잊어버린 것 같았다. 주변에 다른 숙녀도 많지만 하나같이 등을 돌리거나 다른 쪽을 보거나 젊은 신사 두 명만 (호기심 가득한 표정으로) 쳐다볼 뿐, 숙녀에게 관심을 기울이는 사람은 하나도 없었다. 숙녀는 집시 여인이 점괘를 말하자 그런 말은 벌써 들었다고, 벌써 몇 년은 됐으니 그냥 가라고 손짓하더니, 여자애에게 오라고 손짓해서 꽃을 받아들고 덜덜 떠는 손에 돈을 쥐여주며 집으로 제발 돌아가라고, 집에서 지내라고 당부했다.

그들은 길고 긴 경마장 끝에서 끝까지 여러 번 오가며 말과 경마만 빼고 모든 걸 보았다. 종소리가 울려서 경마코스를 비울 때면 마차와 당나귀 사이로 물러나서 쉬다, 뜨거운 열기가 지나간 다음에 비로소 나왔다. 펀치 공연 역시 몇 번이고 최고로 재미있게 했으나 그러는 동안에도 코들린은 두 사람을 끊임없이 감시해, 눈치 못 채게 도망갈 순 없었다.

마침내 늦은 시각에 코들린이 좋은 장소에 무대를 세워서 공연은 최고조로 치닫고 관객은 잔뜩 모여들었다. 여자애는 노인과 함께 무대 뒤에 앉아, 저렇게 멋있고 순박한 말들이 고삐를 잡고 이리저리 끌어당기는 사람을 하나같이 떠돌이로 만드는 게 이상하다 생각할 때, 쇼트가 즉석에서 그날 하루를 빗대며 재치있게 말해서 폭소가 일어나, 여자애로 하여금 깊은 명상에서 깨어 주변을 둘러보게 하였다.

안 들키고 도망칠 순간이 드디어 찾아왔다. 쇼트는 짧은 막대기를 휘두르며 열심히 싸워서 상대편을 하나씩 쓰러뜨리고, 관객은 환하게 웃으며 구경하고, 코들린은 손님들 손이 조끼 주머니로 들어가서 6펜스 동전을 만지작대는 걸 쳐다보며 느긋하게 웃었다. 안 들키고 도망칠 기회가 있다면 바로 지금이었다. 두 사람은 기회를 움켜잡고 그대로 도망쳤다.

매대와 마차와 인파를 헤치며 나아갔다. 단 한 번도 돌아보지 않았다. 밧줄을 둘러친 곳으로 나아갈 즈음에 경마코스를 비우는 종소리가 울렸다. 신성한 영역을 침범할 때 고함과 비명이 날카롭게 일었으나, 두 사람은 아무것도 모른 채 밧줄을 넘고 언덕 꼭대기로 빠르게 기어올라 널찍한 들녘으로 달렸다.

20장

키트는 거리로 매일 나가서 일거리를 구하려 애쓰다 집으로 돌아갈 때마다 행여나 여자애가 돌아왔을지도 모른다는 기대감을 품고 조그만 방 창문을 올려다보았다. 간절한 소망은, 퀼프에게서 받은 확신까지 있어, 결국엔 여자애가 돌아와서 자신이 제안한 생활공간을 받아들일 거란 신념으로 가득하니, 그 희망은 매일 죽어도 다음 날 새롭게 솟아났다.

키트는 지친 표정으로 모자를 내려놓고 한숨을 내쉬며 말했다.

"내일은 분명히 오겠지요, 어머니? 벌써 일주일이 지났잖아요. 일주일 이상 집을 비울 순 없을 거예요, 그죠, 어머니?"

어머니는 머리를 저었다. 그리고 지금까지 계속 실망한 사실을 떠올리니, 키트가 다시 말했다.

"그건 늘 그런 것처럼 어머니 말씀이 옳아요. 하지만 두 사람이 돌아다니는 건 일주일로 충분한 것 같아요. 그렇지 않은가요, 어머니?"

"충분하지, 키트, 충분한 이상이야. 그렇지만 두 사람은 안 돌아올 수도 있어."

이 말에 키트는 순간적으로 짜증이 치미는데, 자신이 보기에도 그럴 것 같아서 짜증은 그만큼 더 치밀었다. 하지만 충동을 순식간에 달래, 실내를 가로지르기 전에 다정하게 물었다.

"그렇다면 어머니는 두 사람이 어떻게 됐을 거로 생각하세요? 설마 바다로 가진 않겠죠?"

"뱃사람이 되진 않겠지. 다만 다른 나라로 건너갔다는 생각을 지울 순 없구나."

어머니가 대답하며 미소를 머금자, 키트는 슬픈 표정으로 한탄했다.

"그렇게 말하지 마세요, 어머니."

"안타깝지만 어쩔 수 없어, 사실이니까. 이웃 사람 모두 그렇게 말해. 배에 올라탄 모습을 보았다는, 두 사람이 간 곳을 말할 수 있다는 사람도 있어."

"저는 안 믿어요. 단 한 마디도. 수다나 떠는 사람들이 뭘 알겠어요!"

"물론 그 사람들 말이 틀릴 수도 있어. 하지만, 나는 모르겠다만, 그 사람들 말이 완전히 틀렸다고 할 수도 없어. 노인이 아무도 모르게, 심지어 네가 말한 난쟁이…… 이름이 뭐더라…… 그래, 퀼프조차 모르게 돈을 조금씩 모아두었다는 소문도 있거든. 노인이 넬리와 함께 아무도 찾지 않고 아무도 귀찮게 할 수 없는 곳에서 살려고 외국으로 갔다는 소문도 있고. 완전히 어긋난 이야기는 아니잖아, 그치?"

키트는 마지못해 인정하고 머리를 구슬프게 긁더니, 낡은 못으로 다가가서 새장을 내려 깨끗하게 청소하고 모이를 주었다. 그러면서 자신에게 1실링을 준 노신사를 생각하다, 노신사가 공증 사무실에 다시 온다고 한 날이 바로 오늘이란 사실을, 시간이 거의 됐다는 사실을 갑자기 떠올렸다. 그와 동시에 새장을 낡은 못에 재빨리 걸며 볼일이 있다고 황급히 설명한 다음, 약속 장소로 마구 달렸다.

키트가 목적지에 도달한 건 약속 시각에서 2분이나 지난 다음이었다. 거리가 상당히 멀기 때문인데, 다행히도 노신사는 아직 도착하지 않았다. 최소한 당나귀가 끄는 이륜마차는 안 보이는데, 노신사가 이렇게 짧은 시간에 벌써 다녀갔을 것 같진 않았다. 키트는 자신이 너무 안 늦은 걸 깨닫고 안심하며, 가로등에 등을 기대서 가쁜 숨을 몰아쉬며 당나귀 마차가 나타나기만 기다렸다.

실제로 얼마 안 돼서 당나귀가 고집스러운 모습 그대로 모퉁이를 돌며 빠르게 다가오는데, 제일 깨끗한 곳을 열심히 살피면서 내딛는 걸 보면 발에 오물을 묻힐 생각도, 괜히 서둘 필요도 없다고 여기는 게 분명했다. 당나귀 뒤에는 조그만 노신사가 앉고, 노신사 옆에는 조그만 노부인이 앉아서 저번처럼 꽃다발을 들었다.

노신사와 노부인과 당나귀와 이륜마차는 완벽하게 화합하며 다가오더니 공증 사무실과 대여섯 채 떨어진 대문에 도달하자, 당나귀는 양복점 문 두드리개 아래쪽 청동판을 잘못 보고 멈춰서 굳세게 침묵하는 식으로 목적지에 왔다며 고집부리고, 노신사는 열심히 달랬다.

"아니, 선생, 조금만 더 가야 하지 않겠소? 여기가 아니라오."

하지만 당나귀는 옆에 있는 소화전에 지대한 관심을 느끼고 열심히 살피는 일에 빠져든 것 같았다. 그러자 노부인이 소리쳤다.

"맙소사, 못된 당나귀! 지금까진 말을 잘 들으면서 오더니! 정말 못됐구나. 저놈을 도대체 어떻게 해야 좋을지 모르겠어, 정말로."

당나귀는 소화전을 충분히 살핀 다음에 파리라는 천적을 쫓아서 공중을 쳐다보다 한 마리가 귀를 간지럽히는 순간에 머리를 흔들고 꼬리를 휘두른 다음, 명상에 느긋하게 빠져드는 것 같았다. 노신사는 달래고 달래다 지친 나머지 잡아끌려고 내려오고, 바로 그 순간에 당나귀는 노신사가 충분히 양보했다고 느꼈는지, 아니면 다른 청동판을 보았는지, 아니면 짓궂게 장난친 것인지, 노부인만 태우고 쏜살같이 달려서 목적지 앞에 멈추어 노신사 혼자 숨을 헐떡이며 쫓아오게 만들었다.

키트가 당나귀 앞에 나타나서 웃으며 손을 모자에 대고 인사한 건 바로 그때였다.

"맙소사, 아이가 나타났어! 여보, 당신도 봤소?"

노신사가 감탄하고, 키트는 당나귀 목덜미를 쓰다듬으며 대답했다.

"오겠다고 약속했으니까요, 나리. 편히 오셨기를 바랍니다, 나리. 얘는 정말 훌륭한 당나귀예요."

"여보, 보기 드문 아이구려. 착한 아이가 분명해요."

노신사가 말하자, 노부인이 동조했다.

"그런 것 같아요. 저렇게 착한 걸 보면 부모한테도 잘할 거예요."

키트는 고마운 마음에 얼굴을 빨갛게 물들이고 모자에 다시 손대며 인사했다. 노신사는 노부인에게 손을 내밀어서 내리도록 돕고, 두 사람은 환하게 웃는 얼굴로 키트를 바라본 다음에 건물로 들어가는데, 키트는 두 사람이 안으로 들어가서도 자신 얘기를 한다는 느낌을 지울 수 없었다. 곧이어 위써던이 꽃다발 향기를 진하게 맡으며 창가에 나타나서 키트를 보고, 다음엔 아벨이 나타나서 키트를 보고, 다음엔 노신사와 노부인이 나타나서 키트를 보고, 다음엔 네 사람 모두 나타나서 다시 쳐다보아, 키트는 너무 당혹스러운 나머지 못 본 척하면서 당나귀만 열심히 쓰다듬고 당나귀 역시 그 손길을 예쁘게 받아들였다.

창가에서 얼굴이 모두 사라지고 얼마 안 되어 척스터가 못에서 떨어진 그대로 쓴 것처럼 모자를 삐딱하게 걸치고 외투는 말끔한 차림으로 나와, 안에서 부르니 어서 들어가라고, 그동안 당나귀는 자신이 지키겠다고 말했다. 그러면서 키트가 '정말 순수'한지 '정말 교활'한지 알 수 있으면 좋겠다고 덧붙이는데, 머리를 의심쩍게 흔드는 걸 보면 후자 쪽으로 기우는 것 같았다.

키트는 낯선 신사 숙녀 사이로 들어가는 건 처음이라서 덜덜 떨며 사무실로 들어가, 먼지가 수북한 서류 더미와 양철 상자를 경이로운 눈으로 바라보았다. 위써던은 목소리가 크고 말이 빠른 사람답게 커다랗게 말해서 모든 시선을 끌어모으니, 키트는 자신이 그렇게 초라할 수 없었다.

"그래, 애야, 1실링 받은 값을 하러 온 거니…… 더 받으려고 온 게 아니라?"

키트는 용기 내서 쳐다보며 대답했다.

"아닙니다, 나리. 더 받는 건 생각한 적도 없습니다."

"아버지는 살아계시니?"

"돌아가셨습니다, 나리."

"어머니는?"

"살아계십니다, 나리."

"그럼 재혼했니?"

키트는 살짝 화난 목소리로 어머니 혼자서 세 아이를 기르신다고, 어머니를 아신다면 재혼했냐는 질문 같은 건 안 하실 거라고 대답했다. 그러자 위써던은 꽃다발에 코를 다시 묻더니, 꽃다발 너머로 노신사에게 아이가 정직한 것 같다고 속삭였다. 그러자 사람들이 이것저것 더 물은 다음에 노신사가 말했다.

"그렇다면 너한테 더 주지 않겠지만……"

"고맙습니다, 나리."

키트가 대답했다. 진심이었다. 공증인이 제기한 의심을 벗겨냈다는 의미기 때문이다.

"너를 조금 더 자세히 알고 싶으니, 네가 사는 주소를 알려주면 내가 수첩에 적어놓으마."

노신사 말에 키트는 주소를 알려주고, 노신사는 연필로 수첩에 적었다. 바로 그때 거리에서 소동이 커다랗게 일어, 노부인은 창가로 급히 다가가더니 당나귀가 도망갔다 소리치고, 이 말이 떨어지기 무섭게 키트는 단숨에 뛰쳐나가고 다른 사람들이 뒤따랐다.

척스터가 주머니에 두 손을 찌른 채 아무렇지 않게 바라보며 툭하면 "똑바로 서"……"조용해"……"워, 워, 워"라고 경고하는 식으로 모욕해서 당나귀가 도저히 못 참은 것 같았다. 그렇지 않아도 당나귀는 자신이 지켜야 할 의무 같은 걸 가볍게 여기는 판에 눈앞에 조금이나마 두려워 할 사람조차 없어, 마침내 분기탱천해서 그대로 내달리니, 척스터는 모자가 벗겨지고 펜이 귀에 꽂힌 상태로 후미에 매달려서 마차를 세우려고 버둥대, 주변 사람에게 말할 수 없는 재미를 선사했다. 하지만 그렇게 달릴 때조차 당나귀는 심술을 부리니, 그리 멀리 안 간 상태에서 갑자기 멈추어 누가 고삐를 잡아끌기도 전에 앞으로 달릴 때만큼이나 빠르게 뒷걸음질 치기 시작했다. 따라서 척스터는 거칠게 떠밀리며 크게 허둥대니, 사무실에 도착한 다음에는 완전히 기진맥진한 상태로 볼썽사나운 모습을 연출할 수밖에 없었다.

그런 다음에 노부인이 올라타고, (노부부가 데리러 온) 아벨이 올라탔다. 노신사는 정말 옳지 않은 행동이라며 당나귀를 달래고 척스터 옷차림을 최대한 반듯하게 고쳐준 다음에 자기 자리로 올라탔다. 그래서 공증인과 직원에게 모두 손을 흔들고, 길가에서 지켜보는 키트를 다시 한번 바라보고 고개를 다정하게 끄덕이며 떠났다.

21장

키트는 돌아서자마자 당나귀도 마차도 조그만 노부인도 조그만 노신사도 조그만 젊은 신사도 모두 잊어버린 채, 늘 그런 것처럼 옛날 주인과 사랑스러운 손녀딸은 어떻게 되었을까 하는 생각에 빠져들었다. 그래서 두 사람이 안 나타나는, 하지만 곧 돌아올 수밖에 없는 이유를 그럴듯하게 찾으며 집으로 발길을 돌렸다. 노신사와 한 약속이 떠올라서 갑자기 중단한 일을 마무리하고 거리로 다시 나와서 하루 운세를 시험할 생각이었다.

그런데 자신이 사는 마당 모서리로 다가가는 순간에 당나귀가 또 보이지 않는가! 정말이었다, 당나귀는 평소보다 고집스러운 모습으로 혼자 마차에 묶인 채고, 아벨은 당나귀가 눈을 찡긋할 때마다 줄기차게 바라보다 우연히 고개를 들어, 키트가 오는 걸 보고서 인사라도 받은 것처럼 고개를 끄덕이며 반겼다.

키트는 당나귀가 자기 집 앞에 있는 이유가 궁금했지만, 당나귀가 거기까지 온 이유도 노부인과 노신사가 어디로 갔는지도 모른 채 대문 빗장을 열고 안으로 들어서다, 두 사람이 의자에 앉아서 어머니와 대화하는 뜻밖의 광경을 보고 당황하면서도 모자를 벗어서 최대한 공손하게 인사했다.

"우리가 먼저 찾아왔네, 키트."

노신사가 웃으며 말하자, 키트는 "네, 나리" 하고 대답하면서 무슨 일인지 묻는 표정으로 쳐다보니, 말없이 묻는 말에 어머니가 대답했다.

"신사분께서 너한테 좋은 직장이 있는지 친절하게 물어보시어, 내가 아니라고, 그런 건 없다고 말씀드리니, 친절하시게도……"

여기에서 노신사와 노부인이 동시에 끼어들었다.

"우리 집에서 일할 아이를 찾다 포기했는데, 우리가 바라는 품성을 지닌 것 같으면 다시 생각할 수도 있다고 말했단다."

이 말은 키트를 고용할 생각이 있다는 뜻이니, 키트 역시 어머니와 마찬가지로 일자리를 열망하며 가슴을 졸였다. 노부부가 신중하고 체계적인 성격답게 이런저런 내용을 수없이 물을 때는 행여나 일자리를 놓치는 건 아닐까 두려운 마음조차 들었다.

"잘 아시겠지만, 착한 아주머니, 고용문제는 꼼꼼하게 따져서 결정해야 한답니다. 우리 가족은 세 명밖에 없어서 조용한 걸 좋아하는데, 행여나 사람을 잘못 써서 우리가 기대한 것과 다른 문제가 터지면 슬플 테니까요."

노부인이 말하자, 키트 어머니는 정말 그렇다고, 정말 옳다고, 지당하신 말씀이라고, 자신이나 아들 성격을 엉터리로 대답하는 일은 절대 없을 거라고, 말하기 쑥스럽지만 아들은 효자라고, 그런 점에서, 감히 말한다면, 자기 아버지를 똑 닮았다고, 아버지 역시 모친에게 잘했을 뿐 아니라 훌륭한 남편이며 훌륭한 아버지였다고, 그 모습을 키트도 그대로 물려받았다고, 어린 제이콥과 갓난아기도 나이를 먹으면 그럴 거라고, 어린 게 안타까울 뿐이라고, 하지만 아버지가 없는 슬픔을 모르는 장점도 있다고, 이런 점에서는 어린 게 훨씬 좋을 수도 있다고 대답하면서 앞치마로 눈물을 닦고 어린 제이콥 머리를 쓰다듬으며 기나긴 이야기를 마무리하니, 조그만 제이콥은 요람을 흔들면서 낯선 노신사와 노부인을 열심히 바라보았다.

키트 어머니가 말을 마치자, 노부인이 끼어들어 정직하고 존경스러운 어머니가 분명하다고, 그렇지 않다면 차분하게 설명하지 못했을 거라고, 아이들을 보고 집 안이 깨끗한 걸 보면 대단하다고, 칭찬받을 자격이 충분하다고 하니, 키트 어머니는 크게 위안받고 무릎과 상체를 숙이며 인사했다. 그러고 나서 키트가 어릴 적부터 살아온 역사를 오랫동안 상세하게 털어놓았다. 갓난아기 때 거실 뒤쪽 창문에서 떨어지고 기적처럼 살아난 이야기도, 홍역을 심하게 앓던 사실도 안 빼먹었다. 홍역을 앓을 때는 밤낮으로 빵과 물을 달라면서도 "울지 마세요, 어머니, 금방 괜찮아질 거예요"라고 말했다고 슬픈 어조로 흉내 내며, 알만한 사람은 다 안다고, 모서리 버터 장사꾼 집에 세든 그린 부인도, 동인도 제도에서 군인으로 복무한 브라운 씨도 안다고 했다. 그러자 노신사는 키트가 공부한 내용과 능력을 이리저리 묻고, 노부인은 아이들을 바라보면서 키트 어머니가 아이를 낳을 때마다 겪은 놀라운 이야기를 듣다, 자신이 아벨을 낳으면서 겪은 사례를, 여자라면 누구나 겪는 이상으로 위험하던 상황을 떠올렸다. 마지막으로 노신사는 키트 옷이 충분한지 묻더니 좋은 옷을 구하도록 얼마 안 되는 돈을 미리 내주었다. 숙식 제공에 연봉 6파운드라는 조건으로 키트를 핀칠리[15] 집에서 일할 아이로 공식 채용한 것이다.

이렇게 합의한 게 어느 쪽에 더 유리한지 모르겠지만, 양쪽 모두 환한 얼굴로 크게 반기며 좋아했다. 다음 날 아침에 키트가 가서 자신이 묵을 방을 고친다는 합의까지 하자, 조그만 노부부는 노랗게 반짝이는 반 냥짜리 금화를 어린 제이콥과 갓난아기에게 하나씩 주고 밖으로 나가니, 새로 계약한 시종은 앞장서서 에스코트하다 고집 센 당나귀 고삐를 잡아 모두 안전하게 올라타도록 도운 다음에 마차를 몰고 떠나는 모습을 바라보는데, 마음이 그렇게 가벼울 수 없었다. 그래서 안으로 급히 들어가며 말했다.

"아아, 어머니, 운수가 트이려나 봐요."

"내가 보기에도 그렇단다, 키트. 연봉 6파운드라니! 생각만 해도 기쁘구나!"

어머니 대답에 키트는 많은 돈을 받는 사람답게 점잖게 행동하려 애쓰는데도 웃음이 절로 삐져나왔다.

"아! 정말 많은 돈이에요!"

키트는 이렇게 말하고 숨을 깊이 들이마신 다음, 각각 일 년 치 연봉이라도 들어있는 듯 양쪽 주머니에 손을 하나씩 찌른 채 귀부인이라도 바라보듯 어머니를 바라보며 말했다.

---

15) Finchley: 런던 북부 중산층 거주지역.

"아아, 이제 어머니는 일요일마다 멋지게 차려입고서 교회에 가고 제이콥은 학교에 다니고 막내는 쑥쑥 크고 2층에 멋진 방을 만드는 거예요! 연봉이 6파운드잖아요!"

"에헴! 연봉이 6파운드라는 게 무슨 말이지? 연봉 6파운드가 뭐야?"

갑자기 불길한 소리가 들리더니, 다니엘 퀼프가 스위블러를 꼬리에 달고 들어왔다. 그래서 주변을 날카롭게 둘러보다 다시 물었다.

"누가 연봉을 6파운드나 준다는 거야? 노인이 그렇게 말한 거야, 어린 넬리가 그렇게 말한 거야? 무엇 때문에 그렇게 준다는 거야, 지금 어디에 있기에!"

착한 여인은 추악한 괴물이 갑자기 나타난 걸 보고 놀라, 요람에서 아기를 재빨리 집어 들어 가슴에 안으며 구석으로 물러나고, 어린 제이콥은 걸상에 앉아서 두 손을 무릎에 올린 채 공포에 젖은 표정으로 바라보며 울어댔다. 스위블러는 퀼프 머리 너머로 느긋하게 바라보고, 퀼프 자신은 두 손을 주머니에 찌른 채 재미있단 표정으로 바라보며 자신 때문에 일어난 소동을 즐겼다. 그러다 말했다.

"겁내지 마세요, 아주머니. 아주머니 아들이 잘 아니까요, 내가 아기를 싫어해서 잡아먹지 않는다는 걸. 하지만 저 꼬맹이는 그만 우는 게 좋겠어요, 기분이 나빠지려고 하니까. 안녕하시오, 선생! 뚝 그치지 않겠소?"

어린 제이콥은 공포에 질려서 두 눈을 꼭 감은 채 두 줄기 눈물을 짜내며 입을 다물고, 퀼프는 무섭게 노려보며 계속 말했다.

"이놈아, 다시 안 터지도록 조심해. 안 그러면 혼쭐을 낼 테니까. 그런데 선생께선 나를 찾아오겠다는 약속을 안 지킨 이유가 뭔가?"

"내가 뭐하러 찾아가요? 나는 할 얘기가 없고, 아저씨 역시 할 얘기가 없잖아요."

키트가 반박하자, 퀼프는 키트 어머니에게 시선을 재빨리 돌리며 물었다.

"아줌마, 노인네가 마지막으로 찾아오거나 전갈을 보낸 게 언젭니까? 지금 여기에 있습니까? 아니라면 어디로 갔습니까?"

"여기에 한 번도 안 왔어요. 두 사람이 어디로 갔는지 우리도 알고 싶어요. 그래야 우리 아들이 마음을 달래고, 나 역시 그럴 테니까요. 당신이 퀼프라는 신사분이라면, 나보다 훨씬 잘 알겠지요, 내가 우리 아들한테 바로 오늘 말한 것처럼."

키트 어머니가 말하자, 퀼프는 진짜 그런 것 같아서 잔뜩 실망한 표정으로 투덜댔다.

"제기랄! 그렇다면 이 신사분한테도 똑같이 말하겠소?"

"저 신사분이 똑같은 걸 묻는다 해도 다른 말을 할 순 없겠지요. 나 역시 알고 싶으니까요, 우리 아들 때문에."

부인이 대답하자, 퀼프는 스위블러를 힐끗 쳐다보며 문 앞에서 만났다고, 두 사람이 어디로 도망쳤는지 알고 싶어서 온 것 같다고, 맞느냐고 물으니, 스위블러가 대답했다.

"그렇소, 그것 때문에 찾아온 것이오. 뭐라도 들을 거라고 기대했는데…… 이제 착각도 마무리해야겠네요. 내가 시작하리다."[16)]

"실망한 것 같군."

퀼프가 말하자, 스위블러가 대답했다.

"좌절이라오, 선생, 좌절. 그게 전부라오. 혹시나 해서 찾아왔는데 좌절로 끝나는군요. 아름답고 상냥한 여인을 체그스 제단에 희생 제물로 바치게 됐으니까요. 그게 전부라오, 선생."

난쟁이가 비웃는 표정으로 은근슬쩍 쳐다보는데도 스위블러는 친구

---

16) '베니스의 상인' 3막 2장 인용.

와 낮술을 걸친 터라 아무것도 모른 채 너무 슬퍼서 기운이 하나도 없는 표정으로 운명을 한탄했다. 그걸 보고서 퀼프는 스위블러가 일부러 찾아와서 슬퍼하는 걸 보면 뭔가 이유가 있는 게 분명하다 확신하고, 그 밑에 사악한 의도가 깔렸기만 바라며, 속을 파헤쳐보자고 마음먹었다. 그래서 동정하는 표정을 최대한 순진무구하게 떠올리곤 자신도 같은 심정이라는 걸 또렷하게 드러내며 말했다.

"나도 두 사람을 걱정하는 차원에서 실망한 건 똑같지만, 선생은 확실한 이유가, 말 못 할 이유가 있는 것 같군요, 실망한 정도가 나보다 훨씬 강하니 말입니다."

"당연하죠."

퉁명스러운 목소리였다.

"안타깝군요, 정말 안타까워. 나도 기운이 쭉 빠진답니다. 우울한 건 똑같으니 함께 기분이나 확실하게 풀어볼까요? 당장 할 일이 특별히 없다면……"

퀼프가 상대 소매 끝을 잡아당기고 상대 얼굴을 눈꼬리로 가만히 살피며 계속 말했다.

"강변에 고급 스키댐[17]을 세상 어디보다 많이 모아놓은 술집이 있답니다. 밀수품이라는 말이 있지만, 우리 사이니까요. 술집 주인을 잘 안답니다. 아담한 별장에서 강물을 굽어보며 맛있는 술을 홀짝홀짝 마시고 최고급 담배를 태우는 겁니다. 내가 아는 선에서 가장 희귀한 품질이니. 생각조차 못 할 정도로 아늑하고 행복한 시간을 즐기는 거죠. 선생이 다른 일을 하러 가야 한다면 어쩔 수 없겠지만 말입니다. 어떠세요, 스위블러 선생?"

난쟁이가 말하는 동안에 스위블러는 미소가 천천히 떠오르면서 이맛

17) Schiedam, 네덜란드산 진.

살이 펴지다, 말을 마친 다음에는 퀼프가 올려다보는 만큼이나 교활한 표정으로 내려다보니, 남은 건 술집으로 당장 가는 것밖에 없었다. 그래서 두 사람이 등을 돌리는 순간, 어린 제이콥은 곧바로 녹아서 퀼프가 얼어붙게 한 지점부터 울어 재꼈다.

퀼프가 말한 별장은 강변 진흙탕 위 공중에 조그맣게 걸쳐놓은 목조 건물로, 썩을 대로 썩어서 문드러진 나머지 진흙탕으로 당장에라도 곤두박질칠 것 같았다. 거기에 딸린 술집 역시 생쥐가 갉아먹어서 가라앉아, 기다란 나무로 벽 뒤를 받쳐서 간신히 버티는데, 그 나무조차 건물에 짓눌린 채 썩어 문드러진 걸 보니 바람이 심한 밤이면 건물 전체가 무너질 것처럼 삐걱대며 흔들릴 게 분명했다. 그렇게 낡아서 문드러진 건물도 세웠다고 말할 수 있다면 건물을 세운 곳은 불모지로, 주변에선 공장 굴뚝마다 해로운 연기를 잔뜩 뿜어대고, 시끄럽게 몰아치는 강물 소리와 철커덩철커덩 돌아가는 쇠바퀴 소리로 가득했다. 내부 시설 역시 겉모습과 똑같았다. 천장은 낮고 눅눅하며, 끈적끈적한 벽은 여기저기 구멍 나고 갈라졌으며, 썩어 문드러진 바닥은 가라앉고, 건물 바닥을 받치는 기둥은 처음 온 사람을 잔뜩 겁주었다.

퀼프는 아름다운 모습을 보라고 유혹하며 스위블러를 안내해, 교수대와 이름 대문자를 곳곳에 새긴 탁자에 앉자, 자랑하던 술로 가득한 사각형 나무틀 술병이 곧바로 등장했다. 그러자 나무틀을 들어 술잔 두 개에 익숙한 솜씨로 따르고 물 1/3을 섞더니 한 잔을 스위블러에게 밀어주고, 파이프를 꺼내더니 다 낡아서 찌그러진 등잔 촛불 끝으로 불을 붙여서 담배 연기를 내뿜으며 의자 끝에 엉덩이를 걸쳤다. 그리곤 스위블러가 입맛을 쩝쩝 다시자, 대뜸 물었다.

"맛있소? 톡 쏘는 맛이 대단하지 않소? 눈이 감기고 목이 메고 눈물이 찔끔찔끔 나고 숨이 턱턱 막히지 않소?"

그와 동시에 스위블러가 술잔에 든 걸 내버리고 물을 가득 채우며 소리쳤다.

"맛있냐니, 설마 이리 독한 술을 당신이 마신다는 말은 아니겠지요?"

"그게 무슨 말이오! 이걸 안 마신다니! 여길 보시오. 또 보시오. 또 보시오. 이걸 안 마신다니!"

다니엘 퀼프가 말하며 독주 원액을 세 번 연달아서 따라 마시곤 얼굴을 잔뜩 찡그린 채 파이프를 쪽쪽 빨아서 연기를 들이켜고 코로 구름을 묵직하게 뱉어내는 놀라운 실력을 과시하더니, 조금 전처럼 의자 끝에 엉덩이를 걸쳐서 무지막지하게 웃고, 주먹과 팔꿈치로 번갈아서 능수능란하게 탁자를 때리며 박자를 맞추다 갑자기 말했다.

"건배합시다. 아름다운 여성을 위해. 미인한테 건배해서 잔을 쭉 비우는 겁니다. 여자 이름을 말하시오!"

"굳이 알고 싶다면 소피 와클스라고 하겠소."

"소피 와클스라. 소피 와클스 양이라…… 그렇다면 스위블러 부인이 되겠군…… 그렇게 되겠어……하하하!"

"아! 몇 주 전이라면 그렇게 말할 수도 있겠지만 다 틀렸다오, 멋진 친구. 체그스 신전에 산 제물로 바쳐서……"

"체그스를 독살해요. 그 귀를 잘라버려요. 체그스란 이름을 아예 없애버려요. 그 여자는 스위블러 부인이 될 수밖에 없으니까. 내가 그 여자 건강을 위해, 그 여자 아버지를 위해, 그 여자 어머니를 위해, 그 여자 자매와 형제 모두를 위해…… 영광스러운 와클스 가족을 위해…… 와클스 모두를 한 잔에 담아서 다시 건배하겠소, 한 방울도 안 남기고!"

스위블러는 술잔을 입술로 가져가다 멈추고 난쟁이가 두 팔과 두 발을 마구 흔드는 모습을 멍청하게 바라보며 말했다.

"정말 쾌활한 사람이군요. 지금까지 쾌활하다는 사람을 많이 듣고 보았지만, 당신처럼 독특하고 놀라운 사람은 없었답니다."

솔직하게 선언해도 퀼프는 괴팍한 모습이 줄어드는 게 아니라 늘어나고, 스위블러는 상대가 술을 퍼마시는 모습에 놀라서 똑같이 마구 퍼먹더니…… 상대를 믿는 마음이 조금씩 늘어나다, 퀼프가 교묘하게 이끄는 가운데, 마침내 완벽하게 믿기 시작했다. 다니엘 퀼프는 상대를 이런 식으로 몰아가는 건 물론이고 상대가 옆길로 샐 때마다 본론으로 돌아가는 방법까지 아니, 이야기는 일사천리로 풀리면서 귀가 얇은 스위블러와 계략이 치밀한 친구가 꾸민 음모 역시 순식간에 빨려 나올 수밖에 없었다.

"맞아! 바로 그거야, 바로 그거. 그러면 되겠어, 그렇게 하면 돼. 맞아. 나도 거들겠소. 지금부터 나도 거들겠소."

퀼프가 말하자, 스위블러가 깜짝 놀라며 물었다.

"뭐라고요! 그렇다면 아직 기회가 있단 말입니까?"

"기회! 당연하지요! 소피 와클스는 체그스 부인이 되든 안 되든 괜찮지만 스위블러 부인만큼은 될 수 없어요. 아, 당신은 운 좋은 강아지요! 영감은 어떤 유대인보다 돈이 많으니까 당신은 성공한 겁니다. 넬리랑 결혼해서 금은보화를 마음껏 누리는 것만 남았으니 말이오. 내가 거들겠소. 그 뜻을 꼭 이루게 하겠소. 내 말만 믿으시오, 그 뜻을 꼭 이룰 테니."

"하지만 어떻게?"

"시간은 많고 그 뜻은 꼭 이룰 거요. 죽치고 앉아서 하나씩 따져봅시다. 잠시 나갔다 올 테니 술잔을 가득 채우시오. 금방 돌아오리다…… 금방."

다니엘 퀼프는 재빨리 말하고 술집 뒤편에 폐허가 된 스키틀[18] 운동

18) skittle; 볼링 핀처럼 생긴 스키틀 9개를 땅바닥에 세워놓고 공을 굴려서 쓰러뜨리는

장으로 물러나, 땅바닥으로 몸을 던져서 떼굴떼굴 구르고 소리치며 정신없이 좋아했다.

"사냥감이 생겼어! 내 손에 사냥감이 저절로 굴러들었으니 이제 즐기기만 하면 된다고. 며칠 전에 내 뼛속까지 아프게 한 게 바로 저 멍청한 놈이었어, 그치? 우리 마누라한테 추파를 던진 놈은 바로 저놈 친구고, 계획을 세운 놈, 그치? 두 놈이 세운 계획에 2~3년만 공들이면 두 놈 모두 거지가 될 테고, 최소한 한 놈은 평생 시달리겠어. 하하하! 저놈이 넬리랑 결혼하는 거야. 저놈이 넬리를 차지하고 옴짝달싹 못 할 때, 두 놈이 얻은 건 무어고 내가 거둔 건 무언지 따지는 거야. 그래서 해묵은 원한을 깨끗하게 푸는 거야. 내가 얼마나 중요한 어르신인지, 내가 두 놈을 상속녀한테 어떻게 얽어 묶었는지 똑똑히 알려주는 거야. 하하하!"

퀼프는 마냥 좋아서 정신없이 뒹굴다 하마터면 험한 꼴을 당할 뻔했다. 부서진 개집 바로 앞으로 구르는 순간에 커다란 개가 사납게 달려들어, 쇠사슬이 짧은 덕분에 험하게 인사하는 꼴이 되고 만 것이다. 난쟁이는 등을 바닥에 대고 누운 채 완벽하게 안전한 곳으로 재빨리 물러나서 섬뜩한 표정으로 비웃으며 한 발짝도 더 다가올 수 없는 개를 의기양양하게 바라보는데, 불과 두 발짝밖에 안 되는 거리였다. 그러면서 개가 놀랄 정도로 으르렁 짖어대며 놀렸다.

"이리 와서 물어봐, 개자식아! 이리 와서 마음대로 물어뜯으라고, 비겁한 개자식아! 무섭지, 개자식아? 그래, 무서울 거야, 개자식아."

개가 무섭게 짖어대며 두 눈을 부라린 채 쇠사슬을 당장에라도 끊어버릴 듯 몸부림치지만, 난쟁이는 가만히 누워서 손가락을 뚝뚝 꺾으며 놀렸다. 그래서 즐거운 마음을 충분히 달랜 다음에 일어나서 두 손으로

경기. 나중에 볼링으로 발전한다.

허리를 잡고, 쇠사슬이 올 수 없는 바로 앞에서 악마처럼 춤추며 개집을 한 바퀴 돌아서 개를 완전히 미치게 하였다. 그래서 기운도 돋우고 기분도 되살린 다음에 술집으로 돌아가니, 친구는 아무것도 모른 채 퀼프가 말한 금은보화를 마음껏 누릴 생각에 절로 피어나는 미소를 억누르려 애쓸 뿐이었다.

22장

누블스 가족은 남은 하루와 다음 날 하루 내내 바쁘게 보냈다. 키트가 일자리를 구해서 떠나는 건 아프리카 대륙을 횡단하거나 전 세계를 순회하는 만큼이나 중요한 일이었다. 옷을 비롯한 필수품이 담긴 상자처럼 24시간 사이에 그렇게 많이 열어보고 닫은 상자는 어디에도 없고, 셔츠 세 장과 스타킹 세 장과 손수건 세 장이 든 위대한 상자처럼 어린 제이콥이 조그만 눈동자로 그렇게 황홀하게 바라본 상자 역시 어디에도 없을 터였다. 결국엔 그 상자를 짐마차에 실어서 키트가 다음 날 찾아갈 저택 인근으로 보내니, 상자가 눈앞에서 사라진 다음에는 두 가지 고민거리가 생겨났다. 하나는 짐마차 마부가 도중에 상자를 잃거나 잃은 척하지 않을까 하는 거고, 또 하나는 키트가 없어도 어머니가 무사히 살아갈 방법을 충분히 터득했을까 하는 거였다.

"마부가 상자를 진짜 잃을 가능성이 없는 건 아니겠지만 잃은 척하고픈 유혹을 느낄 가능성도 커."

누블스 부인이 첫 번째 걱정거리를 말하자, 키트가 진지한 표정으로 대답했다.

"어머니 말씀이 맞아요. 하지만 상자 혼자서 저절로 걸어갈 순 없으니 다른 사람한테 맡겨서 근처로 보낼 수밖에요."

"그래, 이제 다른 방법이 없지만, 정말 멍청한 짓이었어. 사람들이 쓸데없는 유혹을 안 받으면 좋겠구나."

키트는 상자가 이번에 제대로 간다면 짐마차 마부를 두 번 다시 의심하지 않겠다고 마음속으로 다짐했다. 그래서 기독교인답게 마음을 가다듬은 다음에 두 번째 고민거리로 넘어갔다.

"제가 없어도 기운을 잃지 마세요, 어머니, 외로워하지도 마시고요. 근처를 지날 때마다 들르도록 최대한 애쓰고 편지도 자주 할게요. 분기마다 휴가도 하루씩 생길 테니 어린 제이콥을 데리고 공연도 가고 굴을 어떻게 먹는지도 알려줄게요."

"공연을 보는 게 죄악이 아니길 바라지만 겁은 나는구나."

누블스 부인이 말하자, 키트가 걱정스러운 표정으로 대답했다.

"어머니한테 그런 식으로 말한 곳이 어딘지 알아요. '조그만 베델'[19]이 분명해요. 제발 부탁하겠는데, 어머니, 그런 곳에 가지 마세요. 어머니가 상냥한 얼굴로 집 분위기를 늘 쾌활하게 하시던 모습이 우울한 모습으로 바뀌면, 그래서 동생들이 자신을 죄인이며 악마의 자식이라 말해서 돌아가신 아버지를 욕보이며 우울한 표정을 떠올리면, 어린 제이콥이 그렇게 우울한 모습을 보면, 저는 군대에 당장 들어가서 제일 먼저 날아오는 포탄으로 곧장 달려들고 싶은 마음만 드니까요."

"아, 키트, 그렇게 말하지 말렴."

"그렇게 말해야 하겠어요, 어머니. 제가 비참하고 불행한 느낌에 시달리지 않길 바라신다면 보닛 모자에 나비 장식을 계속하세요, 지난주처

---

19) Bethel은 창세기에 나오는 성스러운 마을로 예루살렘 근처에 있다. 여기에 나오는 '조그만 베델'은 영국에 있는 비국교도 교파를 말한다.

럼 떼어내려고 마음먹지 말고요. 우리처럼 가난한 사람도 즐겁게 살면서 상냥한 표정을 떠올릴 수 있잖아요. 제가 길을 걸을 때 우울한 표정으로 훌쩍이면서 조그맣게 속삭이면, 다른 사람 눈치나 보면서 살금살금 걸으면, 불쾌한 인물처럼 보이면 좋겠어요? 그보다는 정반대 모습이 훨씬 보기 좋지 않겠어요? 제가 웃는 소리를 들어보세요! 하하하! 이게 두 발로 걷는 것처럼 자연스럽고 건강에도 좋지 않나요? 하하하! 이게 양이 음매 하고 돼지가 꿀꿀대고 말이 히힝 하고 새가 노래하는 것처럼 자연스럽지 않나요? 하하하! 그렇지 않나요, 어머니?"

키트가 웃는 소리에는 전염성이 있어서 조금 전까지 우울하던 어머니는 처음엔 미소를 살짝 머금다 결국엔 웃음보를 터트리고, 키트는 그게 훨씬 자연스럽다면서 더 커다랗게 웃었다. 그래서 두 사람이 시끄럽게 웃어대자 갓난아기도 깨어나 뭔가 즐거운 일이 있다는 걸 깨닫고 어머니가 품에 안자마자 발을 버둥대며 정신없이 웃어댔다. 그 모습이 너무 좋아, 키트는 아기를 가리키고 몸을 마구 흔들어대며 배꼽이 빠지도록 웃다가 기진맥진했다. 이렇게 웃다 진정하길 두세 차례 되풀이하다, 눈물을 닦고 식사 기도를 한 다음, 보잘것없는 저녁이나마 맛있게 먹었다.

다음 날 새벽, 키트는 젊은이가 편안한 집을 뒤로하고 먼 길을 떠날 때 흔히 그러는 이상으로 뽀뽀하고 껴안고 눈물을 흘린 다음, 집을 떠나 핀칠리로 걸었다. 차림새가 자랑스러웠다. '조그만 베델' 신자라면 영원히 파문당할 정도였다.

행여나 궁금한 독자가 있을 수 있으니 짤막하게 설명하는 게 좋을 것 같은데, 키트는 하인 복장은 아니지만 희끗희끗한 외투랑 노란 조끼에 바지는 진회색을 입고 새로 산 장화는 반짝거리고 새로 산 모자는 주름 하나 없이 빳빳해서 손으로 치면 드럼 같은 소리가 났다. 그런데도 사람들이 별다른 관심을 안 보이는 걸 키트는 이상하게 여기다가 너무 이른 새벽이라 사람들 감각이 무딘 탓이라고 생각하면서 핀칠리로 열심히 걸었다.

자신이 예전에 그런 것처럼 챙이 하나도 없는 모자를 쓴 아이를 보고 하나밖에 없는 동전을 꺼내서 건네준 것 말고 키트는 도중에 별다른 일 없이 짐마차 마부네 집을 찾아가서 상자가 무사히 있는 걸 보고 위대한 인간 본성을 찬양했다. 그리곤 착하디착한 마부 부인에게 노신사 가족이 사는 방향을 물은 다음, 상자를 어깨로 들쳐메고 그쪽으로 곧장 걸었다.

노부부가 사는 집은 아담하고 산뜻한 주택으로, 지붕을 밀짚으로 엮어서 양쪽 옆으로 비스듬히 내리다 끝을 뾰족하게 세우고, 유리창 일부는 수첩만 한 색유리로 아름답게 장식했다. 건물 한쪽에 조그만 마구간이 있는데 당나귀가 살기에 적당하고, 그 너머에 조그만 방이 있는데 키트가 살기에 적당했다. 유리창마다 하얀 커튼이 펄럭이고 황금으로 만든 것처럼 멋있는 새장에선 새들이 노래했다. 진입로 양쪽으로 식물을 기다랗게 심어서 현관 주변으로 모여들고, 정원은 온갖 꽃이 화려하게 피어서 달콤한 향기를 사방에 흩뿌리며 매력적인 자태를 뽐냈다. 집 안팎 모든 걸 완벽할 정도로 깔끔하게 정돈한 것 같았다. 정원에는 잡초 하나 안 보이며, 정원용 도구와 바구니와 장갑 한 켤레를 한쪽에 정갈하게 놓은 걸 보면 노신사가 조금 전까지 정원에서 일한 것 같았다.

키트는 주변을 둘러보다 감탄하고 또다시 둘러보는 식으로 여러 차례 살피다 마침내 마음을 다지고 머리를 돌려서 초인종을 울렸다. 그러고 나서도 주변을 한참 둘러보다 초인종을 다시 누르고, 그래도 대답이 없어, 두세 차례 더 누른 다음에 자신이 가져온 상자에 앉아서 기다렸다.

초인종을 다시 수없이 눌러도 대답은 여전히 없었다. 그래서 상자에 다시 앉아, 동화에서 어린애들이 낯선 집에 처음 찾아갈 때 흔히 그러듯, 거인들이 사는 성과 거인 머리칼로 말뚝에 묶은 공주들과 성문 뒤에서 날아오는 용 같은 걸 떠올리는데, 현관문이 가만히 열리더니 예의 바르고 예쁘게 생긴 하녀가 나와서 수줍고 소박하게 말했다.

"키트 선생인가 보군요."

키트는 상자에서 일어나며 그렇다 하고, 어린 하녀는 다시 말했다.

"초인종을 많이 눌렀을 것 같네요. 하지만 우리가 들을 순 없었답니다. 당나귀를 잡느라 정신이 없어서."

키트는 무슨 말인지 궁금하지만 그 자리에서 물어볼 순 없어 상자를 어깨에 다시 들쳐메고 하녀를 따라 거실로 들어서니, 뒷문 너머로 노신사가 당나귀를 끌고 정원으로 의기양양하게 가는 모습이 보였다. 나중에 알았지만, 고집 센 당나귀가 뒤쪽 조그만 방목장에서 온 가족을 쫓아오도록 하면서 1시간 45분이나 도망 다닌 다음이었다.

노신사는 키트를 다정하게 맞이하고 노부인 역시 그러는데, 신발 바닥이 깨끗할 때까지 장화를 매트에 문지르는 걸 보고서 좋은 아이라는 사실을 새삼 확인했다. 그래서 거실로 데려가 앞으로 입을 옷을 점검하게 하고, 키트가 여러 차례 살펴서 자신에게 잘 어울린다는 걸 확인하고 크게 만족하니, 마구간으로 데려가서 당나귀에게 드물 정도로 따듯한 환영을 받게 하고, 다음에는 키트가 앞에서 쳐다본 방으로 데려가는데, 실내가 깨끗하고 아늑했다. 그런 다음에는 정원으로 데려가, 여기에서 일하는 법을 많이 가르쳐주겠다고, 열심히 일하면 정말 즐겁고 재밌을 거라고 말했다. 키트는 노신사가 친절하게 설명할 때마다 고마운 마음을 드러내며 새로 산 모자가 닳을 만큼 챙에 손을 대서 인사했다. 노신사가 약속하고 충고하는 식으로 할 말을 다 하고 키트 역시 고맙게 받아들이는 식으로 할 말을 다 하고 노부인에게 넘어가자, 노부인은 어린 하녀를 불러서 (이름이 '바버라'라 하는데) 오랫동안 걷느라 힘들 테니까 키트를 주방으로 데려가서 먹고 마실 걸 주라고 지시했다.

그래서 계단을 내려가니 끝에서 주방이 나오는데, 깨끗하게 반짝반짝 닦고 꼼꼼하게 정돈한 모습이 바버라를 보는 것 같으니, 그런 주방은 장난감 가게 진열장에서도 본 적이 없었다. 주방에서 키트는 식탁보처럼 새하얀 식탁에 앉아 차갑게 식힌 고기를 먹고 맥주를 조금 마시는데, 바버라가 계속 살피며 바라보는 바람에 포크와 나이프를 제대로 사용할 수 없었다.

하지만 낯선 바버라 역시 조용히 살아왔을 뿐 놀라울 정도로 대단한 건 없는 듯, 키트만큼이나 할 말이 없고 당혹스럽기만 해서 수줍은 표정으로 얼굴을 새빨갛게 물들였다. 그래서 키트는 가만히 앉아서 시계가 소박하게 째깍대는 소리를 듣다 용기 내서 호기심 어린 시선으로 찬장을 보니, 거기에, 접시와 그릇 사이에 바버라가 쓰는 조그만 바느질 상자가 있는데 뚜껑이 열려서 실뭉치 몇 개와 기도서와 찬송가 책과 성서가 얼핏 보였다. 조그만 거울은 유리창 근처에 걸려서 햇살을 환하게 받고, 보닛 모자는 문 안쪽 못에 걸렸다. 키트는 바버라란 존재를 말없이 알리는 징표를 바라보다 결국엔 바버라 쪽을 자연스레 바라보고, 바버라 역시 징표처럼 가만히 앉은 채 콩깍지를 까서 그릇에 담다, 키트가 소박한 마음으로 그 속눈썹을 바라보며 눈동자는 무슨 색깔일까 궁금해하는 순간, 머리를 살짝 들어서 쳐다보는 당혹스러운 사태가 일어나, 양쪽 모두 상대가 자신을 쳐다본다는 당혹감에 빠져든 채 눈길을 황급히 돌리니, 키트는 접시로 고개를 숙이고 바버라는 콩깍지로 고개를 숙였다.

23장

스위블러는 (퀼프가 데려간 술집 이름으로 딱 어울리는) '황무지'에서 집으로 가느라 이리 비틀 저리 비틀 걷다 갑자기 멈춰서 주변을 둘러보고 갑자기 몇 걸음 달리고 다시 갑자기 멈춰서 머리를 절레절레 흔드는 등, 무어든 생각하지 않고 돌발적으로 움직였다. 그렇게 걷는 모습이 다른 사람 눈에는 술에 취한 거로, 제대로 생각할 수도 없고 제대로 움직일 수도 없는 거로 보이겠지만, 마음속 깊은 곳에서 난쟁이는 미묘하고 중요한 비밀을 털어놓을 인물이 아닌 것 같다는 생각이 조금씩 떠올랐다. 그러다 보니 후회하는 마음조차 몰려들어, 다른 사람 눈에는 술에 완전히 취해서 폭력적으로 변했다고 여길 수밖에 없는 상태로 빠져드니, 스위블러는 갑자기 모자를 땅바닥에 내동댕이치며 슬퍼하다 자신은 불행한 고아라고, 불행한 고아로 살아오지 않았다면 이런 일은 절대로 안 일어났을 거라고 소리치면서 가혹한 운명을 한탄했다.

"나는 어릴 적에 부모님을 잃어서 아무것도 모른 채 세상에 내던져졌어. 그래서 난쟁이가 약점을 건들며 살살 꼬시는 말에 그대로 넘어간 거라고! 아아, 한심한 고아 자식!"

스위블러가 졸린 눈으로 주변을 갑자기 둘러보면서 고래고래 소리쳤다.

"야, 한심한 고아 자식아!"

"그럼 내가 자네 아버지 역할을 하겠네."

바로 옆에서 어떤 사람이 말하는 소리에 스위블러는 균형을 잡으려고 비틀비틀 흔들리면서 주변에 가득한 것처럼 보이는 뿌연 안갯속을 가만히 살피다, 안개 사이로 희미하게 반짝이는 눈동자 두 개를 알아보고, 잠시 뒤에는 그 옆에 달린 코와 입까지 알아보았다. 그래서 얼굴을 살피

GIN
OLD TOM

고 다리가 있음 직한 곳으로 시선을 내리깔다 얼굴이 몸뚱이에 달라붙었다는 사실을 깨닫고, 좀 더 자세히 살핀 결과 퀼프라는 인간이라고, 조금 전까지 어울리던 인간이라고 확신했다. 하지만 2~3km 앞에서 헤어졌다는 생각도 막연하게 떠올랐다.

"당신은 고아를 속였소, 선생."

스위블러가 엄숙하게 선언하자, 퀼프가 대답했다.

"내가! 나는 자네한테 아버지 같은 사람이라고."

"아버지 같은 사람이라, 선생! 나는 아무렇지 않으니, 선생, 그냥 내버려 두길 바라오…… 지금 당장, 선생."

"재밌는 친구로군!"

퀼프가 말하자, 스위블러는 가로등에 등을 기댄 채 손을 흔들며 소리쳤다.

"가라고, 선생. 가라고, 사기꾼, 가라고, 선생, 언젠가 즐거운 꿈에서 깨어나면 고아가 겪는 슬픔을 알 테니. 그만 가주시겠소, 선생?"

이렇게 말해도 난쟁이가 못 들은 척하자 스위블러는 한번 혼쭐낼 생각으로 다가갔다. 하지만 가까이 다가가기도 전에 목적을 잊어버렸는지 아니면 마음을 바꿨는지 그 손을 붙잡고는 생긴 건 다르지만 앞으로 모든 점에서 형제처럼 지내자고 소리치며 영원한 우정을 맹세했다. 그러다 비밀을 다시 털어놓고 와클스 양 문제까지 애처롭게 덧붙이더니, 행여나 자기 말이 이치에 안 맞는 부분이 있다면 그건 새빨간 포도주나 발효주 때문이 아니라 사랑하는 마음이 그만큼 강하기 때문이라고 설명했다. 그리곤 퀼프와 팔짱을 끼고 다정하게 걸었다.

"나는 예리한 사람이야, 흰족제비처럼 예리하고 족제비처럼 교활한. 프레드를 나한테 데려와. 안타깝게도 나를 살짝 못 믿는 것 같으니 (도무지 이유를 모르겠어, 나는 나쁜 사람이 아니거든) 친구라는 걸 확실히 알려주고. 내가 두 사람을 부자로 만들어 줄 테니…… 나중에."

두 사람이 헤어질 때 퀼프가 말하자, 스위블러가 대답했다.

"바로 그게 문제에요. 나중이란 말은 아주 머나먼 미래 같거든."

그러자 퀼프가 스위블러 팔을 누르며 말했다.

"그래서 실제보다 조그맣게 보이는 거야. 손에 들어올 때까지 두 사람 모두 재산이 얼마나 되는지 모를 정도로."

"정말 그럴까요?"

"당연하지. 나는 확실한 것만 말해. 프레드를 데려와. 내가 자네랑 프레드 친구라 말하고…… 내가 친구를 못할 것도 없지 않아?"

"당신이 친구를 못할 이유야 당연히 없겠지요, 친구가 되려는 이유야 엄청나게 많을 수 있겠지만…… 당신이 나랑 친구가 되려는 게 이상할 건 전혀 없겠지요, 당신이 수호천사라면. 하지만 수호천사가 아니라는 건 당신이 잘 알아요."

"내가 수호천사가 아니라고?"

"악마 쪽에 가깝겠지요, 선생. 당신처럼 생긴 사람은 안 그럴 수 없으니까. 행여나 당신이 천사라면, 선생, 나쁜 천사 쪽이고요."

스위블러가 자기 가슴을 쿵쿵 치며 덧붙였다.

"내가 분명히 말하지만, 수호천사는 당신과 정반대로 생겼다고요, 선생."

퀼프는 솔직하게 말하는 친구를 반감과 교활함이 뒤섞인 표정으로 바라보곤 그 손을 비틀면서 당신은 독특하다고, 크게 존경한다고 선언했다. 그런 다음에 헤어지자, 스위블러는 집까지 어렵게 가서 깊은 잠에 빠져들고, 퀼프는 파악한 정보를 곰곰이 따져보다 나중에 본때를 보여주고 마음껏 즐길 걸 생각하며 기분을 달랬다.

다음 날 아침, 스위블러는 악명 높은 스키댐 향 때문에 지근지근 쑤시는 머리로 금방 무너질 것 같은 프레드 하숙집을 (유령이 나올 것 같은 여인숙 건물 꼭대기 층을) 찾아가서 어제 퀼프랑 만난 일을 천천히 설명하는데, 마음이 안 내키고 조마조마한 것까지 달랠 순 없으니, 친구로선 멍청하게 굴었다고 툭하면 나무라는 것도, 퀼프가 왜 그랬을까 곰곰이 따져보는 것도 지극히 당연했다.

"굳이 변명하진 않겠지만, 프레드, 그놈은 독특하면서도 교활한 개자식이야. 처음에는 내가 말한다 해서 문제 될 건 없다고 생각하게 하더니, 내가 곰곰이 생각하는 사이에 정보를 술술 빼내더라고. 그놈이 술 마시고 담배 태우는 모습을 본다면 자네도 결국엔 탈탈 털릴 수밖에 없어. 그놈은 불도마뱀[20]이거든, 정말로."

스위블러가 잔뜩 후회하며 말하자, 프레드는 불도마뱀이라 해서 모든 비밀을 털어놓아야 하느냐고, 불같이 뜨거운 걸 견디는 사람이라 해서 당연히 믿어야 하느냐고 따지는 대신, 의자에 철퍼덕 주저앉아 두 손으로 머리를 감싼 채 퀼프가 스위블러를 꼬셔서 비밀을 살금살금 캐낸 이유를 파악하려 애썼다. 술집까지 데려가서 살살 부추기며 정보를 빼낸 걸 보면 스위블러가 자발적으로 털어놓은 게 아니라 퀼프가 유도한 게 분명하기 때문이다.

프레드는 두 사람이 도망친 곳을 알아볼 의도로 난쟁이랑 마주친 게 두 번이었다. 난쟁이가 속마음을 드러내진 않았지만, 질투심과 의심이 많은 사람이라는 건 충분히 느낄 수 있었다. 그런 자가 경솔한 스위블러를 만나니, 호기심이 치솟는 건 너무나 당연했다. 그런데 두 사람이 세운 계획을 다 들은 다음에 자신도 거들겠다고 제안한 이유는 무얼까? 쉽게 풀릴 문제는 아니지만, 악당은 다른 사람을 속이려다 그 꾀에 자신이 넘어갈 때가 많으니, 노인이 퀼프와 은밀하게 거래하다 어떤 문제가

20) Salamander; 불 속에서 산다는 전설적인 괴물.

생겨서 불화를 빚는 바람에 갑자기 사라진 걸 수 있다는, 그래서 퀼프는 노인이 유일하게 사랑하는 손녀딸을 노인이 가장 싫어할 게 뻔한 사내랑 결혼시키는 방식으로 복수하려는 마음이 생겨날 수 있다는 생각이 갑자기 떠올랐다. 프레드 자신은 유산을 상속받는 게 목적일 뿐 여동생에겐 별다른 관심이 없지만 퀼프는 후자가 제일 커다란 목적일 수 있었다. 난쟁이 목적이 노인을 괴롭히는 거라면 자신들 목적에 바람직하겠다는 판단이 서니, 난쟁이를 명분이 또렷하고 진실한 사람으로 여기는 건 물론, 강력하고 유익한 지원군으로 여기는 것도 어렵지 않아, 프레드는 초대를 받아들여서 그날 밤에 찾아가, 말과 행동 역시 자신이 판단한 것과 똑같다는 걸 확인하면 계획은 공유하고 이익은 독차지하자고 마음먹었다.

프레드는 곰곰이 생각하다 마침내 결론을 내리자, 자신이 생각한 내용을 (조금만 알려줘도 완벽하게 만족할) 스위블러에게 적당히 알리고, 불도마뱀에게 당한 걸 복수하자며 초저녁에 퀼프네 집으로 찾아갔다.

퀼프는 두 사람을 보고서 엄청 기쁘거나 기쁜 척한 다음에 부인과 장모에게 무서울 정도로 정중하게 행동하더니, 부인이 젊은 프레드를 알아보고 어떤 표정을 떠올리는지 날카롭게 살폈다. 부인은 프레드를 보고도 친정엄마와 마찬가지로 고통이나 기쁨 등 아무런 감정도 안 생기나, 남편이 바라보는 눈길에 마음이 어지럽고 무서워서 도대체 어떻게 해야 좋을지 모르니, 퀼프는 부인이 당황하는 이유는 자신이 짐작한 것 때문이라 단정하고 자신의 놀라운 통찰력에 만족하며 킥킥 웃지만, 속에서는 질투심이 활활 타올랐다. 하지만 속마음은 조금도 안 드러낸 채 사각형 나무틀에 든 술병을 들고 지극히 다정하면서도 온화하게 따라주고 모임을 유쾌하게 이끌며 말했다.

"가만있자. 우리가 처음 만난 게 벌써 2년이 다 돼가는 것 같군."
"3년에 가깝겠지요."
프레드가 말하자, 퀼프가 깜짝 놀라며 소리쳤다.
"3년! 세월이 참 빠르군. 당신이 보기에도 그렇게 오래된 것 같소, 부인?"
"네, 3년은 족히 된 것 같아요, 여보."
부인이 어렵게 대답하자, 퀼프는 '아, 그렇군, 부인. 그동안 정말 힘들었겠어, 그치? 이제 마음이 놓이겠어, 부인' 하고 속으로 빈정대다 말했다.
"자네가 '메리 앤'을 타고 '데메라라'로 간 게 바로 어제 같군, 바로 어제 같아. 아아, 나도 거친 걸 조금은 좋아한다네. 예전엔 정말 거칠게 살았거든."
그러면서 퀼프가 예전에 방랑하며 타락한 생활을 암시하려고 끔찍하게 윙크하자, 장모는 자신이 있는 자리에서 그런 식으로 말하는 건 도저히 못 참겠다며, 최소한 부인이라도 없는 자리에서 그러라며 벌컥 화냈다. 퀼프는 대담무쌍하게 나온 장모를 가만히 노려보다 건강하길 바란다며 술을 쭉 들이켜더니 술잔을 내려놓으며 말했다.
"나는 자네가 곧장 돌아올 줄 알았다네, 프레드. 늘 그럴 줄 알았어. 그래서 메리 앤이 돌아올 때 그동안 많이 반성했다는, 그곳 생활에 극히 만족한다는 편지 대신 자네가 직접 올라탄 걸 보고서 참으로 즐거웠다네…… 엄청나게 즐거웠어. 하하하!"
프레드도 함께 웃었다. 하지만 주제가 마음에 들어서 그런 건 아니고, 퀼프는 바로 그것 때문에 계속 말했다.
"돈 많은 노인이 손주가 - 손녀든 손자든, 혹은 손자와 손녀든 - 두 명인데 한 명한테만 애정을 쏟고 다른 한 명은 나 몰라라 하는 건 잘못이라고 나는 쭉 주장하겠어."

프레드가 짜증을 내는데도 퀼프는 추상적인 문제라서 이해 당사자가 아무도 없다는 듯 차분하게 이어나갔다.

"자네 할아버지가 용서라거나 배은망덕하다거나 방탕하다거나 사치스럽다는 표현을 되풀이해서 강조하는 건 사실이야. 그때마다 나는 '그런 잘못은 누구나 한다'고 말하지. 그러면 '그놈은 깡패'라는 대답이 돌아오고, 나는 당연히 반박하면서 '그렇다면 귀족과 신사 집안 젊은이는 누구나 깡패!'라고 주장해. 하지만 자네 할아버지는 들으려 하질 않지."

"나도 그게 이상하답니다, 퀼프 선생님."

프레드가 빈정대자, 퀼프가 대답했다.

"으음, 나도 당시엔 그랬지만 영감은 고집불통이야. 가까운 사이라고 말할 수 있지만 고집불통에다 비뚤어진 성격은 나도 어쩔 수 없다네. 어린 넬리가 착하고 매력적이긴 하지만, 자네는 오빠야, 프레드. 자네는 넬리 오빠라고. 자네가 지난번에 말한 것처럼 이제 영감도 그걸 받아들여야 해."

그러자 프레드가 짜증을 내면서 말했다.

"그래도 바꿀 수 있으면 바꿨을 거예요, 다정한 행위라 착각하고. 어쨌든 인제 와서 얘기한다 해서 좋을 건 없으니 그만합시다."

"그래, 나도 그렇게 생각했어. 그런데도 내가 무엇 때문에 이렇게 말할까? 나는 언제나 자네 편이었다는 사실을 보여주려는 거야, 프레드. 자네는 누가 자네 편이고 적인지 몰라. 그렇지 않나? 자네는 내가 적이라 생각하고, 그래서 우리 사이에 냉기가 흘렀어. 하지만 그건 자네만 그랬던 거야. 자네 혼자만 그랬던 거라고. 자, 다시 악수하세나, 프레드."

퀼프가 머리는 어깨 사이로 푹 가라앉고 얼굴엔 끔찍한 미소를 머금은 채 벌떡 일어나서 탁자 너머로 짧은 팔을 내밀었다. 프레드가 잠시 망설이다 팔을 뻗어서 손을 맞잡자, 퀼프는 순간적으로 혈액 순환이 막힐 정도로 힘껏 움켜잡곤 다른 손을 입에 댄 채 눈살을 찡그려서 순진무구한 스위블러를 바라보더니, 프레드 손을 놓고 자리에 앉았다.

이 동작을 프레드는 안 놓쳤다. 스위블러는 프레드가 필요한 만큼 쓰고 버릴 대상이라는 걸, 마음속으로 떠올린 계획 역시 적당한 선에서 알려주는 관계라는 걸 완벽하게 파악하고 그런 관계에 기꺼이 동참하겠다는 표시가 분명했다. 파렴치하긴 해도 정말 놀라운 능력이 아닐 수 없었다. 이렇게 탁월한 능력은 물론 상황을 순식간에 파악하는 직관력에 놀라니, 프레드는 못생긴 난쟁이를 높이 평가하고 도움을 받아야겠다는 쪽으로 마음을 굳혔다.

퀼프는 화제를 바꿀 때가 되었다 느끼고, 두 여자가 모르는 게 좋은 이야길 스위블러가 엉뚱하게 꺼내는 실수를 안 저지르도록 4명이 하는 카드놀이를 제안해서 부인은 프레드와 자신은 스위블러와 짝을 먹었다. 카드놀이를 무척 좋아하는 장모는 교묘하게 빼서, 사각형 나무틀에 든 술병을 들고 필요할 때마다 술잔에 따르는 임무를 맡겼다. 그러고 나서는 장모가 술을 못 마시도록 꾸준히 감시하는 식으로 술을 카드놀이만큼이나 좋아하는 장모를 이중으로 교묘하게 괴롭혔다.

하지만 감시할 대상은 장모 한 명이 아니었다. 퀼프에겐 감시 대상도 많고 괴팍한 습관도 많으니, 카드를 툭하면 속이는 장난이 심해, 필요하다면 자세히 살피다 능숙한 손놀림으로 속여서 숫자를 세고 점수를 매기는 건 기본이고 이런저런 표정과 찡그린 눈살과 탁자 밑으로 톡톡 차는 식으로 지시하니, 스위블러는 퀼프가 모든 카드를 순식간에 파악하는 실력과 카드를 탁자 밑으로 건네는 놀라운 속도에 당황해서 깜짝 놀라도저히 못 믿겠다는 표정을 드러내기 일쑤였다. 퀼프 부인은 프레드와 한 편을 먹은 터라, 당연히 주고받는 시선과 대화 내용은 물론, 내놓는 카드 한 장까지도 난쟁이 눈빛과 귀를 피할 수 없으니, 퀼프는 탁자 위로 오가는 것에다 그 밑으로 주고받을지 모르는 신호까지 파악하려고 온갖 함정을 깔았다. 부인 발을 툭하면 밟아서 아파하는지 가만히 있는지 살피는 식인데, 후자라면 프레드가 앞서서 부인 발을 건드렸다는 증거가 될 터였다. 이렇게 모든 상황을 살피면서도 한쪽 눈은 장모를 감시하다 장모가 (툭하면 그런 것처럼) 달콤한 술을 한 모금이라도 마실 목적으로 행여나 찻숟갈을 술잔 옆으로 살금살금 옮긴다면, 성공하기 직전에 손으로 찻숟갈을 뒤집고선 소중한 건강을 생각하라고 타이르며 조롱했다. 신경 쓸 대상이 이렇게 많은데도 퀼프는 처음부터 끝까지 한 번도 소홀하거나 흔들리지 않았다.

그래서 카드놀이를 충분히 하고 사각형 나무틀에 든 술병에서 술을 충분히 따라 마시다, 마침내 퀼프는 부인에게 그만 들어가서 쉬라고 지시하니, 순종적인 부인은 잔뜩 화난 친정엄마를 데리고 순순히 물러나고, 스위블러는 깊이 잠들었다. 난쟁이는 프레드에게 손짓하고 거실 반대편 끝으로 가더니, 잠자는 스위블러 쪽으로 얼굴을 찌푸리며 속삭였다.

"우리 소중한 친구 앞에서는 필요한 이상 말하지 않는 게 좋아. 약속할 수 있겠나, 프레드? 그런데 저 친구가 귀엽고 어여쁜 넬리랑 나중에 결혼하는 건가?"

"선생 역시 목적이 있을 텐데요?"

프레드가 반문하자, 퀼프는 상대가 진짜 목적을 조금도 의심하지 않는다는 걸 깨닫고 빙그레 웃으며 대답했다.

"당연하지, 프레드. 복수하고픈 마음일 수도 있고 변덕을 부리는 걸 수도 있으니. 나는 도울 힘도 있고 방해할 힘도 있거든. 내가 어느 쪽으로 기울까? 저울은 한쪽으로 기울 수밖에 없잖아."

"그렇다면 나한테 기우세요."

프레드 말에, 퀼프는 꼭 움켜쥔 손을 내밀고 손을 펼쳐서 한쪽으로 기울이며 대답했다.

"알겠네, 프레드. 지금부터 자네 쪽으로 기울겠네, 프레드. 명심하게."

"두 사람은 어디로 간 겁니까?"

프레드가 묻는 말에 퀼프는 고개를 젓더니, 당장은 모르지만 금방 찾아낼 거라고 대답했다. 그래서 준비 작업에 들어갈 거라고, 프레드든 스위블러든 노인을 찾으면 깊은 관심을 보이면서 좋은 집에 정착하도록 간청하는 식으로 여자애에게 고마운 마음을 품게 하라고, 일단 그만큼 성공하면 1~2년 안에 여자애 마음을 사로잡는 건 어렵지 않다고, 여자애는 노인이 가난한 줄 알기 때문이라고, 구두쇠는 누구나 그런 것처럼 노인 역시 주변 사람을 애태울 생각으로 돈이 없는 척해서 그럴 수밖에 없다고 덧붙이자, 프레드가 말했다.

"나한테도 끝까지 돈이 없는 척했지요."

"그래! 나한테도 마찬가지였네! 정말 놀라운 건, 영감한테 돈이 많다는 사실을 나는 꿰뚫어 보았다는 거야."

"그런 것 같았어요."

"당연히 그럴 수밖에."

난쟁이가 대답하는데, 최소한 이 말은 진심이었다.

두 사람은 이런 식으로 몇 마디 더 속삭인 다음에 탁자로 돌아오고 프레드는 스위블러를 깨워서 돌아가자고 말했다. 너무나 반가운 말에 당장 일어나니, 두 사람은 은밀한 말을 몇 마디 주고받고는 빙그레 웃는 퀼프에게 잘 자라 인사하고 밖으로 나왔다.

두 사람이 건물 바로 밑을 지날 때 퀼트는 창가로 재빨리 다가가서 엿들었다. 프레드는 부인이 정말 예쁘다 말하고, 두 사람은 그런 미인이 도대체 무슨 마법에 걸렸기에 그렇게 못생긴 괴물과 결혼했는지 궁금해했다. 그러면서 어둠 속으로 사라지는 모습을 난쟁이는 가만히 바라보며 처음으로 환한 미소를 머금다 어둠에 잠긴 침실로 살금살금 다가갔다.

이렇게 음모를 꾸미는 동안 프레드도 퀼프도 순진무구하고 가련한 넬리가 행복할지 불행할지는 조금도 생각하지 않았다. 나쁜 생각만 가득한 사람이 그런 걸 생각하며 괴로워한다면 그게 더 이상할 터였다. 이번 일로 상당한 소득이 생길 거로 여기는 퀼프는 특히 그랬다. 행여나 그런 독특한 생각이 떠오르기라도 한다면 그래도 자신은 – 잔인한 행동은 욕구를 충족하려는 목적일 뿐 – 부인을 때리거나 죽일 의도는 없다는 식으로, 이러니저러니 해도 다른 남편보다 좋은 축에 속한다는 식으로 자위하며 양심을 달랠 터였다.

24장

노인과 여자애는 완전히 지친 나머지 경마장에서 도망치던 속도로 더는 달릴 수 없을 때 비로소 걸음을 멈추고 조그만 숲 경계선에 앉아서 숨을 달랬다. 경마장은 가려서 안 보이지만, 멀리서 외치는 소리는 물론 웅성대는 소리와 북을 때리는 소리는 희미하나마 여전히 또렷하게 들렸다. 조그만 언덕에 오르니 하얀 매대 꼭대기와 펄럭이는 깃발까지 보였다. 하지만 다가오는 사람은 아무도 없어, 주변은 쓸쓸하고 조용하기만 했다.

여자애가 덜덜 떠는 노인을 달래서 평온한 마음을 되찾게 한 건 상당한 시간이 지난 다음이었다. 노인은 엉뚱한 상상력을 발휘해 사람들이 덤불 밑에 숨어서 살금살금 다가오고, 도랑마다 사람이 숨고, 나무가 부스럭거릴 때마다 누군가 나뭇가지 사이로 몰래 살핀다고 주장했다. 사람들이 자신을 잡아서 어두운 지하감옥에 가두어 쇠사슬에 묶고 채찍으로 때릴 거라며, 벽에 난 쇠창살이 아니면 넬리를 두 번 다시 못 볼 거라며 벌벌 떨었다. 그래서 여자애까지 벌벌 떨게 만들었다. 할아버지와 떨어지는 건 여자애에게 무엇보다 끔찍한 사태였다. 어디를 가든 사람들이 쫓아와서 안전하게 숨을 수 없다는 느낌이 밀려들어 마음이 꺾이고 용기가 흔들렸다.

어린 나이에 낯선 곳을 돌아다니니, 마음이 꺾이는 건 놀랄 일이 아니었다. 하지만 조물주는 가녀린 가슴에 - 특히 여성 가슴에 - 씩씩하고 고상한 마음을 심어줄 때가 많으니, 여자애는 눈물이 가득한 눈으로 바라보다 노인이 정말 연약하다는 사실을, 자신이 실패하면 노인은 비참하고 무기력할 수밖에 없다는 사실을 떠올리곤, 숨을 잔뜩 들이마셔서 힘과 용기를 새롭게 끌어올리며 말했다.

"이제 안전하니까 걱정할 필욘 조금도 없어요, 사랑하는 할아버지."

"걱정할 게 없다니! 너한테서 나를 뺏어갈 텐데 걱정할 게 없다니! 우리를 갈라놓을 텐데 걱정할 게 없다니! 나한테 사실을 말하는 사람은 한 명도 없어. 단 한 명도. 심지어 넬리, 너조차!"

"아, 그렇게 말씀하시지 마세요. 마음이 진실하고 솔직한 사람이 있다면 바로 저니까요. 할아버지도 잘 아시잖아요."

여자애가 말하자, 노인이 겁에 질린 눈으로 주변을 둘러보며 말했다.

"그런데 어떻게 우리가 안전하다고 말할 수 있니, 사방에서 우리를 찾으러 다니다 여기까지 와서, 이렇게 말하는 사이에도 살금살금 다가올 수 있는데?"

"쫓아오는 사람이 하나도 없는 게 분명하기 때문이에요. 잘 생각해 보세요, 사랑하는 할아버지. 주변에 고개를 돌려서 얼마나 고요하고 조용한지 살펴보세요. 우리 둘밖에 없으니, 이제 어디든 갈 수 있어요. 안전하지 않다니요! 할아버지가 위험하면 제 마음이 어떻게 편안하겠어요?"

"그렇구나."

노인이 대답하며 여자애 손을 꼭 잡으면서도 여전히 불안한 눈으로 주변을 둘러보다 물었다.

"저게 무슨 소리냐?"

"새 소리예요. 새가 숲으로 날아가며 우리 길을 알려주네요. 숲과 들판과 강변을 따라 걸으면 좋겠다고 하던 말을 기억하세요? 그 말을 기억하세요? 그런데 지금 우리는, 햇살이 환하게 빛나고 주변은 상쾌하고 아름다운 지금, 가만히 앉아서 걱정이나 하며 시간을 보내네요. 저 길이 얼마나 멋있는지 보세요. 새가, 똑같은 새가 다른 나무로 날아가서 노래하네요. 이제 가요!"

두 사람은 땅바닥에서 일어나 그늘이 짙게 깔린 숲길로 들어서, 여자애는 이끼에 조그만 발자국을 찍으며 앞에서 걷는데, 거울에 맺힌 김이 순식간에 사라지듯 이끼 역시 가벼운 압박을 이겨내며 곧바로 일어섰다. 그래서 여자애는 툭하면 뒤를 돌아보며 노인에게 어서 오라고 흥겹게 손짓하다, 나뭇가지에 앉아서 지저귀는 새를 살그머니 가리키기도 하고, 행복한 침묵을 노랫소리가 깨뜨릴 때는 가만히 서서 귀를 기울이기도 하고, 나뭇잎 사이로 흔들리는 햇살을 바라보기도 하고, 덩굴이 에워싼 나뭇등걸 사이로 살짝 들어서서 햇살이 환한 길을 열기도 했다. 앞을 가로막는 나뭇가지를 옆으로 밀면서 꾸준히 나아가다 보니, 여자애는 생전 처음으로 평온한 마음이 가슴에 가득 들어차고, 노인 역시 평온하고 상쾌한 느낌이 가득 들어찼다. 두려운 눈으로 뒤를 두 번 다시 안 돌아볼 정도였다. 초록 그늘이 가득한 숲으로 깊이 들어갈수록 창조주가 흩뿌린 평화와 평온한 마음이 두 사람을 강하게 자극한 것이다.

숲길은 점차 넓어지다 마침내 끝나고 좋은 길이 나타났다. 그 길을 따라 조금 걸으니 시골길이 나오는데, 높다란 나무가 머리 위로 가지를 뻗다 만나며 아치를 만들어 그늘을 진하게 드리웠다. 부서진 손가락 말뚝 표지판은 5km를 더 가면 마을이 나온다 알려주고 두 사람은 그쪽으로 힘차게 걸었다.

5km가 너무 길게 느껴진 나머지 행여나 길을 잃은 건 아닌가 걱정했으나, 마침내, 다행히도, 가파른 내리막이 나오면서 작은 길 너머로 강둑이 보이고 나무가 울창한 공터 밑으로 옹기종기 모인 마을 주택이 보였다.

조그만 마을이었다. 사내들은 잔디밭에서 크리켓을 하고 마을 사람들은 열심히 구경하는 동안에 두 사람은 변변찮은 숙소나마 구하려고 이리저리 돌아다녔다. 주택 앞 조그만 정원에 노인이 있어서 조심스럽게 다가갔다. 하얀 판자에 '학교'라고 까맣게 적어서 유리창 위에 걸어놓은 걸 보면 노인은 교장이 분명했다. 창백한 얼굴이 단순해 보이고 의복은 초라한 모습으로 현관 앞 조그만 입구에서 꽃밭과 벌통 사이에 앉아 파이프 담배를 태웠다.

"애야, 가서 물어보렴."

노인이 속삭이자, 여자애는 걱정스러운 어투로 대답했다.

"그럼 방해가 될 거예요. 저분은 우리를 못 본 것 같아요. 가만히 기다리면 저분이 이쪽을 쳐다볼 거예요."

그래서 가만히 기다리는데, 교장은 눈길 한번 안 주고 조그만 입구에 앉아서 깊은 생각에 잠길 뿐이었다. 얼굴이 다정해 보였다. 까만 양복이 낡아서 얼굴이 유난히 야위고 창백해 보였다. 교장도 주택도 유난히 외로워 보이는데, 마을 사람 모두 잔디 경기장에서 즐겁게 지내는데 혼자 동떨어져서 그런 것 같기도 했다.

두 사람은 정말 피곤한 나머지 아무리 교장 선생이라도 그냥 다가가서 말하고 싶으나, 걱정이 가득한 것 같기도 하고 너무 힘들어하는 것 같기도 한 표정을 보니, 여자애는 차마 그럴 수 없었다. 그래서 약간 떨어진 거리에서 여전히 망설이는 동안, 교장은 깊이 생각하는 표정으로 앉아있다 파이프를 내려놓고 정원을 두세 바퀴 돌다 대문으로 가서 잔디 운동장을 보더니, 한숨을 내쉬며 파이프를 집어 들고 다시 깊이 생각하는 표정으로 앉았다.

아무도 안 나타나고 날은 금방 저물 터라, 교장이 파이프를 다시 잡고 앉을 때 넬리는 마침내 용기를 내서 할아버지 손을 잡고 가까이 다가갔다. 그래서 쪽문 빗장을 올리는 소리에 교장이 기뻐하는 표정으로 다정하게 바라보다 실망하며 고개를 살래살래 저었다.

넬리는 공손하게 인사하고 가난한 여행자라고, 얼마 안 되는 돈이나마 기꺼이 내고 하룻밤 묵을 곳을 찾는다고 말했다. 교장은 진지하게 바라보다 파이프를 내려놓으며 곧바로 일어나고, 여자애는 다시 말했다.

"우리가 묵을 만한 곳을 알려주신다면 정말 고맙겠습니다."

"먼 길을 걸어왔구나."

교장이 묻자, 여자애가 대답했다.

"네, 그렇습니다, 선생님."

SCHOOL

"얘야, 너는 여행자치고 너무 어리구나."

교장이 말하며 여자애 머리에 한 손을 다정하게 올려놓고 노인에게 물었다.

"손녀딸인가요, 친구?"

"네, 선생님. 내가 마음을 달래고 세상을 살아가는 이유지요."

"들어오세요."

교장이 간단하게 초대하더니, 두 사람을 조그만 교실이자 거실이자 주방으로 들인 다음, 내일 아침까지 묵어도 된다고 말했다. 그리곤 두 사람이 고맙다고 제대로 인사도 하기 전에 올이 성긴 하얀색 식탁보를 식탁에 펼치고 나이프와 접시를 놓고선 차갑게 식힌 고기와 빵과 맥주 단지를 가져와서 어서 들라고 권했다.

여자애는 의자에 앉으면서 실내를 둘러보았다. 기다란 의자가 두 개로, 칼로 파거나 긁은 흔적과 잉크 얼룩이 곳곳에 가득했다. 다리가 네 개 달린 조그만 책상은 교장이 앉는 곳이 분명하고, 높은 책장에는 모서리가 닳은 책 서너 권, 옆에는 팽이, 공, 연, 낚싯줄, 공깃돌, 반쯤 먹은 사과 등 개구쟁이들에게 압수한 것 같은 물품이 잡다했다. 한쪽 벽에는 회초리와 줄자가 잔뜩 걸려서 학생들을 겁주고, 옆에는 원뿔 모자[21]가 있는데, 낡은 신문으로 만들어서 통째로 붙인 금박종이가 반짝거렸다. 하지만 좋은 책에서 발췌한 게 확실한 교훈, 간단하게 정리한 덧셈 곱셈 도표 등, 한 사람이 쓴 게 분명한 벽보로 벽마다 장식해, 좋은 학교라는 걸 증명함과 동시에 아이들 가슴에 바람직한 경쟁심을 불러일으키려는 것 같았다.

여자애가 벽보를 살피자, 늙은 교장이 쳐다보며 말했다.

"그래, 글씨가 아름다워."

---

21) dunce's cap; 공부 못하는 학생에게 벌로 씌우는 종이 모자.

"네, 선생님. 선생님이 쓰셨나요?"

여자애가 조심스럽게 묻자, 교장은 더없이 소중한 자랑거리를 자세히 보려고 안경을 꺼내서 걸치며 대답했다.

"나? 나는 저렇게 쓸 수 없어, 요새는. 아니야. 아이가 쓴 거야. 조그만 손으로, 너랑 비슷한 또랜데 정말 똑똑하지."

교장은 이렇게 말하다 벽보 한곳에 잉크 얼룩이 살짝 번진 걸 보고 주머니에서 집이칼을 꺼내며 다가가, 일룩을 조심스레 긁어냈다. 작업을 마친 다음에는 아름다운 명화라도 감상하듯 글씨를 바라보며 뒤로 천천히 물러나, 목소리와 행동 하나하나에 깃든 슬픔이 여자애 가슴에 쓸쓸하게 다가오는데, 그 이유를 알 순 없었다.

"정말 조그만 손이야. 공부든 스포츠든 동무들보다 탁월한 데다, 나를 얼마나 따르던지! 내가 좋아하는 건 당연하지만, 그 애가 나를 좋아하는 건……"

교장이 말을 갑자기 멈추더니, 희미한 듯, 안경을 벗어서 닦았다.

"별다른 문제는 없길 바랍니다, 선생님."

넬리가 걱정스러운 어투로 말하자, 교장이 대답했다.

"그래, 별다른 문제는 없을 거야. 오늘 밤에 잔디 구장에 나오길 바랐어. 실력이 탁월하거든. 내일은 꼭 나오겠지."

"어디가 아픈가요?"

여자애가 물으며 아이 특유의 동정심을 드러냈다.

"심한 건 아니야. 어제는 머리가 오락가락했다는구나, 안타깝게도, 그제도 그렇고. 병에 걸리면 그럴 수 있어. 나쁜 신호는 아니야. 나쁜 신호는 절대 아니야."

여자애는 침묵하고 교장은 현관문으로 가서 잔뜩 기대하는 눈초리로 바깥을 살폈다. 어두운 밤이 모여들 뿐, 사방은 고요했다. 그러자 교장이 돌아오며 말했다.

"다른 사람 팔에 기댈 수 있다면 나를 보러 올 게 분명해. 이맘때면 정원으로 와서 저녁 인사를 했거든. 하지만 지금은 아파서 못 오는 것 같아. 밖으로 나오기엔 너무 늦기도 하고. 날이 눅눅해서 이슬이 내릴 테니까. 오늘 밤엔 안 나오는 게 좋아."

교장은 초에 불을 붙이고는 창문 덧문을 단단히 닫고 현관문도 닫았다. 그런 다음에는 잠시 앉아있더니, 자신이 돌아올 때까지 넬리가 가만히 앉아서 기다리겠다면 얼른 나가서 확인하고 오겠다며 모자를 꺼냈다. 여자애는 순순히 응하고, 교장은 곧바로 나갔다.

할아버지를 잠자리에 들게 하니, 들리는 소리라곤 낡은 시계가 째깍째깍하는 소리와 나무 사이로 불어대는 바람 소리가 전부로, 여자애가 삼십 분 이상 앉아서 정말 낯설고 외롭다는 기분에 빠져들 즈음에 교장이 돌아와서 굴뚝 모서리에 앉고, 오랫동안 침묵했다. 그러다 마침내 여자애를 쳐다보며 잠자리에 들기 전에 아픈 아이가 낫도록 기도하길 바란다고 다정하게 부탁했다. 그리곤 파이프를 들어서 불을 붙이는 것조차 잊은 채 빡빡 빨며 사방에 붙인 벽보를 구슬프게 바라보다 다시 말했다.

"내가 제일 좋아하는 학생이야! 조그만 손으로 저걸 모두 썼는데, 지금은 병에 걸려서 힘이 하나도 없어. 손이 정말, 정말 조그만데!"

25장

넬리는 교회 머슴이 오랫동안 세 들어 살다 최근에 결혼하고 집을

장만해서 나갔다는 초가지붕 아랫방에서 하룻밤을 곤하게 자고 새벽 일찍 일어나서 간밤에 저녁을 먹은 거실로 내려왔다. 교장은 이미 일어나서 밖으로 나간 터라, 여자애는 바삐 움직여서 거실을 깔끔하고 아늑하게 청소하다 마무리할 즈음에 친절한 주인이 돌아왔다.

교장은 여러 차례 고마워하며 평소에는 늙은 아줌마가 거실을 청소했는데 지금은 자신이 말한 학생을 간호하러 갔다고 했다. 여자애가 학생 상태는 어떠냐고, 좋아졌길 바란다고 말하니, 교장은 머리를 구슬프게 저으며 대답했다.

"아니야, 좋아진 게 없어. 더 나빠졌다는 말까지 나와."

"정말 안타깝네요, 선생님."

여자애가 말하자, 불쌍한 교장은 진심 어린 걱정이 고마우면서도 마음은 더 불편한 것 같았다. 사람이 걱정하면 나쁜 일은 커진다고, 실제보다 나쁘게 보인다고 황급히 말하더니, 힘껏 억누른 목소리로 차분하게 "나는 그런 말이 불편해. 아이가 더 나빠질 순 없거든"이라고 말했기 때문이다.

여자애는 아침을 준비해도 되느냐 묻고, 마침 할아버지가 계단을 내려와서 세 사람은 힘을 합쳐 아침을 준비했다. 그래서 요리하는 동안 집주인은 노인에게 너무 지친 것처럼 보인다고 하루 더 쉬는 게 좋겠다며 말했다.

"먼 길을 왔다면, 그래서 시간이 급하지 않다면 하룻밤 더 묵도록 하세요. 그래야 내 마음이 편하겠습니다, 친구."

노인은 제안을 받아들일지 거절할지 몰라서 넬리만 쳐다보고, 교장은 다시 권했다.

"어린 손녀딸이 우리 집에 하루만 더 머물면 기쁘겠습니다. 넬리, 외로운 노인한테 자비를 베풀면서 편히 쉬고 싶다면 그리하렴. 하지만 굳이 길을 나서야 한다면 수업을 시작하기 전에 조금이나마 배웅해서 편히 여행하길 기원하마."

"어떻게 할까, 넬리? 얘야, 어떻게 할지 말하렴."

노인이 주저하며 말했다. 여자애가 권유를 받아들이는 게 좋겠다고 대답하기까진 오랜 설득이 필요하지 않았다. 그리고 여자애는 조그만 주택에 필요한 만큼 열심히 일하는 식으로 친절한 교장 선생께 감사하는 마음을 기쁘게 드러냈다. 그래서 모든 일을 마치자, 바구니에서 뜨개질감을 꺼내 격자창 옆 걸상에 앉았다. 인동덩굴이 부드러운 줄기로 휘감으며 살금살금 들어와서 향긋한 내음을 가득 흩뿌리는 곳이었다. 할아버지는 바깥에서 햇볕을 쬐며 꽃향기를 들이켜다, 여름철 산들바람에 둥둥 떠가는 구름을 느긋하게 바라보았다.

교장은 의자 두 줄을 정갈하게 맞추고 책상 뒤 의자에 앉아서 수업을 준비하고, 여자애는 행여나 방해될까 두려워서 조그만 침실로 물러나겠다 제안했다. 하지만 교장은 그대로 있는 게 좋은 듯 허락하지 않으려 해, 여자애는 남아서 뜨개질에 열중하다 물었다.

"학생이 많은가요, 선생님?"

불쌍한 교장이 머리를 저으며 두 줄을 간신히 채울 정도라고 대답해, 여자애는 벽에 진열한 트로피를 쳐다보며 다시 물었다.

"똑똑한 학생이 또 있나요, 선생님?"

"착하긴 하단다, 얘야, 전부. 하지만 누구도 저러진 못할 것 같아."

교장이 말하는 사이에 조그만 금발 사내아이가 햇볕에 탄 얼굴로 문가에 나타나서 허리를 숙이며 소박하게 인사하더니, 안으로 들어와서 기다란 의자 한곳에 앉았다. 그러더니 책을 펴서 무릎에 정교하게 내려놓고 두 손을 양쪽 주머니에 넣어서 거기에 가득한 공깃돌을 세는데, 얼굴은 책만 바라보느라 흠뻑 빠져들어 열심히 읽는 척하는 놀라운 능력을 유감없이 보여주었다. 곧이어 다른 조그만 금발 사내아이가 쫄래쫄래 들어오고, 다음엔 빨간 머리 사내아이가, 그다음엔 금발 머리 사내아이 두 명이 들어오더니, 황갈색 머리 사내아이가 들어오는 식으로 계속 이어지다, 마침내 긴 의자 두 개에 사내아이 열 명 정도가 앉아서 회색 머리 색깔만 없이 다양하게 어우러졌다. 네 살부터 열네 살까지 있어, 제일 어린애는 의자에 앉으면 발이 바닥에서 한참 떨어지고, 제일 큰 애는 교장보다 머리 절반이 큰데도 순박한 얼굴은 멍청해 보였다.

첫 번째 의자 꼭대기는 우등생이 앉는 자리나 지금은 아파서 비워놓고, 교실에 들어올 때마다 습관적으로 모자를 거는 못이 쭉 늘어섰는데, 제일 앞자리는 텅 빈 상태였다. 신성한 자리도 모자 거는 못도 침범하는 아이는 없으니, 텅 빈 자리와 교장 선생을 번갈아 보면서 손으로 입을 가린 채 옆자리 아이랑 소곤댈 뿐이었다.

수업을 시작하자, 책을 따라 읽으며 암기하는 시간에 서로 속삭이고 장난치면서 책을 천천히 읽는 소리와 잡음이 가득 일고, 교장은 온순하고 소박한 모습 그대로 가만히 앉아서 수업에 집중하려, 그래서 어린 친구를 잊으려 애썼다. 하지만 교실이 소란할수록 열심히 공부하던 학생은 더욱 강하게 떠오르고, 머릿속 생각은 교실 밖으로 달려가는 게 분명했다.

놀기 좋아하는 아이들은 그 사실을 깨닫고 더욱 대담하게 장난쳐도 벌을 안 받으니 그만큼 더 커다랗게 떠들고, 교장 선생이 보는 앞에서 홀짝 따먹기를 하고 사과를 대놓고 먹어도 안 혼나니 복수하자는 건지 장난치자는 건지 서로 마구 꼬집고, 책상다리에 이름을 새겼다. 열등생은 의자 옆에 서서 암기한 내용을 떠올리다 잊어버린 채 천장만 쳐다보다 교장 팔꿈치에 바싹 달라붙어서 책을 대담하게 훔쳐보고, 까불이 한두 명은 책조차 내려놓은 채 (당연히 제일 조그만 아이를) 사팔눈으로 쳐다보며 인상을 찡그리니, 아이들도 그걸 보고서 꺼리는 기색 없이 재밌어했다. 행여나 교장이 우연히 정신을 차리고 자세히 살피는 것 같으면 잡음은 순식간에 가라앉으면서 하나같이 눈길을 피하고 열심히 공부하는 척하지만, 교장이 깊은 생각에 빠져드는 즉시 잡음이 새롭게 일어나서 열 배는 더 시끄러웠다.

아, 아이들은 바깥에 나가서 놀고 싶은 마음이 강한 나머지 열린 문과 창문을 툭하면 내다보는 게, 당장에라도 숲으로 뛰쳐나가 신나게 뛰어놀 생각만 하는 것 같았다. 시원한 냇가는 매혹적이고, 물속에 가지를 드리운 버드나무 아래서 물놀이하는 생각은 끊임없이 유혹하니, 커다란 아이는 셔츠 목 단추를 풀어서 뒤로 최대한 젖힌 채 달아오른 얼굴을 단어 교본으로 부채질하며 차라리 고래나 물고기나 파리로 살고픈 마음만, 이렇게 타는 듯 더운 날에, 정말 뜨거운 날씨에 학교만 벗어난다면 동물로 살아도 괜찮다는 마음만 굴뚝 같았다! 자리가 현관하고 제일 가까운 덕분에 정원으로 살그머니 빠져나가서 우물에 얼굴을 담그고 풀밭을 뒹구는 아이에게 물어보라…… 이렇게 뜨거운 날이 있었는지, 벌떼조차 꽃 속에 깊이 파묻힌 모습이 꿀 모으는 걸 아예 포기한 것처럼 보인 적이 있었는지. 한낮에는 파란 풀밭에 누워서 마음껏 게으름피우며 맑은 하늘을 쳐다보다, 눈이 스르륵 감기면 그대로 잠자야 하는데, 햇살조차 안 비치는 어두운 교실에서 곰팡내 나는 책만 쳐다본다는 게 말이 되는가? 너무 잔인하지 않은가!

넬리는 창가에 앉아서 뜨개질에 열중하면서도 주변에서 일어나는 일에 여전히 관심을 쏟다가 너무 짓궂은 사내아이들 모습에 얼굴을 붉히기도 했다. 따라 읽기는 끝나고 글쓰기를 시작했다. 책상은 하나밖에 없는데 교장이 쓰는 거라, 아이들은 책상 앞에 돌아가며 앉아서 글씨를 삐뚤빼뚤 힘겹게 쓰고, 교장은 자리를 비워주었다. 조용한 시간이었다. 교장이 다가와서 글 쓰는 아이 어깨너머로 살펴보다가 벽보를 어떻게 썼는지 보라고 온화하게 말하며, 여기를 올리고 저기를 내린 모습이 정말 멋있으니 따라 배우라고 말하다 멈춰, 아픈 아이가 지난밤에 한 말을, 친구들이랑 어울리길 얼마나 바라는지를 알려주는데, 말하는 모습에 애정이 가득해 아이들도 친구가 걱정스럽고 안타까운 마음으로 입을 꾹 다무니, 최소한 2분 동안은 사과도 안 먹고 이름도 안 파고 꼬집지도 않고 얼굴도 안 찡그렸다. 그러다 시계가 12시를 때릴 때 교장이 말했다.

"얘들아, 오늘은 특별히 오전수업만 하고 반휴일을 주마."

이 말을 듣는 순간에 제일 커다란 아이부터 시작해 모든 아이가 함성을 내질러, 교장이 말하는 모습은 보여도 목소리는 들릴 순 없었다. 하지만 조용히 하라는 표시로 교장이 손을 들자, 말이 제일 많은 아이조차 한시바삐 떠날 생각으로 입을 꾹 다물고, 교장은 입을 열었다.

"하지만 먼저 약속해야 한다, 시끄럽게 안 떠들겠다고, 최소한 떠들고 싶으면 멀리 나가겠다고…… 마을 밖으로 나가서 떠들겠다고. 누구도 아픈 친구를 불편하게 안 할 거라 믿는다."

불만이 곳곳에서 터져 나왔다. (진심 같았다. 하나같이 어리지 않은가!) 그러더니 제일 큰 아이가 다른 아이들과 똑같은 심정으로 조그맣게 소리치겠다고 약속하자, 교장이 말했다.

"그렇다면 친구가 아프니 내 말을 잊지 말고 명심하렴. 즐겁게 지내면서, 건강한 건 축복이란 사실 역시 잊지 말고. 잘 가거라!"

아이들은 "고맙습니다, 선생님"과 "안녕히 계세요, 선생님"을 다양한 목소리로 수없이 뱉어내며 천천히 조용히 빠져나갔다. 하지만 태양은 반짝이고 새들은 노래하니, 오로지 공휴일과 반휴일만 그런 데다, 나무는 자유로운 아이들에게 어서 올라와서 잎사귀 무성한 나뭇가지에 편히 앉으라 손짓하고, 건초는 어서 와서 순수한 공중에 흩뿌리라 간청하고, 파란 작물은 숲으로 개울로 뛰어들라 다정하게 유혹하고, 부드러운 땅바닥은 햇살과 그늘에 뒤섞여서 부드러운 느낌으로, 어서 달리다 펄쩍 뛰라고, 아무 데나 멀리 달리라고 속삭였다. 아이들은 도저히 견딜 수 없어서 일제히 함성을 내지르며 힘껏 내달리다 사방으로 흩어지니, 아이들이 가는 곳마다 커다란 웃음과 함성이 가득했다.

불쌍한 교장이 그런 아이들을 쳐다보며 말했다.

"그래, 당연한 거야! 아이들이 내 말을 안 들어서 다행이야!"

하지만 우화에 담긴 교훈이 아니더라도 누구나 알듯, 인간은 모든 사람을 기쁘게 할 수 없으니, 오후에 엄마들과 아줌마들이 찾아와서 반휴일에 항의했다. 일부는 빨간 날이나 성인 축일이라도 되느냐 점잖게 물으며 암시하고, (마을에서 영향력이 큰) 일부는 국왕 생신일도 아닌데 아무렇게나 반휴일을 주는 건 왕권을 얕보고 교회와 국가에 맞서서 혁명적인 기운을 퍼트리는 거라고 주장했다. 하지만 대부분은 개인적인 불만을 또렷하게 드러낸 다음, 아이들을 조금 가르치는 건 노골적인 강도질이며 사기질이라고 주장했다. 한 노부인은 아무리 말해도 교장이 평상심을 유지할 뿐 화내거나 흥분하지 않는다는 사실을 깨닫곤, 밖으로 나가 창문 앞에서 교장에게 삼십 분이나 나무라더니, 다른 노부인에게 교장은 주당 수업료에서 반휴일을 당연히 뺄 거라고, 반대 여론이 일어날 걸 당연히 예상했을 거라고, 게으른 놈은 우리 마을에 필요 없다고(목소리를 키우다), 저렇게 게으른 놈은 교장이 될 수 없으니 뛰어난 놈을 빨리 찾아야겠다고, 자신이 알아보겠다고, 정말 똑똑한 놈을 찾아내겠다고 말했다. 그렇게 난리를 치며 조롱해도 온순한 교장은 한마디 않고 여자애 옆에 가만히 앉아, 힘은 조금 빠질지언정 침묵하며 꾹 참았다.

날이 저물자, 늙은 여인이 정원을 황급히 달려오다 문가에서 교장을 만나, '데임 웨스트'로 어서 가라고, 먼저 뛰어가는 게 좋을 거라고 말했다. 교장은 여자애와 밖에 나가서 산책하려던 참이라 그 손을 그대로 잡은 채, 늙은 아줌마를 뒤에서 쫓아오게 하고 황급히 달렸다.

그래서 어느 초가집으로 다가가더니 현관문을 조그맣게 두드렸다. 문은 곧바로 열리고 두 사람은 안으로 들어섰다. 여자 몇 명이 에워싼 가운데, 제일 늙은 여자 한 명이 의자에 앉아서 두 손을 비틀고 몸을 앞뒤로 흔들며 비통하게 우는 중이었다.

"아, 부인! 그렇게 나쁩니까?"

교장이 물으며 다가가자, 늙은 여자가 울부짖었다.

"시간이 없어요. 우리 손자가 죽어요. 당신 때문이에요. 당신을 못 들어가게 해야 하지만 아이가 간절하게 원하네요. 당신이 그리 가르친 거예요. 아, 하느님, 하느님, 하느님, 이제 어떻게 한단 말입니까?"

"내가 잘못했다고 말해도 괜찮습니다. 나는 아무렇지 않습니다, 부인, 정말입니다. 너무 괴로워서 한 말이니까요. 진심은 아닌 게 분명하니까요."

교장이 다정하게 말하자, 늙은 여인이 반박했다.

"아니에요, 진심이에요. 당신이 무서워서 공부만 하지 않았다면 지금도 건강하고 행복하게 살아갈 거예요."

교장이 다른 여인을 둘러보았다. 자신을 편들어달라고 간청하는 것 같았다. 하지만 하나같이 머리를 절레절레 저으며 자신들은 공부라는 걸 좋게 여긴 적이 없다고, 자신들 생각도 똑같다고 웅성댈 뿐이었다. 교장은 아무 대답도 않고 나무라는 표정도 없다, 소식을 알린 다음에 급히 쫓아온 여인을 따라 다른 방으로 들어갔다. 어린 친구가 반쯤 벌거벗은 몸으로 침대에 기다랗게 누운 방이었다.

어리고 조그만 아이였다. 곱슬머리는 얼굴로 흘러내리고 두 눈은 맑게 반짝였다. 하지만 그건 하늘의 눈빛이지, 지상의 눈빛이 아니었다. 교장이 곁에 앉아서 베개로 상체를 숙인 채 아이 이름을 속삭였다. 아이가 벌떡 일어나서 한 손으로 교장 얼굴을 매만지다 힘없는 팔로 그 목을 휘감고 정말 좋아했다며 흐느꼈다.

"나도 그랬단다, 언제나. 하느님은 아셔."

불쌍한 교장이 말하자, 아이가 넬리를 바라보며 물었다.

"저 사람은 누군가요? 뽀뽀하고 싶지만 병을 옮길까 두려워요. 나랑 악수라도 하겠냐고 물어보세요."

아이가 흐느끼며 조그만 손을 내밀어 넬리 손을 힘없이 잡더니 잠시 뒤에 놓고서 가만히 눕고, 교장은 아이가 가라앉는 것 같아서 정신을 차리게 하려고 애쓰며 속삭였다.

"정원이 기억나지, 해리, 그곳에서 초저녁에 얼마나 즐겁게 지냈는지도? 또 가려면 서둘러야 해. 꽃들이 너를 그리워하는 것 같아. 그래서 예전만큼 쾌활하지 않은 것 같아. 이제 일어나서 가자꾸나, 얘야, 이제 일어나서…… 그러지 않을래?"

아이는 희미하게 – 정말, 정말 희미하게 – 웃으며 머리칼이 하얀 친구 머리에 한 손을 올렸다. 입술도 움직였지만 목소리는 안 나왔다, 단 한 마디도.

침묵이 잇따르자 멀리서 떠드는 소리가 초저녁 바람을 타고 열린 창문으로 흘러들었다. 아픈 아이가 눈을 뜨며 물었다.

"저건 무슨 소린가요?"

"아이들이 잔디밭에서 노는 소리."

아이가 베개에서 손수건을 꺼내 공중에 들고 흔들려 했다. 하지만 힘없는 팔이 무기력하게 떨어졌다. 그러자 교장이 물었다.

"내가 흔들어줄까?"

힘없는 목소리가 대답했다.

"네, 창가에 대고 흔드세요. 그리고 격자에 묶으세요. 아이들이 볼 수도 있잖아요. 그러면 나를 떠올리고 이쪽을 쳐다볼 거예요."

아이가 머리를 들어서 펄럭이는 손수건을 바라보다 한가로이 놓인 야구 방망이를, 탁자에 석판과 책과 함께 사내아이들이 좋아하는 물건 옆에 나란히 놓인 방망이를 쳐다보았다. 그러더니 다시 가만히 누워, 여자애가 안 보이는데, 그대로 있느냐고 물었다.

여자애가 다가가서 담요에 힘없이 놓인 손을 꼭 잡았다. 노인과 어린 애는 오랜 친구며 동료로 서로를 오랫동안 껴안았다. 그러다 어린 학생은 얼굴을 벽으로 돌리며 깊은 잠에 빠져들었다.

불쌍한 교장은 꼼짝 않고 앉아서 조그맣고 차가운 손을 쓰다듬었다. 하지만 그건 죽은 아이 손이었다. 교장도 느꼈다. 그런데도 계속 쓰다듬을 뿐, 차마 내려놓을 순 없었다.

26장

넬리는 더없이 슬픈 마음으로 침대 곁에서 물러나 교장과 함께 집으로 돌아갔다. 슬픔과 눈물이 가득한데도 할아버지에게 진짜 이유를 숨기려 애썼다. 아이가 할머니와 단둘이 살다, 슬피 우는 할머니만 남기고 너무 일찍 죽었기 때문이다.

여자애는 잠자리에 최대한 빨리 들어서 혼자 남은 다음에 비로소 가슴에 가득한 슬픔을 마음껏 터트렸다. 하지만 눈앞에서 목격한 장면은 만족스러운 교훈과 고마운 교훈도 남겼다. 만족스러운 건 자신이 건강하고 자유롭다는 사실이며, 고마운 건 많은 어린애가, 자신만큼이나 희망차게 살아갈 어린애가 갑자기 쓰러져서 무덤으로 들어가는데, 지극히 사랑하는 할아버지는 여전히 살아있어 자신과 함께 아름다운 세상을 찾아갈 거란 사실이었다. 자신이 최근에 돌아다닌 공동묘지마다 어린애 무덤이 얼마나 많던가! 넬리는 자신이 어리다고, 그래서 어린애가 죽으면 천사가 된다는 걸, (오랫동안 살면서 여러 번 죽는 노인과 달리) 주변 사람이 죽는 모습을 지켜보는 고통도 안 겪고 무덤까지 따라가며 슬퍼할 필요도 없다는 걸 충분히 알 순 없다고 여길지언정, 간밤에 얻은 교훈을 가슴 깊이 또렷하게 간직할 지혜는 있는 것 같았다.

어린 학생이 꿈에 나타났다. 관에 들어가지도 땅에 묻히지도 않고 천사들과 어울리며 행복하게 웃는 모습이었다. 태양이 햇살을 실내로 상쾌하게 드리우며 여자애를 깨웠다. 이제 남은 건 불쌍한 교장과 헤어져서 다시 먼 길을 떠나는 일밖에 없었다.

두 사람이 떠날 준비를 마칠 즈음에 수업이 시작됐다. 어두운 교실은 어제처럼 떠들썩하기 직전으로 한순간이나마 부드럽게 가라앉은 분위기가 진지했다. 교장은 책상에서 일어나 두 사람을 대문까지 배웅했다.

여자애는 경마장에서 꽃을 받은 숙녀가 준 돈을 덜덜 떠는 손으로 조심스럽게 내밀며, 정말 고마웠다고, 정말 적은 돈이라고 어렵게 말하며 얼굴을 붉혔다. 하지만 교장은 그냥 집어넣으라면서 뺨에 뽀뽀하고 집으로 들어갔다.

두 사람이 대여섯 걸음을 내디딜 때 교장이 현관문으로 다시 나오니, 노인은 급히 돌아가서 손을 맞잡으며 악수하고 여자애도 똑같이 했다.

“먼 길을 편히 가는 행운이 깃들길! 이제 나는 완벽한 외톨이야. 이

길을 또 지난다면 조그만 학교를 잊지 말게."

불쌍한 교장 말에 넬리는 대답했다.

"영원히 안 잊을 거예요, 선생님, 저희한테 베푸신 친절에 감사하는 마음도 절대 안 잊고요."

그러자 교장이 머리를 저으며 깊이 생각하는 표정으로 웃었다.

"아이들한테서 많이 들은 말인데 다들 금방 잊어버리더군. 어린 친구는 나를 정말 좋아했어, 어려서 그만큼 더 좋은 친구야. 하지만 그것도 끝났어. 하느님이 축복하시길!"

두 사람은 작별인사를 여러 번 하고 돌아서서 교장이 안 보일 때까지 툭하면 돌아보며 천천히 나아갔다. 마을을 멀찌감치 벗어나니 나무 사이로 보이던 연기조차 사라졌다. 그런 다음에 비로소 두 사람은 큰길을 따라가면 어디든 나올 거라 확신하며 속도를 높여서 앞으로 꾸준히 터벅터벅 나아갔다.

그러나 큰길은 기다랗게, 또 기다랗게 뻗어 나갔다. 옹기종기 모인 농가 몇 채를 두세 차례 지나치고 두 사람이 빵과 치즈를 먹은, 길가에 외롭게 선 선술집 말고 아무것도 없이, 길은 끈질기게 굽이치며 끝없이 뻗어 나가, 두 사람은 늦은 오후까지 마냥 걷긴 해도 너무 힘들고 지쳐서 속도가 많이 떨어졌다.

오후 태양이 아름다운 노을을 드리우며 떨어질 때 길이 급하게 꺾이면서 공터를 가로질렀다. 공터 경계선에서 경작지를 가르는 산울타리 바로 옆에 포장마차 한 대가 쉬는 게 보였다. 두 사람은 상황이 상황인만큼 어쩔 수 없다 판단하고 그쪽으로 급히 다가갔다.

초라하고 더럽고 먼지로 수북한 마차가 아니었다. 예쁘고 아담한 집을 바퀴에 얹은 모양새였다. 창문마다 하얀 커튼이 예쁘고, 새빨간 판자에 녹색 창문 덧문이 돋보이며 전체적으로 아름답게 어우러졌다.

당나귀나 여윈 말 한 마리가 끄는 가난한 포장마차도 아니었다. 멋진 말 두 마리가 끌채에서 풀려나 지저분한 풀을 뜯어 먹었다. 그렇다 해서 집시 포장마차도 아니었다. 열린 문에는 청동 두드리개가 우아하게 반짝이고, 튼튼하고 편안한 발판에는 기독교인 여인이 앉아서 하늘을 쳐다보느라 머리에 쓴 커다란 보닛 모자가 흔들렸다. 여인이 간식을 먹으며 편히 쉬는 모습만 보더라도 가난한 포장마차는 아닌 게 분명했다. 방랑하는 여인은 드럼에 하얀 냅킨을 깔고서 찻그릇 세트와 납작하게 자른 햄과 내용물이 의심스러운 유리병을 놓고 세상에서 가장 훌륭한 원형 탁자라도 되는 듯 편히 앉아서 차를 마시며 경치를 즐기는 중이었다.

포장마차 여인은 컵을 (튼튼하고 편안한 걸 좋아하는지, 아침 식사용 커다란 컵을) 입에 대고 두 눈을 들어 하늘을 보면서 차 향을 마음껏 즐기는데, 의심스러운 유리병에서 반짝이는 내용물을 섞었을 가능성이 없지 않지만 단순한 추측일 뿐 구체적으로 확인한 건 아니며, 어쨌든 거기에 집중하느라 두 사람이 나타난 걸 처음에는 못 보았다. 포장마차 여인은 컵에 든 내용물을 쭉 들이켜고 숨을 길게 들이마시며 컵을 내려놓은 다음에 비로소 노인과 여자애가 천천히 다가오는 걸 깨닫고, 여자애가 겸손하지만 크게 부러운 표정으로 다가오는 모습을 바라보다, 무릎에 떨어진 부스러기를 삼킨 다음에 입술을 훔치며 말했다.

"얘야! 그래, 너……. 헬터-스켈터 우승컵을 누가 받았니?"

"뭐를 받아요, 아주머니?"

"경마장에서 헬터-스켈터 우승컵. 둘째 날 경마 우승컵."

"둘째 날이요, 아주머니?"

여자애가 다시 묻자, 여인이 답답하다는 어투로 대답했다.

"둘째 날! 그래, 둘째 날! 예의 바르게 물을 때 헬터-스켈터 우승컵을 누가 받았는지 말하면 안 되겠니?"

"모르는데요, 아주머니?"

"모른다니! 맙소사, 거기에 있었잖아. 내 눈으로 똑똑히 봤어."

넬리는 이 말을 듣고 깜짝 놀랐다. 여인이 쇼트와 코들린을 잘 알 것 같았다. 하지만 잇따른 말이 경계심을 풀어주었다. 포장마차 여인이 이렇게 말한 거다.

"네가 펀치 무리랑 어울리는 걸 보고서 안타까웠지. 돈밖에 모르는 천박한 놈들하고 가까이 지내면 안 되거든."

"제가 원해서 그런 게 아니에요. 어느 길로 가야 할지 모를 때 두 아저씨가 함께 가자고 한 거예요. 혹시⋯⋯ 혹시 두 아저씨를 아세요, 아주머니?"

넬리가 묻자, 포장마차 여인이 날카롭게 소리쳤다.

"두 놈을 아느냐니! 하기야 어린 데다 경험도 없어서 그렇게 물을 수 있겠군. 그런데 내가 두 놈을 알 것처럼 보여, 포장마차에 산다고 두 놈을 알 것처럼 보여?"

여자애는 자신이 크게 실수한 건 아닌가 걱정하며 사과했다.

"아니에요, 아주머니, 아니에요. 정말 죄송해요."

여인은 사과를 바로 받아들이긴 해도 엉뚱한 추측에 마음이 상하고 기분이 나쁜 것 같았다. 그래서 여자애는 첫날에 경마장을 떠났고 지금은 계속 걸어서 마을이 나타나면 하룻밤을 보낼 예정이라고 설명했다. 체구가 단단한 여인은 그때 비로소 표정이 풀리기 시작해, 여자애는 용기를 끌어모아서 다음 마을까지 얼마나 되는지 물었다. 단단한 여인은 자신이 여행도 할 겸 이륜마차를 타고 경마장 마을에 첫날 찾아갔다고, 자신이 거기에 간 건 장사나 돈벌이 같은 것하곤 관계가 없다고 기다랗게 설명한 다음에 비로소, 13km를 더 가야 한다고 대답했다.

이 말을 듣고 여자애는 크게 실망한 나머지 어둠이 깔리는 길을 쳐다보는데 흐르는 눈물을 억누를 수 없었다. 할아버지는 아무런 불평도 안 했다. 지팡이에 몸을 기댄 채 한숨을 길게 내쉬며 어둑한 흙길을 바라볼 뿐이었다.

포장마차 여인은 탁자를 치우려고 찻그릇 세트를 모으더니, 여자애가 걱정하는 모습을 보고 잠시 주저하다 멈췄다. 여자애는 알려줘서 고맙다며 공손하게 인사한 다음에 노인에게 한 손을 내밀고 오십여 걸음을 내디딜 즈음, 포장마차 여인이 돌아오라고 소리쳤다.

"이리 와, 더 가까이."

그리곤 발판으로 오르라고 손짓하며 물었다.

"얘야, 배고프니?"

"아주 고프진 않지만 지쳤어요. 그런데 길은…… 갈 길은 멀고요."

"그래, 배고프든 아니든 간식 좀 먹는 게 좋겠다. 그래도 괜찮겠지요, 영감님?"

할아버지는 모자를 벗어서 인사하며 고맙다고 겸손하게 말했다. 그러자 여인이 마찬가지로 발판에 오르라더니, 드럼은 두 사람이 편히 앉을 수 없다는 사실이 드러나자, 두 사람은 다시 내려와서 풀밭에 앉고, 여인은 차 쟁반에다 빵과 버터와 납작한 햄 등, 자신이 먹던 음식을 담아주었다. 주머니 속으로 살그머니 집어넣은 유리병이 유일한 예외였다. 그러더니 위에서 지시했다.

"쟁반을 들고 뒷바퀴 옆에 앉아. 제일 좋은 자리야. 찻주전자는 이리 주고, 뜨거운 물을 더 붓고 찻잎 한 움큼 타줄게. 할아버지와 마음껏 먹고 마셔, 하나도 남기지 말고. 내가 두 사람한테 바라는 건 그게 전부야."

두 사람은 그런 말이 없더라도 여인의 소원을 충분히 들어줄 수 있었다. 그런데 이런 말까지 들으니 미안하고 불편한 느낌을 모두 벗어던지고 맛있게 먹으며 마음껏 즐길 수 있었다.

두 사람이 열심히 먹는 동안 포장마차 여인은 땅바닥으로 내려서 두 손으로 뒷짐을 쥔 채 커다란 보닛 모자를 크게 흔들며 자로 잰 듯 정확하면서도 품위 있게 이리저리 걷다, 포장마차를 차분한 눈길로 이따금 살피는데, 빨간 판자와 청동 두드리개를 유난히 좋아하는 것 같았다. 그러다 발판에 앉아서 "조지"라고 소리치자, 마부처럼 차려입은 사내가 지금까지 산울타리에 숨어서 아무도 모르게 하다 나뭇가지를 옆으로 가르더니, 빵 굽는 접시와 돌로 만든 2리터짜리 병을 무릎에 올려놓고서 앉은 자세로 나타나는데, 오른손엔 나이프를 왼손엔 포크를 들었다. 그리고 대답했다.

"네, 부인."

"차가운 파이는 먹을 만했어, 조지?"

"나쁘지 않았습니다, 부인."

"그럼 맥주도 먹을 만했어, 조지?"

포장마차 여인이 다시 묻는데, 관심이 아까보다 큰 것 같았다.

"김이 생각보다 많이 빠졌지만 나쁘진 않았습니다."

조지가 대답하더니 주인을 기쁘게 할 요량으로 돌 병을 입에 대고 반 리터 정도를 쭉 들이켜다 입맛을 다시며 한쪽 눈으로 윙크하고 고개를 끄덕였다. 그리고 맥주를 마셔서 식욕이 당기는 듯 나이프와 포크를 추켜드는데, 이유는 똑같은 게 분명했다.

여인은 기쁜 표정으로 바라보다 다시 물었다.

"거의 다 먹었나?"

"네, 거의, 부인."

조지가 대답하더니, 실제로 나이프로 그릇을 샅샅이 긁어서 입에 넣고 돌 병을 입으로 가져가서 능숙하게 마신 다음, 눈에 안 보일 정도로 머리를 뒤로 조금씩 내리다 바닥에 그대로 누울 것처럼 하면서 정말 만족스럽다고 선언하곤 상체를 똑바로 세웠다.

"내가 재촉한 것 같아서 미안하군, 조지."

주인이 말하는데, 상대의 마지막 동작을 안타깝게 여기는 표정이었다. 그러자 조지는 나중에 그만큼 좋은 일이 있길 기대한다면서 대답했다.

"다음에 보상하면 되니까, 괜찮습니다."

"우리 짐이 너무 무겁나, 조지?"

여인이 묻자, 조지는 너무 끔찍한 질문에 항의하듯 사방을 둘러보며 대답했다.

"여자는 누구나 그렇게 묻는답니다. 여자가 마차라도 몰면 채찍질을 한 번도 안 멈추지요. 말이 충분히 안 달린다고 여기거든요. 소한테 짐을 적당히 실어도 여자는 더 실으라고 야단이고요. 그 이유가 뭔지 아세요?"

여인은 철학적인 질문에 대답을 안 하고, 먼 길을 떠나려고 힘겹게 준비하는 넬리와 노인을 가리키며 물었다.

"두 사람이 말한테 부담이 될까, 우리가 마차에 태우면?"

"당연히 부담되겠지요."

조지가 고집스레 말하자, 주인이 다시 말했다.

"정말 그럴까? 두 사람이 많이 무거운 것도 아닌데?"

조지가 1g까지 정확하게 계산하는 표정으로 두 사람을 쳐다보며 대답했다.

"두 사람 체중을 합쳐도 올리버 크롬웰[22]보다 무겁진 않겠지요."

---

22) Oliver Cromwell(1599~1658): 영국 정치가며 군인으로, 청교도 혁명을 주도해서

넬리는 책에서 읽은, 상당히 오래전에 살던 사람의 체중을 상대가 정확히 안다는 사실에 깜짝 놀라지만, 포장마차를 타고 간다는 말이 너무 기쁜 나머지 진심으로 감사하느라 곧바로 까먹었다. 넬리는 여인을 도와서 찻그릇 세트를 비롯해 주변에 널린 그릇과 접시를 기꺼운 마음으로 재빨리 모아서 정리하고, 말 두 필은 어느덧 마구를 다 쓰고, 그래서 마차에 올라타니, 할아버지도 좋아하며 올라탔다. 포장마차 주인은 문을 닫고서 열린 창문 드럼 옆에 앉고, 조지는 발판을 접어서 마차 밑으로 넣으니, 마차는 펄럭이는 소리와 삐거덕대는 소리와 뒤틀리는 소리를 내며 나아가고, 아무도 두드린 적 없이 반짝이던 청동 두드리개는 마차가 심하게 덜컹거릴 때마다 스스로 두 번씩 끊임없이 두드렸다.

27장

얼마 안 되는 거리를 천천히 나아간 다음에 비로소 넬리는 용기 내서 포장마차 내부를 살며시 살폈다. 한쪽 절반은 바닥에 카펫을 깔아서 주인이 편하게 앉고, 끝에 여객선 선실처럼 칸막이해서 잠자는 공간을 만들어 조그만 창문마다 그런 것처럼 새하얀 커튼을 친 모습이 아늑해 보이지만, 포장마차 여인이 거기에 들어가려면 어떤 곡예를 부려야 할지는 미스터리였다. 나머지 절반은 주방으로 쓰느라 풍로를 설치하고 천장으로 조그만 굴뚝을 뺐다. 찬장과 식품 창고, 상자 여러 개, 커다란

군주제를 폐지하고 잉글랜드와 스코틀랜드, 아일랜드를 죽을 때까지 다스리며 철권을 휘둘렀다. 거구로 유명하다.

물병, 조리도구와 그릇도 있었다. 일부는 벽에 걸고 그 옆을 트라이앵글 하나와 손때 묻은 탬버린 두 개로 장식해서 쾌활한 분위기를 연출했는데, 포장마차 여인이 좋아하는 장비 같았다.

포장마차 여인은 어느 악기보다 자랑스럽고 시적인 모습으로 창문 옆에 앉고, 어린 넬리와 할아버지는 솥과 냄비처럼 소박한 모습으로 맞은편에 앉고, 마차는 덜거덕대며 꾸준히 나아가고, 경치는 천천히 바뀌며 조금씩 어두워졌다. 처음에 두 여행객은 조그맣게 속삭일 뿐 말을 거의 안 했지만, 실내 분위기가 눈에 익으면서 훨씬 자유롭게 대화하고 자신들이 지나온 지역과 다양한 풍경을 말하다, 노인이 잠들자, 포장마차 주인이 알아채고 넬리를 옆에 와서 앉으라고 권한 다음에 물었다.

"그래, 얘야, 여행하는 게 마음에 드니?"

넬리가 재미있는 것 같다고 대답하자, 여인은 기운이 있는 사람은 그럴 거라면서, 자신은 기운이 떨어져서 자극제를 먹어야 한다고 말했다. 하지만 자극제라는 게 앞에서 말한 의심스러운 병에서 나오는 건지 다른 것에서 나오는 건지는 건너뛰고, 계속 말했다.

"그래서 젊은 게 좋은 거야. 너는 기운이 가라앉는 게 어떤 느낌인지 몰라. 입맛도 늘 땅길 테니, 얼마나 좋을까!"

넬리 자신은 입맛 자체를 못 느낄 때가 많다는 생각과 함께, 포장마차 여인이 간식 먹는 모습이나 겉모습을 보면 고기나 차 맛을 못 느낀다고 말할 순 없다는 생각도 들었다. 하지만 여인이 한 말에 예의상 침묵으로 동의하고 다시 말하기만 기다렸다.

그렇지만 여인은 말하는 대신 가만히 앉아서 오랫동안 바라보다 벌떡 일어나더니, 한쪽 모서리에서 폭이 1m나 되는 커다란 두루마리를 꺼내 바닥에 내려놓고 맞은편 끝까지 구르도록 발로 밀쳐서 기다랗게 펼쳤다. 그리고 말했다.

"자, 읽어보렴, 얘야."

넬리는 제일 밑으로 걸어가서 새까만 글씨로 커다랗게 쓴 내용을 소리 내서 읽었다.

"잘리의 밀랍 인형."

"다시 읽으렴."

여인이 자랑스러운 표정으로 말하고, 넬리는 다시 읽었다.

"잘리의 밀랍 인형."

"바로 나란다. 내가 잘리 부인이야."

포장마차 여인은 진짜 잘리 부인이 앞에 있어도 전혀 기죽을 필요 없다고 안심시킬 의도로 격려하듯 바라본 다음에 또 다른 두루마리를 푸는데, 거기에는 '실물 크기 밀랍 인형 백 개'라는 글씨가 있고, 또 다른 두루마리에는 '세상에서 진짜 제일 거대한 밀랍 인형 컬렉션', 또 다른 조그만 두루마리 여러 개에는 '안에서 전시하는 중', '잘리가 제작한 진품', '누구도 따라올 수 없는 잘리 컬렉션', '귀족과 신사 계급의 자랑', '왕실가족이 잘리를 후원합니다'라는 글씨가 있었다.

엄청난 홍보물에 여자애가 깜짝 놀라자, 포장마차 여인은 광고지 모양으로 조그맣게 만든 견본을 내밀었다. '잘리의 밀랍 인형은 아주 귀하다는 말을 믿어주세요', '나는 한창 젊을 때 그대 작품을 보았다오', '강물을 건너서 잘리한테로' 등, 대체로 유명한 노래를 패러디한 내용인데, 다양한 취향을 충족시키는 차원에서 '나한테 당나귀가 있다면'처럼 유명한 노래를 훨씬 가볍고 재밌는 분위기로 패러디한 것도 있었다.

당나귀가 잘리 부인 밀랍 인형 쇼를
보러 가지 않으려 한다면

그냥 포기해야 할까요? 아, 아니요, 아니요!

그렇다면 맨발로 달려가겠소, 잘리 쇼로……

산문으로 작성한 문건에 중국 황제가 굴과 대화하고 캔터베리 대주교가 교회세 반대자하고 대화한 형식도 있지만, 하나같이 똑같은 교훈으로 이어지니, 그걸 보는 사람은 잘리 쇼로 어서 와야 한다는, 어린애와 하인은 입장료가 반값이라는 거였다. 잘리 부인은 자신이 중요한 사람이란 증거를 모두 보여준 뒤, 두루마리를 말아서 조심스레 치우고 다시 앉아서 여자애를 의기양양하게 바라보며 말했다.

"이제부터 지저분한 펀치 무리하곤 어울리지 말렴."

"저는 밀랍 인형을 본 적이 없어요, 부인. 펀치보다 재미있나요?"

넬리가 묻자, 잘리 부인이 목소리를 키웠다.

"재미라니! 재미는 조금도 없어."

"아!"

넬리가 최대한 겸손하게 놀라자, 잘리 부인이 다시 말했다.

"재미는 조금도 없어. 차분하고 - 뭐라고 하더라 - 비판적(critical)? - 아니야 - 고전적(classical), 그래 - 정말 차분하고 고전적이야. 네가 좋아하는 펀치 인형극처럼 천박하게 때려서 쓰러뜨리는 것도 없고 빽빽 소리치며 장난하는 것도 없어. 점잖고 냉정한 분위기가 늘 똑같지. 게다가 살아있는 사람이랑 너무나 똑같아. 밀랍 인형이 말도 하고 걸어도 다닌다면 차이를 못 느낄 거야. 이런 말까진 안 하려 했는데, 나는 밀랍 인형을 살아있는 사람처럼 대해. 밀랍 인형과 똑같은 사람을 실제로 본 적도 있고."

이런 말까지 들으니 넬리는 호기심을 잔뜩 느끼며 물었다.

"여기에 있나요, 부인?"

“뭐가?”

“밀랍 인형이요, 부인.”

“맙소사, 얘야, 무슨 말을 하는 거니? 그런 컬렉션이 여기에 어떻게 있겠니, 조그만 찬장 하나랑 상자 서너 개밖에 없는 걸 너도 다 보고선? 다른 마차로 운송하는 중이야. 내일모레 전시하거든. 너도 똑같은 마을에 가니까 구경할 수 있을 거야. 기대해도 돼. 그래, 기대하는 게 당연하겠지. 한번 보면 눈길을 못 돌리거든.”

“저는 마을에 안 들어갈 것 같아요, 부인.”

여자애가 말하자, 잘리 부인이 깜짝 놀랐다.

“안 들어간다니! 그럼 어디로 가는데?”

“저도……저도……모르겠어요. 확실치 않아요.”

“어디로 가는지도 모른 채 떠돌아다닌다는 말은 아니겠지? 이상한 사람들이군! 너는 무슨 일을 하니? 경마장도 우연히 가서 넋이 나간 것 같던데.”

갑작스럽게 묻는 말에 넬리가 당황하며 대답했다.

“정말 우연히 갔어요. 우리는 가난해서, 부인, 이리저리 떠도는 것뿐이에요. 할 일이 없거든요…… 있으면 좋겠지만.”

잘리 부인은 밀랍 인형이라도 된 것처럼 가만히 있다가 말했다.

“들으면 들을수록 놀랍구나. 그럼 뭘 하는 사람들이니? 거지는 아니겠지?”

“거지라고 보는 게 맞아요, 부인.”

“맙소사. 그런 말은 생전 처음 듣는구나. 누가 그렇게 생각하겠니?”

포장마차 여인이 깜짝 놀라서 오랫동안 침묵하자, 넬리는 먹을 걸 주고 마차도 태워주고 대화까지 나눈 사람이 거지라는 걸 깨닫고 돌이킬 수 없는 모욕감에 시달리는 건 아닐까 두려웠다. 하지만 마침내 침묵을 깨뜨리며 말하는 잘리 부인 어투에서 그렇지 않다는 걸 확인할 수 있었다.

"그래도 글을 읽을 순 있잖아. 당연히 쓸 수도 있고?"

"네, 부인."

여자애가 대답했다. 솔직한 대답이 엉뚱하게 들리는 건 아닐까 걱정스러웠다.

"으음, 대단해. 나는 못하거든!"

이 말을 듣고 넬리는 "설마요" 하고 말했다. 누구도 따라올 수 없는 잘리 부인이며 귀족과 신사 계급의 자랑에다 왕실가족의 후원까지 받는 사람이 그렇게 쉬운 것도 모르는 건 말도 안 된다는 어투 같기도 하고, 정말 위대한 여인이라면 그렇게 평범한 것까지 공부할 필요는 없긴 하겠다는 어투 같기도 했다.

잘리 부인이 어떤 식으로 받아들였든 다른 질문이나 다른 말로 이어지진 않았다. 입을 꾹 다문 채 깊은 생각에 빠져들 뿐 아무 말도 안 해, 넬리는 맞은편 창가로 물러나서 어느새 깨어난 할아버지 옆에 앉았다.

포장마차 여인은 깊은 생각을 떨쳐내고 마부에게 자신이 앉은 창문 밑으로 오라고 부르더니, 나지막한 목소리로 오래 대화하는 게, 어떤 중요한 문제를 말한 다음에 의견을 물어서 좋은 점과 나쁜 점을 따져보는 것 같았다. 마침내 잘리 부인은 토론을 끝내고 머리를 들더니, 넬리에게 옆으로 오라고 손짓하며 말했다.

"영감님도 오세요. 상의할 얘기가 있으니까요. 손녀딸이 좋은 환경에서 자라길 바라세요, 영감님? 그렇다면 내가 도울 수 있답니다. 영감님 생각은 어떠세요?"

"손녀딸을 내어줄 순 없소. 우리는 헤어질 수 없소. 손녀딸이 없으면

나 혼자 어떻게 살겠소?"

"저는 영감님이 마음만 있으면 혼자서 충분히 살겠다고 생각했는데요."

잘리 부인이 매섭게 반박하자, 여자애가 진지하게 속삭였다.

"하지만 할아버지는 혼자 못 사세요. 절대 그러지 않으실 거예요. 부탁이니, 할아버지한테 심하게 말씀하시지 마세요. 부인은 우리한테 아주 고마운 분이니까요."

그러다 커다랗게 덧붙였다.

"하지만 세상에 널린 재물을 모두 모아서 반씩 나누어준다 해도 우리는 절대로 헤어질 수 없답니다."

잘리 부인은 자신의 제안에 이렇게 반응하자 약간 당황하더니, 노인이 넬리 손을 다정하게 잡아서 움켜쥐는 모습을 바라보는 게 노인이 살아가는 문제 역시 쉽게 해결할 수 있다고 여기는 것 같았다. 그래서 잠시 어색하게 침묵하다, 창문 밖으로 머리를 내밀어 마부하고 또다시 진지하게 협의하는데, 앞선 문제만큼 의견이 쉽게 안 모이는 것 같았다. 그래도 결론은 마침내 나오고 부인은 할아버지에게 다시 말했다.

"영감님한테 일할 마음이 있다면 밀랍 인형에 쌓인 먼지를 털고 입장권을 받는 등 할 일은 많아요. 내가 할아버지 손녀딸한테 바라는 건 사람들한테 밀랍 인형을 설명하는 거고요. 어려운 일이 아닌 데다 말하고 행동하는 모습이 예뻐서 관람객도 나쁘게 여기지 않을 거예요. 하지만 내 뒤를 따라다녀야 해요. 지금까지 관람객을 내가 늘 안내한 데다 앞으로도 그래야 하거든요. 기운을 다시 채워야 할 때만 빼고요. 흔한 제안이 아니니까 잘 생각하세요."

부인이 관람객에게 말하는 어투로 목소리를 키우며 이어나갔다.

"잘리의 밀랍 인형이라는 사실을 떠올리세요. 할 일은 가볍고 점잖으며, 특별한 사람만 관람객으로 초청하고, 전시는 강당이나 마을회관이나 커다란 여인숙이나 예술품 경매장에서 합니다. 잘리 쇼를 야외에서 하는 경우는 절대 없다는 걸 고려하세요. 잘리 쇼에서는 방수포나 톱밥 같은 걸 사용할 필요가 없다는 사실도 알아 두시고요. 광고 전단에 실린 내용은 하나같이 사실이니 모든 관람객이 좋아하고, 밀랍 인형 하나하나는 영국 전역에서 경쟁할 상대가 없을 정도로 훌륭한데, 입장료는 단돈 6펜스니, 이건 두 번 다시 안 올 기회라는 사실을 명심하세요!"

잘리 부인은 클라이맥스로 치닫다 현실생활로 내려와, 월급은 넬리가 일하는 모습을 자세히 살펴서 능력을 충분히 검증할 때까지 얼마를 주겠다고 장담할 순 없지만, 넬리와 할아버지에게 숙식만큼은 확실하게 보장한다면서 고급 요리로 늘 푸짐하게 먹여주겠다는 약속까지 했다.

넬리는 할아버지와 열심히 상의하고, 잘리 부인은 땅바닥에서 간식을 먹은 뒤에 산책하듯 두 손을 뒷짐 진 채 자긍심이 가득한 표정으로 마차 내부를 엄숙하게 거닐었다. 포장마차가 끊임없이 흔들린다는 사실을, 천부적으로 우아한 품위를 타고 난 사람이 아니면 당연히 비틀거릴 수밖에 없다는 사실을 고려할 때, 정말 대단한 능력이 아닐 수 없었다. 그러다 넬리가 쳐다보자 잘리 부인이 걸음을 멈추며 물었다.

"어떻게 하기로 했니?"

"고마운 마음으로 받아들이겠습니다. 정말 감사합니다."

"그래, 후회하는 일은 결코 없을 거야. 장담하지. 결정했으니 이제 저녁이나 먹자."

그러는 사이에 포장마차는 강한 맥주를 마셔서 졸린 사람처럼 흔들리며 꾸준히 나아가다 마침내 바닥을 포장한 마을 도로로 들어섰다.

자정을 앞둔 시간이라 마을 사람 모두 잠자리에 들어, 돌아다니는 사람 하나 없이 조용했다. 전시장을 손보기엔 너무 늦은 시각이라, 마차는 하룻밤 보낼 생각으로 낡은 마을 대문 바로 안쪽 공터 구석으로 방향을 틀어서 다른 포장마차 옆에 대는데, 그 마차는 잘리란 이름이 커다랗게 박힌 데다 영국의 자랑이라 할 수 있는 밀랍 인형을 곳곳으로 운반하는 데도, 허가관청은 비굴하게도 '일반 마차'로 지정하곤 소중한 화물을 밀가루나 석탄 같은 사소한 물품으로 여기는 듯 7천몇백이라는 숫자까지 매겼다!

대우를 제대로 못 받은 마차는 (화물을 전시공간으로 옮기고, 그걸 다시 실을 때까지 놓아두어) 텅 빈 상태라 노인은 그곳에서 하룻밤 묵기로 하고, 넬리는 주변 물건을 최대한 활용해서 노인이 누울 잠자리를 만들었다. 넬리 자신은 여행용 마차에서 잘리 부인과 함께 자기로 했는데, 이는 잘리 부인이 넬리를 믿는다는 증표였다.

넬리는 할아버지 곁에서 나와 원래 마차로 돌아가는데, 선선한 밤공기가 너무 좋아서 잠시 즐기고 싶었다. 달은 마을 입구 낡은 대문을 환하게 비추어, 그 밑에 있는 아치 길이 까맣고 깜깜해, 넬리는 두려움과 함께 호기심이 이는 걸 느끼고 대문으로 천천히 다가가서 가만히 올려다보며 정말 어둡고 섬뜩하고 고풍스럽고 우직하게 보인다고 생각했다.

오래된 조각상이 수백 년 전에 부서지거나 다른 데로 옮겨가서 텅 빈 벽감이 하나 있었다. 조각상이 그 자리에 있을 때 이상한 사람들이 얼마나 깔보고, 지금은 조용한 곳에서 예전에 얼마나 많은 전투가 일어나고 얼마나 많은 사람이 죽었을까 생각하는데, 새까만 아치 그늘에서 어떤 사내가 갑자기 나왔다. 그 순간, 넬리는 사내를 한눈에 알아보았다. 흉하게 일그러진 퀼프를 누가 한눈에 못 알아보겠는가!

아치 뒤쪽 길은 아주 좁고 주택은 짙은 그늘을 드리운 터라 땅속에서 불쑥 솟아난 것 같지만, 어쨌든 퀼프가 확실했다. 여자애는 어두운 모서리로 물러나, 퀼프가 바로 옆을 지나는 모습을 지켜보았다. 손에는 지팡이를 들어, 대문 그늘에서 완전히 벗어난 다음에 몸을 지팡이에 기댄 채 뒤를 – 넬리가 있는 곳을 – 곧장 돌아보며 손짓했다.

넬리를 봤나? 아, 다행히도 넬리는 아니다. 넬리가 완벽한 공포에 쌓인 채 사람 살리라고 소리칠까 아니면 숨은 곳에서 얼른 도망칠까 망설이는 가운데, 퀼프가 다가오기도 전에, 아치에서 다른 물체가 – 사내아이가 – 가방을 등에 짊어지고 천천히 나왔기 때문이다.

"자식아, 서둘러! 어서!"

퀼프가 소리치며 낡은 대문을 쳐다보는데, 달빛에 비친 모습은 끔찍한 괴물 조각상이 벽감에서 내려와 자기 집을 돌아보며 소리치는 형상이었다.

"짐이 끔찍하게 무거워요, 나리. 그래도 빨리 온 겁니다."

사내아이가 하소연하자, 퀼프가 반박했다.

"그래도 빨리 온 거라니! 더러운 개자식, 벌레처럼 느릿느릿 기어오면서. 종소리가 울린다고, 12시 30분."

퀼프가 가만히 듣다, 갑자기 돌아서며 무섭게 노려봐서 사내아이를 기겁하게 만들더니, 런던행 역마차가 도로 모서리를 몇 시에 지나느냐고 묻자, 사내아이는 한 시라고 대답했다.

"서둘러. 안 그러면 놓치겠어. 더 빨리…… 안 들려? 더 빨리."

사내아이는 있는 힘껏 쫓아가고, 퀼프는 앞서가다 계속 뒤돌아보고 협박하며 빨리 오라고 재촉했다. 넬리는 두 사람이 사라져서 아무 소리 안 들릴 때까지 꼼짝을 못 하다, 할아버지가 바로 옆에서 지나가는 퀼프를 보고 무서워할까 걱정하며 급히 달려갔다. 하지만 할아버지는 곤하게 자고, 넬리는 조용히 물러났다.

그래서 자신이 잠잘 곳으로 가면서 이번 일을 말하지 않기로 다짐했다. 난쟁이가 (자신들을 찾으러 온 것 같아 겁나지만) 여기까지 무슨 일로 왔든 런던행 역마차가 오는 시간을 물었으니 집으로 돌아가는 게 분명한 데다, 이미 지나간 만큼 다른 어디보다 안전할 것 같았다. 이렇게 정리했는데도 놀란 마음을 달랠 순 없었다. 쉽게 달래기엔 너무 놀란 데다 퀼프 무리가 모여들어 주변을 가득 에워싼 느낌마저 들었기 때문이다.

귀족과 신사 계급의 자랑에다 왕실가족까지 후원하는 여인은 자신만 아는 방법으로 여행용 침대에서 깊은 잠에 빠져들고, 커다란 보닛 모자는 드럼에 조심스럽게 놓여, 천장에서 흔들리는 희미한 등잔 불빛에 영광스러운 모습을 드러냈다. 여자애 잠자리는 바닥에 깔아놓았는데, 문이 바로 옆이라서 발소리가 제일 먼저 들리는 데다 밖에서 주고받는 소리까지 들리고 청동 두드리개는 예방책으로 정말 훌륭한 수단이라 마음에 쏙 들었다. 마차 바닥에서 코 고는 소리가 때때로 올라오고 밀짚 역시 부스럭댄다는 건 마부가 마차 밑 땅바닥에서 잔다는 의미라, 안전한 느낌은 그만큼 더 강하게 다가왔다.

보호장치가 이렇게 많은데도 밤새도록 자다 깨기를 반복하니, 끔찍한 퀼프가 꿈속에 나타나서 밀랍 인형으로 변하기도 하고 잘리 부인과 밀랍 인형이나 퀼프 자신으로 변하기도 하고, 잘리 부인과 밀랍 인형과 손풍금으로 변하기도 하고, 모두 모여서 색다른 형태로 변하기도 했다. 그러다 동녘이 터올 즈음에 비로소 너무 피곤하고 힘든 나머지 깊은 잠에 빠져들어, 엄청나게 즐거운 느낌만 남고 다른 느낌은 모두 사라졌다.

28장

깊은 잠이 눈꺼풀에 오랫동안 걸리다 깨어날 때 잘리 부인은 벌써 커다란 보닛 모자를 쓰고 아침을 준비하는 중이었다. 부인은 넬리가 사과하는 말을 아무렇지 않게 받아들이면서 정오까지 자더라도 안 깨울 생각이었다며 말했다.

"지쳤을 땐 최대한 푹 자서 피로를 싹 털어내는 게 좋아. 젊음이 누리는 또 다른 축복이지…… 깊이 잔다는 건."

"간밤에 못 주무셨나요, 부인?"

"거의 못 잔단다. 그러고도 견디는 게 이상할 정도야."

잘리 부인이 대답했다. 순교자 같은 분위기였다.

넬리는 간밤에 밀랍 인형 주인이 포장마차 틈새로 긁어대던 소리가 떠올라, 깨어있는 꿈을 꾼 것 같다고 생각했다. 하지만 안타깝다고 위로한 뒤, 할아버지와 잘리 부인과 함께 앉아서 아침을 들었다. 그런 다음에 넬리는 그릇과 접시와 컵 설거지를 거들어 제자리에 올려놓고, 잘리 부인은 집안일을 마친 다음에 마을로 걸어갈 생각으로 엄청나게 화려한 숄을 몸에 걸치며 말했다.

"화물 마차가 상자를 실으러 올 테니 그걸 타고 오렴. 나는 걸어가야 해. 그러고 싶은 마음은 조금도 없지만, 사람들이 기대하거든. 공인은 남자든 여자든 마음대로 할 수 없을 때가 많단다. 어때, 괜찮아 보이니?"

넬리는 멋있다 대답하고, 잘리 부인은 핀을 수없이 찔러서 옷 모양새를 마무리하고 등을 제대로 보려고 애쓰며 여러 차례 실패하다, 마침내 성공하고 우아하게 걸어나갔다.

포장마차는 짧은 거리를 유지하며 따라갔다. 덜거덕대며 거리를 지날 때, 넬리는 어떤 사람들이 사는지 궁금도 하고 끔찍한 퀼프 얼굴이 나타날까 두렵기도 해서 창문을 살그머니 내다보았다. 마을이 정말 컸다. 마차가 천천히 굴러가는 광장은 널찍하고, 한가운데에 마을회관이 있는데, 거기에 시계탑도 있고 수탉 모양 풍향계도 있었다. 돌로 지은 집도 있고 빨간 벽돌로 지은 집도 있고 노란 벽돌로 지은 집도 있고 나뭇가지로 엮어서 회반죽을 바른 집도 있는데, 나무로 지은 집은 대체로 낡아, 기둥마다 깡마른 얼굴을 조각해서 거리를 빤히 쳐다보았다. 그런 집은 조그만 창문이 윙크하고, 현관문은 나직한 아치 모양이고 그보다 좁은 진입로는 인도에 바로 걸쳤다. 거리는 깨끗해서 햇살이 환하게 들고 사람은 없고 활기도 없었다. 여인숙 두세 곳과 텅 빈 시장과 상점 입구에 몇 사람씩 어슬렁대고, 사설 구빈원 담장 앞에선 노인 몇 명이 의자에 앉아서 꾸벅꾸벅 졸았다. 어디든 목적지가 또렷해서 열심히 걷거나 할 일이 확실한 사람은 없었다. 행여나 돌아다니는 사람이라도 있다면 햇살이 뜨겁게 내리쬐는 인도에서 발걸음 소리가 오랫동안 맴돌 것 같았다. 움직이는 거라곤 시계 하나밖에 없는 것 같은데, 바탕 얼굴엔 활기가 없고 시침과 분침은 축 늘어지고 소리는 갈라진 걸 보면 시계조차 느릿느릿 움직이는 게 분명했다. 강아지도 하나같이 잠자고, 파리는 식료품점 촉촉한 설탕에 취해서 날갯짓조차 잊은 채 먼지투성이 유리창 모서리에서 죽어갔다.

포장마차는 낯설게 덜거덕대며 나아가다 마침내 전시장 앞에서 멈추어, 넬리는 아이들이 잔뜩 몰려드는 가운데 내리자, 아이들은 넬리를 진귀한 품목으로 여기는 게 분명하고, 할아버지를 정교하게 만든 밀랍인형이라 확신하며 깊은 인상을 받는 것 같았다. 상자는 간단하게 내려서 안으로 들여가고, 잘리 부인은 상자 자물쇠를 연 다음, 유료도로 통행권으로 장식한 갈색 모자에 비로드 반바지 차림 사내에게 조지와 함께 상자 내용물을 (빨간 꽃줄을 비롯해 다양한 장식품을) 꺼내서 실내를 최대한 멋있게 장식하도록 지시했다.

모두 곧바로 작업에 들어가서 열심히 일했다. 엄청난 컬렉션은 먼지가 질투하며 달라붙지 않도록 천으로 그대로 감싼 채, 넬리는 전시장 장식을 거들며 바삐 움직이고, 할아버지 역시 열심히 거들었다. 두 사내는 익숙하게 작업하며 짧은 시간에 많은 일을 해내고, 잘리 부인은 통행료를 받는 사람처럼 순면 주머니를 허리에 걸쳐서 주석 압정을 꺼내주며 두 조수에게 힘 좀 팍팍 내라고 재촉했다.

모두가 그렇게 열심히 일할 때, 코는 매부리에다 머리칼은 까맣고 키는 커다란 신사 한 명이 문가에 나타나서 안을 들여다보며 상냥하게 웃었다. 짧은 군대식 프록코트가 소매에 꽉 끼는데, 예전에는 사방에 술을 달아서 장식했겠지만 지금은 완전히 닳아서 실까지 터져 나온 모습이 비참하고, 다리에 꽉 끼는 회색 바지는 낡을 대로 낡고, 신발은 겨울용이었다. 잘리 부인은 반대편으로 등을 돌린 상태고, 군복 차림 신사는 사람들에게 집게손가락을 흔들어서 자신이 나타난 걸 알리지 말라 신호하더니, 바로 뒤까지 살금살금 다가와서 장난스럽게 그 목을 툭 치며 "어흥!" 하고 소리쳤다.

"뭐야, 슬럼[23] 선생! 맙소사! 여기서 볼 거란 생각은 조금도 못 했어!"

"내 영혼과 명예를 걸고 말하건대, 정말 좋은 지적이야. 정말 좋은 지적이라고. 그런 생각을 대체 누가 하겠어! 조지, 충직한 친구여, 잘 지냈나?"

슬럼이 묻자, 조지는 잘 지낸다며 무뚝뚝하게 대답하곤 열심히 망치질만 했다. 그러자 군복 신사는 잘리 부인을 쳐다보며 말했다.

"내 영혼과 명예를 걸고 말하는데, 나도 내가 여기에 왜 왔는지 몰라.

---

23) 빈민가 혹은 싸구려를 뜻하는 'Slum'을 이름으로 썼다. 캐릭터 성격을 이름으로 사용하는 작가의 특징이다.

이리 말하니까 나도 당혹스럽군. 영감을 조금 떠올리고, 기운도 조금 끌어올리고, 아이디어도 조금 바꿨어."

그러더니 자세를 가다듬고 실내를 둘러보며 덧붙였다.

"내 영혼과 명예를 걸고 말하는데, 엄청나게 고전적인 내용이라고! 지혜의 여신이 살아난 격이야!"

"다 끝내면 볼만 하겠군."

잘리 부인이 말하자, 슬럼이 대답했다.

"당연하지! 내가 시를 끄적이는 게 대단한 영광이라면, 이번에 매혹적인 내용을 마음껏 끄적였다면 믿겠어? 그건 그렇고…… 주문할 거 없나? 내가 조금이라도 도와주고 싶거든."

"너무 비싸. 도움도 안 되는 것 같고."

잘리 부인이 말하자, 슬럼이 손을 치켜들며 반박했다.

"맙소사! 말도 안 돼! 엉뚱한 소리 그만둬. 그런 소리는 안 들으니까. 도움이 안 됐단 말은 하지 마. 절대 하지 말라고. 나도 잘 아니까!"

"정말 도움이 안 됐어."

"하하! 그래도 생각이 바뀔 거야, 좋아할 거라고. 향수 장사꾼한테 물어보고 구두약 제조업자한테 물어보고 모자 장수한테 물어보고 늙은 복권 장사꾼한테 물어보라고…… 내 시가 얼마나 커다란 도움이 되는지 누구한테든 물어보라고, 내가 장담하는데, 슬럼이란 이름을 누구나 찬양할 테니. 정직한 사람이라면 하늘을 올려다보면서 슬럼이란 이름을 찬양할 테니…… 내가 장담한다고! 웨스트민스터 대사원은 당신도 알지, 잘리 부인?"

"당연하지."

"그렇다면, 내 영혼과 명예를 걸고 말하는데, '시인 구역'[24]이란 따분

---

24) Poets' Corner: 런던 웨스트민스터 사원 1구역으로 영국이 낳은 대시인의 묘와

한 공간에 슬럼이란 이름이 누구보다 커다랗게 걸리고 말 테니."

군복 신사가 반박하며 자기 이마를 톡톡 쳐서 엄청난 두뇌를 암시하다가 "여기에 작품을 몇 개 담아두었어" 하고 덧붙이더니, 모자를 벗어서 가득한 종잇조각을 보여주며 계속 말했다.

"갑자기 떠오른 시상을 여기에 담았는데, 전시장을 활활 타오르게 하는 데 꼭 필요한 내용이지. 한 줄 한 줄 첫 글자와 마지막 글자를 맞춘 시로, 당장은 '와런'이란 이름을 썼지만, 잘리란 이름에 어울리게 살짝 바꾸면 돼. 이 시를 사."

"꽤 비쌀 것 같아."

잘리 부인이 말하자, 슬럼이 연필로 이를 쑤시면서 대답했다.

"5실링. 어떤 시보다 싸지."

"3실링 이상 줄 순 없어."

잘리 부인이 말하자, 슬럼이 재빨리 덧붙였다.

"6펜스만 더해. 어서. 3실링 6펜스."

잘리 부인은 시인이 알랑대는 말투에 넘어가고, 슬럼은 조그만 수첩에 주문 내용을 3실링 6펜스짜리라고 적었다. 그러더니 두루마리에 인쇄할 정도로 멋지게 고쳐서 단숨에 돌아오겠다 약속하곤 애정이 넘쳐흐르는 작별인사를 하고서 물러났다.

슬럼이 있는 동안에도 아무런 방해를 안 받고 열심히 일하니, 슬럼이 떠난 직후에는 준비가 전부 끝났다. 꽃줄을 최대한 멋있게 걸고 엄청난 컬렉션도 덮개를 걷어내 전시장을 빙글 돌아가며 60cm 높이 단상에 올려서 진열하고 새빨간 밧줄을 가슴 높이로 둘러쳐서 무례한 관람객이 손대는 걸 막고, 다양한 시대와 다양한 지역을 대표하는 의상을 화려하게 입히니, 유명인사들이 멋진 모습으로 홀로 혹은 여러 명씩 쭉 늘어서

기념비가 있다.

는데, 똑바로 일어선 모습은 다소 불안하고 두 눈은 크게 뜨고 콧구멍은 부풀고 다리와 팔 근육은 강인하고 얼굴은 다들 깜짝 놀란 것처럼 보였다. 신사는 불룩한 가슴에 새파란 수염이고 숙녀는 하나같이 아름다운데, 신사든 숙녀든 어디도 안 보고 누구도 안 노려보느라 애썼다.

화려한 모습을 처음 보는 순간에 넬리가 황홀경에 빠져들자, 잘리 부인은 넬리만 남고 모두 나가라 지시하곤 한가운데에 놓인 안락의자에 앉아, 자신이 각 인물을 가리키며 쭉 사용하던 버드나무 지휘봉을 넬리에게 공식적으로 넘겨주곤, 넬리가 단상 제일 앞에 있는 인형을 가리키자, 관람객에게 설명하는 어투로 열심히 가르쳐주었다.

"이건 엘리자베스 여왕 시대에 궁전에서 일하던 불행한 시녀로, 주일에 일하다 손가락을 바늘에 찔려서 사망했답니다. 손가락에서 뚝뚝 떨어지는 피를 보고, 당시에 궁전에서 시녀가 쓰던 금 바늘도 보세요."

넬리가 손가락과 바늘까지 적절한 순간에 가리키며 똑같은 내용을 두세 차례 되풀이하자, 잘리 부인이 다음으로 넘어가며 말했다.

"이건, 신사 숙녀 여러분, 빅토리아 시대 최대의 살인마 재스퍼 팩클머턴으로, 결혼을 열네 번이나 해서 부인이 아무것도 모르고 깊이 잠잘 때 발바닥을 간지럽혀서 열네 명을 모두 죽였습니다. 교수대에 오를 때 그동안 저지른 짓을 후회하느냐는 질문을 받고, 이 자는 그렇다고, 너무 쉽게 죽인 걸 후회한다고, 기독교인 남편이라면 자신이 저지른 짓을 누구나 용서할 거라고 대답했답니다. 젊은 여성은 이걸 교훈 삼아서 자신이 선택한 남성의 품성을 자세히 살펴야 합니다. 지금 간지럽히려고 구부린 저 손가락도 보고, 마누라를 잔인하게 죽일 때처럼 우리한테 윙크하는 얼굴도 보세요."

팩클머턴에 대한 내용을 넬리가 제대로 암기해서 흔들리지 않고 설명하자, 잘리 부인은 뚱뚱한 사내로 나아가고, 깡마른 사내로 나아가고,

HB
E.LANDELLS

키가 큰 사내로 나아가고, 키가 조그만 사내로 나아가고, 늙은 나이에 132시간이나 춤추다 죽은 귀부인으로 나아가고, 숲에서 야생상태로 사는 사내아이로 나아가고, 절인 호두로 가족 열네 명을 독살한 여인으로 나아가는 등, 역사에 등장한 다양한 인물을 흥미진진하지만 엉뚱하게 묘사했다. 잘리 부인은 열심히 설명하고 넬리는 암기 실력이 좋아, 단둘이 두 시간 동안 애쓰다 보니 넬리는 밀랍 인형 인물사를 완벽하게 파악해서 관람객에게 재미있게 설명할 능력을 충분히 갖췄다.

잘리 부인은 행복한 결과에 곧바로 감탄하면서 어린 친구며 제자를 데리고 입구 안쪽 시설을 점검하러 가는데, 넬리가 마차에서 본 (슬럼이 쓴) 녹색 천과 글귀가 숲을 이루고, 제일 앞에는 잘리 부인이 앉도록 탁자를 화려하게 장식했으니, 잘리 부인은 그곳에서 조지 3세 국왕, 광대 그리말디, 스코틀랜드 메리 여왕, 이름 없는 퀘이커교도, 창문세를 새로 부과한 고지서를 손에 든, 돈 많은 정치인 피트를 지휘하며 입장료를 받았다. 입구 바깥쪽에 준비한 시설도 확실하게 점검했다. 매력이 대단한 수녀는 입구 위쪽 조그만 지붕에서 묵주를 돌리며 기도하고, 머리칼이 더할 나위 없이 새까맣고 피부가 더할 나위 없이 깨끗한 산적은 그 순간에 이륜마차를 타고 옆에 앉은 숙녀 모형과 협의하며 마을을 돌았다.

남은 일은 슬럼이 쓴 글을 적절하게 배포하는 작업, 감동적인 분위기를 각 가정과 상점으로 퍼트리는 작업, '나한테 당나귀가 있다면'으로 시작하는 패러디를 선술집마다 걸어서 법률사무소 직원을 비롯한 여론 주도층 사이에 소문을 내는 작업이었다. 모든 작업을 마치자, 잘리 부인은 밀랍 인형이 마음을 맑게 하고 취향을 끌어올리고 인간을 널리 이해하게 한다는 사실이 또렷하게 증명되었다고 주장하는 전단을 직접 들고 기숙학교도 찾아가서 홍보하고 오더니, 지칠 줄 모르는 여인은 저녁 식탁에 앉아서 쇼가 성공하길 빌며 의심스러운 병을 쭉 들이켰다.

29장

잘리 부인은 창조적인 천재가 분명했다. 관람객을 끌어모으려고 다양한 방법을 쓰는 와중에 어린 넬리까지 떠올렸다. 산적이 화려한 의상에 깃발과 리본을 잔뜩 달고 마을을 돌아다니던 이륜마차에서 산적을 안쪽으로 디밀어 사랑하는 모형이랑 마주 보게 하고, 조화로 장식한 넬리를 그 옆에 앉혀서 아침마다 마을을 천천히 돌며 드럼과 트럼펫 소리에 맞춰서 바구니에 있는 전단을 나누어주게 하였다. 여자애는 정말 예쁜 데다 행동이 다정하면서도 수줍어, 조그만 마을에서 엄청난 반향을 일으켰다. 거리에서 관심을 독차지하던 산적은 뒤로 밀려나고, 넬리가 관심을 독차지하며 쇼에서 가장 중요한 인물로 떠올랐다. 어른들은 눈매가 또렷한 여자아이에게 흥미를 느끼고, 사내아이 수십 명은 애절한 짝사랑에 빠져들어, 조그만 편지에 호두와 사과를 담아서 밀랍 인형 입구에 남겨놓기 일쑤였다.

이렇게 놀라운 반응을 잘리 부인은 안 놓치고, 넬리가 싸구려 취급을 안 받도록, 다시 산적 혼자 내보내고 넬리는 전시실에 남아 삼십 분 간격으로 밀랍 인형을 설명해서 관람객이 크게 만족하며 감상하도록 했다. 그런데 관람객은 고급 취향인 데다 기숙학교 여학생마저 있으니, 잘리 부인은 이들을 끌어들이려고 엄청나게 애써서 광대 그리말디 얼굴과 의상을 '린들리 메리'가 영문법 책을 처음 쓰던 모습으로 바꾸고 악명높은 살인마를 여류작가 한나 모어 부인으로 바꾸니, 마을에서 기

THE
WONDER
OF ALL
WONDERS!
JARLEY'S
WAX
JARLEY'S
WAX WORK

숙학교와 정규학교를 맡은 몬프라더스 교장은 여학생 여덟 명을 선발해서 초대전에 온 적이 있는 터라, 엄청나게 고친 걸 보고 깜짝 놀라며 실물과 정말 비슷하다고 인정했다. 잠옷에 수면 모자까지 쓰고 신발을 안 신은 피트는 시인 윌리엄 쿠퍼로 완벽하게 바꾸고, 까만 가발에 하얀 셔츠 칼라에다 남성 복장까지 한 스코틀랜드 메리 여왕은 바이런 경으로 완벽하게 바꾸니, 그 모습을 보는 순간에 어린 여학생들이 비명까지 질러댔다. 하지만 몬프라더스 교장은 이 노력을 비판하면서 잘리 부인이 컬렉션을 신중하게 선별하지 않은 사례로 지적하고, 바이런 경[25]은 영광스러운 밀랍 인형에 어울릴 수 없다면서 '수석 사제와 참사회' 사례[26]까지 덧붙이니, 잘리 부인은 무슨 말인지 이해조차 못 했다.

넬리는 하는 일이 고되긴 해도 포장마차 여인이 주변 사람을 배려하며 다정하게 행동한다는 사실을, 자신이 편하게 지내는 것도 중요하지만 주변 사람이 편하게 지내는 것 역시 중요하게 여긴다는 사실을 깨달았다. 포장마차보다 훨씬 좋은 집에 사는 사람 대부분은 자신이 편한 만큼 다른 사람도 편하게 하는 능력이 극히 부족한 현실을 볼 때, 이는 아주 중요한 덕성이 아닐 수 없다. 넬리는 인기가 좋아서 관람객에게 팁을 다양하게 받으나 잘리 부인은 그걸 요구하지도 않고, 할아버지 역시 쓸모가 있어서 좋은 대접을 받으니 넬리로서는 밀랍 인형과 관련해선 불안할 게 하나도 없지만, 퀼프가 툭하면 떠오르다 못해 언젠가는 다시 나타나서 갑자기 마주칠 수 있다는 불안감까지 떨쳐낼 순 없었다.

퀼프는 끊임없는 악몽 자체로, 조그만 모습에 추악한 얼굴이 환영으로 툭하면 나타나서 괴롭혔다. 여자애는 그나마 안전한 밀랍 인형 전시

---

25) 조지 고든 바이런 경은 로맨틱한 내용을 주로 노래한 시인이다.
26) 수석 사제와 참사회가 비판해, 바이런은 웨스트민스터 사원에 안치되지 않았다.

실에서 밤을 꼬박 보내니, 이런저런 밀랍 얼굴이 죽은 것처럼 보이는 게 난쟁이랑 너무나 똑같아서 크나큰 고통에 휩싸일 수밖에 없었다. 환상이 강하게 몰려들 때는 난쟁이가 실제로 밀랍 인형 옷을 입고 그 자리에 선 느낌마저 들었다. 흐리멍덩한 눈동자는 잠자리 주변을 겹겹이 에워싸고, 살아있는 인간이랑 너무나 똑같으면서도 입을 꾹 다문 채 꼼짝도 안 하는 모습은 너무나 달라, 넬리에겐 그 자체가 공포로, 가만히 누워서 어스레한 모습을 바라보다 보면 결국엔 벌떡 일어나서 촛불을 켜거나 열린 창문으로 가서 앉아 반짝이는 별을 바라보며 마음을 달래야 했다. 그럴 때는 옛날 집에서 혼자 앉던 창문이 떠오르다 가련한 키트가 다정하게 행동하던 모습마저 떠올라서 눈물이 고여, 웃으면서도 눈물을 짜내기 일쑤였다.

이렇게 고요한 시간이면 불안한 생각이 할아버지로 넘어가, 할아버지가 예전 생활을 얼마나 기억하는지, 생활 환경이 변한 데다 거지처럼 지낸 적도 있다는 걸 진짜 아는지 궁금했다. 이리저리 돌아다닐 때만 해도 넬리는 이런 생각을 거의 안 했지만, 지금은 할아버지가 병들거나 자신이 쓰러지면 두 사람은 어떻게 될까 하는 생각이 절로 떠올랐다. 할아버지는 참을성도 있고 의지도 충분해서 쓸모가 있는 걸 기쁘게 여기며 가벼운 일을 즐겁게 해냈다. 하지만 멍한 상태는 똑같고 좋아질 기미는 없으니, 단순한 어린애, 생각 없고 얼빠져서 가련한 존재, 아무런 해를 안 끼치고 다정하기만 한 노인, 넬리를 존중하고 다정한 행동을 알아채고 기쁘고 슬픈 걸 느끼지만 특별히 바라는 건 없는 노인이었다. 그런 모습을 볼 때마다 넬리는 슬펐다. 할아버지가 물끄러미 앉아있는 모습도 슬프고, 자신이 돌아보면 빙그레 웃으며 고개를 끄덕이는 모습도 슬프고, 어떤 어린애를 쓰다듬고 이리저리 데리고 다니며 좋아하다 간단한 걸 물으면 허약한 마음으로 받아내며 당황하는, 당신도 그런 사실을 아는 듯, 갓난아기 앞에서도 겸손한 모습을 보면 넬리는 너무 슬퍼서 눈물을 터트리며 아무도 모르는 곳으로 황급히 달려가서 바닥에 철퍼덕 무릎을 꿇은 채 할아버지가 낫기만 기도하기 일쑤였다.

그런 할아버지를 보는 마음이 고통스럽긴 해도 최소한 할아버지 자신은 만족하며 편안하게 지내니 넬리는 그런대로 견딜 수 있었다. 그랬다. 못 견딜 정도로 고통스럽고 뿌리 깊은 슬픔은 아직 찾아오지 않았다.

하루는 밤에 일이 없어서 넬리는 할아버지와 함께 초저녁에 산책하러 나갔다. 여러 날을 좁은 공간에서 지낸 데다 날씨는 따듯해서 두 사람은 상당히 멀리 나갔다. 마을을 벗어나, 상쾌한 들판을 가로지르는 오솔길로 접어들어, 끝나는 지점에서 산책을 마치고 그 길로 돌아오면 된다고 판단했다. 하지만 생각과 달리 길은 아주 널찍하게 돌아가고, 두 사람은 해가 질 때까지 걷고 싶은 마음으로 계속 걷다 마침내 찾던 길이 나타나자 잠시 쉬려고 멈췄다.

아까부터 조금씩 나타나던 먹구름이 어느덧 잔뜩 몰려들어 하늘을 새까맣게 메우는 가운데, 멀리서 태양이 떨어지며 새빨갛게 불타는 빛과 황금빛을 내뿜다, 깜부기불처럼 죽어가며 새까만 장막 사이로 어렴풋하게 비추어 지상을 빨갛게 물들였다. 바람이 신음하는 소리가 묵직하게 일어나더니, 태양은 화려하게 가라앉고 먹구름은 계속 모여드는 게 금방이라도 천둥 번개를 내려칠 것 같았다. 이윽고 빗방울은 굵직하게 떨어지고 폭풍을 몰고 다니는 먹구름은 계속 흘러들어, 다른 구름이 지나간 자리를 채우며 하늘을 가득 메웠다. 멀리서 번갯불이 갈라지고 천둥소리가 나지막이 으르렁대더니, 깜깜한 어둠이 순식간에 밀려드는 것 같았다.

나무나 산울타리 밑으로 피하는 건 무서워서 여자애는 할아버지와 함께 큰길을 따라 급히 나아가며 폭풍우를 피할 주택이 나오기만 바라고, 폭풍은 본격적으로 불어닥치며 맹렬한 힘을 순간마다 끌어올렸다. 두 사람은 장대비에 흠뻑 젖은 채 귀가 먹먹한 천둥에 놀라고 이리저리 갈라지는 번갯불에 당황한 나머지 근처에서 하나뿐인 주택을 못 보고 지나치려는데, 어떤 사내가 문가에서 두 사람을 열심히 불러댔다. 그리고 번갯불이 새롭게 터져 나오는 순간에 두 손으로 눈을 가린 채 문에서 물러나며 소리쳤다.

"번갯불에 눈이 멀면 귀라도 밝아야지!"

그러더니 뒤에서 문을 닫고 복도를 따라 안으로 인도하며 물었다.

"도대체 무슨 생각으로 그냥 지나친 거야?"

"건물을 못 봤어요, 아저씨가 부를 때까지."

넬리가 대답하자, 사내가 공감했다.

"그러기도 하겠군, 번갯불이 눈을 가려서. 자, 벽난로 옆으로 와서 젖은 옷이나 말리쇼. 먹고 싶은 게 있으면 무어든 주문하고. 먹고 싶은 게 없으면 굳이 주문할 필요는 없고. 걱정하지 마쇼. 여기는 선술집이니까. '용감한 군인'은 근방에서 꽤 유명하다고."

"여기를 '용감한 군인'이라고 하나요, 아저씨?"

넬리가 묻자, 주인이 대답했다.

"모르는 사람은 없는 줄 알았는데. '용감한 군인'도 모르다니 어디에서 왔니? 여기가 '용감한 군인'이야, 정직한 젬 그로브스가 도덕적으로 나무랄 데 없이 운영하고, 크리켓 경기장도 훌륭하단다. 행여나 젬 그로브스를 나쁘게 말하는 사람이 있다면, 직접 찾아와서 말하라고 해. 그러면 젬 그로브스가 4파운드에서 40파운드[27)]까지 받고 손님으로 모실

27) 1파운드는 원래 금화 1파운드를 의미하나, 실제 무게는 30g이다. 당시 영국에서 연봉 2,000~6,000파운드면 중상류층이니, 4파운드에서 40파운드를 술값으로 받는다는 건 상대를 그만큼 혼내겠다는 뜻이다.

테니까."

이렇게 말하며 가슴을 툭툭 쳐서 그렇게 대단한 젬 그로브스가 바로 자신이라는 걸 알리고는, 벽난로 위 까만 액자에 담겨서 앞에 나타난 모든 사람과 치고받는 가짜 젬 그로브스에게 주먹을 멋지게 내뻗은 다음, 물 섞은 위스키가 반밖에 안 남은 유리잔을 입에 대고 젬 그로브스의 건강을 빌며 쭉 들이켰다.

커다란 칸막이가 널찍한 공간을 가로질러서 벽난로에서 달아오른 불기운을 막아주어 실내가 따듯했다. 그런데 용감한 그로브스를 은근히 얕보며 자화자찬하는 말을 비꼬는 소리가 칸막이 반대편에서 일자, 그로브스가 주먹으로 칸막이를 힘껏 때리곤 상대 반응을 기다렸다. 하지만 아무런 반응이 안 나오자, 그로브스가 말했다.

"젬 그로브스 가게에서 젬 그로브스한테 감히 덤빌 사람은 많지 않아. 그럴만한 배포가 있는 사람은 딱 하난데, 여기에서 100km나 떨어진 사람도 아니야. 하지만 열 사람 몫을 해내니, 마음 내키는 대로 말하는 걸 나로선 받아들일 수밖에 없고 상대 역시 그걸 알지."

이런 식으로 칭찬하는 말에, 칸막이 너머에서 우락부락하고 거친 목소리가 그로브스에게 "그만 떠들고 촛불이나 켜"라고 소리쳤다. 그러더니 똑같은 목소리가 "헛소리를 늘어놓을 필욘 없다고, 자네가 어떤 사람인지 누구나 아니까"라고 덧붙였다.

할아버지는 갑자기 관심을 보이며 "넬리, 저 사람들이 카드놀이를 하는 중이야. 저 소리가 들리니?"라 속삭이고, 똑같은 목소리는 "촛불을 잘 비춰. 카드 패를 잘 봐야 하니까. 저 창문도 덧문을 빨리 닫고. 알겠어? 천둥이 치는 밤에 자네 맥주는 맛이 없다고…… 이겼다! 7실링 6펜스를 주게, 아이삭. 이리 건네."

탁자에서 쨍그랑대는 동전 소리에 할아버지가 관심을 더 보이며 다시 속삭였다.

"들리니, 넬리, 저 소리가 들려?"

바로 그때, 정말 듣기 싫을 정도로 날카롭게 갈라지는 목소리가 말했다.

"이렇게 심한 폭풍은 처음이야, 루크 위더스 영감이 빨간 쪽에 걸어서 열세 번 내리 이긴 밤 이후로. 대단한 행운이었지, 이런 밤에는 악마가 돌아다닌다고 우리 모두 말했으니까. 그러니까 루크 영감이 뒤를 돌아보았던 것 같아, 행여나 누가 지켜보는지 보려고."

그러자 우락부락한 목소리가 대답했다.

"아! 루크 영감은 최근에도 변함없이 이기지만, 운이 누구보다 안 따를 때가 기억나는군. 주사위 상자를 손에 쥐거나 카드를 잡은 적 한 번 없이 먹잇감만 돼서 주머니를 탈탈 털렸으니까."

노인이 속삭였다.

"저 사람 말을 들었니? 저 말을 들었어, 넬리?"

할아버지가 완전히 변한 모습에 여자애는 깜짝 놀라기도 하고 두렵기도 한 눈으로 바라보았다. 얼굴은 빨갛게 달아오르고 두 눈은 잔뜩 긴장하고 이는 악물고 숨은 짧고 거칠며 손은 심하게 떨어, 그 손으로 잡은 넬리 팔까지 덜덜 떨렸다.

할아버지가 위를 쳐다보며 중얼댔다.

"내가 늘 말하고, 늘 확신하고, 늘 꿈꾸고, 늘 진짜라고, 될 수밖에 없다고 늘 여기던 게 바로 저거야! 돈이 얼마나 있니, 넬리? 어서! 어제 돈이 있는 걸 봤어. 얼마나 있니? 나한테 주렴."

"안 돼요, 안 돼요, 제가 지니고 있을래요, 할아버지. 여기에서 나가요. 비는 아무래도 좋으니까 어서 나가요."

손녀딸이 사정하자, 할아버지가 사납게 다그쳤다.

"어서 달라고 했잖아. 쉿, 쉿, 울지 말렴, 넬리. 내가 거칠게 말했다면, 얘야, 진심이 아니란다. 다 너를 위해서야. 지금까지 너한테 제대로 못 해줬지만, 넬리, 앞으로 바로잡을 거야, 확실히. 돈 어디 있니?"

"이러지 마세요, 할아버지. 이러지 마세요, 제발. 이 돈은 우리 둘을 위해서 제가 지니고 있을래요. 아니면 그냥 내버리겠어요. 할아버지한테 주느니 차라리 내버리는 게 좋아요. 그만 나가요. 제발 나가요."

"돈을 줘. 돈을 받아야겠어. 이시……어서……우리 귀여운 넬리. 언젠가는 너를 부자로 만들 테니, 꼭 부자로 만들고 말 테니 걱정하지 말아라!"

여자애는 주머니에서 조그만 지갑을 꺼내고, 노인은 그걸 말하는 속도만큼 빠르게 낚아채고 칸막이 반대편으로 황급히 갔다. 노인을 어떤 식으로도 막을 수 없어 여자애는 덜덜 떨면서 뒤를 쫓았다.

선술집 주인은 탁자에 촛불을 벌써 켜고 창문에 커튼을 치는 중이었다. 목소리만 들리던 주인공은 사내 두 명으로, 두 사람 사이에는 카드 한 벌과 은화 몇 개가 있고, 칸막이에는 두 사람이 따고 잃은 액수가 분필로 적혔다. 목소리가 우락부락한 사내는 덩치가 크고 우직한 중년으로, 까만 구레나룻은 굵직하고 얼굴은 널찍하고 거친 입은 커다랗고 목은 황소 같은데, 빨간 손수건 하나만 느슨하게 걸쳐서 굵은 목이 그대로 드러났다. 머리에는 갈색이 감도는 하얀색 모자를 쓰고 바로 옆에는 굵직하고 울퉁불퉁한 지팡이를 놓았다. 다른 사내는, 상대가 아이삭이라고 부른 사람으로, 비교적 날씬한 체구에 양쪽 어깨가 높이 올라와서 구부정하고 얼굴은 훨씬 흉측하고 사팔눈은 불길하고 야비했다. 그런 아이삭이 주변을 둘러보며 물었다.

"아니, 영감, 우리를 아시오? 칸막이 이쪽은 아무나 들어오는 곳이 아니라오, 영감."

"무례하게 군 건 아니길 바라겠소."

노인이 대답하자, 아이삭이 반박했다.

"맙소사, 영감, 신사 두 명이 열심히 시합하는데 불쑥 뛰어드는 건 정말 무례한 짓이오."

"무례할 의도는 없었소. 내 생각에……."

노인이 말하며 카드를 열심히 바라보는데, 아이삭이 다시 반박했다.

"영감은 생각할 권리가 없소. 영감처럼 늙은 사람이 생각해서 뭘 하겠소?"

그러자 덩치 큰 사내가 카드만 바라보던 눈을 처음으로 들어 올리며 말했다.

"이봐, 골목대장, 영감이 말 좀 하게 놔둘 수 없겠어?"

선술집 주인은 덩치 큰 사내가 어느 쪽을 편들까 눈치를 보느라 중립을 지키다, 이 시점에서 똑같이 말하며 끼어들었다.

"맞아, 영감이 말 좀 하게 놔둘 수 없겠어, 아이삭?"

그러자 아이삭이 날카로운 목소리로 주인 어투를 최대한 비슷하게 흉내 내며 조롱했다.

"영감이 말 좀 하게 놔둘 수 없겠냐고? 그래, 당연히 그럴 수 있지, 제미 그로브스."

"그럼 그렇게 하면 되겠군."

주인이 말하고, 아이삭은 사팔눈으로 가만히 쳐다보는 게 논쟁을 기다랗게 끌려는 것 같자, 덩치 큰 사내가 노인을 날카롭게 바라보다, 제때에 교활하게 쳐다보며 말했다.

"누가 알겠어, 저 영감님이 우리랑 손 섞는 영광을 누릴 수 있는지 정중하게 물어보려는 건지?"

"맞아요, 바로 그겁니다. 바로 그게 내가 물어보려는 겁니다. 바로 그게 내가 바라는 겁니다!"

노인이 소리치자, 똑같은 사내가 대답했다.

"나도 그럴 줄 알았소. 그렇다면 영감님은 우리가 장난삼아 카드 돌리길 싫어한다는 걸 알고 돈을 걸겠다고 정중하게 요청할지 누가 알겠소?"

노인은 손에 든 지갑을 열심히 흔드는 거로 대답을 대신하다 탁자로 던지더니 수전노가 황금을 움켜쥐듯 카드를 긁어모았다.

"아! 정말 그렇군. 영감님이 바라는 게 바로 그거라면 내가 사과하겠소. 이게 영감님 지갑이오? 아주 예쁘고 조그만 지갑이군. 가볍기도 하고."

아이삭이 말하더니, 지갑을 공중에 던져서 능숙하게 잡으며 덧붙였다.

"하지만 영감님이 삼십 분 정도 즐기기엔 딱 좋겠어."

"그렇다면 넷이 함께 놀아보세, 그로브스를 넣어서. 어서 들어오라고, 그로브스."

덩치 큰 사내가 말하자, 선술집 주인은 그런 놀이에 꽤 익숙한 사람처럼 탁자로 다가가서 자리를 잡았다. 여자애는 완벽한 고뇌에 빠져들어 할아버지 옆으로 다가가, 그 순간까지, 그만 나가자고 하소연했다.

"어서요, 그래야 우리가 행복할 수 있어요."

하지만 노인은 급하게 대답했다.

"우리는 행복할 거야. 나를 그만 놓아주렴, 넬리. 카드와 주사위에 행복이 달렸어. 조그만 판부터 이겨서 커다란 판으로 나아가는 거야. 여기엔 딸 돈이 많지 않지만 나중에 큰돈을 따는 거야. 그동안 잃은 돈을 모두 따는 거야. 얘야, 다 너를 위해서란다."

"아, 하느님, 저희를 도우소서! 도대체 어떤 악운이 저희를 여기로 이끌었나요?"

여자애가 한탄하자, 노인이 그 입을 손으로 막으며 나무랐다.

“쉿! 그렇게 말하면 행운이 달아나. 행운의 여신을 나무라면 안 돼, 그러면 우리를 피한다고. 확실해.”

“영감님, 안 낄 거면 카드나 주시겠소?”

덩치 큰 사내가 말하자, 노인이 대답했다.

“낍니다. 너는 여기 앉아, 넬리, 여기에 앉아서 구경해. 기운 내렴, 다 너한테 줄 테니까…… 모조리…… 땡전 한 푼까지. 저 사람들한텐 말하지 않겠다, 절대로, 그러면 저들이 빠질 테니까, 내가 모두 딸 수밖에 없다는 게 두려워서. 저들을 보렴. 저들을 보고 너를 보라고. 당연히 우리가 딸 수밖에 없어!”

아이삭이 탁자에서 일어날 것처럼 하며 재촉했다.

“영감님이 마음을 바꿨군. 영감님이 주저하는 게 안타까워. 호랑이를 잡으려면 호랑이 굴에 들어가야 한다고. 하지만 영감님이 알아서 하시겠지.”

“나는 준비가 다 됐소. 나보다 확실한 사람은 없을 거요. 나보다 빨리 시작하길 바라는 사람이 어디 있겠소.”

노인이 말하면서 탁자로 의자를 끌어가고, 다른 세 사람도 탁자에 둘러앉아, 도박판을 벌였다.

여자애는 옆에 앉아서 불안한 마음으로 지켜보았다. 행운이 따르든 안 따르든, 따든 잃든 상관하지 않았다. 할아버지를 사로잡은 지독한 열망이 걱정스러울 뿐이었다. 조금 따면 의기양양하다 잃으면 의기소침하고, 넋이 달아날 정도로 초조하고, 광분하다 좌절하고, 끔찍한 열망에 빠져들고, 하찮은 돈에 목숨을 거는 모습보다는 차라리 할아버지가 죽은 모습이 견디기 쉬울 것 같았다. 하지만 노인이 고통을 감수하는 건 바로 손녀딸 때문일 뿐, 돈을 따려고 어떤 도박꾼보다도 애절하게 달려드는 건 노인 자신을 위한 게 아니었다!

그런데 다른 세 명은 노련한 도박꾼이자 악당으로, 카드 패에 차분하고 조용하게 집중하는 모습은 모든 장점을 다 지닌 것 같았다. 때때로 한 사람이 빙그레 웃으며 다른 사람을 쳐다보기도 하고, 심지를 잘라서 촛불을 키우기도 하고, 열린 창문으로 번개가 치고 들어와서 커튼을 펄럭일 때 힐끗 쳐다보기도 하고, 천둥이 유난히 커다랗게 울릴 때는 짜증스러운 표정이 어리긴 해도, 대체로 차분하게 앉아서 돌로 만든 석상이라도 되는 듯 조금도 안 흔들리고 모든 걸 냉정하게 거부한 채 카드 패만 열심히 바라보는 모습은 완벽한 철학자 같았다.

폭풍은 세 시간을 꼬박 날뛰더니, 번갯불 횟수나 강도가 많이 줄고, 바로 머리 위로 꽂힐 것처럼 우르릉대던 천둥은 멀리서 거슬리는 소리를 가끔 뱉어내는 식으로 줄어드나, 도박은 계속되고, 여자애는 까마득히 잊혔다.

30장

마침내 도박은 끝나고, 돈은 아이삭이 모두 땄다. 덩치 큰 사내와 선술집 주인은 노련한 도박꾼답게 담담하게 받아들이고, 아이삭은 자신이 딸 수밖에 없다는 듯 주머니에 돈을 넣었다. 놀라거나 기뻐하는 모습은 없었다.

넬리 주머니에서 나온 조그만 지갑은 깨끗하게 털려서 텅 빈 채 옆에 있는데, 노인은 다른 사람이 모두 일어선 다음에도 혼자 앉아서 카드를 계속 돌려 각자 어떤 패를 가졌는지 일일이 살피며 흠뻑 빠져들고, 여자애는 다가가서 한 손을 어깨에 올리며 이제 자정이 다 됐다고 말했다.

G.GRAY. Sc

그러자 노인이 탁자에 펼쳐놓은 카드를 가리키며 말했다.

"자금이 두둑하지 않은 게 문제였어. 조금 더 갔더라면, 정말 조금만 더 갔더라면 행운이 나한테 돌아서는 거야. 맞아, 카드 패만큼이나 확실해. 여길 보고, 저길 보고, 또 여길 보라고."

"그만두고, 다 잊어버리세요."

여자애가 말하자, 노인이 초췌한 얼굴을 들어서 믿을 수 없다는 표정으로 바라보며 나무랐다.

"다 잊어버리라니! 어떻게 다 잊어? 다 잊어버리면 우리가 큰돈을 어떻게 벌겠니?"

여자애는 머리만 절레절레 젓고, 노인은 손녀딸 뺨을 쓰다듬으며 말했다.

"안 된다, 넬리, 안 돼. 하나도 잊어버리지 말아야 해. 이걸로 큰돈을 벌어야 해. 조금만 기다려…… 꾹 참으면서. 그러면 기회가 찾아와. 약속하마. 오늘은 잃어도 내일은 딴다고. 근심 걱정 없이 딸 수 있는 건 하나도 없어…… 단 하나도. 가자꾸나."

그러자 그로브스가 두 친구와 함께 담배를 태우다 말했다.

"지금 몇 신줄 아시오? 자정이 지난 데다……"

"비도 오지요."

덩치 큰 사내가 덧붙이자, 그로브스는 간판에 적힌 내용을 그대로 읊었다.

"제임스 그로브스가 운영하는 '용감한 군인'. 좋은 침실. 인간이든 짐승이든 값싼 음식. 12시 반이라오."

여자애가 불안한 어투로 말했다.

"너무 늦었어요. 벌써 떠나야 했어요. 사람들이 우리를 어떻게 생각하겠어요! 새벽 두 시는 돼야 도착할 거예요. 여기서 머물려면 얼마나 드나요, 아저씨?"

"좋은 침실 두 칸은 1실링 6펜스, 저녁과 맥주는 1실링, 합계 2실링 6펜스."

'용감한 군인'이 대답했다.

넬리에겐 옷에 꿰맨 금화가 있었다. 너무 늦어서 잘리 부인이 깊이 잘 시간인데, 한밤중에 깨우면 착한 부인이 깜짝 놀랄 게 분명했다. 하지만 여인숙에서 하룻밤 보내고 새벽 일찍 일어나서 부인이 깨기 전에 돌아가면, 그래서 폭풍우 때문에 어쩔 수 없었다고 변명하면 그런대로 넘어가겠다는 생각이 들었다. 넬리는 엄청나게 망설이다 마음을 정했다. 그래서 할아버지를 옆으로 데려가, 숙박비 낼 돈은 아직 충분하다고, 여기에서 하룻밤 묵자고 제안하니, 노인이 투덜댔다.

"그 돈을 나한테 진작에 주었더라면…… 몇 분 전에 그 돈이 있다는 걸 알았더라면!"

하지만 넬리는 주인을 황급히 돌아보며 "괜찮다면 여기에서 묵겠어요"라 말하고, 주인은 이렇게 대답했다.

"잘 생각한 거야. 저녁을 당장 갖다 주마."

그로브스는 파이프 담배를 끄고 재를 털어내고선 구멍이 밑으로 오도록 벽난로 모서리에 조심스레 내려놓고, 빵과 치즈와 맥주를 정말 맛있다고 자랑하며 가져와서 편하게 마음껏 먹으라고 권했다. 넬리와 할아버지는 음식을 천천히 먹으며 각자 깊은 생각에 빠져들고, 다른 남자들은 커다란 체구에 맥주가 너무 싱거워서 위스키와 담배로 마음을 달랬다.

여자애는 새벽 이른 시각에 떠나야 하는 터라 숙식비를 미리 낸 다음에 침실로 가고 싶었다. 하지만 비상금을 할아버지에게 안 보여야 할 것 같고 금화를 잔돈으로 바꾸기도 해야 할 것 같아, 숨긴 곳에 그대로

둔 채 선술집 주인이 다른 데로 갈 때까지 기다리다 칸막이 건너편으로 재빨리 쫓아가서 조그맣게 말했다.

"괜찮다면 이걸 잔돈으로 바꿔주실래요?"

제임스 그로브스는 깜짝 놀란 표정으로 금화를 보고 손가락으로 톡톡 치더니, 여자애를 바라보고 금화를 다시 바라보는 게, 그렇게 큰돈을 어디에서 구했는지 물어보려는 눈치였다. 하지만 금화는 진짜고 바꿔줄 돈도 충분해, 지혜로운 주인답게 자신이 상관할 일은 아니라고 판단한 것 같았다. 어쨌든 주인은 잔돈을 세서 건네고, 여자애는 저녁 시간을 꼬박 보낸 칸막이 맞은편으로 돌아가는데, 어떤 물체가 안으로 살그머니 들어가는 모습을 본 것 같았다. 돈을 바꾼 곳과 문 사이에는 기다랗고 어두운 통로가 전부고 자신이 이쪽에 있는 동안 들락거린 사람은 아무도 없는 게 분명한 터라, 누가 몰래 지켜보았다는 생각이 불쑥 떠올랐다.

하지만 그럴 사람이 누구란 말인가? 칸막이 안으로 다시 들어서니 나올 때 있던 사람이 전부였다. 덩치 큰 사내는 의자 두 개를 모아서 누운 채 한 손으로 머리를 베고, 사팔눈 사내 역시 탁자 맞은편에서 비슷한 자세로 쉬는 중이었다. 그 사이에 할아버지가 앉아서 돈 딴 사람을 잔뜩 숭배하는 눈초리로 열심히 바라보며 그가 하는 말 한 마디 한 마디에 매달렸다. 여자애는 순간적으로 당황한 채 다른 사람이 있는지 살폈다. 없었다. 그래서 자신이 없는 사이에 누가 나갔다 왔느냐고 조그맣게 묻고, 할아버지는 "아니, 그런 사람은 없어"라고 대답했다.

그렇다면 착각한 게 분명한데, 그래도 이상했다. 확실한 증거는 없어도 자신이 어떤 물체를 본 건 너무나 또렷하게 떠올랐다. 그래서 이상하게 여기며 곰곰이 생각하는데, 조그만 하녀가 촛불을 들고 다가와서 침실로 안내했다.

노인도 도박꾼 일행과 헤어지고 손녀딸과 함께 계단을 올랐다. 건물은 엄청 커다랗고 산만하며 복도는 따분하고 계단은 널찍해, 군데군데 타오르는 촛불이 더 어둡게 만드는 것 같았다. 넬리는 할아버지를 침실로 들여보내고 조그만 하녀를 따라 복도 끝으로 가서 흔들거리는 계단을 여섯 칸 올라갔다. 여기가 넬리 침실이었다. 하녀는 잠시 머물며 불평을 늘어놓았다. 잠자리는 불편하고 임금은 낮고 일은 힘들다고, 보름 안에 관둘 거라고 했다. 넬리가 좋은 곳을 알려줄 수 있다고 생각한 건가? 하지만 소녀는 여기에서 일한 경력이 있고, 여기는 카드 도박 같은 걸 너무 많이 하는 이상한 곳이라서 다른 곳은 구하기 어려울 거라며 걱정했다. 여기에 자주 오는 사람 가운데 정직한 사람이 있을 거라고 여긴다면 크게 실수하는 거라고, 그런 사람은 단 한 명도 못 보았다고도 했다. 그러더니 남자친구가 거절당한 다음에 군대나 들어가겠다고 협박한다는 식으로 잡담을 늘어놓더니, 마지막으로 새벽 일찍 깨워주겠다 약속하고 "편히 잠자라"는 말과 함께 떠났다.

넬리는 혼자 남자 마음이 불편했다. 아래층에서 살그머니 사라진 물체가 계속 떠올랐다. 하녀가 한 말도 불안한 마음을 부채질했다. 남자들이 정말 사악해 보였다. 길가는 사람들 물건을 빼앗고 죽이는 거로 먹고 사는 도적일 수도 있는 거 아닌가?

괜스레 불안한 이유를 따져보고 불안감을 잠시나마 떨쳐냈으나, 오늘 밤 겪은 일이 또다시 불안하게 떠오르는 걸 막을 순 없었다. 할아버지 가슴에서 오랜 열정이 깨어났으니 앞으로 어떤 일이 벌어질지 아무도 몰랐다. 게다가 두 사람이 사라진 걸 알고 전시장 사람들이 얼마나 놀랄까! 지금 이 순간에도 두 사람을 찾아다니는 건 아닐까! 아침에 용서를 받을까, 그대로 쫓겨날까! 아! 하필이면 왜 이상한 곳으로 들어왔을까? 폭풍우가 몰아쳐도 상관하지 않고 계속 걸어야 하는 건데!

그러다 잠은 넬리를 조금씩 가라앉히고, 높은 탑에서 떨어지는 꿈에 시달리다, 너무 무서워서 깜짝 놀라며 깨어나고, 그러다 다시 잠드는데…… 그때…… 뭐야? 그 물체가 방으로 들어왔어.

이상한 물체가 방으로 들어왔다. 그렇다, 새벽녘에 햇살이 들어오도록 블라인드를 젖혀놓았는데, 그곳에, 침대 발치와 어두운 여닫이 창문 사이에 이상한 물체가 엎드려서 두 손으로 더듬으며 살금살금 기어서 침대를 살그머니 돌아가는 중이었다. 넬리는 목소리가 굳어서 도적이라고 소리칠 수도 없고 몸뚱이가 굳어서 꼼짝할 수도 없어, 가만히 누워서 지켜보았다.

물체가 침대 머리맡으로 살금살금 다가왔다. 숨소리가 베개 바로 옆에서 들려, 넬리는 이리저리 더듬는 손길에 얼굴이 닿을까 두려워서 몸을 움츠렸다. 물체가 창문으로 다시 살금살금 물러나더니, 머리를 넬리 쪽으로 돌렸다.

실내가 어두워서 새까만 물체는 얼룩처럼 희미하지만, 넬리는 상대가 머리를 돌리는 걸, 그래서 두 눈으로 쳐다보고 귀로 엿듣는 걸 또렷하게 느꼈다. 넬리만큼이나 꼼짝 않고 가만히 있었다. 그러다 여전히 넬리를 바라보며 무언가를 두 손으로 바삐 뒤지니, 쨍그랑대는 동전 소리가 일어났다.

물체는 다시 살금살금 다가오더니, 침대 옆에서 가져간 옷을 내려놓고 두 손과 무릎으로 기어갔다. 얼마나 느리게 나아가는지, 넬리는 보진 못해도 들을 순 있었다, 바닥을 기어가는 걸! 마침내 방문에 이르자 두 발로 일어났다. 조용히 내딛는 발걸음이 계단을 삐걱거리며 멀어졌다.

넬리는 방에 혼자 머무는 공포부터 떨쳐내야 한다는, 다른 사람 곁으로 가야 한다는, 혼자 있으면 안 된다는, 목소리를 되찾아야 한다는 충동을 제일 먼저 느꼈다. 그래서 자신이 움직인다는 사실조차 모른 채 방문으로 다가갔다.

끔찍한 그림자가 계단 밑바닥에 가만히 있었다.

그곳을 지날 수 없었다. 사방이 어두워서 안 잡히고 지날 수도 있겠지만, 생각만 해도 온몸이 굳었다. 물체는 가만히 서서 꼼짝을 않고, 넬리도 그랬다. 대담한 게 아니라 다른 방법이 없었다. 침실로 돌아간다 해서 안 무서운 건 아닐 테니 말이다.

빗물이 사납지 않게 내려치며 초가지붕을 타고 콸콸 흘러내렸다. 여름벌레 몇 마리가 공중으로 도망칠 수 없어, 이리저리 날아다니다 벽과 천장에 부닥치며 고요한 침묵을 깨뜨렸다. 물체가 움직였다. 넬리 역시 자신도 모르게 움직였다. 할아버지 방으로 들어가면 안전할 터였다.

물체는 복도를 따라 살금살금 걸어, 넬리가 들어서기만 갈망하는 방문 바로 앞으로 다가갔다. 이 정도 거리라면 쏜살같이 달려서 얼른 들어간 다음에 방문을 닫는 방법을 넬리가 깊이 고민할 때, 그 물체가 멈췄다.

할아버지 목숨을 빼앗을 생각으로 그 방에 들어가면 어떻게 하지! 갑자기 끔찍한 생각이 떠올랐다. 머리가 어지럽고 구역질이 났다. 정말이다. 물체가 안으로 들어갔다. 안에서 불빛이 반짝였다. 그 물체는 안으로 완전히 들어서고, 넬리는 어찌해야 좋을지 몰라서 멍하니, 정말 멍하니 서서 바라만 보았다.

방문이 살짝 열렸다. 넬리는 어찌해야 좋을지 모른 채 자신이 죽더라도 할아버지를 살릴 생각 하나로, 비틀비틀 다가가서 안을 들여다보았다. 어이없는 광경이 눈앞에 펼쳐졌다!

침대는 아무도 없이 텅 비었다. 누가 누운 흔적조차 없었다. 탁자에는 할아버지 혼자 앉아있었다. 사람이라곤 할아버지밖에 없었다. 유난히 깡마르고 날카롭고 새하얀 얼굴로 두 눈을 탐욕스럽게 번뜩이며…… 넬리에게서 훔친 돈을 두 손으로 세고 있었다.

31장

여자애는 방문으로 다가갈 때보다 공포에 떨며 비틀비틀 물러나서 손으로 더듬어 자기 침실로 돌아갔다. 최근에 느낀 공포는 지금 내리누르는 공포에 비하면 아무것도 아니었다. 이상한 도적도, 도적과 공모해서 손님을 약탈하는 사악한 주인도, 잠자는 손님을 죽이고 물건을 훔치는 강도도, 늦은 밤에 돌아다니는 도적도, 은밀한 방문객을 알아차린 순간처럼 잔인하게 가슴을 무너뜨릴 순 없었다. 백발 할아버지가 침실로 유령처럼 들어와서 손녀딸이 깊이 잠잔다 확신하고 도적처럼 행동하며 돈을 가져가서 소름 끼치게 좋아하는 모습은 최악이었다. 당장은 생각을 떠올리는 자체도 못 견딜 만큼 끔찍하며, 상상조차 못 할 정도로 최악이었다. 할아버지가 또 온다면, 방문에 자물쇠도 빗장도 없으니, 돈이 더 있을 거라 의심하고 다시 찾아온다면, 할아버지가 살며시 살금살금 들어와서 텅 빈 침대를 바라본다면 자신은 할아버지가 손대는 걸 피하려고 바싹 웅크릴 거라 생각하니 못 견딜 정도로 섬뜩했다. 그래서 가만히 앉아 귀를 기울였다! 맙소사! 발소리가 계단을 올라오더니, 방문이 천천히 열린다. 하지만 상상이었다. 그러나 상상도 실제만큼이나 섬뜩하다. 아니, 그 이상이다. 실제는 왔다가 물러나면 끝나는데, 상상은 계속 일어나서 물러나질 않기 때문이다.

애매한 공포가 여자애를 에워쌌다. 사랑하는 할아버지가 두려운 건 아니었다. 자신을 사랑하는 마음 때문에 머리에 병까지 생기지 않았는가! 하지만 오늘 밤에 본 노인은, 도박판에 빠져든 노인은, 침실로 몰래 들어오고 희미한 촛불에 의지하며 돈을 세던 노인은 완전히 다른 사람, 할아버지 모습이 섬뜩하게 뒤틀린 사람, 주춤하며 뒤로 물러나게 하는 사람, 할아버지와 똑같이 생기고 늘 가까이 지내기 때문에 그만큼 더 무서운 사람이었다. 사랑하는 동반자가 아닌 것 같았다. 너무 비슷하면서도 너무 달랐다. 넬리는 할아버지가 활력도 없고 기운마저 없는 모습을 보고 그동안 많이도 울었다. 하지만 지금 우는 건 완전히 다른 이유였다!

가만히 앉아서 떠올리는 사이에 마음속에 틀어박힌 유령이 너무 끔찍하고 무섭게 변한 나머지, 여자애는 할아버지 목소리를 듣거나, 행여나 잠잔다면 가만히 바라보아서 그 모습에 주렁주렁 매달린 공포라도 씻어내야 마음을 달랠 것 같았다. 그래서 계단을 살금살금 내려가고 복도를 지나갔다. 방문은 아까처럼 조금 열린 상태고 촛불 역시 그대로 타올랐다.

여자애도 자기 방에서 촛불을 들고 왔다. 할아버지가 깨어있다면, 마음이 불편해서 잠을 이룰 수 없어 할아버지는 괜찮은지 보러 왔다고 말할 생각이었다. 안을 들여다보니 할아버지는 침대에 누워있어, 여자애는 안으로 과감하게 들어갔다.

곤하게 자는 중이었다. 얼굴에 열정도, 탐욕도, 걱정도, 무서운 갈망도 없었다. 하나같이 차분하고 고요하고 평온했다. 도박꾼도 아니고 침실로 몰래 들어온 그림자도 아니었다. 동녘이 터오는 아침마다 마주치는, 지칠 대로 지쳐서 힘들어하는 얼굴도 아니었다. 너무나 소중한 친구며, 순수한 동반자며, 착하고 다정한 할아버지였다.

여자애는 곤하게 자는 모습을 보니 두려움 대신 묵직한 슬픔이 깊숙한 곳에서 일어나며 눈물로 흘러내렸다. 그래서 허리를 숙이고 평온한 뺨에 다정하게 뽀뽀하며 속삭였다.

"하느님, 우리 할아버지를 지켜주소서! 사람들이 찾아내면 우리를 떨어뜨려 할아버지를 햇빛도 하늘도 안 보이는 지하감옥에 가둘 게 분명합니다. 할아버지를 도울 사람은 저밖에 없습니다. 하느님, 우리 두 사람을 지켜주소서!"

여자애는 자기 초에 불을 붙여서 올 때처럼 조용히 물러나, 자기 침실로 돌아가서 앉은 자세 그대로 더없이 길고 비참한 밤을 지새웠다.

마침내 떠오른 해는 희미하게 줄어드는 촛불을 창백하게 만들고, 여자애는 잠들었다. 그러다 하녀가 침대로 다가와서 깨울 때 단숨에 일어나, 옷을 재빨리 입고서 할아버지에게 내려가려고 했다. 하지만 제일 먼저 확인한 건 주머니를 뒤져서 돈이 모두 사라졌다는 사실, 땡전 한 푼 없다는 사실이었다.

노인은 준비를 마치고, 잠시 뒤에 두 사람은 길을 나섰다. 여자애는 할아버지가 눈길을 피하는 것 같다는, 돈이 사라진 걸 먼저 말하길 기다린다는 느낌이 들었다. 먼저 입을 열어야 할 것 같았다. 안 그러면 할아버지가 의심할 것 같았다. 그래서 1~2km 정도를 말없이 걷다 덜덜 떠는 목소리로 말했다.

"할아버지, 선술집에 있던 사람들이 정직한 사람들 같으세요?"

노인 역시 떨면서 물었다.

"왜? 그 사람들이 정직한 사람들 같냐고? 그래, 카드를 정직하게 하긴 했어."

"제가 물어본 이유를 알려드릴게요. 간밤에 돈을 잃었어요…… 침실에서. 누가 장난으로 가져간 게 아닌 한…… 장난으로 그런 거라면,

사랑하는 할아버지, 정말 그런 거라면 제가 실컷 웃겠는데……"

여자애가 말하자, 노인이 허겁지겁 대답했다.

"돈을 가져간 사람은 탐나서 가져간 거야. 장난이라 하지 말렴."

여자애는 마지막 희망이 무너지는 걸 느끼며 말했다.

"그렇다면 제 방에서 누가 돈을 훔쳐갔어요."

"다른 돈은 없는 거냐, 넬리? 다른 데 더 없어? 모조리…… 땡전 한 푼까지…… 조금도 안 남기고?"

"네."

"앞으로 열심히 벌어야 해. 정말 열심히, 넬리, 긁어모아서 쌓아 올려야 해, 어떤 식으로든. 이번에 잃은 건 마음 쓰지 마라. 아무한테도 말하지 마. 다시 생길 거야. 이유는 묻지 말고. 다시 생길 거야, 엄청나게 많이. 하지만 아무한테도 말하지 마, 괜히 문제만 생길 수 있으니까. 그 사람들이 네 방에서 돈을 가져갔구나, 네가 잠잘 때!"

노인이 말하더니, 지금까지 교묘하고 은밀하게 말하던 방식과 완전히 다른 어투로 동정하며 덧붙였다.

"불쌍한 넬리, 아아, 불쌍한 넬리!"

여자애는 고개를 푹 숙이고 흐느꼈다. 할아버지가 동정하는 어투는 완벽한 진심이었다. 확실했다. 그렇다 해서 슬픔이 줄어드는 건 아니었다.

"그 얘기는 나 말고 누구한테도 하지 말렴."

노인이 말하더니, 급히 바꿨다.

"아니, 나한테도 하지 마. 소용이 없으니까. 얘야, 어차피 사라졌는데 눈물까지 흘릴 건 없잖니. 눈물을 흘릴 이유가 뭐겠니, 우리가 다시 딸 건데?"

여자애가 고개를 들고 쳐다보며 말했다.

"다 잊어버리세요. 영원히 잊어버리세요. 저 역시 동전 하나가 천 파운드였다 해도 두 번 다시 안 울 테니까요."

노인은 대답이 입술을 비집고 성급하게 나오는 걸 억누르며 속으로 중얼댔다.

'아, 아, 이 아이는 조금도 모르는구나. 정말 다행이야.'

"그렇지만 제가 하는 말을 잘 들으세요. 제가 하는 말을 잘 들을 건가요?"

여자애가 진지한 표정으로 말하자, 노인이 여전히 다른 데를 바라보며 대답했다.

"그래, 그래, 잘 들으마, 목소리가 예뻐. 나한테 늘 다정하게 말하는 목소리. 불쌍한 저 아이 엄마도 늘 그랬어."

"돈을 따고 잃는 건 두 번 다시 생각하지 않겠다고, 횡재를 안 바라고 저와 함께 열심히 일해서 돈을 벌겠다고 약속하세요."

여자애가 말하자, 할아버지는 여전히 다른 데를 바라보며 혼자 말하듯 대답했다.

"함께 애쓰자꾸나. 그렇다 해서 도박을 못 하는 건 아니겠지?"

"그런 생각을 깡그리 잊어버린 채 먼 길에 나선 다음부터 할아버지나 저나 안 좋은 적이 있었나요? 옛날 집에서 할아버지가 그 생각만 하며 우울하게 지낼 때보다 묵을 집조차 없이 살아가는 지금이 훨씬 행복하고 즐겁지 않나요?"

여자애가 묻자, 노인은 조금 전과 똑같은 어투로 중얼거렸다.

"아이 말이 맞아. 그렇다 해서 내가 바뀌는 건 아니겠지만, 맞는 말이야. 확실해."

"화창한 아침에 등을 돌리고 떠난 다음부터 우리가 어떻게 살았는지만 떠올리세요, 비참한 생활에서 벗어난 다음부터 우리가 어떻게 살았는지, 낮은 얼마나 평화롭고 밤은 얼마나 고요했는지, 우리가 얼마나 즐거웠는지, 우리가 얼마나 행복했는지만 떠올리세요. 지치거나 배고프면 기운을 새로 쌓고, 그래서 밤에 더욱 곤하게 잤잖아요. 우리가 그동안 아름다운 광경을 얼마나 많이 보고, 얼마나 커다란 기쁨을 느꼈는지 떠올리세요. 우리가 이렇게 커다란 축복을 누리는 이유가 무엇 때문이겠어요?"

노인은 손사래 치며 말을 막더니, 지금은 머리가 복잡하니까 그만하자고 사정했다. 손녀딸 뺨에 뽀뽀하고 여전히 손사래를 치고 앞을 멀리 바라보며 걷다 툭하면 멈추고 이맛살을 잔뜩 찌푸린 채 땅바닥을 내려다보는 게, 복잡하게 뒤엉킨 생각을 정리하려고 애쓰는 것 같았다. 그 눈에 눈물까지 맺혔다. 그렇게 상당한 시간을 보내다, 노인이 예전에 자주 그런 것처럼 손녀딸 손을 움켜잡았다. 간밤처럼 열정적이거나 거친 느낌은 없었다. 그래서 여자애가 못 느낄 정도로 조금씩 좋아지다 예전처럼 차분하게 가라앉더니, 손녀딸을 앞세워서 자신을 이끌게 했다.

엄청난 컬렉션 한가운데로 들어서니, 넬리가 예상한 대로 잘리 부인은 잠자리에서 일어나기 전으로, 간밤에 두 사람 때문에 불안해서 11시가 지나도록 앉아서 걱정하다, 멀리 산책하는 중에 폭풍우를 만나서 근처 숙소에 들어간 거라, 아침이면 돌아올 거라 확신하고 잠자리에 느지막이 들었다는 사실을 깨달았다. 넬리는 전시장을 곧바로 청소하고 준비하며 열심히 일해서 완벽하게 해낸 다음에 옷을 깨끗하게 갈아입고 사랑하는 왕실가족보다 먼저 아침 식사 자리에 나타났다.

잘리 부인이 식사를 마친 다음에 말했다.

"기숙학교 여학생은 여덟 명밖에 안 왔는데, 요리사한테 무료입장권을 건네며 물어서 모두 26명이란 말을 들었어. 전단을 새로 나눠줘야 하니, 얘야, 네가 가져가렴. 효과가 어떤지 보자꾸나."

이번 일은 굉장히 중요해서 잘리 부인은 보닛 모자까지 직접 씌워주고 정말 예쁘니 기숙학교에서 좋아하겠다고 장담하며 다양하게 칭찬한 뒤, 오른쪽으로 돌아가는 길까지 데려간 다음에 왼쪽으로 돌아가는 길을 알려주고 물러났다. 그래서 넬리는 기숙학교를 어렵지 않게 찾았는데, 건물은 커다랗고 담장은 높고 놋쇠 정문은 웅장하고, 정문에 조그만 격자창 하나를 내서 기숙학교 하녀가 방문객을 확인하는데, 우유 배달부를 비롯해 남자는 누구든 특별 허가증 없이 절대로 들어갈 수 없었다. 억센 몸집에 안경을 쓰고 챙이 널찍한 모자를 쓴 세금 수금원조차 세금 고지서를 격자창으로 건네야 했다. 하지만 대문은 놋쇠로 단단하게 만들었다는 사실보다 앞으로 다가온 인간 모두에게 인상을 찌푸리는 거로 유명했다. 정육점 주인은 신비로운 문이라며 우러러보다 휘파람을 부는 것조차 포기한 채 초인종만 누를 정도였다.

그런데 넬리가 다가갈 때 그렇게 끔찍한 문이 삐걱대며 천천히 열리더니, 정갈한 숲에서 여학생이 두 명씩 줄지어 기다랗게 나오는데, 하나같이 책을 펴들고 일부는 양산까지 들었다. 멋진 행렬 제일 뒤에서 몬프라더스 교장이 연한 보라색 비단 양산을 쓴 채 나타나고, 옆에서는 교사 두 명이 서로 엄청나게 질투하는 표정으로 웃으며 교장에게 아부했다.

넬리는 여학생들이 쳐다보며 속삭이는 모습에 당황해서 얼굴을 밑으로 내리깐 채 행렬이 끝까지 지나기만 기다리다, 몬프라더스 교장이 다가올 때 공손하게 인사하며 전단을 내밀었다. 교장은 그걸 받고서 모두 걸음을 멈추라고 명령한 다음에 물었다.

"너는 밀랍 인형 전시장 여자애 아니니?"

"네, 교장 선생님."

넬리가 대답하며 얼굴을 빨갛게 물들였다. 여학생들이 넬리를 에워싸며 바라보았기 때문이다.

"밀랍 인형 전시장에서 일하는 건 사악한 행태라고 생각하지 않니?"

교장이 말했다. 무엇 때문인지 잔뜩 화나, 여학생들 앞에서 다정하게 행동하는 사례를 보일 기회조차 포기한 것 같았다.

불쌍한 넬리는 자신이 하는 일을 그런 각도에서 바라본 적이 없어, 뭐라고 대답할지 몰라서 얼굴만 더욱 새빨갛게 물들이고, 교장은 다시 말했다.

"역사를 교묘하게 왜곡해서 교양이란 이름으로 우리 마음속에 깃든 욕망을 일깨우는 건 숙녀답지도 않고 도리에도 어긋난다는 사실을 모르니?"

교사 두 명은 정말 그렇다며 중얼대다 넬리를 쳐다보는 게 교장이 핵심을 제대로 짚었다며 찬양하려는 것 같았다. 그래서 방긋 웃으며 교장을 바라보다 서로 눈길이 마주치는 순간에 너는 그렇게 웃을 자격이 없다는, 네가 그러는 건 주제를 모르고 뻔뻔하게 구는 거라는 표정으로 눈을 흘기고, 교장은 다시 말했다.

"공장에서 힘껏 일하는 걸, 증기기계를 열심히 바라보며 정신을 끊임없이 갈고 닦는 걸, 일주일에 2실링 9펜스에서 3실링까지 버는 걸 자랑스럽게 여겨야 할 어린애가 밀랍 인형 전시장에서 일하는 게 얼마나 나쁜 짓인지 모르니? 열심히 일할수록 행복해진다는 걸 모르니?"

"어린애가 어떻게……"

교장이 와츠 박사를 인용하며 설교하다, 재빨리 돌아보며 물었다.

"뭐? 누가 말했지?"

그 말을 안 한 교사는 당연히 경쟁자를 가리키고, 교장은 얼굴을 찡그린 채 마음을 달래니, 고자질한 교사는 더없이 좋아하고, 교장은 가슴을 쭉 펴며 다시 말했다.

"귀엽고 부지런한 꿀벌은 상류층 아이만 적용되는 거야. '책을 읽거나 일하거나 건강하게 노는 건'[28] 이런 아이들만 해당하는 거야. 여기에서 일한다는 건 벨벳 천에 그림을 그리고 뜨개질을 하고 수를 놓는다는 뜻이지."

그러더니 양산으로 넬리를 가리켰다.

"이렇게 가난한 아이한테는 이렇게 말해야 하고.

일하고 일하고 일하세. 언제나 일하면서
어린 시절을 보내세
매일 열심히 일하면
나중에 좋은 시절이 오나니."

환호성이 두 교사뿐 아니라 여학생 사이에도 일어났다. 몬프라더스 교장이 정치는 잘하는 거로 유명해도 시적 감수성이 돋보인 적은 없는데, 시를 멋지게 읊는 걸 보고서 깜짝 놀란 거다. 바로 그때 넬리가 우는 걸 누가 우연히 보자, 시선이 모두 넬리로 향했다.

실제로 넬리는 흐르는 눈물을 닦으려고 손수건을 꺼내다 떨어뜨리고 말았다. 그래서 그걸 집으려고 허리를 숙이기도 전에 15~6세로 보이는 여학생이 다른 여학생 사이에 끼면 안 되는 듯 약간 떨어진 곳에 있다 앞으로 나오며 손수건을 빌려주었다. 그런 다음에 수줍게 물러나는데 교장이 잡더니, 예언하듯 말했다.

"이럴 여학생은 에드워드 양밖에 없을 거로 생각했는데, 정말 그렇군."

---

28) 와츠 박사가 쓴 '어린이 찬가'에 나오는 구절로 어린애를 꿀벌에 비유해서 열심히 일하라고 주장한다.

TAKE NOTICE
MAN TRAPS
G.GRAY. SC

정말 에드워드 양이 맞고, 모든 학생이 에드워드 양이라 말하고, 에드워드 양도 인정하자, 몬프라더스 교장이 양산을 내리고 무례한 여학생을 모질게 바라보며 말했다.

"자네는 하층민을 좋아해서 늘 편드는 건가, 에드워드 양, 아니면 출신 성분이 떨어져서 천박한 모습이 여전히 남아, 내가 말하고 가르쳐도 예전 습관을 못 버리는 건가?"

"기분 나쁘게 할 의도는 없었습니다, 교장 선생님. 순간적으로 충동이 일었을 뿐입니다."

다정한 목소리가 대답하자, 몬프라더스 교장이 비웃었다.

"충동! 감히 나한테 충동이라고 말하다니, (두 교사는 공감하고) 정말 놀라워. (두 교사도 똑같이 놀라고) 천박하고 비굴한 인간이 나타날 때마다 충동이 치미는가 보군."

두 교사도 공감하고, 교장은 더욱 가혹한 어투로 다그쳤다.

"하지만 우리 학교에선 예의범절에 맞게 행동해야 한다는 걸, 그런 행동은 허락할 수 없다는 걸 알아야 해, 에드워드 양, 교장 선생님 앞에서 이따위로 막돼먹게 날뛰면 안 된다는 걸. 밀랍 인형 전시장 아이 앞에서 자부심을 느낄 이유가 설사 자네한테 없다 해도, 여기엔 그런 자부심을 지닌 학생이 많으니, 다른 학생한테 맡기고 앞으로 나서지 말거나 아니면 학교를 떠나야지, 에드워드 양."

에드워드 양은 어머니가 없고 가난해 학교에서 도제로 일하며 무료로 배워서 그 내용을 다른 학생에게 가르치고 기숙 비용도 안 내는 조건이라 기숙학교 모두에게 아무것도 아닌 존재로 취급받았다. 하녀들마저 마음대로 오갈 수 있는 데다 대우가 훨씬 좋아, 자기네 처지가 바람직하다고 여기며 아랫사람처럼 취급할 정도였다. 교사들도 끝없이 거만하니, 자기네는 어릴 적에 돈 내고 학교에 다닌 데다 지금은 봉급을 받지 않는가! 집에서 재미있게 지낸 얘깃거리도 없고, 역마차를 타고서 찾아올 친구도 없고, 교장에게 케이크와 포도주를 굴욕스럽게 받고, 방학 때 찾아와서 집으로 공손하게 데려가는 하인도 없으니, 학생들 역시 이런 동료에게 관심이 있을 리 없었다. 그렇다면 몬프라더스 교장이 늘 화내면서 가난한 도제를 못살게 구는 이유는 무얼까…… 도대체 무엇 때문에 그러는 걸까?

몬프라더스 교장에게 가장 커다란 자랑거리며 기숙학교 최고의 영광은 남작 따님…… 진짜 살아있는 남작의 진짜 살아있는 따님인데, 자연법칙이 턱없이 이상하게 작용해, 외모가 극히 평범할 뿐 아니라 머리도 나쁘지만, 가난한 도제는 머리도 좋고 얼굴과 몸매도 탁월했다. 도저히 못 믿을 정도였다. 에드워드 양은 2년 전에 수업료를 조금밖에 안 냈으나 모든 점에서 탁월하게 돋보이는데, 남작 따님은 특별 지도까지 받느라 다른 여학생보다 수업료를 두 배는 많이 내는데도 성적이 올라갈 기미가 없었다. 그래서 몬프라더스 교장은 학교에 얹혀 지낸다는 이유로 에드워드 양을 엄청나게 싫어하며 못살게 굴다, 어린 넬리를 돕는 순간에 잔뜩 화나서 조금 전처럼 꾸짖으며 학대한 것이다. 결국은 이런 말까지 했다.

"자네는 오늘 산책하지 마, 에드워드 양. 방으로 들어가서 따로 허락할 때까지 나오지 마."

불쌍한 여학생은 황급히 떠나다, 몬프라더스 교장이 숨죽인 목소리로 갑자기 거칠게 지르는 비명에 멈칫했다.

"나한테 인사도 없이 갔어! 저 애가 나를 아는 척도 안 하고 지나쳤어!"

교장이 소리치며 하늘을 올려다보니, 불쌍한 여학생은 바로 돌아서서 공손하게 인사했다. 그러면서 까만 눈을 들어 교장 얼굴을 똑바로 쳐다보는데, 그 눈에 담긴 표정과 그 순간에 보인 태도는 교장의 비열한 태도에 비장하게 항의한다는 걸 넬리는 느낄 수 있었다. 하지만 몬프라더스 교장은 머리만 살짝 끄덕여서 인사를 받고, 거대한 대문은 흐느끼는 가슴을 집어삼켰다. 그런 다음에 몬프라더스 교장이 넬리를 바라보며 말했다.

"그리고 너, 사악한 아이는 너희 주인한테 가서 말해, 이런 걸 또다시 보낸다면 내가 경찰에 편지를 보내서 잡아 가두게 하거나, 교회재판소 법정에 세워서 하얀 천을 씌우겠다고. 너 역시 또 오면 감옥에 들어갈 줄 알고. 자, 학생 여러분, 이제 가도록."

여학생은 책과 양산을 들고 둘씩 짝지으며 걸어가고, 몬프라더스 교장은 남작 따님을 불러 바로 옆에서 걷게 하며 헝클어진 마음을 달래고, 부름을 받고 싶어서 열심히 웃음 짓던 교사 두 명은 제일 뒷줄로 가서 나란히 걷는 걸 그만큼 더 증오했다.

32장

잘리 부인은 감옥과 교회재판소까지 들먹이며 협박했다는 말을 듣는 순간에 말할 수 없이 분노했다. 세상에 하나밖에 없는 천재 잘리를 노골적으로 모욕해서 학생들이 조롱하고 교사들이 비웃게 하다니! '귀족과 신사 계급의 자랑'인 인물에게 시장 부인마저 부러워하는 보닛 모자 대신 하얀 천을 씌워서 재판정에 세우는 굴욕과 고통을 주겠다니! 몬프라더스 교장이, 머리는 나쁘고 상상력은 털끝만큼도 없는 철면피가 그렇게 모욕적인 말을 지껄이다니, 잘리 부인으로선 더없이 화나도 복수할 방법은 없어, 분통을 터트리며 소리칠 수밖에 없었다.

"생각만 해도 무신론자가 되고 싶은 마음이야!"

하지만 잘리 부인은 다시 생각하고 복수하는 길로 가는 대신에 의심스러운 유리병을 꺼냈다. 이어서 유난히 좋아하는 드럼에 유리잔을 갖다 놓으라 지시하곤 의자에 철퍼덕 앉아, 주변만 맴도는 위성을 불러서 자신이 받은 모욕을 한 마디도 안 빼놓고 하소연했다. 그런 다음에도 심한 좌절감에 빠져들어 일꾼에게 술을 마시라 강요하더니, 웃다 울고, 유리잔을 한 모금 들이켜고 다시 웃고 다시 울다, 한 모금 더 마셨다. 이러는 사이에 훌륭한 여인이 웃는 건 조금씩 늘고 우는 건 조금씩 줄어, 몬프라더스 교장을 화낼 대상에서 조롱할 대상으로 깎아내리며 마음껏 웃어댔다. 그러다 말했다.

"우리 둘 가운데 돈이 누가 더 많은지 궁금하군, 난지 그 여잔지! 어쨌거나 그냥 하는 말이다만 그 여자가 나를 감옥으로 보내겠다면, 나 역시 그 여자를 감옥으로 보낸다고 말하지 못할 이유가 없는데, 우리 둘 다 그렇게 된다면 재밌겠어. 나는 꺼릴 게 없거든!"

그러더니 조지가 철학적으로 짧게 말하는 소리에 마음을 달래다 마침내 편안한 기분에 이르자, 잘리 부인은 넬리를 다정한 말로 수없이 위로하고서, 앞으로 몬프라더스 교장이 생각날 때마다 죽는 날까지 마음껏 비웃으라며 진지하게 부탁했다.

그래서 잘리 부인은 태양이 떨어지기 훨씬 전에 분노를 삭였다. 하지만 넬리는 걱정이 너무 큰 나머지 마음에 가득한 부담을 쉽게 떨쳐낼 수 없었다.

넬리가 두려워하던 대로 할아버지는 그날 초저녁에 살그머니 나가서 밤이 깊도록 돌아올 생각을 안 했다. 넬리는 지칠 대로 지쳐 몸과 마음이 더없이 힘든데도 혼자 앉아서 기다리며 시계만 보고, 마침내 할아버지는 돈을 잃고 완전히 망가져서 비참한 모습으로 돌아왔지만, 도박에

대한 열정은 여전히 뜨거웠다. 그래서 폭풍우가 몰아치던 밤처럼 사납게 말했다.

“돈을 줘. 돈을 구해야 해, 넬리. 하루 안에 이자를 넉넉하게 쳐서 돌려줄게. 네 손에 들어오는 돈은 모두 나한테 줘야 해. 내가 아니라 너를 위해서. 명심해, 넬리, 너를 위해서란 걸!”

아는 게 얼마 없는 여자애가 자기 손에 들어오는 땡전 한 푼까지 건네는 것 말고 달리 어떻게 하겠는가? 할아버지가 잘리 부인 돈까지 손대게 할 순 없지 않은가! 사실대로 말하면 (이럴 생각도 안 한 건 아닌데) 사람들은 할아버지를 미친 사람 취급할 테고, 자신이 돈을 안 주면 할아버지는 다른 데서 구할 테며, 돈을 준다는 건 할아버지를 활활 타오르는 불구덩이로 몰아넣어 다시는 회복할 수 없도록 하는 꼴이 될 수밖에 없었다. 머릿속엔 이런 생각이 가득하고, 가슴속은 누구에게도 말할 수 없는 슬픔이 묵직하게 누르고, 노인이 없을 때면 속이 새까맣게 타들어 가는데, 노인이 곁에 있어도 무서운 건 똑같으니, 얼굴은 생기를 잃고 두 눈은 퀭하고 마음은 답답하고 무거웠다. 예전에 가득하던 슬픔은 그대로 돌아오는 거로 모자라서 새로운 걱정과 의심까지 더하니 낮에는 마음속에 가득 들어차고, 밤에는 베개 주변을 맴돌다 꿈속으로 파고 들었다.

고통이 가득한 가운데, 얼핏 본 여학생을, 하지만 조그만 행동에서 배어난 동정심이 몇 해에 걸쳐 다정하게 행동한 것처럼 기억 속에 틀어박힌 여학생을 넬리가 자주 떠올리는 건 너무나 자연스러웠다. 그런 친구가 있어서 슬픔을 말할 수 있다면 마음이 가벼울 거라는, 그 목소리를 자유롭게 듣는다면 행복할 거라는 생각도 자주 떠올랐다. 그러다 여학생이 잘되기를, 너무 가난하고 초라하지 않기를, 거부당하는 걸 두려워하지 않고 자기주장을 용감하게 펼치기를 바라는 마음이 생기고,

두 사람 사이에는 너무나 커다란 차이가 있다는, 여학생도 자신을 생각하길 바랄 순 없다는 느낌이 들었다.

학교는 방학하고, 여학생들은 집으로 가고, 몬프라더스 교장은 런던에서 화려하게 지내며 중년 신사들 마음을 아프게 한다는 소문마저 들리지만, 에드워드 양이 집으로 갔는지 아니면 학교에 있는지 얘기하는 사람은 어디에도 없었다. 하지만 하루는 초저녁에 넬리가 혼자 산책하고 돌아오다 역마차가 막 들어온 여인숙 앞을 우연히 지나는데, 기억 속에 또렷한 아름다운 여학생이 인파를 헤치며 나아가다 사람들이 역마차 지붕에서 막 내려준 어린애를 껴안았다.

아아, 그 아이는 에드워드 양 여동생, 넬리보다 훨씬 어린 여동생, (나중에 들은 바에 따르면) 5년 만에 처음 보는 여동생으로, 잠시나마 다녀가게 하려고 에드워드 양이 얼마 안 되는 수입을 꾸준히 모은 거였다. 자매가 만나는 광경을 보니 넬리는 가슴이 찢어지는 것 같았다. 자매는 역마차 주변으로 가득 모여든 사람들에서 살짝 벗어나, 서로 목을 껴안고 흐느끼며 기쁜 눈물을 흘렸다. 자매가 걸친 초라한 드레스, 어린애가 홀로 찾아온 머나먼 길, 서로 만난 걸 더없이 기뻐하며 우는 모습은 자매가 살아온 역사를 그대로 보여주었다.

자매는 잠시 뒤에 마음을 추스르고 손을 맞잡는 정도가 아니라 바싹 달라붙어서 걸었다. 넬리가 선 곳을 지날 때 어린애는 "정말 기뻐, 언니?"라 묻고, 에드워드 양은 "더없이 기뻐"라고 대답했다. 그러자 어린애는 "그럼, 언제나?" 하며 묻다 "아, 언니, 얼굴을 왜 돌리는 거야?" 하고 다시 물었다.

넬리는 약간 떨어진 거리에서 쫓아가지 않을 수 없었다. 자매는 늙은 유모가 사는 집으로 갔다. 언니가 동생이 묵을 침실을 구한 집이었다. 그러면서 말했다.

"매일 아침 일찍 찾아올게. 온종일 같이 지내는 거야."

"밤에는 안 돼? 사랑하는 언니, 그러면 사람들이 언니한테 화내?"

그날 밤에 어린 넬리도 두 자매처럼 눈물을 흘린 이유는 무얼까? 자매가 만난 걸 보고서 기뻐하는 이유는 무어며, 자매가 금방 헤어져야 한다는 생각이 고통스럽게 느껴지는 이유는 무얼까? 넬리가 힘들다 보니 자신도 모르게 동정심이 생긴 거라는 이기적인 해석을 믿지 말자. 하느님 덕분에 다른 사람이 순수하게 기뻐하는 모습을 보면 누구나 감동하며, 인간성이 망가졌을지언정, 우리 가슴속에는 하늘에서 상을 줄 만큼 순수하게 감동할 원천이 있다는 해석을 믿자!

아침은 상쾌하고 초저녁은 노을이 아늑해도, 넬리는 자매가 만나서 행복하게 지내는 시간이 너무나 짧다는 현실을 존중하느라, 자매가 산책할 때마다 다가가서 고마웠다고 말하고픈 열망을 억누른 채 먼 거리에서 따라다녔다. 자매가 멈추면 똑같이 멈추고 자매가 풀밭에 앉으면 똑같이 앉고 자매가 걸으면 똑같이 걸으며, 가까이 있다는 사실 자체에 우정과 기쁨을 느꼈다. 자매는 초저녁엔 강변을 거닐었다. 넬리 역시 자매에게 안 들키며 쫓아다녀, 자매는 아무것도 몰라서 눈길조차 안 주지만, 자매를 친구처럼, 서로 믿고 속 얘기를 터놓는 사이처럼, 서로 슬픔을 나누며 마음을 달래는 것처럼, 무거운 짐이 줄어들어 그나마 견딜 수 있는 것처럼 느꼈다. 단순한 상상에, 어린 데다 너무나 외로워서 어설프게 떠올리는 상상에 불과할지언정, 초저녁마다 자매는 똑같은 공간을 거닐고 넬리는 똑같이 따라다니며 마음이 부드럽고 포근하게 변하는 걸 느꼈다.

그러다 어느 밤에 집으로 돌아와, 잘리 부인이 엄청난 컬렉션을 하루만 더 전시한다고 (일반 다중을 상대로 한 전시는 한번 선언하면 되돌릴 수 없다는 사실을 잘 아는 터라) 대중을 협박한 다음 날에 전시를 끝낸다

발표하라고 지시한 사실을 알아챘다. 그래서 물었다.

"이 마을을 떠나는 건가요, 부인?"

"내 말 잘 들으렴. 그럼 알 테니까."

잘리 부인이 말하더니, 다른 발표도 준비한다고, 전시장 입구에서 수많은 사람이 물어본 결과, 그리고 안으로 못 들어간다는 사실에 수많은 사람이 실망한 결과, 전시회를 다음 날 다시 열어서 단 일주일 동안 전시한다는 내용이라고 알려주며 덧붙였다.

"학교 일정은 끝나고 단골 관람객은 줄어드니 일반 다중한테 가는 거야. 그들도 재밋거리가 필요하거든."

다음 날 정오에 잘리 부인은 화려하게 장식한 탁자 뒤에 자리 잡고 앞에서 말한 놀라운 밀랍 인형 몇 개가 옆에서 거드는 가운데, 문을 활짝 열라고, 머리가 깨서 보는 눈이 있는 다중을 입장시키라고 명령했다. 하지만 첫날 장사를 성공했다고 여길 순 없었다. 일반 다중은 잘리 부인 개인과 옆에서 거드는 밀랍 인형을 무료로 구경한다는 사실에 지대한 관심을 보이면서도 일 인당 6펜스란 돈을 내고 안으로 들어가고픈 충동까진 못 느꼈다. 그래서 엄청난 인파가 전시장 입구와 거기에 진열한 인형을 끊임없이 바라보는 데다, 손풍금 연주를 듣고 전단을 읽으며 끈질기게 버티고, 친구에게 돈 내고 들어가서 구경하라고 추천하는 친절마저 베푸느라, 마을 사람 절반이 입구를 에워싸고, 그러다 떠나면 나머지 절반이 그 자리를 메우지만, 입장료가 쌓이는 기미도 이번 사업이 성공할 거란 느낌도 찾을 수 없었다.

고전물 시장이 암울한 상황에서 잘리 부인은 대중의 취향을 끌어올려서 호기심을 자극하려고 모든 노력을 다했다. 문 앞에 세운 수녀 몸속의 기계장치를 깨끗하게 청소해서 가동해, 수녀 인형이 중풍 환자처럼 머리를 온종일 흔들어 술 취한 사람조차 감동할 정도지만, 길 맞은편에서

이발소를 운영하는 개신교 신자는 중풍 환자처럼 흔들어대는 모습을 로마 가톨릭교회가 인간 정신을 천박하게 타락시키는 전형적인 사례라고 주장해서 도덕과 윤리를 둘러싼 논쟁을 활발히 일으켰다. 잘리 부인 밑에서 일하는 마부 두 명은 다양하게 변장하고 전시장을 끊임없이 들락거려, 돈은 조금 들어도 살아생전에 이렇게 멋진 건 처음 본다며 소리치고 눈물까지 글썽이면서 구경꾼에게 놀라운 기회를 놓치지 말라고 다그쳤다. 잘리 부인은 돈 받는 자리에 앉아서 정오부터 저녁까지 은화를 짤랑거리며 잔뜩 모여든 사람을 향해 입장료는 단돈 6펜스라고, 이번 전시가 끝나면 유럽 왕실을 순회할 예정이라고, 딱 일주일 남았다고 엄숙하게 소리쳤다. 그러다 마무리했다.

“어서 서두세요, 어서 서둘러요. 잘리의 엄청난 컬렉션에 백 가지 넘는 형상이 있다는 사실을, 이런 컬렉션은 어디에도 없다는 사실을, 다른 컬렉션은 모두 가짜라는 사실을 명심하세요. 시간이 없습니다, 어서 서두세요, 어서 서둘러요!”

33장

이야기를 이어가려면 이즈음에서 샘슨 브라스 변호사 집안의 경제 사정과 관련해 몇 가지 사항을 구체적으로 알아야 하며, 따라서 그걸 알만한 곳으로 옮겨야 하니, 역사학자는 독자 여러분의 손을 잡고 공중으로 날아올라 악마가 ‘돈 클레오파스 레안드로 페레즈 잠불로’ 손을 잡고 날아간 것보다 빠르게[29] 런던 도심지 법조인 거리 베비스 마크스

29) 프랑스 소설 ‘절름발이 악마’에서 악마가 주인공 ‘돈 클레오파스 레안드로 페레즈

로 간다.

그래서 용감한 비행사는 예전에 샘슨 브라스 변호사가 살던 조그맣고 우중충한 주택 앞에 내린다.

조그만 거실 유리창은 인도 바로 옆이라 그곳을 지나던 사람이 지저분한 유리를 외투 소매로 문지르고 안을 들여다보곤 하는데, 샘슨 브라스가 살던 당시에 걸던 녹색 커튼은 햇볕에 오래전에 바랜 채 이리저리 뒤틀리며 구멍이 뻥뻥 나니, 어둡고 조그만 거실 풍경을 가로막기는커녕 실내를 또렷하게 보도록 도와줄 정도다. 하지만 구경할 건 많지 않다. 샘슨 브라스 변호사 사무실에 남은 물건이라 해봤자 낡아빠진 탁자 하나, 주머니에 넣고 다니는 동안 너덜너덜하게 닳아서 노랗게 변한 채 탁자에 보란 듯이 올려놓은 서류 묶음, 탁자를 사이에 두고 마주 보는 걸상 두 개, 수많은 고객이 벽난로 옆에 앉아서 속마음을 짜내도록 도와주던, 낡을 대로 낡은 의자 하나, 한때는 주인이 하나밖에 없는 가발을 넣고 다녔으나 지금은 상자 기능만 남아서 쓸데없는 영장과 판결문 등 자잘한 법률서류가 너저분한 상자, 법률 서적 두세 권, 잉크병 하나, 잉크 번지는 걸 막는 가루 상자 하나, 작달막한 벽난로 빗자루 하나, 수없이 밟아서 너덜너덜하지만 바닥에 여전히 필사적으로 달라붙은 카펫 하나, 여기에, 벽을 노랗게 둘러친 마감재와 담배 연기에 찌든 천장과 먼지와 거미줄이 전부였다.

이건 그냥 바라본 풍경으로, 문에 달라붙은 '변호사 브라스' 명판이나 문고리에 매달린 '2층에서 하숙할 독신 남성을 찾습니다'라는 광고물만큼 중요한 건 아니다. 바로 여기에서 이번 이야기에 딱 들어맞아, 독자 여러분이 관심을 훨씬 많이 보일 인물 두 명이 예전에 살았기

잠불로' 손을 잡고 날아다니며 다양한 주택 지붕을 벗겨, 거기에서 살아가는 인간의 모습을 보여주는 내용이다. '크리스마스 캐럴'에서 유령이 스크루지 영감을 데리고 과거와 현재와 미래를 오가며 이집 저집 찾아가는 모습이 여기에서 나왔다.

때문이다.

한 명은 브라스 변호사 자신으로 앞에서 언급했고, 또 한 명은 서기며 조수며 가정부며 비서며 공모자며 조언자며 음모가로 청구서 액수를 끌어올리는 여동생 샐리 브라스 양으로, 관습법에 탁월한 투사 역할을 자처하니, 여기에서 간략하게 설명하는 게 바람직하겠다.

당시만 해도 샐리 양은 서른다섯 살 처녀로, 몸은 깡마르고 성격은 단호하여, 사랑 같은 부드러운 감정은 억누르며 숭배자들을 멀리해, 그나마 가까이 다가서는 행복을 누린 남성 가슴에 경외심 같은 감정을 불러일으켰다. 얼굴이 오빠랑 놀라울 정도로 똑같아, 샐리 양이 얌전하고 다정한 모습으로 장난삼아 오빠 옷을 입고서 오빠랑 나란히 앉으면, 아무리 오랜 친구라도 누가 오빠고 동생인지 구분할 수 없을 정도였다. 특히 샐리가 윗입술에 빨간 연지라도 바르면 남성 복장이랑 어우러지면서 콧수염으로 보이기 일쑤였다. 하지만 그건 샐리 양이 화장 같은 것에 관심을 조금도 안 보인 나머지 엉뚱한 위치로 떨어진 속눈썹일 가능성도 없진 않았다. 샐리 양은 얼굴이 누렇지만 – 굳이 말하자면 지저분하게 누런 편이지만 – 웃을 때 코끝이 빨갛게 물들며 건강한 색으로 번져나가서 문제 될 건 없었다. 목소리는 정말 인상적이었다. 성량이 묵직하고 그윽해서 한 번 들으면 쉽게 못 잊었다. 평소에 사무실 유리창 커튼 색깔과 똑같은 녹색 드레스를 몸에 꽉 끼게 입고 목 뒤로 크고 묵직한 단추 하나를 채워서 마무리했다. 샐리 양은 단순하고 솔직한 걸 무엇보다 우아하다고 느끼니, 목깃이나 목도리는 절대로 안 하고, 우화에 나오는 흡혈귀 날개처럼 얇은 갈색 스카프만 머리에 얹고 마음 내키는 대로 비틀어서 간편하고 우아하게 장식했다.

바로 이런 사람이 샐리였다. 정신은 강인하고 단호하며, 어릴 적부터 법률을 누구보다 열심히 공부해, 독수리처럼 단숨에 하늘 높이 날아오르는 건 불가능하다는 사실을 알고 헛된 생각에 빠져드는 대신, 힘겨운 일을 뱀장어처럼 미끌미끌하게 헤쳐나오며 앞으로 조금씩 나아갔다. 지적 능력이 상당한 사람 일반과 달리 이론에 틀어박히지도 실용적으로 적용하는 것에 끝나지도 않았다. 내용을 정리하고, 서류 양식을 정확하게 채우고, 양피지를 똑바로 펴고 펜촉을 고치는 등, 한 마디로 사무실에서 필요한 일은 무어든 해냈다. 이렇게 다양한 매력을 지닌 인물이 아직도 결혼을 못 했다는 건 이해할 수 없지만, 남성 일반을 싫어하는 마음이 강해서 그렇든, 법률을 공부해서 가정불화를 정리하는 법령을 너무나 잘 알 거라는 두려움에 남성들이 흠모하던 마음을 접어서 그렇든, 확실한 건 여전히 독신 상태며 오빠 브라스 변호사 맞은편 낡은 걸상에 매일같이 앉아서 열심히 일한다는 사실이었다. 또 하나 확실한 건 두 사람이 앉은 걸상 한가운데서 수많은 사람이 나락으로 떨어진다는 사실이었다.

어느 날 아침, 샘슨 브라스 변호사는 걸상에 앉아서 소송 상대측 심장에 글씨라도 새기듯 펜촉으로 종이를 열심히 긁으며 소송 진행 서류를 작성하고, 샐리 역시 걸상에 앉아서 청구서 작성이라는, 자신이 제일 좋아하는 작업에 들어가려고 준비하며 펜촉을 새로 끼웠다. 그래서 두 사람 모두 오랫동안 입을 꾹 다물었다.

"거의 끝나가, 새미 오빠?"

샐리가 불쑥 말했다. 여성의 부드러운 입술에선 무어든 부드럽게 변하니 샘슨 역시 새미로 변했다.

"아니야. 네가 아까 거들었더라면 벌써 끝났겠지."

"당연히 그러시겠지. 내 도움이 필요하긴 한 거야, 그치? 그러면서 직원을 새로 구하겠다는 거군!"

"약 좀 올리지 마, 악당아! 나 좋자고 직원을 뽑는 것도 아니고 뽑고 싫어서 뽑는 것도 아니잖아!"

브라스 변호사가 펜을 입에 물고 여동생에게 짓궂게 웃으며 덧붙였다.

"직원을 구하는 문제로 이렇게 약 올리는 이유가 뭐니?"

여성을 악당이라고 부른다 해서 이상하게 보거나 깜짝 놀라지 않도록 미리 설명하는 게 좋겠는데, 브라스 변호사는 여동생을 남자처럼 여기는 습관이 있으며, 그래서 진짜 남자처럼 대하며 말하는 데 익숙했다. 그런데 이런 느낌은 완벽하게 상호작용하여, 브라스 변호사만 여동생을 악당이라 부르는 게 아니라 샐리 역시 당연히 그렇게 불리길 기대하니, 이건 다른 숙녀가 천사라고 불리길 기대하는 것과 조금도 다르지 않았다.

어쨌든 브라스 변호사는 귀족이나 신사의 표상이라도 되는 듯 펜을 입에 문 채 빙그레 웃으며 물었다.

"직원을 구하는 문제로 간밤에 세 시간이나 말했는데 왜 또 이렇게 약 올리는 거니? 그게 내 잘못이니?"

샐리는 오빠를 약 올리는 게 무엇보다 좋은 터라 아무렇지 않게 웃으며 대답했다.

"내가 아는 건 오빠 고객은 누구나 직원을 구하라고 강요한다는 거야, 우리가 원하든 원치 않든, 오빠가 변호사 사무실을 그만두고 변호사 자격을 포기하는 순간에 사형당하든 말든 상관없이."

"우리한테 그 사람만큼 중요한 고객이 어디에 있니? 지금 우리한테 그 사람만 한 고객이 있어? 대답 좀 해봐."

"못생긴 외모를 말하는 거라면!"

동생이 말하자, 브라스 변호사가 팔을 뻗어서 청구서 대장을 들고 후루룩 넘기며 비꼬았다.

"못생긴 외모를 말하는 거라면! 여길 보라고…… 데니얼 퀼프 귀하…… 데니얼 퀼프 귀하…… 데니얼 퀼프 귀하…… 이런 사람이 '당신한테 딱 맞는 사람이 있다'며 추천하면 내가 받아들여야 하겠니, 아니면 이걸 다 포기해야 하겠니, 엉?"

샐리는 아무런 대답도 안 하고 빙그레 웃으며 하던 일로 돌아가고, 브라스는 잠시 뒤에 말했다.

"나도 네가 이러는 이유를 알아. 지금 여태까지랑 달리 일을 마음대로 처리하지 못하는 건 아닐까 두려운 거야. 내 말이 맞지?"

하지만 여동생은 태연하게 대답했다.

"이곳 일은 내가 없으면 오래 갈 수 없어. 그러니까 나를 멍청하게 자극하는 짓은 그만두고, 새미 오빠, 하던 일이나 신경 써서 해."

브라스는 마음속으로 여동생을 두려워하는 터라 부루퉁한 표정으로 고개를 숙여서 글 쓰는 일에 열중하며 여동생이 하는 말을 들었다.

"내가 직원을 안 받아들이겠다고 마음먹었다면 당연히 어떤 직원도 발을 들여놓을 수 없어. 그건 오빠도 잘 알 테니까 말도 안 되는 소리 그만두라고."

브라스 변호사는 이 말을 순순히 받아들였다. 조그만 목소리로 쓸데없는 농담은 그만두자고, 약 올리지 않으면 샐리도 "훨씬 좋은 놈"이 될 수 있다고 중얼거렸다. 이 칭찬에 샐리는 자신은 놀리는 게 재밌다고, 그만한 쾌락을 포기할 생각은 없다고 대답했다. 하지만 브라스 변호사가 아무 말도 없는 게 그 주제에 관심이 사라진 것 같아서 두 사람 모두 펜촉만 열심히 긁으니 토론은 그걸로 끝났다.

두 사람이 열심히 일하는 도중에 어떤 사람 하나가 바싹 다가와서 갑자기 유리창을 가렸다. 왜 그런지 알아보려고 브라스 변호사와 샐리가 쳐다보는데, 창문이 곧바로 내려오더니 퀼프가 머리를 쑥 들이밀고 창턱에 까치발로 서서 실내를 내려다보며 말했다.

"안녕하시오! 안에 아무도 없소? 여기에 사악한 물건[30]은 없소? 잘 나가는 브라스[31] 말이오, 엉?"

그러자 변호사가 황홀한 표정을 억지로 떠올리며 웃었다.

"하하하! 아, 대단하십니다, 나리! 아, 정말 대단해요! 정말 독특해요! 유머가 대단하지, 샐리?"

그러자 난쟁이가 아름다운 샐리에게 추파를 던지며 꽥꽥거렸다.

"우리 샐리? 눈가리개를 벗고 칼과 저울을 내려놓은 정의의 여신? 막강한 법을 휘두르는 팔? 법조계의 성모 마리아?"

"유머가 정말 놀랍습니다! 정말 대단해요!"

브라스가 감탄하자, 퀼프가 다그쳤다.

"문이나 열어. 사람을 데려왔으니까. 자네한테 딱 맞는 직원이자 횡재며 누구보다 뛰어난 에이스. 어서 문을 열어, 안 그러면 다른 변호사가 우연히 내다보다 자네 눈앞에서 낚아채고 말 테니까."

누구보다 훌륭한 직원을 경쟁자가 낚아채도 아무렇지 않을 것 같지만, 브라스 변호사는 재빨리 서두는 척 걸상에서 일어나 문으로 가서 새로운 직원을 손으로 잡아끌며 돌아오는데, 다른 사람이 아니라 바로 스위블러였다.

퀼프가 문가에서 샐리를 바라보고 이마에 주름을 지으며 말했다.

"여기에 있군, 내가 결혼해야 마땅한 여인, 아름다운 사라,[32] 매력은 누구보다 많고 약점이라곤 없는 여인. 아, 샐리, 샐리!"

노골적으로 던지는 추파에 샐리는 "지랄하는군!"이라며 가볍게 대답하고, 퀼프는 다시 말했다.

---

30) Devil's ware: 돈을 뜻한다.
31) Brass: 구리 동전이란 뜻으로 브라스(Brass) 변호사를 놀리는 표현이다.
32) 성서에 나오는 아브라함의 부인이며 이삭의 어머니로, 이상적인 여인상을 대변한다.

"브라스란 성에 걸맞게 마음이 쇠처럼 단단하군. 그만 바꾸라고. 이제 청동(브라스: 역주)을 녹여서 다른 성으로 바꾸지[33] 그래?"

"말도 안 되는 소리 그만두세요, 퀼프 선생. 낯선 젊은이 앞에서 창피하지 않은지 궁금하군요."

샐리가 대답하며 모질게 웃자, 퀼프가 스위블러를 앞으로 밀면서 말했다.

"낯선 젊은이는 다정다감해서 나를 너무나 잘 이해하거든. 이쪽은 나랑 가까운 친구, 스위블러 선생…… 명문가 출신으로 엄청난 유산을 받았지만, 젊은 나이엔 사서 고생한다는 말을 믿고 당장은 직원이라는 초라한 자리에 만족하려 한다네. 하지만 여기는 초라한 자리가 아니라 탐나는 자리야. 공기가 정말 향긋하거든!"

샐리가 숨 쉬는 공기라서 정말 향긋하고 성스럽다는 뜻이라면 이 말을 충분히 이해할 수 있다. 하지만 말 그대로 브라스 변호사 사무실 공기가 그렇다는 뜻이라면, 그곳은 흙냄새가 질펀할 뿐 아니라 옆 거리에서 중고 옷을 내놓고 파는 냄새가 툭하면 흘러들고, 생쥐 썩는 냄새에 곰팡내까지 또렷하니, 퀼프 취향이 정말 독특하다고 여기지 않을 수 없었다. 그래서 스위블러는 코를 킁킁대며 숨을 한두 차례 들이마시다 빙그레 웃는 난쟁이를 믿을 수 없다는 표정으로 쳐다보고, 퀼프는 계속 말했다.

"스위블러 선생은 야생 귀리를 파종해서 농사를 짓곤 했으니[34] 조금이라도 버는 게 좋다는 사실을 잘 알아. 해를 입을 사람이 아무도 없도록 신중하게 생각해서 자네 오빠 제안을 받아들인 거라고. 브라스, 이제 스위블러 선생은 자네 직원이네."

---

33) 성을 바꾸라는 건 결혼하라는 뜻이다.
34) 쓸데없는 일을 많이 했다는 뜻이다.

"잘됐습니다, 나리, 잘됐어요. 스위블러 선생은 나리를 알아서 좋겠어요, 나리. 퀼프 선생님 같은 분을 친구로 사귀어서 정말 자랑스럽겠어요, 선생."

브라스 변호사가 말하자, 스위블러는 친구도 술병도 소용없다고 중얼대고 우정이란 날개에서 깃털 하나 안 빠진다는 말까지 입버릇처럼 뱉어내면서도 두 눈은 후회스러운 표정으로 샐리만 멍하니 바라보니, 난쟁이는 그 모습을 보고서 더할 나위 없이 좋아했다. 그러나 신성한 여신 샐리는 사무직 직원이 흔히 그러듯 두 손을 비비다 펜을 귀에 꽂은 채 이리저리 거닐 뿐이니, 난쟁이는 변호사 친구 쪽으로 고개를 돌리며 기분 좋게 말했다.

"스위블러 선생한테 당장 일을 맡기는 건 어떨까? 어차피 월요일 아침이잖아."

"원하신다면 그러겠습니다, 나리."

브라스가 대답하고, 퀼프는 다시 말했다.

"샐리가 가르쳐서 법을 즐겁게 공부하도록 하는 거야. 친구며 동료며 블랙스톤[35]이며 리틀턴을 돕는 쿡[36]이 돼서 젊은 법학도와 가까운 동료로 지내는 거야."

"저분은 표현력이 탁월해. 멋진 말이 술술 나와. 아름다워."

브라스는 완전히 반한 표정으로 중얼대며 두 손을 주머니에 찌른 채 맞은편 건물 지붕을 물끄러미 바라보고, 퀼프는 계속 말했다.

"샐리 양과 아름다운 법률 소설을 쓰다 보면 하루가 1분처럼 지날 거야. 시인 존 도John Doe와 리처드 로Richard Roe가 매혹적으로 노래한 구절이 가슴을 파고들어서 마음과 정신도 한껏 살찌울 테고."

35) William Blackstone; 영국 법학자며 판사로, '영국법 해설'을 쓴 거로 유명하다.
36) 리틀턴은 영국 법학자로 '토지소유권 협정'이란 책을 썼으며, 에드워드 쿡은 그 해설서를 출판했다.

"아, 아름다워라, 아름다워라! 정말 아르음다아워라! 저런 말을 듣는 것도 축복이야!"

브라스가 감탄하고, 퀼프는 주변을 둘러보며 물었다.

"그런데 스위블러 선생은 어디에 앉지?"

브라스가 재빨리 대답했다.

"맙소사, 걸상을 하나 더 사겠습니다, 나리. 선생님이 친절하게 제안하실 때까지 직원이 온다는 생각을 못 한 터라 시설이 부족합니다. 중고 걸상을 구해다 놓겠습니다. 그동안 스위블러 선생이 내 자리에 앉아서 부동산 점유 회복 소송 내용을 정서하면 됩니다. 나는 아침 내내 바깥에서 일할 테니……"

"나와 걷자고. 사업상 얘기할 게 있으니까. 시간을 낼 수 있겠나?"

퀼프가 묻자, 변호사는 모자를 얼른 쓰며 대답했다.

"시간을 낼 수 있느냐고요, 나리? 농담하시는군요, 나리, 나한테 농담하시는 거예요. 준비를 마쳤으니, 나리, 나가기만 하면 됩니다. 함께 걸으며 얘기하자는 제안은 언제나 대환영입니다, 나리. 퀼프 선생님이랑 얘기하면서 실력을 끌어올릴 기회를 누구나 누리는 건 아니니까요."

난쟁이는 얼굴에 철판 깐 변호사를 비웃듯 뻔뻔하게 바라보곤, 헛기침을 짧게 하면서 샐리에게 작별인사하려고 발꿈치를 축으로 빙글 돌았다. 그래서 잘 있으라 당당하게 말하고 샐리는 사내처럼 시원하게 잘 가라 말하니, 퀼프는 스위블러에게 고개를 끄덕이고 변호사와 함께 물러났다.

믿을 수 없을 정도로 아름다운 샐리를 스위블러는 책상 앞에서 넋 나간 상태로 뚫어지라 바라보는 게, 샐리를 지상에 존재한 적이 없는 대단한 동물로 여기는 것 같았다. 난쟁이는 거리로 나가자마자 창턱으로 다시 올라가서 동물원 우리라도 쳐다보듯 사무실을 들여다보며 빙그레 웃는데, 스위블러는 다른 건 생각할 수도 없고 보이지도 않는 듯 힐끗 쳐다볼 뿐 아는 척조차 않더니, 퀼프가 완전히 사라지고 상당한 시간이 지난 다음에도 책상 옆에 뿌리박힌 채 샐리만 뚫어지게 바라보았다.

샐리는 청구서를 작성하는 일에 빠져든 터라 스위블러가 무슨 짓을 하든 신경조차 안 쓴 채 즐거운 표정으로 숫자를 계산하고 펜촉으로 종이를 기계처럼 긁어나갔다. 그래서 스위블러는 당혹스러운 표정으로 녹색 드레스를 멍하니 보다, 얇은 머리 스카프를 보다, 얼굴을 보다, 빠르게 움직이는 펜을 보는데, 어떻게 저리도 괴상한 괴물과 일하게 되었는지, 꿈을 꾸는 건 아닌지, 잠에서 깨어나긴 한 건지 궁금할 뿐이었다. 그러다 한숨을 깊이 내쉬고 외투를 천천히 벗기 시작했다.

스위블러는 샐리를 계속 쳐다보며 외투를 벗어서 정성스럽게 접은 다음, 금박 단추가 두 줄로 달린 파란색 저고리를 입었다. 원래는 해양 생태계 전시장을 탐험할 때 입으려고 주문했지만 사무실에서 입으려고 가져온 것이다. 그래서 한쪽 눈으로 샐리를 꾸준히 바라보며 브라스 변호사 걸상에 조용히 앉는 고통을 감수했다. 그런 다음, 나쁜 병이 재발하면서 무기력증에 빠져들어, 한 손에 턱을 괴고 두 눈을 커다랗게 뜨는데, 너무 커다랗게 떠서 두 번 다시 못 감을 것 같았다.

스위블러는 너무 오랫동안 쳐다보아서 아무것도 안 보이자, 놀라울 정도로 아름다운 여성에게서 눈을 떼어내, 자신이 정서할 내용 초안으로 고개를 돌려 펜촉에 잉크를 묻히곤 마침내 천천히 다가가서 글자를 쓰기 시작했다. 그래서 대여섯 글자를 쓴 다음에 잉크를 다시 묻히려고 팔을 뻗느라, 우연히 고개를 들었다. 얇은 머리 스카프가, 녹색 드레스가, 한 마디로 샐리 자체가 너무나 매력적으로 보였다. 아까보다 대단했다. 도저히 못 견딜 정도였다.

이런 일이 되풀이되다 보니, 스위블러는 이상한 기운이, 샐리를 완전히 제압하고픈 욕구가, 갈색 스카프를 머리에서 떨어뜨려야 한다는, 생머리가 드러난 샐리를 봐야 한다는 갈망이 끔찍하게 이는데, 탁자에 줄자가 있었다. 아주 커다랗고 까맣게 빛나는 줄자였다. 스위블러는 그걸 집어서 코를 긁었다.

그러다 손도끼처럼 움켜잡고 휘두르니, 느낌이 편하고 자연스러웠다. 샐리 옆으로 다가가며 줄자를 휘둘렀다. 줄자가 일으킨 바람에 깔쭉깔쭉한 갈색 스카프 모서리가 펄럭였다. 조금 더 다가가면 갈색 스카프가 바닥에 떨어질 것 같은데, 그래도 샐리는 아무것도 모른 채 계속 일할 뿐 고개 한 번 안 들었다.

아아, 다행이었다. 글자를 집요하고 끈질기게 쓰다 결국엔 줄자를 집어서 마음만 먹으면 갈색 스카프를 떨어뜨릴 수 있다는 걸 알고서 휘두른 건 정말 잘한 일이었다. 샐리가 고개를 들다 자신을 보고서 훨씬 힘껏 휘두르는 식으로 보복할 것 같은 생각이 들어, 줄자를 거두고 코를 열심히 문지른 것 역시 정말 잘한 일이었다. 그래서 이상한 욕구를 가라앉히다, 줄자를 휘두르는 강도와 횟수까지 조금씩 줄이더니, 결국엔 한 번도 안 멈추고 대여섯 줄을 그대로 써내려간 것 역시 대단한 인간 승리가 아닐 수 없었다.

34장

열심히 일하며 시간을 보내다, 굳이 말하자면 두 시간 정도를 보내다,

샐리는 할 일을 끝내니, 펜촉을 녹색 드레스에 닦고 주머니에서 동그란 양철통을 꺼내 코담배를 손가락으로 집어서 코에 대는 거로 마무리했다. 그래서 기분을 새롭게 가다듬고 걸상에서 일어나 서류를 빨간 끈으로 묶어서 팔꿈치 밑에 끼우고 밖으로 씩씩하게 나갔다.

스위블러가 벌떡 일어나 미친 듯이 춤춰서 혼자 남은 기쁨을 마음껏 즐기려는데, 문이 열리고 샐리 머리가 불쑥 들어오며 말했다.

"나갔다 올게요."

"그러세요."

스위블러가 대답했다. 그리고 속으로 덧붙였다.

'나 때문에 빨리 돌아오려고 서둘진 마세요.'

"누가 찾아오면 메시지를 받아놓고, 업무 내용을 물으면 담당자가 자리를 비웠다고 말하세요. 알겠죠?"

"네, 알겠습니다."

"오래 안 걸릴 거예요."

샐리는 말하면서 물러나고, 스위블러는 문이 완전히 닫히자마자 대꾸했다.

"그렇다니 유감입니다, 아가씨. 예상치 못한 일에 붙들려서 오랫동안 안 오길 바랍니다. 마차에 치이면 더욱 좋고요, 중상만 안 입는다면, 아가씨."

스위블러는 덕담을 엄청 진지하게 늘어놓고선 고객용 의자에 철퍼덕 앉아서 곰곰이 생각하다 실내를 서너 차례 서성이더니, 다시 철퍼덕 주저앉았다.

"그렇다면 내가 브라스 밑에서 일하는 거야, 정말? 브라스 밑에서, 엉? 그리고 암사자 같은 브라스 여동생 밑에서? 잘됐군, 잘됐어! 다음엔 어떻게 될까? 범죄를 저지르다 잡혀서 잿빛 죄수복에 모자를 걸치고 가슴에 수인 번호를 멋지게 달고 다리엔 훈장을 달고 손목엔 은팔찌를 차고 쇠사슬에 발목을 쓸리며 조선소로 끌려가는 거야? 그렇게 되는 거야? 이건 너무 약한 거 아니야? 뭐가 되든, 너는 네가 갈 길을 꿋꿋이 가라고."

완전히 혼자 있을 때 스위블러는 이런 식으로 말하면서 자신의 운명을 점쳤다. 앞에서 배운 것처럼 영웅은 마음에 안 드는 상황에 부닥치면 씁쓸하게 비웃는 게 전통이니 말이다. 이 상황에서 스위블러가 천장을 바라볼 가능성도 큰데, 거대한 샹들리에가 환하게 빛나는 연극 무대가 아닌 한, 이것 역시 위대한 인물에게 흔한 전통이라 할 수 있겠다.

어쨌든 스위블러는 곰곰이 생각하다, 자신이 맞부닥친 상황을 손가락으로 하나씩 꼽으며 중얼거렸다.

"퀼프가 여기를 소개했다는 건 나를 책임지겠다는 건데, 프레드는 내 말을 제대로 안 듣고 어이없게도 퀼프만 편들며 여기로 가라고 했으니, 어려운 문제 하나! 지방에 사는 숙모는 지원을 끊더니, 애정 어린 편지를 보내서 유언장을 새로 쓰겠다고, 나는 거기에서 빼겠다고 하니, 어려운 문제 둘! 돈도 없고, 신용도 없고, 프레드도 갑자기 착실하게 변한 것처럼 굴면서 나를 외면하고, 오랜 하숙집에선 나가라 통보하니, 어려운 문제 셋, 넷, 다섯, 여섯! 어려운 문제가 이렇게 많으면 어떤 인간도 자유로울 수 없어. 하지만 어떤 인간도 저절로 무너지지 않아. 운명이 인간을 무너뜨린다면 그 운명은 인간을 다시 일으켜 세우기도 하거든. 그렇다면 운명이 나를 이런 곳으로 데려와서 다행이야. 기분 내키는 대로 대충대충 일하면서 마음껏 심술부려도 될 테니까."

스위블러가 고개를 의미심장하게 끄덕여서 천장과 작별하며 덧붙였다.

"한번 해보는 거야. 먼저 나가떨어지는 게 난지 운명인지 보자고!"

자신이 몰락한 걸 이런 식으로 풀어내는 건 윤리학에서 사용할 정도로 심오하니, 스위블러는 의기소침한 마음을 털어내고 무능한 직원 특유의 느긋하고 쾌활한 자세를 취했다.

편안하고 차분하게 적응하는 차원에서 스위블러는 사무실을 자세히 살피기 시작했다. 가발 상자와 책과 잉크병을 들여다보고, 서류 묶음을 풀어서 살피고, 브라스 주머니칼로 탁자에 그림 서너 개도 새기고, 석탄을 담는 나무통 안쪽에 자기 이름도 썼다. 그래서 자신이 여기에서 일한다는 사실을 공식적으로 확인하고선, 유리창을 열고 몸을 기댄 채 느긋하게 내다보다 맥주 파는 아이가 지나는 걸 보고서 쟁반을 내려놓고 순한 흑맥주 반 리터를 꺼내라 주문해 그 자리에서 마신 다음, 신용을 쌓아서 앞으로 외상거래라는 놀라운 시스템을 쌓으리라 생각하고 그 자리에서 돈을 곧바로 건넸다. 그런 다음에는 브라스 동급 변호사 서너 명이 조그만 사내아이 서너 명을 심부름 보내, 스위블러는 무언극에서 광대가 그럴 것처럼 업무 전반을 제대로 파악한 듯한 자세로 능숙하게 대응해서 돌려보냈다. 이런 일도 끝나자, 걸상에 앉아서 펜에 잉크를 묻히고 휘파람을 불면서 샐리 캐리커처를 다양하게 그렸다.

이 일에 흠뻑 빠져들 때 마차 한 대가 현관문 근처에 멈추더니, 곧바로 크게 두드리는 소리가 두 번 일어났다. 하지만 사무실 초인종을 누른 건 아니니 자신이 상관할 일도 아니라, 스위블러는 건물 전체에 자신밖에 없다고 생각하면서도 하던 일에 느긋하게 열중했다.

하지만 그건 착각이었다. 짜증스럽게 두드리는 소리가 다시 일더니, 현관문이 열리면서 누군가 발을 묵직하게 내디디며 계단을 올라오는 소리가 들린 것이다. 스위블러는 또 다른 샐리가 찾아온 것 같다고, 암사자 쌍둥이가 있는 것 같다고 의아하게 여길 때, 사무실 문을 두드리는 소리가 일었다. 그래서 대답했다.

"들어오시오! 형식에 치우치지 마시오. 손님이 또 찾아오면 일만 복잡하니 말이오. 들어오시오!"

그러자 문가에서 조그만 목소리가 나지막하게 말했다.

"아, 제발, 어서 나와서 하숙방 좀 보여줄래요?"

스위블러가 탁자 너머로 상체를 내밀자 조그만 여자애가 보이는데, 얼굴과 두 발만 남기고 더러운 앞치마와 턱받이로 온몸을 감싼 차림이었다. 바이올린 상자를 몸에 걸친 것처럼 보일 정도였다.

"맙소사, 너는 누구니?"

스위블러가 묻는 말에 나오는 대답은 "아, 제발, 어서 나와서 하숙방 좀 보여줄래요?"가 전부였다.

여자애 표정과 행동 하나하나가 너무나 초라했다. 태어나자마자 노동에 시달린 게 분명했다. 스위블러가 놀란 만큼이나 여자애도 두려워하는 것 같았다.

"나는 하숙을 치는 것과 상관이 없어. 나중에 오라고 해."

스위블러가 말하자, 여자애가 대답했다.

"아, 제발, 어서 나와서 하숙방 좀 보여주세요. 주당 18실링에 음식이랑 청소를 제공해요. 구두 닦는 거랑 옷 세탁은 별도고, 겨울철 난방은 하루에 8펜스에요."

"네가 직접 보여주지 그러니? 자세히 아는 것 같은데."

"샐리 아씨가 그러지 말라고 했어요. 내가 조그만 걸 보면 시중드는 실력이 형편없겠다고 사람들이 여긴다면서요."

"결국엔 네가 조그맣다는 걸 알게 되잖아, 그렇지 않니?"

스위블러가 말하자, 여자애가 날카롭게 쳐다보며 대답했다.

"아! 하지만 최소한 2주일을 하숙해야 하는데, 한번 자리를 잡으면 하숙집 옮기는 게 쉽지 않잖아요."

"이상한 일도 다 있군. 그런데 너는 뭐하는 아이니…… 요리사?"

스위블러가 말하며 일어나자, 여자애가 대답했다.

"네, 요리하는 건 확실해요. 집안일 하는 하녀도 되고요."

스위블러는 '브라스와 암사자와 내가 제일 지저분한 일을 하는 것 같다'는 생각이 절로 들었다. 그래서 어쩔지 몰라 주저하는 분위기로 생각을 넓히려는데, 여자애는 재촉하고, 입구와 계단에서 쿵쾅거리는 소리는 이상하게 이는 걸 보면 하숙인 후보가 짜증을 내는 것 같았다. 스위블러는 중요한 인물이 일에 열중하다 나온다는 인상을 주려고 양쪽 귀에 펜을 하나씩 꽂고 입에 또 하나를 문 채, 독신 남성을 만나러 급히 나갔다.

그러나 여행 가방이 계단을 올라가느라 툭하면 쿵쾅대며 부닥치는 소리를 듣고 살짝 놀랐다. 층계보다 두 배는 커서 독신 남성이 마부와 힘을 합쳐도 가파른 계단을 올라가는 게 쉽지 않았다. 각도가 도저히 안 나오는데도 이리저리 부닥치며 온 힘을 다해 앞에서 끌고 뒤에서 미는 식으로 밀어붙이니, 그 사이를 지나서 올라간다는 건 꿈도 꿀 수 없어, 스위블러는 다행스럽게 여기며 느긋하게 따라가, 계단을 한 번 오를 때마다 너무 갑작스럽게 들어온다며 항의했다.

이렇게 항의해도 독신 남성은 짧은 대답조차 없더니, 여행 가방이 드디어 침실로 들어가자, 거기에 주저앉아서 손수건으로 대머리와 얼굴을 훔쳤다. 땀이 펄펄 나는데, 여행 가방을 좁은 계단에서 끌어올린 일도 힘든 데다 그늘 기온이 섭씨 27도나 나가는 날씨에 겨울옷으로 온몸을 감쌌으니, 너무나 당연한 결과였다.

스위블러가 펜을 입에서 꺼내며 말했다.

"하숙방을 보고 싶은 것 같군요, 선생. 아주 매혹적인 하숙방이랍니다, 선생. 전망이 훤하거든요, 저쪽 너머로. 게다가 1분 거리랍니다,

모서리를 돌아서. 바로 옆에서 순한 흑맥주 파는 것 말고도 장점이 많납니다."

"하숙비는 얼마요?"

독신 남성이 묻자, 스위블러는 비용을 올려서 대답했다.

"주당 1파운드."

"좋소, 하숙하겠소."

"구두 닦는 거랑 옷 세탁은 별도고, 겨울철 난방은……"

"다 동의하겠소."

"최소한 2주일은……"

스위블러가 말하는데, 독신 남성이 머리끝부터 발끝까지 쳐다보며 소리쳤다.

"2주일! 2년이요. 최소한 2년은 살 거요. 자, 계약금 10파운드. 이제 계약이 됐소."

"맙소사, 내 이름은 브라스가 아니라……"

"누가 그렇다고 했소? 내 이름은 브라스가 아니다. 그렇다면 그건 뭐요?"

"건물 주인 이름이요."

"다행이구려. 변호사 이름으로 딱 좋소. 마부, 가도 됩니다. 당신도 마찬가지고, 선생."

스위블러는 독신 남성이 막 대하는 모습에 적잖게 당황한 나머지, 샐리를 쳐다볼 때처럼 가만히 서서 뚫어지라 바라보았다. 하지만 독신 남성은 그런 상황에 아무런 영향도 안 받은 채 완벽하게 느긋한 자세로 목에 둘러친 숄을 풀고 신발을 벗었다. 다른 옷가지 역시 하나씩 벗고 개서 여행 가방에 단정하게 넣었다. 그러더니, 창문 블라인드를 내리고 침대 커튼을 내리고 시계태엽을 감은 다음, 침대로 느긋하고 차분하게 올라갔다.

그리곤 커튼 사이로 내다보며 작별인사 대신 "하숙 친다는 광고물은 떼고, 내가 종을 울릴 때까지 아무도 방해하지 않게 하쇼"라 말했다.

이 말과 함께 커튼을 닫더니 곧장 코를 고는 것 같았다.

스위블러는 광고물을 손에 들고 사무실로 들어오면서 중얼거렸다.

"이상하고 놀라운 집이로군! 암사자는 전문가 남성처럼 굴고, 키가 1m도 안 되는 요리사는 지하에서 갑자기 나타나고, 낯선 사람은 대낮에 그냥 들어와서 허락도 없이 침대에 누워서 잠들고! 이따금 나타난다는 기적적인 남자[37] 가운데 하나라서 2년 동안 잠잔다면 나야 나쁠 게 없겠지. 하지만 이건 내 운명이니, 브라스가 좋아하길 바랄 수밖에. 마음에 안 든다 해도 어쩔 수 없고. 하지만 내가 상관할 일은 아니야. 내가 어쩔 수 있는 건 하나도 없다고!"

35장

브라스 변호사는 집으로 돌아와서 보고를 듣고 극히 좋아하더니, 10파운드 지폐가 영국 중앙은행에서 합법적으로 발행한 지폐라는 사실을 확인하고 한층 더 좋아했다. 마음이 흡족한 나머지 더없이 관대하고 겸손하게 스위블러에게 '조만간'이라는 일반적인 표현 대신 먼 미래 애매한 시기에 펀치 술이나 한잔하자 제안하고, 처음 출근한 날에 업무 처리 능력이 탁월하다는 사실을 확실하게 증명했다며 멋진 칭찬을 수없이 늘어놓았다.

37) 기독교 박해를 피해 동굴로 들어가서 2백 년 동안 잤다는 전설적인 남성 7명을 말한다.

브라스 변호사는 칭찬하는 건 돈을 안 들이고 최대한 아부하는 거라는 좌우명과 훌륭한 변호사는 늘 청산유수처럼 말해서 녹슬지 않도록 갈고닦는 게 중요하다는 좌우명이 있는지라, 멋진 말로 칭찬할 기회를 절대로 안 놓쳤다. 그래서 습관처럼 되었는데, 행여나 혓바닥을 바라는 만큼 정확하게 놀릴 수 없을 때가 있다면 그건 바로 퀼프 앞에서 말할 때였다. 앞에서 본 것처럼 퀼프는 거칠고 쌀쌀맞은 성격이라 아부에 쉽게 넘어가질 않는 데다 술술 나오는 말을 들으면 눈살마저 찌푸리니, 이것 역시 타고난 봉홧불 가운데 하나로, 선박이 거친 물살과 암초가 가득한 곳으로, 쉽게 말해서, 법이라는 위험한 해협으로 밀려드는 걸 피하고, 덜 위험한 항구를 찾아서 행운을 시험하게 하는 일종의 경고장치라 할 수 있었다.

브라스 변호사가 직원을 과도하게 칭찬하며 10파운드 지폐를 쳐다보고 또 쳐다보는 동안, 샐리는 좋아하는 표정을 비롯해 아무런 감정도 안 드러냈다. 변호사 사무실에서 일하는 동안 지혜를 갈고닦아 이익을 조금이라도 더 짜내는 데 모든 생각을 집중하는 경향이 강한 터라 독신 남성을 그렇게 싼값으로 받아들인 사실에 크게 실망한 나머지, 상대가 이미 마음을 정한 게 확실하다면 최소한 평균 가격에서 두세 배는 받아야 마땅했다는, 상대가 급하게 서두는 만큼 스위블러는 뒤로 빼야 마땅했다는 주장까지 했다. 하지만 브라스가 칭찬하는 소리도 샐리가 불만을 털어놓는 소리도 스위블러에겐 의미가 없으니, 이번 일은 물론 앞으로 나타날 모든 행위와 행동을 불행한 운명 탓으로 돌린 터라, 모든 걸 체념한 채 느긋하게 마음먹고 최악에 대비할 뿐 최선에는 관심조차 없었기 때문이다.

그런 스위블러가 이튿날에 출근하자, 브라스가 말했다.

"어서 오게, 스위블러. 샐리가 어제 초저녁에 화이트채플에 가서 자네가 쓸 중고 걸상을 찾았다네. 샐리는 특가로 사는 걸 좋아하거든, 스위블러. 내가 장담하는데, 걸상이 자네 마음에 꼭 들 거야."

"금방이라도 쓰러질 것처럼 생겼나 보군요."

"장담하는데, 한번 앉으면 대단한 걸상이란 걸 깨달을 거야. 병원 맞은편에서 샀다는데, 한두 달 바깥에 있어서 먼지가 끼고 햇볕에 갈색으로 약간 그을린 게 전부야."

브라스가 말하자, 스위블러가 대답했다.

"그것 때문에 전염병에나 안 걸리면 좋겠군요."

그리곤 브라스 변호사와 고상한 샐리 사이로 가서 걸상에 불만스러운 표정으로 앉다가 덧붙였다.

"다리 하나가 길어요."

"나뭇조각 하나가 덤으로 생기겠군. 하하하! 나뭇조각 하나가 덤으로 생기니, 샐리가 시장에 나간 보람이 있어. 샐리, 스위블러는……"

브라스가 말하는데, 상대가 갑자기 서류에서 고개를 치켜들며 반박했다.

"입 좀 다물 수 없어? 끊임없이 떠들면 내가 어떻게 일해?"

"종잡을 수가 없어! 어떨 때는 자기가 나불대고, 어떨 때는 일만 하고. 도대체 그 속에 무슨 생각이 있는지 누가 아느냐고!"

"지금은 일하는 생각이 있으니, 부탁인데, 방해하지 마."

샐리가 펜촉이 꽂힌 깃털로 스위블러를 가리키며 덧붙였다.

"그리고 저 친구한테 일 좀 시켜. 할 수 있는 일이 얼마나 있을지 모르겠지만."

브라스 변호사는 화내며 반박하고픈 욕구를 강하게 느끼다가 겁먹고 조심하는 쪽으로 기울었는지, 특정인을 지정하지 않고 모호하게 이야기하며 부랑자가 짜증스럽다는 식으로 중얼거렸다. 그런 다음에 오누이 모두 글 쓰는 일에 몰두하니, (떠들썩한 걸 좋아하는) 스위블러는 따분한 나머지 두 눈을 감은 채 이상한 글귀를 알아볼 수 없이 끄적이다 잠자길 되풀이하는데, 샐리가 마침내 동그란 양철통을 꺼내 손가락으로 코담배를 집어서 빨아들이며 단조로운 사무실 분위기를 깨뜨리고 스위블러가 "일을 내고 말았다"는 의견을 드러냈다.

"무슨 일을 내요?"

스위블러가 묻자, 샐리가 내답했다.

"하숙인이 아직도 안 일어난 걸, 어제 오후에 잠자리에 든 이후로 그를 본 사람도 그 소리를 들은 사람도 없다는 걸 아세요?"

"맙소사, 그 사람이 그러고 싶다면 10파운드만큼은 편하게 조용히 잘 수 있잖아요."

"아! 문제는 앞으로 안 깨어날 거란 생각이 든다는 거예요."

샐리가 말하자, 브라스가 펜을 내려놓으며 말했다.

"엄청난 상황이군, 정말 엄청난 상황이야. 스위블러, 저 신사가 침대 기둥에 목을 맸거나 안 좋은 사건이 일어났다면, 10파운드 지폐를 2년 월세의 일부로 자네한테 주었다는 사실을 잘 기억해 두도록. 가슴에 새겨두어야 해, 스위블러. 증거를 제시하라고 요구받을 때를 대비해서 종이에 적는 게 좋겠어."

스위블러는 커다란 종이 한 장을 꺼내서 얼마 안 되는 내용을 한쪽 구석에 진지하게 적기 시작하고, 브라스는 다시 말했다.

"아무리 조심해도 부족해. 세상엔 나쁜 일이 엄청나게 많거든, 엄청 나쁜 일이. 혹시 저 신사가…… 아니야, 당장은 신경 쓰지 말고 쓰던 것부터 끝내."

스위블러는 그렇게 해서 종이를 건네자, 걸상에서 일어난 브라스 변호사는 실내를 서성이며 내용을 읽다가 물었다.

"아, 이렇게 된 거군, 그치? 좋아. 그런데 저 신사가 다른 말은 안 했나, 스위블러?"

"네."

"확실한가, 스위블러, 저 신사가 다른 말을 안 한 게?"

브라스가 다시 묻고, 스위블러도 다시 대답했다.

"네, 한 마디도."

"잘 생각하게. 이런 위치에 있는 나로선, 변호사라는 명예로운 직업에 - 나라 전역은 물론 유럽 전역에서, 아니, 하늘에서 반짝이는 별에 사람이 산다면 우주 전역에서 제일가는 직업에 - 종사하는 나로선 지켜야 할 의무가 있네. 명예로운 직업에 종사하는 나로선 이렇게 미묘하고 중요한 문제에서 자네를 유도신문할 순 없다고. 그러니 어제 오후에 2층으로 올라간 신사가, 자산으로 가득한 가방을 - 그래, 자산으로 가득한 가방을 - 가져온 신사가 여기에 적힌 내용 이상을 말하지 않았나?"

"맙소사, 멍청하게 굴지 마."

샐리가 끼어들자, 스위블러는 그쪽을 쳐다보고 브라스를 쳐다보다, 다시 샐리를 쳐다보다, 이번에도 똑같이 대답했다.

"네."

"제기랄! 어이가 없군, 스위블러, 멍청하게 굴지 말라고!"

브라스가 소리치더니, 미소를 머금으며 다정하게 다시 물었다.

"저 신사가 자산에 대한 말을 하나도 안 했나? 잘 생각하게!"

"애초에 그렇게 물었어야지."

샐리가 오빠에게 말하며 고개를 끄덕이자, 브라스는 친절하고 다정한 어투로 다시 물었다.

"예를 들어서 저 신사가 말하길 - 내가 아니라 저 신사가 말했다는 사실을, 나는 자네가 기억을 되살리도록 묻는 것뿐이라는 사실을 명심하게 - 혹시 저 신사가, 예를 들어, 자신은 런던에 처음 왔다거나, 따로 부탁할 사람이 없다거나, 다른 사람에게 따로 부탁할 마음이 없다거나 - 자산을 책임질 권리가 우리한테 있다고 여긴다거나, 자신한테 무슨 일이 일어나면, 어떤 경우든, 내가 고생할 걸 조금이라도 보상하는 차원에서, 자신이 여기로 가져온 자산 전체를 내 소유물로 간주하길 구체적으로 바란다거나……"

브라스가 훨씬 다정하고 친절한 어투로 이어나갔다.

"한 마디로 집주인인 나를 대신해서 자네한테 그 조건을 받아들이길 바란다고 말하지 않았나?"

"네."

스위블러가 대답하자, 브라스는 심하게 나무라는 표정으로 쏘아보며 말했다.

"그렇다면, 스위블러, 내가 볼 때 자네는 제대로 역할을 못 했으니 앞으로 변호사가 못 되겠어."

"천 년을 산다면 몰라도."

샐리가 덧붙였다. 그런 다음에 오누이 모두 조그만 양철통에서 담배를 집어 시끄럽게 빨아들이곤 우울한 생각에 잠겼다.

별다른 일은 안 생기는 가운데 스위블러는 저녁 먹을 시간이 오기만, 오후 3시가 되기만 기다리는 게 3주만큼이나 길게 느껴졌다. 그러다 3시 종이 처음 울리는 순간에 사라지더니, 5시 종이 마지막으로 울릴 때 돌아오는데, 진토닉과 레몬 껍질 냄새가 마법처럼 번졌다.

"스위블러, 저 사내가 아직도 안 일어나. 도무지 깨울 수가 없어. 어떻게 하지?"

브라스가 묻자, 스위블러가 대답했다.

“저절로 깨어날 때까지 기다리세요.”

“저절로 깨어날 때까지! 맙소사, 벌써 스물여섯 시간째 자는데도! 그 사람 머리 위에서 옷장도 옮겨보고, 거리에서 현관문을 두 번이나 두드리고, 하녀가 계단에서 여러 차례 굴렀는데 (몸이 가벼워서 별로 안 다치거든) 그래도 안 일어나.”

“그럼 사다리를 2층 창문에 대고……”

“중간에 문이 있어. 게다가 이웃에서 뭐라 그럴 테고.”

“지붕으로 올라가서 들창문을 열고 굴뚝으로 내려가는 방법은 어떠세요?”

“훌륭한 계획이야, 누가 굴뚝을 내려가기만 한다면……”

브라스가 말하더니, 스위블러를 뚫어지라 바라보며 이어나갔다.

“그러면 정말 좋겠어. 내가 장담하는데, 굴뚝을 내려가는 게 생각만큼 어렵진 않을 거야.”

스위블러가 이렇게 제안한 건 그 일이 샐리에게 떨어질 거로 여겼기 때문이다. 그래서 못 알아들은 척 아무 말도 안 하니, 브라스로서는 함께 2층으로 올라가서 심하지 않은 방법으로 깨워보자고, 그래도 소용이 없으면 더욱 강력한 방법을 동원하자고 제안할 수밖에 없었다. 스위블러는 당연히 동의하고 걸상과 커다란 줄자로 무장한 다음에 고용주와 사건 현장으로 올라갔다. 샐리가 먼저 올라와서 조그만 종을 열심히 흔드는데, 이상한 하숙인은 아무런 반응도 안 보였다.

“저기에 저 사람 신발이 있어, 스위블러!”

브라스가 소리치고 스위블러가 대답했다.

“저 신발도 주인만큼이나 질기게 보이네요.”

정말 그랬다. 어디에도 없을 정도로 질기고 단단한 신발이 바닥에 놓인 게 마치 주인이 그걸 신어서 널찍한 발바닥과 뭉툭한 발가락으로 묵직하게 누르는 것처럼 보였다.

브라스가 열쇠 구멍에 한쪽 눈을 대고 들여다보며 말했다.

"침대 커튼 말고 아무것도 안 보여. 덩치가 큰가, 스위블러?"

"네."

스위블러가 대답하자, 브라스가 말했다.

"저 사람이 갑자기 나오면 꽤 불편한 상황이 벌어지겠어. 계단을 깨끗이 비워. 내가 충분히 상대할 순 있겠지만, 나는 집주인으로 손님을 친절하게 대할 의무가 있다고…… 여보세요! 여보세요, 여보세요!"

브라스는 열쇠 구멍에 댄 눈을 이상하게 비틀면서 하숙인을 깨우려 소리치고 샐리 역시 조그만 종을 열심히 흔드는 동안, 스위블러는 걸상을 방문 옆벽에 바싹 대고 그 위에 올라서서, 행여나 하숙인이 갑자기 나오더라도 그냥 지나치도록 조치한 다음에 줄자로 방문 위쪽 판자를 힘껏 때렸다. 인파가 몰리는 밤에 용감무쌍한 사람들이 극장에서 빈틈을 벌리는 방법을 그대로 쓴 건데, 스위블러는 자신이 안전한 자리에 있다는 확신과 천재성에 취해서 줄자를 열심히 때리니, 종소리는 파묻히고 조그만 하녀는 상대가 나오는 순간에 도망치려고 준비하며 계단 밑에서 어슬렁대다 귀청이 터져나갈 것 같아서 양쪽 귀를 두 손으로 틀어막았다.

안쪽에서 갑자기 자물쇠를 열더니 방문이 무섭게 열렸다. 조그만 하녀는 지하 석탄 창고로 재빨리 도망치고, 샐리는 자기 침실로 곤두박질치고, 브라스는 쥐꼬리만 한 용기도 못 보인 채 거리로 내달리다 뒤에서 부지깽이 같은 걸 들고서 쫓아오는 사람이 없다는 사실을 확인하고 두 손을 주머니에 찌른 채 느긋하게 걸으며 휘파람을 불었다.

그런데 스위블러는 걸상 꼭대기에서 벽에 최대한 찰싹 달라붙어 조마조마한 표정으로 내려다보는 가운데, 독신 남성이 신발을 손에 들고 문가로 나와서 욕설을 끔찍하게 퍼붓고 으르렁대는 게, 누구라도 있으면 계단 밑으로 내던질 것 같더니 결국엔 그 생각을 접고, 여전히 복수심에 불타서 으르렁대며 방으로 돌아서다, 가만히 내려다보는 스위블러와 시선이 마주쳤다.

"네놈이 끔찍이도 시끄럽게 군 건가?"

독신 남성이 묻자, 스위블러는 사내를 계속 내려보며, 먼저 폭력을 쓰려면 각오하라는 듯 오른손으로 줄자를 잡고 조금씩 흔들면서 대답했다.

"도와주려던 겁니다, 선생님."

"그렇다면 왜 시끄럽게 군 거야, 엉?"

이 말에 스위블러는 아무 대답도 않고 하숙인이 26시간 연속으로 잔다는 게 말이 되느냐고, 상냥하고 고결한 집주인 가족이 편안할 수 있겠느냐고 물었다.

"내가 편안한 건 안 중요하고?"

하숙인이 반문하자, 스위블러가 반박했다.

"그럼 집주인 가족이 편안한 건 안 중요하다는 말인가요, 선생? 나는 협박 같은 걸 하고 싶지 않습니다. 법에서 협박하는 걸 금지해, 형사범죄로 취급하니까요. 하지만 이런 일이 또다시 일어나면 선생이 깨어나기도 전에 검시관이 자살했다 판단하고 십자로에 파묻을까[38] 두렵습니다. 우리는 선생이 자살한 줄 알았단 말입니다."

스위블러가 바닥으로 내려오며 계속 말했다.

"요점은, 독신 남성이 한 사람 몫만 내고 두 사람 몫을 자게 할 순 없다는 겁니다."

"말도 안 돼!"

---

38) 당시에는 사람이 자살하면 심장에 말뚝을 박아서 십자로에 묻었다.

하숙인이 한탄하자, 스위블러는 모든 걸 운명에 맡기고 생각나는 대로 말했다.

"네, 말이 됩니다, 선생. 일인용 침대에서 이런 식으로 잘 순 없으니, 이렇게 오랫동안 잠자려면 이인실 비용을 내야 합니다."

이 말에 하숙인은 엄청나게 화내는 대신, 흥미로운 눈빛으로 바라보며 환한 미소를 머금었다. 햇볕에 타서 얼굴이 갈색인데, 하얀 수면 모자를 써서 훨씬 심한 갈색으로 보였다. 성질이 급한 건 확실하나 당장은 기분이 좋은 표정이라, 스위블러도 빙그레 웃었다.

하숙인은 시끄러운 소리에 깨어나 잔뜩 화나서 수면 모자를 대머리 한쪽으로 눌러쓴 상태였다. 그래서 건달 분위기가 묘하게 이는 터라, 이제 느긋하게 쳐다볼 여유가 생긴 스위블러 눈에 정말 좋게 보였다. 그래서 화해하는 어투로 그만 일어나길 바란다고, 앞으로 이런 일은 없길 바란다고 말했다.

그러자 하숙인은 "안으로 들어오게, 건방진 악당!"이라 말하고 방으로 들어갔다.

스위블러는 걸상을 밖에 두었으나 기습받을 때를 대비해서 줄자를 가지고 들어갔다. 독신 남성이 아무런 설명이나 경고 없이 방문을 이중으로 잠그는 걸 보고서는 줄자를 들고 오길 잘했다고 생각했다.

"무얼 마시겠나?"

하숙인이 묻는 말에 스위블러는 타는 목마름을 조금 전에 달랬지만, 마실 게 있다면 "목을 살짝 축일 정도는" 마실 수 있다고 대답했다. 양쪽이 입을 꾹 다문 가운데, 하숙인은 커다란 여행 가방에서 사원 모양으로 생겨 은에 광택을 낸 것처럼 반짝이는 물건을 꺼내서 탁자에 조심스레 올려놓았다.

스위블러는 흥미로운 표정으로 살피고, 하숙인은 사원 안쪽 칸막이 하나에 달걀 한 알을 넣고, 옆 칸에 커피를 넣고, 세 번째 칸은 양철 그릇에 깔끔하게 담긴 쇠고기를 넣고, 네 번째 칸에 물을 넣었다. 그러더니, 성냥을 켜서 알코올램프에 불을 붙이고 사원 밑으로 밀어 넣었다. 그리곤 조그만 칸막이마다 뚜껑을 모두 닫았다가 나중에 여니, 놀랍게도 스테이크는 다 되고 달걀은 익고 커피는 딱 마시기 좋게 보였다. 아침 준비가 끝난 것이다.

하숙인이 바로 앞에 주방 화덕이라도 있는 것처럼 아무렇지 않게 건네며 말했다.

"자, 뜨거운 물…… 최고급 럼주…… 설탕…… 여행용 유리잔. 직접 타 먹게. 서두는 게 좋아."

스위블러가 순순히 따르면서도 두 눈은 탁자에 올려놓은 사원을 이리저리 살피는데, 사원은 무슨 요리라도 할 것 같고 커다란 여행 가방에는 없는 게 없을 것 같았다. 하숙인은 이런 기적에 익숙한 듯 여상스런 표정으로 아침을 먹다 물었다.

"이 집 주인은 변호사야, 그렇지?"

스위블러는 고개를 끄덕였다. 럼주가 훌륭했다.

"이 집 여자는…… 어떤가?"

"암사자예요."

스위블러가 대답하자, 독신 남성은 그런 여자를 수없이 만났기 때문인지, 자신이 독신이기 때문인지, 놀라는 표정 없이 물었다.

"부인인가, 동생인가?"

"동생이요."

"잘됐군. 마음대로 해고해도 괜찮겠어."

독신 남성이 잠시 뒤에 덧붙였다.

"나는 내가 하고 싶은 대로 하고 싶네, 젊은이. 잠자고 싶을 때 잠자고 일어나고 싶을 때 일어나고 들어오고 싶을 때 들어오고 나가고 싶을 때 나가고…… 캐묻는 사람도 없고 주변에서 훔쳐보는 염탐꾼도 없이. 이런 점에서는 하인이 제일 성가시지. 그런데 여기엔 한 명밖에 없잖아."

"게다가 아주 조그맣지요."

"게다가 아주 조그맣다. 으음, 나한테 딱 맞는 곳이야, 그렇지 않나?"

"네, 딱 맞는 곳입니다."

"집주인은 사납겠지?"

하숙인 말에 스위블러는 고개를 끄덕이곤 유리잔을 쭉 들이켰다.

그러자 독신 남성이 일어나며 말했다.

"그렇다면 내 말을 똑바로 전하게. 나를 귀찮게 하면 좋은 하숙인을 잃는다. 그 사실만 안다면 나를 다 아는 거다. 더 알려고 든다면 방을 비우라는 통보로 받아들이겠다. 이런 말은 단번에 알아듣는 게 좋다. 잘 가게."

하숙인이 문으로 가서 열려고 하자, 스위블러가 따라가다 멈추며 물었다.

"죄송합니다만, 그대를 숭배하는 사람한테 이름이라도……"[39]

"무슨 말인가?"

"……이름이라도…… 이름이라도 남기면…… 편지나 소포 같은 게 오더라도……"

"안 와."

"그럼 누가 찾아오더라도……"

"찾아올 사람 역시 없어."

하숙인 대답에 스위블러는 계속 머뭇거리며 말했다.

---

39) 토머스 모어의 '아일랜드 민요'에 나오는 내용을 인용했다.

"이름을 안 알려준 것 때문에 문제라도 일어난다면 우리를 탓하지 마세요, 선생. 아, 우리를 탓하는 건……"

"아무도 탓하지 않아."

하숙인이 갑자기 소리치며 화내는 순간, 스위블러는 계단으로 도망치고 방문은 단단히 잠겼다.

브라스와 샐리는 열쇠 구멍을 열심히 들여다보다 스위블러가 튀어나오는 순간에 재빨리 숨었다. 하지만 한정된 공간을 서로 보려 꼬집고 밀치며 무언극에 열중하느라, 두 사람이 나누는 대화를 조금도 못 들어, 무슨 말을 나눴는지 들으려고 스위블러를 데리고 사무실로 급히 내려갔다.

스위블러는 독신 남성의 성격과 희망 사항에 관한 건 들은 내용을 그대로 전하고, 커다란 여행 가방에 관한 건 사실에 엄격하게 한정하는 대신 시적 상상력을 마음껏 발휘해서 황홀하게 묘사하니, 온갖 음식과 포도주가 최상품으로 가득한 게 분명하다고, 무엇이든 말만 하면 시계 태엽처럼 저절로 움직여서 만들어내는 게 분명하다고 단언했다. 게다가 두 근이나 되는 소고기를 완두콩과 함께 조리도구에 넣어서 2분 15초 만에 완벽하게 익히는 걸 직접 봤으며, 먹어보니 맛도 훌륭했는데, 이게 전부가 아니라 독신 남성이 눈을 찡긋 감는 순간에 물이 펄펄 끓는 것까지 확실히 봤다고, 모든 사실을 볼 때 하숙인은 대단한 마법사거나 화학자거나 둘 다가 분명하다고, 이렇게 대단한 인물이 같은 집에서 산다면 결국엔 브라스라는 이름까지 화려하게 빛나서 법조인 거리에 새로운 역사를 쓰는 날이 꼭 올 거라는 말까지 했다.

스위블러가 굳이 말할 필요가 없다고 느낀 게 하나 있으니, 그건 럼주를 살짝 마셨다는 사실인데, 럼주 자체가 강한 데다 곧이어 저녁을 먹으면서 토론하느라 가벼운 알코올까지 마셔서 취기를 살짝 끌어올리고, 퇴근할 때는 선술집마저 들러서 목젖을 두세 차례 가볍게 적시기도 했다.

36장

독신 남성은 몇 주나 지나도록 브라스 변호사나 샐리하고는 말이든 몸짓이든 거부한 채 오로지 스위블러를 통해서 소통했다. 돈을 미리 내고 문젯거리를 안 만들고 시끄럽게 굴지도 않고 이른 시각에 나갔다 들어오는 등 모든 점에서 극히 바람직한 하숙인이란 사실이 드러나니, 스위블러는 알 수 없는 하숙인에게 영향을 미치는 데다, 무서워서 모두가 꺼리는 판에 혼자 다가가서 좋은 일이든 나쁜 일이든 협상하니, 사무실에서 위치가 살짝 올라갔다.

사실대로 말하자면 스위블러 역시 독신 남성에게 다가가는 게 쉽지 않아서 꺼리는 편이지만, 간단한 대화라도 나누고 돌아오면 브라스 변호사도 샐리도 독신 남성이 한 말을 듣고 대응책을 마련하려고 "네가 해낼 줄 알았어, 스위블러"라든가 "자네를 높이 평가한다는 말을 꼭 하고 싶네, 스위블러"라든가 "스위블러, 자네는 정말 좋은 친구야, 믿음직해"라는 식으로 다양하게 칭찬해, 그나마 자신이 믿음직하고 중요한 인물이라고 느낄 수 있었다.

하지만 이것 말고도 충분히 존중받을 이유가 또 있어, 스위블러는 나름대로 만족할 수 있었다. 샐리가 스위블러에게 좋아하는 눈빛을 비추기 시작한 것이다.

여성이 짝사랑하는 걸 비웃는 사람이라면 장난하는 것처럼 보일 사랑

얘기에 귀를 곧추세우지 마라. 샐리는 사랑받을 자격이 많을지언정 남을 사랑할 순 없는 유형이니 말이다. 샐리라는 사랑스러운 여성은 어릴 적부터 법이라는 치맛자락에 매달려서 지금까지 살아왔다. 혀짤배기소리할 때는 법 집행관을 곧잘 흉내 내는 게 정말 놀라웠다. 소꿉놀이 동무 어깨를 톡톡 치면서 가짜 채무자 구치소로 데려가는 등 너무나 그럴싸해서 보는 사람마다 감탄하고, 인형집에 넣어서 의자와 탁자까지 그대로 갖출 때 역시 감탄하지 않을 수 없었다. 이렇게 노는 모습은 부인 없이 홀로 사는 아빠에게 당연히 커다란 위안이 되었다. 아빠는 전형적인 신사로 (머리가 너무 좋아서 친구들이 '늙은 여우'라고 불렀는데) 어린 딸이 이런 식으로 성장하는 걸 최대한 지원하고자 하우스디치 공동묘지 근처로 이사까지 했으나, 딸은 여성이라 변호사 자격증을 받을 수 없다는 사실에 크게 실망했다. 그래서 애정과 슬픔이 가득한 마음으로 아들에게 딸을 가장 소중한 조력자로 엄숙하게 맡기니, 아버지가 늙어서 사망한 다음부터 우리가 이야기하는 지금까지, 샐리는 브라스 변호사 사무실의 버팀목이자 기둥으로 살아왔다.

어릴 적부터 법만 생각하며 공부한 터라 샐리는 법과 관련된 내용 말고는 세상을 제대로 못 배우고, 숙녀라면 당연히 갖춰야 할 소양과 고상한 취미 역시 가볍게 외면했다. 샐리가 배운 거라곤 남자처럼 굴면서 법 관련 분야에 몰두하는 것밖에 없었다. 하루하루가 변호사 업무로 시작해서 변호사 업무로 끝났다. 한 마디로, 법만 알고 다른 건 하나도 몰랐다. 샐리에게 유모는 바로 법이었다. 따라서, 어린 시절에 안짱다리 같은 기형이 되었다면 유모 잘못이니, 성격이 외골수라면 그것 역시 오로지 법이 책임져야 했다.

그런데 바로 이런 여성 앞에 생각조차 못 한 너무나 신선한 인물이 나타나, 시 구절과 흥겨운 말로 사무실 분위기를 끌어올리고, 잉크스탠드와 얇은 종이 상자로 마법을 부리고, 걸상을 턱에 올리고 주머니칼을 코에 세우는 등, 천재성을 발휘해서 멋진 장면을 다양하게 보여주었다. 브라스 변호사가 없을 때마다 스위블러는 이렇게 장난치며 사무실에 갇힌 따분함을 달랬던 거다. 이런 모습을 샐리는 처음에 우연히 보고 점차 깊은 인상을 받다 결국엔 자신이 옆에 없는 것처럼 편히 행동하라 부탁하고, 스위블러는 반대할 이유가 없으니 기꺼이 받아들였다. 그러다 보니 두 사람 사이에 우정이 싹트고, 스위블러는 브라스 변호사가 여동생을 바라보듯, 그리고 자신이 다른 사무직원을 바라보듯, 샐리를 바라보게 되었다. 그래서 과일이나 맥주나 군감자는 물론 목을 살짝 축일 음료수를 받는 대가로 재미난 놀이를 알려주고, 샐리도 함께 노는 걸 망설이지 않았다. 결국 스위블러는 베껴 쓰며 정리해야 할 서류를 툭하면 샐리에게 떠맡기고, 좋은 친구라거나 멋진 강아지라는 식으로 부르면서 등을 찰싹 때리는 상까지 주니, 샐리는 모든 칭찬을 기쁘게 받아들이며 완벽하게 만족했다.

스위블러가 마음에 걸리는 게 있다면 그건 조그만 하녀가 벱조인 거리 땅속 깊숙한 곳 어딘가에 늘 머물 뿐, 독신 남성이 초인종을 안 울리는 한 밖으로 결코 안 나오는데, 이때도 현관문만 열어주고 곧장 사라진다는 사실이었다. 조그만 하녀는 밖에 나가지도, 사무실로 들어오지도, 얼굴을 깨끗이 닦지도, 다 헤진 앞치마를 벗지도, 창문을 내다보지도, 현관 앞에서 신선한 공기를 마시지도, 쉬거나 즐기지도 않았다. 하녀를 만나러 오는 사람도, 말을 거는 사람도, 관심을 기울이는 사람도 없었다. 브라스 변호사가 하녀는 (사랑해서 태어난) "사생아" 같다고 한 번 말한 게 스위블러가 아는 전부였다.

그래서 하루는 가만히 앉아서 샐리를 찬찬히 살피며 깊은 생각에 잠겼다.

'암사자한테 물어도 소용이 없을 거야. 괜히 묻다간 동맹이 깨질 수도 있고. 그런데 샐리가 암사자인지 인어인지 궁금해. 겉에 비늘 같은 게 있잖아. 하지만 인어는 거울 보는 걸 좋아하는데, 샐리는 그런 걸 좋아할 리 없어. 게다가 인어는 머리칼을 빗는 습관이 있는데, 샐리는 아니잖아. 그래, 샐리는 암사자가 맞아.'

그런 참에 샐리가 평소처럼 펜촉을 녹색 드레스에 닦고 자리에서 일어나자, 스위블러가 커다랗게 물었다.

"우리 친구께서 어디를 가시나?"

"저녁 먹으러."

암사자 대답에, 스위블러는 이런 생각이 절로 났다.

'저녁 먹으러! 형편이 좋군. 조그만 하녀는 먹을 게 없을 텐데.'

"새미 오빠는 안 들어올 테니까 내가 올 때까지 쉬라고. 오래 안 걸릴 거야."

샐리가 말하자, 스위블러가 고개를 끄덕이는데, 두 눈은 샐리를 문까지 쫓고 두 귀는 샐리가 오빠랑 저녁을 먹을 뒷방으로 쏠렸다. 그러다 두 손을 주머니에 찌른 채 이리저리 거닐며 중얼거렸다.

"좋아, 저들이 어린애를 어떤 곳에 두고서 얼마나 학대하는지 알아보는 거야. 우리 어머니는 꼬치꼬치 캐묻는 성격이었을 게, 그 유전자가 내 몸속 어딘가에 박혔을 게 분명해. 나는 모든 감정을 억누르는데, 그대는 나한테 번민을 안기는구나."

그리곤 고객용 의자에 앉아서 깊은 생각에 잠겼다.

'저들이 어린애를 얼마나 학대하는지 꼭 밝혀내고 말겠어!'

이런 식으로 거닐다, 거리 맞은편으로 달려가서 순한 흑맥주라도 한 잔 마시려고 사무실 문을 살며시 열었다. 바로 그 순간에 갈색 스카프 머리가 주방 계단으로 휙 내려가는 모습이 얼핏 보여, 이런 생각이 절로 들었다.

'됐어! 조그만 하녀한테 먹을 걸 주려는 거야. 지금이 기회야!'

스위블러는 갈색 스카프가 깜깜한 지하로 사라질 때까지 난간 너머로 몰래 살피다, 길을 더듬으며 내려가서 부엌 뒷문에 도착하니, 샐리는 한 손에 차가운 양고기 다리를 들고서 안으로 이제 막 들어갔다. 지하는 어둡고 초라했다. 천장은 낮고 눅눅하며, 벽은 갈라지고 검버섯까지 흉하게 달라붙었다. 금이 간 물통에서 물이 똑똑 떨어지고 초라한 고양이 한 마리는 물방울을 혀로 핥으며 배고픈 걸 달랬다. 벽난로는 커다랗긴 해도 이리저리 뒤틀리며 쪼그라들어, 짓눌린 불길이 가늘게 달라붙었다. 게다가 자물쇠로 모든 걸 잠갔다. 석탄 창고도 양초 상자도 소금 상자도 고기 찬장도 하나같이 꽁꽁 잠갔다. 딱정벌레조차 굶을 곳이었다. 너무나 옹색하고 가난한 모습에 카멜레온조차 적응을 못 하고 죽을 것 같았다. 스위블러는 공기를 한 입 들이마시는 순간, 그걸 들이켜면 안 된다는 걸, 극심한 절망감에 공기도 스스로 목숨을 끊었다는 걸 느꼈다. 그런 곳에서 조그만 하녀가 가만히 서서 고개를 푹 숙인 채 처분만 기다리는 가운데, 샐리가 물었다.

"앞에 있니?"

"네, 아씨."

힘없은 목소리가 대답하자, 샐리가 지시했다.

"멀리 떨어져, 행여나 양고기 다리로 달려들면 안 되니까."

여자애는 모서리로 물러나고, 샐리는 주머니에서 열쇠를 꺼내 고기 찬장을 열더니, 차갑게 식어서 쓰레기처럼 보이는 게 석기시대나 먹었음 직한 감자를 꺼냈다. 그걸 조그만 하녀 앞에 놓고 앉으라고 지시하더니, 고기 써는 칼을 들고 포크로 칼날을 쓱쓱 갈았다. 그리곤 차갑게 식은 양고기를 5cm 크기로 자르고 포크로 찔러서 내밀며 물었다.

"이거 보여?"

조그만 하녀는 굶주린 눈으로 조그만 살코기를 구석구석 열심히 바라보다 대답했다.

"네."

"그럼 여기에서 고기조차 못 먹었단 말은 어디서도 하지 말아라. 자, 먹어."

조그만 하녀가 단숨에 먹어치우자, 샐리가 다시 물었다.

"그래, 더 먹고 싶니?"

굶주린 아이는 힘없이 "아니요"라고 대답했다. 그렇게 대답해야 하는 게 분명했다.

그러자 샐리가 내용을 정리하며 말했다.

"너는 고기를 한 차례 받아서 먹을 만큼 먹고, 더 먹고 싶냐는 말에 '아니!'라고 대답했어. 그러니 충분히 못 먹었다는 말은 어디서도 하면 안 된다는 걸 명심해라."

그런 다음에 샐리는 고기를 넣고 찬장을 잠그더니, 조그만 하녀에게 다가가서 감자를 먹는 동안 내려다보았다.

조용한 가슴속에서 엄청난 원한이 부글부글 끓으며 샐리를 몰아치는 게 분명했다. 아무런 이유도 없이 칼날로 여자애 손을 톡톡 치다 머리를 톡톡 치다 등을 톡톡 치는 게, 바로 옆에 있으면 그렇게 톡톡 칠 수밖에 없는 것 같았다. 그러다 문가로 천천히 뒷걸음치는 게 그만 물러나려는 것 같더니, 갑자기 앞으로 달려들어 조그만 하녀를 깔고 앉아서 주먹으로 마구 패는 모습에 스위블러는 너무 놀라서 눈이 휘둥그레질 수밖에 없었다. 피해자가 울면서도 꾹 참는 걸 보면 울음소리가 밖으로 흘러나갈까 두려워하는 것 같고, 샐리는 코담배를 한 줌 빨아서 기분을 달래다 계단을 오르고, 스위블러는 직전에 사무실로 안전하게 물러났다.

37장

독신 남성은 물건을 매일 사들여서 방안에 가득 쌓아두는 모습이 독특하나, 펀치 공연에 유난히 커다란 관심을 보이는 모습 역시 독특한 건 마찬가지였다. 아무리 멀더라도 펀치 목소리가 법조인 거리로 흘러드는 순간, 독신 남성은 깊이 자다가도 벌떡 일어나 옷을 재빨리 걸치고 달려가서 놀기 좋아하는 군중을 꼬리에 단 채 펀치 공연단을 데리고 돌아왔다. 그래서 브라스 변호사 건물 앞에 무대를 차리면 독신 남성은 자기 방 창문에 느긋하게 앉고, 펀치는 파이프 소리와 드럼 소리와 외치는 소리를 가득 일으키며 공연해, 조용한 거리에서 열심히 일하던 사람들은 소스라치게 놀라기 일쑤였다. 그러다 공연이 끝나면 펀치 공연팀과 구경꾼 모두 흩어져야 하는데, 뒤풀이도 공연만큼이나 끔찍하니, 악마가 죽자마자 인형을 움직이던 사람과 동업자는 독신 남성이 불러서 하숙방으로 올라가, 잔뜩 쌓인 독주를 대접받으며 누구도 헤아릴 수 없는 대화를 오랫동안 나누었다. 그러면 구경꾼들은 구경할 것도 없는데 건물 주변에 늘어붙어, 아이들은 주먹으로 드럼을 때리며 앳된 목소리로 펀치를 흉내 내고, 사무실 유리창은 여기저기에 코가 납작하게 달라붙고, 현관문 열쇠 구멍에선 눈빛이 반짝이고, 2층 창문에서 독신 남성이든 손님이든 코끝이라도 보이면 할 일 없는 군중이 구경거리를 갈망하며 소리를 질러대고 욕설을 퍼부으니, 결국엔 펀치 공연팀이 내려가서 군중을 이끌고 다른 데로 가야 소동이 끝났다. 그러는 동안 법조인 거리는 대중운동이 활발히 일어서 혁명 분위기를 끌어올리니, 그곳 사람들은 차분한 평화를 조금도 누릴 수 없었다.

이런 행위에 제일 크게 분노한 사람은 바로 브라스 변호사나, 독신 남성 같은 하숙인을 포기할 순 없어, 하숙인이 난리를 부리는 건 하숙인이 내는 돈으로 맞바꾸고 현관 주변으로 모여드는 구경꾼을 공격하는 게 바람직하다 판단해, 구경꾼 머리에다 더러운 물을 물뿌리개로 몰래 뿌리거나 지붕에서 타일 조각과 회반죽을 던지거나 삯마차 마부에게 돈을 주어 모서리를 갑자기 돌아서 군중 사이로 달려들게 하는 식으로 보복했다. 생각이 짧은 사람은 브라스 변호사가 유난히 심한 난장판 일부나 전부를 법적으로 고발하지 않는 사실을 놀랍게 여길 수도 있으나, 의사는 자기 약을 처방하지 않고 성직자는 설교한 대로 사는 게 아니며 법률가는 자기 문제를 법정으로 끌고 가지 않는다는 사실을 명심해야 한다. 이런 문제로 법정에 서는 건 비용이 많이 드는 데다 양날의 칼로, 상대만 다치는 게 아니라 자신도 다칠 가능성이 크다는 걸 알기 때문이다.

그러다 하루는 오후에 브라스 변호사가 말했다.

"됐어, 벌써 이틀째나 펀치 공연이 없어. 하숙인이 드디어 싫증을 낸 거면 좋겠군."

"왜 그러면 좋겠어? 그것 때문에 무슨 피해를 보았는데?"

샐리가 묻자, 브라스가 어이없다는 표정으로 펜을 내려놓으며 소리쳤다.

"정말 어이없는 녀석이군! 화를 부추기다니!"

"맙소사, 그것 때문에 무슨 피해를 보았냐고?"

"무슨 피해라니! 바로 코앞에서 소리를 질러대며 야유하고, 그래서 일조차 못 하게 하고, 화가 치밀어서 이가 저절로 갈리는 건 피해가 아니야? 큰길에 사람들이 잔뜩 모여들어서 숨이 막힐 정도로 앞을 가린 채 커다랗게 소리 지르는 건 피해가 아니야? 목구멍에 마치…… 마치……"

"브라스[40]라도 달린 것처럼."

스위블러가 끼어들자, 브라스 변호사는 직원을 힐끗 쳐다보고 비꼬는 게 아니라 좋은 뜻으로 한 말이라 확신하며 대답했다.

"그래! 청동 나팔이라도 달린 것처럼. 그게 피해가 아니야?"

변호사는 그러다 갑자기 입을 다물고 가만히 집중하다, 귀에 익은 소리를 알아채고 손을 머리에 올려서 천장을 바라보며 힘없이 중얼거렸다.

"또 나타났어!"

그와 동시에 독신 남성 창문도 열리고, 브라스는 다시 중얼거렸다.

"또 나타났어. 군중이 제일 많이 모였을 때 사륜마차가 곧장 달려드는 행운만 누린다면 18펜스를 주어도 안 아깝겠어!"

멀리서 꽥꽥대는 소리 역시 다시 일었다. 독신 남성 방문도 활짝 열렸다. 계단을 마구 뛰어내려 거리로 내달리다 창문을 지나는데, 모자조차 안 쓰고 소리가 이는 곳으로 달려서 펀치 공연팀을 데려오려는 게 분명해, 브라스는 서류를 주머니에 넣으며 중얼댔다.

"저 사람 친구라도 알면 좋겠어. 친구들이 커피숍에 모여서 정신감정을 검토하자 결정하고 나한테 의뢰하면, 나 역시 기꺼운 마음으로 하숙방을 한동안 비워놓을 텐데, 무슨 일이 있더라도."

그러다 모자로 자기 눈을 톡톡 치는 게 끔찍한 무리가 다가오는 걸 조금도 안 보려는 것 같더니, 밖으로 급히 나가며 사라졌다.

스위블러는 펀치를 구경하는 것도 창문 밖을 내다보는 것도 일하는 것보단 훨씬 좋아서 공연을 좋아하기로 단단히 마음먹고, 동료 직원 역시 펀치 공연을 아름답고 재미있게 바라보려 애쓴 터라, 두 사람은 동시에 일어나서 창문 앞 특별석에 자리 잡고, 인근 건물에서 갓난아기나 어린애를 돌보는 남녀 하인 역시 비슷한 특별석에 최대한 편하게

40) brass: 여기에선 청동 나팔이란 뜻으로 쓰였다.

자리 잡았다.

유리창이 뿌예서 스위블러는 그동안 두 사람 사이에 쌓아 올린 우정 어린 전통에 따라 샐리 머리에서 갈색 스카프를 집어 유리를 깨끗하게 닦았다. 스카프를 돌려주면 아름다운 샐리는 아무렇지 않게 받아서 머리에 다시 쓰고, 하숙인은 펀치 공연팀과 함께 구경꾼을 꼬리에 잔뜩 달고 돌아왔다. 인형을 조작하는 사람은 장막 뒤로 재빨리 사라지고, 동업자는 무대 옆에서 우울한 표정으로 관객을 바라보는 모습도 대단하지만, 뿔피리로 하모니카 같은 소리를 달콤하게 불어대느라 입술과 턱을 파르르 떨면서도 얼굴 윗부분만큼은 우울한 표정이 조금도 안 바뀌는 모습은 정말 그럴싸했다.

펀치 공연은 마침내 끝으로 치달으며 구경꾼을 전통적인 방식으로 옴짝달싹 못 하게 만들었다. 많은 사람에게 불붙인 감동은 숨조차 못 쉴 정도로 긴장하다 다시 자유롭게 말하고 움직이는 순간까지 그대로 타오르고, 하숙인은 평소처럼 공연팀을 2층으로 초대했다. 하지만 한 사람만 - 조그맣고 통통한 사내만 - 올라오려 하자, 다시 소리쳤다.

"두 사람 모두. 할 말이 있소. 두 사람 다 올라오시오!"

"어서 가자, 코들린."

조그만 사내가 말하자, 동료가 대답했다.

"나는 떠버리가 아니야. 저 사람한테 그리 전해. 내가 올라갈 이유가 뭐겠어?"

"저 신사분이 술병과 유리잔을 흔드는 거 안 보여?"

조그만 사내가 되묻자, 동료가 갑자기 빠르게 움직이며 나무랐다.

"처음부터 말하지 그랬어? 어서 가자, 머뭇거릴 이유가 뭐야? 저 신사분을 온종일 기다리게 할 거야? 예의도 없이?"

그러더니 우울한 사내가, 코들린이라고 불린 사내가 형제 같은 동료를 능숙하며 밀치며 나아가니, 쇼트는 뒤를 황급히 쫓아서 독신 남성 하숙방으로 올라갔다.

"어서 오시오, 친구들, 공연을 잘 봤소. 무얼 드시겠소? 뒤에 있는 조그만 동료분한테 방문 좀 닫으라 하시오."

그러자 코들린이 동료를 무뚝뚝하게 돌아보며 말했다.

"문은 좀 닫지그래? 신사분께서 말하지 않아도 그 정도는 알아서 해야지."

쇼트는 문을 순순히 닫으면서 친구가 유난히 '까탈스러운 것' 같다고, 저런 성질 때문에 우유 맛이 시큼하게 변할 테니 근처에 우유 짜는 사람이 없으면 좋겠다고 속으로 중얼거렸다.

독신 남성은 의자 두 개를 가리키며 고개를 끄덕여서 자리에 앉으라고 암시했다. 코들린과 쇼트는 서로를 바라보며 주저하다 각각 의자 모서리 끝에 앉아서 모자를 벗어 꼭 움켜잡고, 독신 남성은 바로 옆 탁자에서 술병을 들어 유리잔 두 잔을 가득 채운 다음, 정중하게 내밀며 말했다.

"햇볕에 많이 탔군요, 두 사람 모두. 오랫동안 공연하며 돌아다녔나 보죠?"

쇼트는 고개를 끄덕이며 웃는 식으로 그렇다 대답하고, 코들린 역시 고개를 끄덕여서 뒷받침하며 짧게 신음하는 게 무대를 어깨에 여전히 짊어진 것 같고, 독신 남성은 다시 물었다.

"박람회, 시장, 경마장, 기타 등등 다 다녔겠죠?"

"네, 나리. 영국 서쪽 지방은 다 다녔습니다."

쇼트가 대답하자, 독신 남성이 서두는 어투로 말했다.

"당신네처럼 공연하며 북부와 동부와 남부를 돌아다닌 사람은 여럿 만났지만, 서부에서 오는 사람은 처음 봅니다."

그러자 쇼트가 설명했다.

"저희는 여름철마다 서쪽 지역을 돌아다닌답니다, 나리. 겨울과 봄은 런던 동부에서 지내고 여름철은 영국 서부에서 보내는 거예요. 비를 맞으며 진흙탕을 힘겹게 수없이 걸어도, 땡전 한 푼 안 생겨도 저희는 서부를 샅샅이 훑는답니다."

"술잔을 더 따르겠소."

독신 남성이 말하자, 코들린이 갑자기 자기 잔을 내밀고 쇼트 잔을 옆으로 밀치며 끼어들었다.

"감사합니다. 저는 사방을 돌아다닐 때도 집에 머물 때도 온갖 고통에 시달린답니다, 나리. 도시에 있든 시골에 있든, 비가 오든 안 오든, 덥든 춥든, 코들린은 온갖 고생을 다 한답니다. 그래도 코들린은 투덜대지 않습니다. 그럼요, 절대로! 쇼트는 투덜댈지 몰라도 코들린이 단 한 마디라도 투덜댄다면 당장 천벌을 받을 겁니다, 당장 천벌을. 여기는 코들린이 투덜댈 자리가 아니니까요. 그래 봤자 아무런 소용도 없으니까요."

"코들린도 쓸모가 없는 건 아니지만 눈을 언제나 부릅뜨는 건 아니랍니다. 꾸벅꾸벅 졸 때가 있거든요. 지난번 경마장에서 그랬잖아, 코들린."

쇼트가 말하며 짓궂은 표정으로 쳐다보자, 코들린이 발끈했다.

"성질 그만 긁을래? 한 번 돌아서 5실링 10펜스를 긁어모으면 졸릴 수 있는 거 아니야? 할 일도 많고. 공작처럼 스무 곳을 동시에 살필 순 없잖아.[41] 그건 너도 마찬가지고. 노인과 여자애를 내가 제대로 못 지켰다면 너도 제대로 못 지킨 거니, 그런 식으로 말하지 마. 너나 나나

41) 공작 깃털에 많이 달린 눈 모양을 말하는 건데, 그리스 신화는 뒤에 눈이 달린 아르고스가 죽자 헤라 신이 그 눈을 공작 깃털에 붙였다고 한다.

오십보백보야."

"그만하자, 코들린. 신사분께서 싫어하실 거야."

쇼트가 말하자, 코들린이 대답했다.

"그럼 애초에 그런 말을 말았어야지. 경솔한 녀석이 떠벌리는 것만 좋아해서 무슨 말을 하는지도 모르고 마냥 떠벌리니, 내가 신사분께 대신 사과할 수밖에."

말다툼이 일어날 때만 해도 독신 남성은 조용히 앉아서 두 사내를 번갈아 보는 게 본론으로 돌아갈 기회만 엿보는 것 같았다. 하지만 코들린이 꾸벅꾸벅 졸아서 문제가 생겼다는 말이 나오는 순간부터 커다란 관심을 보이며 열심히 듣다, 마침내 목소리를 키웠다.

"내가 만나려던 사람이 바로 두 분이오. 내가 오랫동안 찾던 사람이 바로 두 분이란 말이오! 두 분이 말한 그 노인과 여자애는 지금 어디에 있소?"

"네?"

쇼트가 어리둥절한 눈으로 되물으며 친구를 쳐다보았다.

"두 분과 함께한 노인과 손녀딸…… 지금 어디에 있소? 중요한 문제요, 두 분이 생각하는 이상으로. 노인과 손녀딸이 경마장에서 두 분을 떠났다고요? 그곳까지 갔다가 헤어졌다면, 두 사람을 되찾을 단서는 없소?"

독신 남성이 묻자, 쇼트가 놀란 눈으로 친구를 바라보며 소리쳤다.

"두 사람을 찾으려는 사람이 분명히 있을 거라고 내가 늘 말했지, 코들린?"

"자네가 말했다니! 그렇게 좋은 아이는 처음 본다고 내가 늘 말했잖아! 나는 그 아이를 좋아한다고, 그 아이한테 홀딱 빠졌다고 늘 말했다고. 예쁜 아이가 귀여운 눈으로 감사의 눈물을 뚝뚝 떨구면서 말하는 소리가 지금도 들리는 것 같아. '제 친구는 코들린 아저씨예요, 쇼트 아저씨가 아니라. 쇼트 아저씨도 괜찮긴 해요. 친절하거든요. 하지만 코들린 아저씨한테는 돈을 주고 싶은 마음마저 들어요, 물론 돈을 바라고 그러는 건 아니겠지만.'"

코들린이 감정을 가득 실어서 말하며 외투 소매로 콧등을 문지르다 슬픈 표정으로 고개를 절레절레 흔들어, 사랑스러운 여자애랑 헤어진 순간부터 마음의 평화와 행복 역시 잃었다는 느낌을 심어주려 애쓰는데, 독신 남성이 실내를 어지럽게 서성이다 소리쳤다.

"아, 하느님! 마침내 두 사람을 찾았는데 아는 게 없는 건 똑같습니다! 노인과 손녀딸을 찾으려 애쓰다 이런 식으로 좌절하느니 차라리 언젠간 만날 거라는 희망만 품고 하루하루 살아가는 게 좋지 않겠습니까!"

"잠깐만요. 제리라고 하는 사내…… 자네도 알지, 코들린?"

쇼트가 묻자, 코들린이 대답했다.

"제리 얘긴 하지도 마. 그렇게 사랑스러운 여자애가 있는데, 내가 그런 작자한테 코딱지만 한 관심이라도 있겠어? 그 아이가 말했다고. '제 친구는 코들린 아저씨예요, 착하고 다정하고 친절해서 나를 기쁘게 하려고 늘 애쓰는 코들린 아저씨! 쇼트 아저씨도 괜찮긴 해요. 하지만 나는 코들린 아저씨가 훨씬 좋아요.'"

그러더니 추억에 잠기며 덧붙였다.

"한번은 코들린 아버지라고 부르기도 했답니다. 나는 심장이 터지는 줄 알았지요!"

하지만 쇼트는 이기적인 동료에게 향하던 눈길을 독신 남성에게 돌리며 말했다.

"제리라는 사내가, 나리, 개를 여러 마리 데리고 다니며 춤추는 묘기를 부리는 친군데, 밀랍 인형 순회 전시장에서 노인이 일하는 걸 보았다

JARLEY
WAX
WORK
LANDELLS.

고 지나가는 말로 한 적이 있답니다. 두 사람이 몰래 사라지긴 했지만 우리가 손해 본 것도 없고 노인을 보았다는 곳도 남쪽 먼 지방이라, 저는 가볍게 여기고 더 안 물었답니다. 이제라도 물어보겠습니다, 나리가 원하신다면."

"그 사람이 근처에 있소? 빨리 대답하시오."

독신 남성이 조급하게 묻자, 쇼트가 재빨리 대답했다.

"아닙니다. 하지만 내일 옵니다, 우리 집에 묵기로 했거든요."

"그렇다면 여기로 데려오시오. 자, 금화 한 냥을 받으시오. 당신네 도움으로 노인과 손녀딸을 찾는다면 20냥을 더 주겠소. 내일 여기로 오시오, 우리가 대화한 건 비밀로 하고…… 하지만 이런 말까지 할 필욘 없겠군요. 그러는 게 두 분한테 유리하다는 걸 잘 아실 테니. 당신 주소를 알려주고 그만 떠나시오."

주소를 받고, 두 사내는 떠나고 군중도 사라지자, 스위블러와 샐리가 잔뜩 궁금해하는 머리 위에서 독신 남성은 잔뜩 흥분한 채 두 시간을 이리저리 거닐었다.